大
方
sight

喀耳刻

CIRCE

[美] 马德琳·米勒 著　姜小瑁 译

中信出版集团 | 北京

图书在版编目（CIP）数据

喀耳刻 /（美）马德琳·米勒著；姜小瑁译 . -- 北京：中信出版社，2021.1（2021.6 重印）
书名原文：Circe
ISBN 978-7-5217-2213-0

Ⅰ . ①喀… Ⅱ . ①马… ②姜… Ⅲ . ①长篇小说 – 美国 – 现代 Ⅳ . ① I712.45

中国版本图书馆 CIP 数据核字（2020）第 221355 号

CIRCE
Copyright © 2018 by Madeline Miller
Published by arrangement with The Book Group, through The Grayhawk Agency Ltd.
Simplified Chinese translation copyright ©2020 by CITIC Press Corporation
Jacket Design by Will Staehle

All Rights Reserved
本书仅限中国大陆地区发行销售

喀耳刻

著　者：［美］马德琳·米勒
译　者：姜小瑁
出版发行：中信出版集团股份有限公司
　　　　　（北京市朝阳区惠新东街甲 4 号富盛大厦 2 座　邮编 100029）
承 印 者：浙江新华数码印务有限公司

开　本：787mm×1092mm　1/16　　印　张：31　　字　数：245 千字
版　次：2021 年 1 月第 1 版　　　　印　次：2021 年 6 月第 4 次印刷
京权图字：01-2019-3736
书　号：ISBN 978-7-5217-2213-0
定　价：69.00 元

版权所有·侵权必究
如有印刷、装订问题，本公司负责调换。
服务热线：400-600-8099
投稿邮箱：author@citicpub.com

致纳撒尼尔

归 乡 的 游 子

目 录
CONTENTS

001　第一章
　　　直到时间尽头

015　第二章
　　　受刑的普罗米修斯

027　第三章
　　　恐惧的巨链

041　第四章
　　　格劳科斯

055　第五章
　　　因为他是我的

067　第六章
　　　认罪是你的错

091　第七章
　　　我的岛，我的巫术

107	第八章 赫尔墨斯
121	第九章 斯库拉的海峡
141	第十章 克里特岛王后
163	第十一章 代达罗斯
183	第十二章 米诺斯迷宫
195	第十三章 美狄亚
213	第十四章 猪
229	第十五章 奥德修斯
247	第十六章 我愿意收留你

271 第十七章
　　归乡

285 第十八章
　　雅典娜

303 第十九章
　　忒勒戈诺斯

327 第二十章
　　特里贡的毒尾

341 第二十一章
　　弑父

375 第二十二章
　　忒勒玛科斯

393 第二十三章
　　口信

411 第二十四章
　　我选择这样的命运

429 第二十五章
　　我要自由

449	第二十六章 心的裂缝
459	第二十七章 我们在这
465	附录 角色表
479	致谢

第 一 章
直到时间尽头

我出生时，尚没有词语定义我这样的存在。他们叫我宁芙[1]，以为我与我母亲、七姑八姨，以及成千上万个姐妹没什么两样。作为次等女神中最无足轻重的那一类，我们的神力是那么微弱，就连保我们永生都费力。我们与鱼交谈，滋养花朵，从云层中呼雨露，自海浪中唤盐霜。宁芙这个词，将我们的未来尽数铺开。在我们的话语中，它不仅意味着女神，更意味着新娘。

　　我母亲就是她们中的一员，一个那伊阿得斯[2]，泉水与溪流的守卫者。当我父亲去她父亲俄刻阿诺斯[3]的神殿拜访时，她吸引了他的注意。那段日子，赫利俄斯[4]和俄刻阿诺斯经常走动。他们是兄弟，年龄相仿，虽然

---

[1] 宁芙（Nymph）是希腊神话中次要的女神，有时也被翻译成精灵和仙女，出没于山林、原野、泉水大海等地，一般是美丽少女的形象。
[2] 那伊阿得斯（Naiad）是希腊神话中一类低阶女神，宁芙的一种，是象征江河、湖泊、溪流、山泉及至井水的仙女。
[3] 俄刻阿诺斯（Oceanus）是希腊神话中的一个泰坦，大洋河的河神。大洋河是希腊人想象中环绕整个大地的巨大河流，代表世界上的全部海域。
[4] 太阳神，本书主角喀耳刻的父亲。

看上去并非如此——我父亲像刚刚锻造出炉的铜器一样,周身散发着光芒;而俄刻阿诺斯自出生起就双眼黏湿,花白胡子直垂到膝。但他们都是泰坦神,比起奥林匹斯山上那些未曾见证过创世的聒噪新神,他们更喜欢与彼此为伴。

俄刻阿诺斯的神殿深嵌在地壳之中,是个壮丽的奇观。它的大厅有高耸的拱顶,厅堂四面镀金,砖石地面被神灵踩踏了几个世纪,打磨得很光滑。俄刻阿诺斯的大洋河发出的微弱声响从每个房间淌过。那是世界上所有淡水河流的源头,黑黢黢的,无从辨别它与河床的边界。岸边绿草丛生,开着柔灰色的花。那里还生活着俄刻阿诺斯的无数后代,他们都是那伊阿得斯、宁芙和河神。他们纵声大笑,皮肤如水獭皮般泛着光泽,脸在阴沉天色的衬托下显得容光焕发。他们互递金色高脚杯,扭打在一起,纵情声色。在他们中间,我母亲正襟危坐,那些庸脂俗粉在她面前全都黯然失色。

她的头发是暖棕色的,每一绺都极富光泽,仿佛是从发丝内点亮的一样。她大概感觉到了我父亲的凝视,那凝视如篝火迸射的火舌般炙热。我脑海中浮现她整理衣裙的样子,让它刚刚好露出自己的香肩,还有她用手指轻挑水波、让指头闪闪发亮的样子。我曾无数次见她使过类似伎俩。我父亲每次都会中招。他觉得讨他欢心是这个世界的自然法则。

"那是谁?"我父亲问俄刻阿诺斯。

俄刻阿诺斯已经从我父亲那里得到了很多金色眼眸的外孙,再添一些他也乐意。"是我女儿珀耳塞。想要的话就归你了。"

第二天,我父亲在她司管的一座凡间喷泉旁找到了她。那地方很美,挤满了大朵大朵的水仙花,橡树的枝丫在头顶叠覆。那里没有泥泞,没有黏糊糊的青蛙,只有洁净滚圆的石头,和正将它们逐渐吞没的草叶。就连我父亲,这个对宁芙微妙技艺毫不在意的人,也对它大加赞赏。

我母亲知道他要来了。她身材纤弱,却奸诈狡猾,脑筋如鳗鱼般生满尖牙。她看清了如她之流,通往权力的路在何方——那路并不途经私生子与河畔交欢。当他身披荣光站在她面前时,她笑话起了他。和你同床?凭什么?

我父亲当然可以强人所难。但赫利俄斯自命不凡,以为所有女性都巴不得上他的床,不论是奴隶还是神明。他祭坛上的烟气就是证明,那些都是大着肚子的母亲和心花怒放的私生子的献祭。

"要么结婚,"她对他说,"要么免谈。如果结婚,记住:你可以在外面随便找女人,但一个都不许带回家,只有我才能在你的神殿里发号施令。"

条件,制约。这些对我父亲来说,是新奇的事物,而诸神爱新奇的事物胜过一切。"竟敢跟我谈交易。"语毕,他送给她一条项链,与她成交。这条项链是他亲手做的,由最罕见的琥珀珠子串成。后来,在我出生的时候,他给了她第二条;当我的三个弟弟妹妹出生的时候,他每次会再送她一条。我不知道她更看重哪个:是亮闪闪的珠子本身,还是当她戴着它们时,她的姐妹们投来的羡慕眼光。我觉得如果主神们没有阻止她的话,她会永世收集这些项链,直到它们像牛轭一样坠在她的脖子上。那时,他们已经知道了我们四个是什么。你可以继续生孩子,他们对她说,只是不能再和他生了。但其他丈夫不会送她琥珀珠子。那是我唯一一次见她哭。

我出生时,一个姨母——我要略去她的名字,毕竟我的故事里全是各种姨母——为我洗身子、裹襁褓。另一个负责照顾我母亲,为她补口红,用象牙梳为她梳头。第三个走到门前,将我父亲请进来。

"是个女孩。"说着,我母亲皱了皱鼻子。

我父亲并不在乎他的女儿们,她们全都性情温婉,如初榨橄榄油般金光闪耀。为了争取用她们的血脉孕育后代的机会,凡人和诸神都付出了昂贵的代价。据说,我父亲的宝库能与众神之王的匹敌。他将手放在我的头顶上,为我祈福。

"她会有个好归宿的。"他说。

"多好?"我母亲想知道。如果能用我换点更好的东西回来,她可能稍感安慰。

我父亲思索着。他拨弄着我的几缕头发,端详着我的眼睛和我脸颊的形状。

"一个王子吧,我觉得。"

"一个王子?"我母亲说,"你的意思不会是一个凡人吧?"

厌恶明明白白地写在她脸上。在我小的时候,有一次我问他们凡人长什么样。我父亲说:"你可以说他们的样子跟我们差不多,但蠕虫的样子跟鲸鱼还差不多呢。"

我母亲的回答更加直白:像一坨腐肉。

"她肯定会嫁给宙斯的某个儿子吧。"我母亲坚持。她已经开始想象自己出席奥林匹斯山的盛宴,在赫拉女王右手边落座的样子了。

"不会。她的头发像猞猁毛一样,有杂色。还有她的下巴,有点尖,不太讨喜。"

我母亲没有再争执。她和所有人一样,对赫利俄斯遭顶撞后的脾气有所耳闻。不论他多么金玉其外,别忘了他的烈火。

她站起身来。她的肚腩不见了,腰身收紧了,脸颊充满朝气,红扑扑的像个小姑娘。我辈恢复得都很快，但她要更快一些。她是俄刻阿诺斯的女儿之一，她们生孩子就像鱼排卵一样。

"来吧，"她说，"我们做个更好的。"

我长得很快。我的婴儿期只持续了几个小时，童年也只比这多了一小会儿。一个姨母留了下来，想奉承一下我母亲。她为我取名魔鹰，喀耳刻，因为我有黄色的眼眸和游丝般的奇怪哭声。但当她意识到我母亲对她的付出就像对脚下的地面一样无动于衷时，她消失了。

"母后，"我说，"姨母走了。"

我母亲没有回答。我父亲已经驾驶太阳战车驶向了天际，她正在用鲜花盘发，准备走秘密的水路离开，到绿草如茵的河畔去跟她的姐妹们碰面。我本可以跟她去的，但那样一来，我就不得不整日坐在姨母们脚边，听她们讲一些我既不关心也听不懂的流言蜚语。我留下了。

我父亲的神殿一片漆黑，寂静无声。他的神殿与俄刻阿诺斯的神殿毗邻，深埋在地壳之中，四壁由抛光过的黑曜石建成。为什么不呢？它们可以由世界上的任何材料建成，埃及的血色大理石或阿拉伯半岛的香膏，我父亲只要动动意念就可以了。但他喜欢黑曜石反射他光亮时的样子，喜欢它们光滑的表面在他经过时燃烧的样子。当然，他没有考虑过当他不在的时候，它们会有多黑。我父亲向来无法想象没有他的世界会是什么样子。

在那些时候，我可以为所欲为：点一支火把，边跑边看暗沉的火焰紧追在我身后。躺在光滑的地面上，用手指在上面磨出小小的洞。那里没有蛆虫，虽然我还不懂得它们对我的重要性。除了我们，神殿里没有其他活物。

当我父亲夜归的时候，地面会像马的肋腹一样震颤起来，我磨出的那些洞自动变得平整如初。不一会儿，我母亲也回来了，身上散发着鲜花的香气。她跑过去迎接他，而他则由她搂着他的脖子，接过酒，坐到自己的银色王座上。我气喘吁吁，紧跟在他身后。欢迎回家，父王，欢迎回家。

他会边喝酒边下西洋棋。他不允许任何人和他一起下。他把石头做的棋子落好，转动棋盘，然后再落。我母亲的声音像蘸了蜜一样。"不到床上来吗，亲爱的？"她在他面前缓缓转动，展示着她让人垂涎欲滴的身材，好像她是烤肉叉上的肉一样。大多数时候他都会撇下棋局，但有时他不会，那是我最喜欢的瞬间，因为我母亲会愤然离场，把没药[1]木门重重地摔在身后。

在我父亲脚边，全世界仿佛都是金子做的。光从四面八方同时打来：他金黄色的皮肤，他炯炯有神的目光，他头发的红铜色光芒。他的身躯如火盆般滚烫，我在他允许的范围内尽可能地紧贴着他，像蜥蜴紧贴着正午的岩石。我姨母曾说，一些次等的神几乎无法直视他。但我是他的女儿，是他的骨肉。我盯着他的脸看了太久，以至于当我望向别处的时候，那张脸依旧印在我的眼前，它透过地面，透过闪闪发亮的墙壁和嵌在墙壁内的桌子，甚至透过我自己的皮肤，闪着光。

"如果一个凡人看到了你最气势恢宏的样子，"我问，"他会怎么样？"

"他会瞬间烧成灰。"

"如果一个凡人看到了我呢？"

我父亲露出了笑容。我听着棋子挪动的声音，那是大理石与木头摩擦时产生的熟悉声响。"那个凡人会觉得自己很有福气。"

"我不会把他烧成灰吗？"

---

[1] 没药（myrrh）树，橄榄科常绿乔木，非洲和亚洲西部多有分布。

"当然不会。"他说。

"但我的眼睛跟你的一样。"

"不一样,"他说,"看。"他的目光落在火炉旁的一根木条上。它先是亮了起来,然后着起了火,之后化成灰飘落到了地上。"这在我的神力里根本不算什么。你能做到吗?"

我盯着那些木条看了一整晚。我不能。

我妹妹出生了。不久之后,我弟弟也出生了。我说不上来具体是多久。神明的日子倾泻而下,就像瀑布的水流,而我还没有掌握凡人计算时日的技巧。你以为我父亲该向我们传授更多东西,毕竟他知晓每个日出。但就连他也常常管我的弟弟妹妹叫双胞胎。的确,自我弟弟出生那一刻起,他们就像水貂一样缠绵在一起。我父亲用一只手同时为他们两个祈福。"你,"他对我那个闪耀动人的妹妹帕西法厄说,"你会嫁给宙斯的一个永恒之子。"说这话时他用的是预言的语调,陈述的是确定的未来。我母亲听到后容光焕发,盘算着她要穿什么样的锦衣出席宙斯的宴席。

"你,"对我弟弟发话时,他用了平常的语调,声音洪亮,如夏日的清晨般清透,"有其母必有其子。"我母亲对此心满意足,默认自己有了为他取名的权利。她以自己之名,为他取名珀耳塞斯。

他们两个很聪明,很快就摸清了现状。他们喜欢用那双貂爪遮遮掩掩,对我极尽讥讽。她的眼睛像尿一样黄。她的声音像猫头鹰一样尖。她的名字叫魔鹰,但她这么丑,应该叫山羊才对。

这些是他们最初尝试的冷嘲热讽,挺无趣的。日复一日,他们的讥讽变得越发刻薄。我学会了躲避他们,而他们很快就在俄刻阿诺斯神殿里的小那伊阿得斯和河神们身上找到了更好的消遣。当我母亲去找她的姐妹时，他们会一同前往，在我们那些易受摆布的兄弟姐妹中建立权威，把他们迷得像梭鱼嘴边的米诺鱼一样。他们发明了成百上千个折磨人的游戏。来呀，墨利埃，他们哄骗着她。把头发剪到脖颈的位置在奥林匹斯神中间正流行呢。如果你不让我们给你剪的话，你怎么可能找到丈夫呢？当墨利埃发现自己被削成了刺猬，并因此失声痛哭的时候，他们会一直笑到连山洞都带着回响的。

我任由他们胡闹。我更喜欢我父亲静谧的神殿，尽可能每时每刻都偎在我父亲脚边。有一天，也许是为了奖赏我，他提出要带我去看看他的神牛牧群。这是个巨大的荣耀，因为这意味着我可以坐在他的金色太阳战车里，看看让所有神明都眼红的那些动物——五十头纯白的小母牛。每天，当他飞越人间时，它们都会让他觉得赏心悦目。我从太阳战车镶满宝石的车身探出头去，惊奇地看着世间从身下掠过：郁郁葱葱的森林、崎岖的山脉，还有宽阔舒展的蔚蓝大海。我寻找着凡人的身影，但我们的位置太高了，看不到他们。

牧群生活在绿草成茵的特里那喀亚岛上，由我两个同父异母的姐姐照顾。我们抵达的时候，这两位姐姐立马向我父亲奔来，搂着他的脖子欢呼雀跃。在我父亲所有生得标致的子女中，她们属于最漂亮的那类，皮肤和头发像熔化的黄金一样。兰珀提亚和法厄图萨，这是她们的名字。闪耀和光芒。

"你带来的这个人是谁？"

"她肯定是珀耳塞的孩子，你看她的眼睛。"

"当然了！"兰珀提亚——我觉得是兰珀提亚——摸了摸我的头发，"亲爱的，你一点都不用担心你的眼睛。一点都不用。你母亲很漂亮，但她向来不强。"

"我的眼睛跟你们的一样。"我说。

"你真可爱啊！不是的，亲爱的，我们的眼睛像火一样明亮，我们的头发像水面上的艳阳。"

"你很聪明，把头发编了起来，"法厄图萨说，"这样棕色的杂发看上去就没那么糟了。真可惜你不能用同样的方法把嗓音盖掉。"

"她可以永远不开口说话啊。这就行了，是不是，妹妹？"

"确实是，"她们露出了笑容，"我们去看看神牛吧。"

我以前从没见过牛，什么种类的牛都没见过，但无所谓：这些动物美得那么明明白白，我不需要参照物。它们的皮毛像百合的花瓣般纯洁，目光温柔，睫毛纤长。它们的角被镀了一层金——这是我的姐姐们干的——当它们低头吃草的时候，它们低垂的脖子就如同舞者一般。在落日余晖下，它们的背颈闪闪发亮，既柔软又富有光泽。

"啊！"我说，"我可以摸摸它们吗？"

"不行。"我父亲说。

"需要我们跟你说说它们的名字吗？这头叫白容，那头叫明眸，那头叫宝贝。这是青娥、娇娃、金角和辉光。这个是宝贝，那个是——"

"你已经说过宝贝了，"我说，"你说那头叫宝贝。"我指了指前一头牛，它正在平静地吃草。

我的两位姐姐面面相觑，然后又看了看我父亲——只是用她们的金色眼眸瞥了他一眼。他正出神地盯着他的神牛牧群看，满身荣光。

"你肯定记错了，"她们说，"我们刚刚说的这头牛叫宝贝。这是星耀，这是小闪，还有——"

我父亲说，"这是什么，娇娃身上怎么结了块痂？"

姐姐们立马做起了戏。"什么痂？啊，不可能的！哎，淘气的娇娃，居然弄伤了自己。哎，那该死的东西，居然敢弄伤你！"

我凑近看了看。那是非常小的一块痂，比我最小的指甲盖还要小，但我父亲却皱起了眉头。"你们明天之前给我处理好。"

我姐姐们拼命点着头。没问题，没问题。太抱歉了。

我们重新回到太阳战车上，我父亲拿起缰绳，绳子的一头镶着银。我姐姐们最后又使劲吻了他的手几下，然后马匹飞腾而起，带着我们横跨天际。第一批星辰已经在余晖后若隐若现了。

我记得有一次父亲对我说，凡间有一批被称作天文学家的人，他们的任务是记录他的升与落。他们在凡人中被奉以至高的敬意，在宫殿中为君王进言献策，但有时我父亲会因为这样那样的事流连一会儿，让他们的测算前功尽弃。然后，那些天文学家会被拖到他们侍奉的君王面前，以欺君之罪处死。父亲对我讲这件事时脸上带着笑意。他们罪有应得，他说。太阳神赫利俄斯只服从自己的意志，谁都别想对他发号施令。

"父王，"那天我说，"我们晚到会害天文学家被杀的地步了吗？"

"到了。"他边回答边抖得缰绳叮当作响。马匹向前飞腾，世界在我们身下模糊成一团，夜晚的暗影如浓烟般从海的尽头升腾起来。我没有看。我的心扭作一团，像是一块正在被拧水的布。我在想那些天文学家。我想象着他们如蠕虫般卑微，皮肤松弛，佝偻驼背。求你了，他们哭求着，跪在地上的膝盖骨瘦如柴。不是我们的错，是太阳自己晚了。

太阳从来不晚，君王从宝座上回答。口出此言是亵渎神灵，你非死不可！斧头落下，把那些苦苦求饶的人劈成两半。

"父王，"我说，"我感觉怪怪的。"

"你饿了，"他说，"已经过了宴席的时间。你姐姐们应该为耽搁了我们而感到耻辱。"

我晚饭吃得很饱，可那感觉依然纠缠着我。我的表情一定很奇怪，因为珀耳塞斯和帕西法厄在他们的座位上窃笑了起来。"你是吞了只青蛙吗?"

"没有。"我说。

这让他们笑得更欢了。他们披着轻纱的胳膊在彼此身上蹭来蹭去,像蛇在抛光鳞片一样。我妹妹说:"父王的金母牛怎么样?"

"很美。"

珀耳塞斯大笑起来。"她不知道!你听说过有谁能蠢到这个地步吗?"

"从来没有。"我妹妹说。

我不该问的,但我还在自己的思绪中游荡,满脑子都是四分五裂的尸体散落在大理石地面上的场景。"我不知道什么?"

我妹妹完美诠释了什么是水貂脸。"他上它们,当然了。他就是这样造新牛的。他变成公牛,繁殖小牛犊,还会把老牛炖了吃。这就是为什么大家都觉得它们有不死之身。"

"他才不会呢。"

他们指着我通红的脸颊仰天狂笑。这声音吸引了我的母亲。她喜欢我弟弟妹妹之间的俏皮话。

"我们正跟喀耳刻说母牛的事情呢,"我弟弟对她说,"她还不知道。"

我母亲的笑声像顺着岩石流下的泉水般玲珑。"喀耳刻真蠢。"

那时我的日子就是这样。我希望自己能说我一直等待着爆发的时机,但事实是,恐怕我只是顺势而行,以为那些无聊的痛苦就是生命的全部,直到时间的尽头。

第 二 章

受刑的普罗米修斯

据说，我的某位叔叔要遭到惩罚了。我从未见过他，但在家人不祥的窃窃私语中，我听到他的名字一次又一次被提及。普罗米修斯。很久以前，当人类还在洞穴中蜷缩着身体瑟瑟发抖时，他违抗了宙斯的意愿，将火种这个礼物赐予人间。那火焰孕育了所有的技艺和文明的全部益处，而这些都是嫉妒心强的宙斯不愿让他们触碰的东西。普罗米修斯因为这次反叛被打入了地狱最深的坑穴中，直到恰如其分的刑罚被发明出来为止。如今，宙斯宣布时辰已到。

我的其他叔叔们跑到我父亲的神殿中，胡子凌乱翻飞，口中流溢着恐惧。他们是鱼龙混杂的一群：河神的肌肉如树干一般，被海水浸透的海神胡子上还挂着螃蟹，精瘦的老翁牙缝中还塞着海豹肉。他们中的大多数人根本不是我的叔叔，而是某种意义上的隔代堂兄。他们也是泰坦神，同我父亲和祖父一样，同普罗米修斯一样，是诸神之战的幸存者。他们是没有被打倒、没有被戴上镣铐的神，是与宙斯的雷霆和解的神。

曾经，在万物初开的年代，世界上只有泰坦神。而后，我的叔祖父克罗诺斯听到了一则预言，称他的孩子终有一天会颠覆他的王权。在他的妻子瑞亚诞下头胎之后，他把湿漉漉的婴儿从她的怀抱中夺走，整个吞了下去。他们又生了四个孩子，他照例将他们尽数吃掉，直到最后，绝望至极的瑞亚将石头裹在襁褓中，让他吞了下去。克罗诺斯上当了，而那个被挽救下来的婴儿——宙斯——则被带到了狄克忒山秘密抚养成人。成年后，他的确崛起了。他从天空中撕扯出雷霆，将有毒的药草灌入他父亲的喉咙。他那些生活在父亲肚子中的姐姐和兄长被吐了出来。他们簇拥在弟弟周围，以他们建立王权的巍峨山巅命名自己：奥林匹斯神。

旧神起了内讧。大多数选择效忠克罗诺斯，但我父亲和祖父却加入了宙斯的阵营。有人说这是因为赫利俄斯一直痛恨克罗诺斯的吹嘘与自负；其他人窃窃私语，认为他的预言天赋让他提前看到了这场战争的结局。战争撕裂了天空，空气燃烧了起来，诸神将血肉从彼此的骨头上生剥下来。大地被一滩滩沸腾的鲜血浸透，其威力之大，所降之处竟长出了罕见的鲜花。最终，宙斯的力量大获全胜。他将反叛者们囚于镣铐之中，还剥夺了其他泰坦神的神力，将它们赋予自己的兄弟姐妹以及亲生骨肉。我叔叔涅柔斯曾是海洋的至高领袖，如今却成了新任海神波塞冬的仆人。我叔叔普罗透斯失去了他的宫殿，他的妻子们沦为性奴。只有我的父亲和祖父没有被削弱神力，没有失去家园。

泰坦神们讥笑了起来。难道他们还要感恩戴德不成？赫利俄斯和俄刻阿诺斯在战争中力挽狂澜，这尽人皆知。宙斯本该赋予他们大把的新神力，大量的新任务，但他却害怕了，因为他们的力量足以与他匹敌。他们望向我父亲，等着他反抗，等他燃起熊熊烈火。但赫利俄斯不过是回到了自己的地下宫殿而已，远离宙斯那亮彻天际的凝视。

几个世纪过去了。大地的伤痕已经愈合，到处一片祥和。但诸神间的积怨却如同他们的肉体般不朽。晚宴时，我的叔叔们总会紧密地聚拢在我父亲周围。我喜欢他们和他说话时低垂眼帘的样子,喜欢当他在座位上躁动不安时他们一言不发、谨小慎微的样子。酒碗已经空了,火把渐渐熄灭。时间已经够久了,我的叔叔们低语道。我们的元气已经恢复了。想想,如果你释放自己的烈火,它会如何发威吧。你是旧神中最强大的一个,甚至比俄刻阿诺斯还要强大。只要你想,你会比宙斯还要强大。

我父亲露出了笑容。"兄弟们,"他说,"这是什么话?难道我们不是有福同享吗?这个叫宙斯的做得还不错。"

如果宙斯听到了这句话,他会心满意足的。但他却看不到我所看到的东西,那东西明明白白写在我父亲的脸上。那句未说出口、但却阴魂不散的话。

这个叫宙斯的做得还不错,暂且如此。

我叔叔们摩拳擦掌,回他以微笑。他们离开时心中充满了希望,盘算着泰坦神东山再起后他们迫不及待要做的那些事情。

那是我的第一个教训。在事物平静、熟悉的面孔下,另一副面孔正伺机而动,打算将世界撕成两半。

如今,叔叔们涌入我父亲的神殿,眼睛中流转着恐惧。普罗米修斯突遭刑罚是个征兆,他们说,宙斯和他的族人终于要对我们下手了。在将我们彻底摧毁之前,奥林匹斯神是不会真正满意的。我们应该与普罗米修斯统一战线,或者我们要与他划清界限,免得宙斯的雷霆劈到我们头上。

我像往常一样待在父亲脚边。我一言不发地躺着——这样他们就不会注意到我,然后把我打发走——但我感觉自己的胸膛中翻涌着那个让难以承受的可能性:战争会再次打响。我们的神殿会被雷霆轰开。雅典娜——宙斯的战神女儿——将手持灰色长矛追杀我们;她的弟弟——杀戮成性的阿瑞斯——将与她并肩作战。我们将被戴上镣铐，投入熔岩坑中，永世无法脱身。

我父亲被围在中间，惜字如金的他冷静地说："好了，兄弟们，如果普罗米修斯要受罚，那只是因为他罪有应得。我们不要捕风捉影。"

但我的叔叔们还在苦口婆心地劝说。那是公开的处刑。那是对我们的侮辱，是他们在教训我们。看看不乖乖从命的泰坦神究竟会落得什么下场。

我父亲的目光显露出了警觉与狂怒。"这是对反叛者的惩罚，仅此而已。普罗米修斯因为他对凡人愚昧的爱而误入歧途。这不是在教训泰坦神。你们明白了吗？"

我的叔叔们点了点头。在他们脸上，失望混杂着欣慰。不许大开杀戒，暂且如此。

惩罚神灵是既罕见又恐怖的事情，风言风语在我们的神殿中蔓延开来。普罗米修斯是无法被杀死的，但有很多地狱般的酷刑可以替代死亡。是刀刑，剑刑，还是五马分尸？是炽热的长矛还是火轮伺候？那伊阿得斯们晕倒在了彼此的大腿上。河神们装模作样，脸上暗藏着兴奋。你不知道诸神有多么惧怕疼痛。对他们来说，没有什么比这更陌生，因此也就没有什么比这更让他们迫不及待地想要看到。

到了约定的那一天，我父亲的接待大厅敞开了大门。镶嵌着红宝石的巨大火把在墙上闪闪发光，在它们的映照下，各路宁芙和神明汇聚一堂。纤瘦的森林女神德律阿得斯们从林中涌出；岩石般的山丘女神俄瑞阿得斯们从峭壁上赶来；我母亲同她的那伊阿得斯姐妹们在一起；肩膀如马的河神，体白如鱼的海宁芙，以及掌管海水的领主们鱼贯而入。就连泰坦主神们都来了：我父亲当然来了，还有俄刻阿诺斯，海神涅柔斯和拥有变形能力的普罗透斯也来了；我的姨母——驾着银色马车驰骋夜空的塞勒涅——来了；四位风神在我那冷若冰霜的叔叔玻瑞阿斯的带领下来了。上千双贪婪的眼睛聚集于此。只有宙斯和他的奥林匹斯神没有来。他们瞧不起我们的地下集会。传言他们已经在云端举行过秘密会议，讨论这次刑罚。

惩罚的指示已经交给了一位复仇女神，一位来自地狱、与死魂灵同住的女神。我的家人同往常一样高高在上，而我则站在人群前面，眼睛紧紧地盯着大门。在我身后，那伊阿得斯们与河神们你推我搡，窃窃私语。我听说她头上长着蛇。不，她有蝎子的尾巴，眼睛还滴着血。

门廊空空如也。可突然间她就出现了。她的脸灰沉沉的，不带一丝怜悯，好像是用岩石雕刻出来的一样。在她背后，黑色的翅膀高高扬起，像秃鹫的翅膀一样连结在一起。她的叉状舌头在唇间吐着信子。她头顶上的蛇扭动着，绿绿的，蠕虫一样细瘦，仿佛她发间编织的活缎带。

"我把犯人带来了。"

她的声音很粗哑，如嘶吼般响彻屋顶，像一只猎狗在向它的猎物示威。她大步迈进神殿。她的右手拿着一根鞭子，鞭子的顶端因为摩擦地面而发出了微弱的嘶嘶声。她的另一只手上押着一根长锁链，锁链的那头跟着普罗米修斯。

他戴着厚厚的白色眼罩，腰间围着一件残缺不全的上衣。他的手和脚都被铐住了，但他却没有踉跄。我听身边一位姨母低声说，那镣铐是伟大的铁匠之神赫淮斯托斯亲手锻造的，即使是宙斯也无法将它打破。复仇女神挥动秃鹫般的翅膀腾空而起，将镣铐钉入高墙之中。普罗米修斯垂挂在那镣铐之下，手臂抻得紧紧地，骨头的关节透过皮肤凸了出来。对不适感知之甚少如我者，都似乎能感受到这份疼痛。

我父亲会说些什么的，我想。或其他某位神明会说些什么。他们自然会给他一些肯定，表达一下善意，毕竟他们是他的家人。但普罗米修斯只是静静地悬在那里，无人问津。

　　复仇女神不屑一语。她是刑罚之神，相信暴力胜于雄辩。鞭子的声音噼啪作响，如同橡树的枝干断裂了一般。普罗米修斯的肩膀猛颤了一下，体侧多了一道深深的伤口，有我的胳膊那么长。在我周围，倒吸凉气的声音像冷水遇到滚烫的岩石般嘶嘶作响。复仇女神再次举起了长鞭。啪。一道血痕在他背后裂开。她开始郑重其事地雕刻起伤痕来，鞭子一下接一下地抽下去，新伤叠旧伤，长长的血痕弄得他皮开肉绽。四下只有鞭子的抽打声，和普罗米修斯强忍住的、偶尔爆发出的喘息。他的脖子上青筋暴起。有人推了推我的后背，想看得更清楚一些。

　　诸神的伤口愈合得很快，但复仇女神清楚自己的职责，她的动作更快。她一下接一下地抽打着，直到鞭子被鲜血浸透。我知道神会流血，但我从没见过这般场面。他是我辈中最强大的神明之一，从他体内流出的鲜血是金色的，它们在他的后背上染出了骇人的美感。

　　复仇女神还在继续抽打着。几个小时，也许是几天，过去了。即使是神也无法旷日持久地盯着一场鞭刑。鲜血和痛苦开始让人觉得无聊了。他们想起了自己舒舒服服的日子和想办就办的宴席，铺着紫色布料的柔软沙发也随时准备将他们吞没。他们接连走开了，在最后一鞭之后，复仇女神也走开了，在如此一番苦力之后，她理应大快朵颐一顿。

　　眼罩从我叔叔的脸上滑了下来。他的眼睛紧闭着，下巴垂到了胸前。他的后背上垂下一片片碎皮烂肉。我听叔叔们说，宙斯曾给了他机会，让他跪地求饶、从轻发落。他拒绝了。

　　我是唯一一个留下的。灵液的味道充斥在空气中，像蜜一样厚重。滚烫的血流依然在顺着他的大腿往下滑。我的脉搏冲击着血管。他知道我在这儿吗？我小心翼翼地朝他迈了一步。他的胸部起伏着，发出了轻微的嘶嘶声。

"普罗米修斯殿下？"我的声音在充满回音的房间中显得非常单薄。

他抬起头来看着我。他的眼睛在睁开时是很好看的，大大的，瞳孔很深，睫毛纤长。他的面颊很光滑，没有胡子，然而他给人的感觉却像我的祖父一样苍老。

"我可以给你拿点水来。"我说。

他盯着我的眼睛。"那我要谢谢你了。"他说。他的声音很洪亮，如同上了年岁的古木一般。这是我第一次听到他的声音。受刑全程他都没有哀号过一次。

我转过身。我气喘吁吁地穿过长廊，来到宴会大厅，那里挤满了欢声笑语的神。在房间的另一头，复仇女神正在用一个巨大的高脚杯敬酒，杯子上有一个横眉冷目的蛇发女妖的浮雕图案。她并没有禁止任何人与普罗米修斯说话，但这没什么，她的工作是施刑。我想象着她用地狱般的嗓音高喊出我的名字。我想象着镣铐在我的手腕脚腕上叮当作响，想象着鞭子从空中抽打下来。但我只能想象到这里了。我从没体验过被鞭子抽打的感觉。我不知道我的鲜血是什么颜色的。

我抖得太厉害了，只得用双手捧着杯子。如果有人拦下我，我要怎么说呢？但当我沿着长廊往回走时，四下鸦雀无声。

大厅里，普罗米修斯静静地承受着镣铐。他闭着眼睛，他的伤口在火把的映照下闪闪发光。我犹豫了一下。

"我不睡觉的，"他说，"你可以帮我把杯子举起来吗？"

我脸红了。他当然没法自己拿杯子。我往前迈了几步。我离他如此之近，能感觉到热气从他的肩膀上蒸腾起来。地面被他滴落的鲜血浸湿了。我将杯子举到他嘴边，他喝了起来。他的喉咙轻柔地起伏着。他的肤色很漂亮，是抛光后的胡桃木的颜色。他闻上去像是被雨水浸透的绿色苔藓。

"你是赫利俄斯的女儿，对吧?"他喝完水后，我退回了原地，这时他说。

"是的。"这个问题刺痛了我。如果我是个像样的女儿，他就不用问了。我会因为从父亲那里继承的美貌而完美无瑕、光彩熠熠。

"谢谢你的好心。"

我不知道自己是不是好心。我觉得自己一无所知。他说话很小心，几乎是试探性的，但他的谋反却如此明目张胆。我的思绪因为这对矛盾而挣扎着。大胆的行为和放肆的举止是两回事。

"你饿吗?"我问道，"我可以给你拿些吃的来。"

"我觉得我永远都不会再饿了。"

这不像发生在凡人身上时那么可悲。神吃饭和睡觉的原因是一样的：因为它们是生活的巨大乐趣之一，而不是因为我们必须这样做。也许有一天，我们会决定不再被自己的胃所左右，如果我们足够强大的话。我不怀疑普罗米修斯的强大。在我父亲脚边蜷缩了那么长时间之后，我已经学会了如何嗅出权力的所在。我的某些叔叔还不如他们坐的椅子散发出的气息浓烈，但我的祖父俄刻阿诺斯闻上去却像河底肥沃的淤泥一样厚重，而我父亲闻上去则像刚刚添加过木柴的熊熊烈焰。普罗米修斯散发出的绿色苔藓味弥漫在整个房间里。

我低头看着空空的水杯，鼓起了勇气。

"你帮助了凡人，"我说，"所以你被惩罚了。"

"的确如此。"

"你可不可以告诉我，凡人是什么样的?"

这是个幼稚的问题，但他郑重其事地点了点头。"这个问题一句话回答不了。他们各有各的不同。他们唯一的共同点是死亡。你知道这个词吗?"

"我知道，"我说，"但我不懂它的意思。"

"没有哪个神能懂。他们的身体会垮掉,然后尘归尘,土归土。他们的灵魂会化作青烟,飞往冥界。在那里,他们不吃不喝,也感觉不到温暖。他们伸手触及的一切都会从指间溜走。"

一阵寒意颤抖着流遍我的全身。"他们怎么受得了呢?"

"尽可能地承受。"

火把渐隐,阴影像黑黢黢的水一样拍打着我们。"你真的拒绝为自己求情吗?而且你不是被抓获的,而是主动向宙斯承认了自己的所作所为?"

"的确如此。"

"为什么?"

他的眼睛牢牢地盯着我。"也许你可以告诉我答案。为什么一个神要做这样的事情?"

我没有答案。在我看来,主动招引神界的惩罚简直是疯了,但我不能对他说这话,不能站在他的鲜血里对他说这话。

"不是所有的神都要一样。"他说。

我要怎么回应这句话呢?我不知道。远处的一阵喧闹声沿着长廊飘来。

"你该走了。阿勒克托不喜欢让我一个人待太久。她的残暴疯长起来就像野草一样,必须随时把它们处理掉才行。"

这个形容很奇怪,因为他才是要被处理掉的那个。但我喜欢这形容,好像他的话是个秘密一样。一个看起来是石头,但其实里面含着一粒种子的东西。

"那我就走了,"我说,"你……会好好的吧?"

"好得很,"他说,"你叫什么名字?"

"喀耳刻。"

他是不是微微笑了一下?也许我只是在自作多情。我因为自己的所作所为而颤抖不已,那比我一辈子做过的事都离经叛道。我转身离他而去，沿着黑曜石长廊往回走。在宴会大厅里，诸神还在饮酒作乐，横躺在彼此的大腿上。我看着他们。我等着谁提一下我不见了，但没有人提，因为没有人留意。他们凭什么要留意呢？我什么都不是，就是一块石头而已。不过是万千宁芙后代中的又一个。

一股奇怪的感觉涌上我的心头。那是一种发自肺腑的哼鸣，像冰雪消融时节的蜜蜂一样。我走向父亲的宝库，里面塞满了闪闪发光的宝物：牛头形状的金杯，青金石和琥珀做成的项链，银制的鼎，还有用石英镂刻而成、柄部宛若天鹅颈的碗。我的最爱一直是一把匕首，它的象牙握柄被雕刻成了狮头的形状。这是一位君王送给我父亲的，想借此奉承他。

"那他得逞了吗？"我曾经问我父亲。

"没有。"我父亲如是说。

我拿走了匕首。在我的房间里，青铜刀刃在烛光下闪闪发亮，狮子也露出了尖牙。我将匕首架在掌心上。我的掌心软软的，没有一丝皱纹。它不会留下任何疤痕，不会有感染化脓的伤口。它永远都不会沾染丝毫年龄的痕迹。我发现，我并不惧怕即将到来的疼痛。萦绕在我心头的是另一种恐惧：我怕刀刃根本不会留下伤口。我怕它会径直穿透我的身体，像是坠入了烟雾之中。

它并没有穿透我的身体。刀刃所及之处，我的皮肤迸裂开来，热辣辣的疼痛像雷霆一般蹿遍全身。我淌出的鲜血是红色的，因为我没有我叔叔那样的神威。伤口渗了很长时间的血才开始愈合。我坐下来看着它，边看边有了一个新的想法。我不好意思把它讲出来，因为它太低级了，就像小婴儿发现手是她身体的一部分一样。但那时我就是这样的存在，一个小婴儿。

我的想法是这样的：我一辈子都在黑暗和深渊中度过，但我不是那潭死水的一部分。我是这潭死水中的一个异类。

第 三 章

恐惧的巨链

当我醒来的时候，普罗米修斯已经不见了。地面上，金色的血已经擦干净。镣铐砸出的洞也已经复原。我从一个那伊阿得斯那里听说了消息：他被带到了高加索山脉一个嶙峋的山巅，与岩石捆绑在一起。一只雄鹰受令每天中午到那里去把他的肝活剥出来，趁还在冒热气的时候吃掉。难以名状的惩罚，她边说边品味着每个细节：血淋淋的鹰喙，扯碎的器官复原后只是为了再次被撕裂。你能想象得到吗？

我闭上了眼睛。我应该给他一根长矛的，我想，一件能让他杀出一条血路的武器。但这想法太蠢了。他不想要武器。他已经自我放弃了。

关于普罗米修斯受罚的事，大家只聊了还不到一个晚上。一个德律阿得斯用发夹刺伤了美惠三女神中的某一位。我叔叔玻瑞阿斯和奥林匹斯神阿波罗爱上了同一个凡间少年。

我等待着，直到叔叔们停止了闲聊。"有普罗米修斯的消息吗？"

他们皱了皱眉头，好像我刚刚给了他们一盘馊掉的东西似的。"能有什么消息呢？"

我掌心被刀刃割破的地方在隐隐作痛,虽然那上面肯定没有疤痕。

"父王,"我说,"宙斯会放普罗米修斯走吗?"

我父亲眯起眼睛看着他的西洋棋。"那得用更好的东西跟他交换才行。"

"比如说?"

我父亲没有回答。某位神明的女儿被变成了一只鸟。玻瑞阿斯和阿波罗为他们爱的那个少年吵了一架,结果这个少年死了。玻瑞阿斯在席位上狡邪一笑。他粗犷的声音使得火把都闪烁了起来。"你以为我会让阿波罗得到他吗?他才不配拥有这么个尤物。我用铁饼砸烂了那个男孩的脑袋,让那个奥林匹斯自大狂见识了一下我的厉害。"我叔叔们的笑声一片混乱,里面混杂着海豚的尖叫,海豹的吠叫,和水流拍打岩石的声响。一群鱼肚白的涅瑞伊得斯从旁边经过,她们正在回海盐神殿的路上。

珀耳塞斯往我脸上扔了一颗杏仁。"你这几天怎么了?"

"可能是恋爱了吧。"帕西法厄说。

"哈!"珀耳塞斯笑了起来,"父王根本没法把她送出去。相信我,他试过了。"

我母亲回过头,越过香肩望着我们。"至少我们不用听她说话。"

"我能让她开口,看着。"珀耳塞斯用两根手指夹住我胳膊上的肉,使劲捏了一下。

"你吃得太多了。"我妹妹笑话了他。

他脸红了。"她就是个怪胎。她肯定藏着掖着什么呢。"他一把抓过我的手腕,"你手里拿着什么?她手里有东西。把她的手指头弄开。"

帕西法厄把它们一个一个地掰开,她长长的指甲刮得我很疼。

他们低头看过去。我妹妹咒骂了起来。

"什么都没有。"

* * *

我母亲又生了,是个男孩。我父亲为他祈了福,却没有做任何预言,于是我母亲四下寻找起遗弃他的地方。那时,我的姨母们变聪明了,选择了袖手旁观。

"我来照顾他。"我说。

我母亲对此嗤之以鼻,但她正急着炫耀自己的新琥珀项链。"好吧。至少你还有点用。你们可以冲着对方咯咯叫。"

埃厄忒斯,这是我父亲为他取的名字。鹰鹫。在我的臂弯中,他的皮肤如被太阳烤过的岩石般温暖,如花瓣上的绒毛般柔软。世界上没有比他更甜美的孩子。他闻上去像蜂蜜糅杂着刚刚点着的火焰。他就着我的指尖吃东西,在听到我虚弱的声音后也不会畏缩。他只想搂住我的脖子,边听我讲故事边入睡。他与我相伴的每一刻,我都感觉有什么东西冲撞着我的喉咙,那就是我对他的爱。这爱如此之深,使得我有时竟说不出话来。

他似乎也爱我,这更让人惊叹。喀耳刻是他此生说出的第一个词,第二个是姐姐。如果被我母亲发现了,她也许会嫉妒的。珀耳塞斯和帕西法厄监视着我们,看看我们会不会挑起战争。战争?我们才不在乎那东西。埃厄忒斯从父王那里得到了许可,离开了神殿,为我们找到了一处荒无人烟的海滩。那海滩很小,很荒芜,树丛连灌木都不算,但对我而言,它就像是一片郁郁葱葱的旷野。

一眨眼的工夫他就长大了,长得比我还高,但我们还是会挽着彼此的胳膊散步。帕西法厄嘲讽我们看上去像恋人一样,我们会不会成为跟自己的兄弟姐妹交配的那类神呢?我说如果她这样想的话,那么她之前肯定这样做过。这回击很蹩脚,但埃厄忒斯却笑了出来,这让我觉得自己像闪耀夺目的智慧女神雅典娜一样机敏。

后来,人们说埃厄忒斯是因为我才变得古怪。我无法证明事实并非如此。但在我的记忆中,那时他已经很古怪了,与我认识的其他任何神都不同。即使在他还是小孩子的时候,他似乎就懂得别人并不懂得的事情。他能说出在幽暗至极的海沟中生活的怪物的名字。他知道宙斯灌进克罗诺斯喉咙里的药草叫法魔柯。它们可以在世间缔造奇迹,而且很多法魔柯都是从诸神洒落的鲜血中长出来的。

我通常都会摇摇头。"你是怎么知道这些事情的?"

"我有认真听别人说话。"

我也有认真听,但父亲对我并不情有独钟。埃厄忒斯被召唤去参加他的所有会议。我的叔叔们也已经开始邀请他去他们的神殿做客了。我在房间里等着他回来,这样我们就可以一起去那片荒无人烟的海滩,坐在岩石上,感受海浪在我们脚下溅起的水雾了。我会把脸颊靠在他的肩膀上,而他则会问我一些我从没想过、也很难回答上来的问题,比如:你的神性会给你什么样的感觉?

"这是什么意思?"我说。

"这样吧,"他说,"我告诉你我的感觉是什么样的。它像一根水柱,不停地将水倾注在自己身上,而且清澈见底。现在该你说了。"

我尝试了几个回答:像悬崖上的微风。像尖叫着飞离巢穴的海鸥。

他摇了摇头。"不对。你之所以这么说,只是因为刚才我说的那些话。它给你的感觉到底是什么样的?闭上眼睛,好好想一想。"

我闭上了眼睛。如果我是个凡人,我就会听到自己的心跳声。但神的血液循环很慢,事实是,我什么都没有听到。但我又不想让他失望。我将手紧紧地贴在胸膛上,过了一小会儿之后,我似乎的确感觉到了什么。"像一个贝壳。"我说。

"啊哈!"他摆了摆手指,"像蛤蜊的壳还是海螺的壳?"

"海螺。"

"那个贝壳里有什么东西?蜗牛吗?"

"什么都没有,"我说,"只有空气。"

"这两个不是一回事,"他说,"什么都没有是空空如也的意思,但空气却弥散在一切之中。它是呼吸、是生命、是灵魂,是我们说出口的话语。"

我弟弟真是个哲学家。你知道有多少神是这个样子的吗?除了他之外,我只遇到过一个。抬头便是蔚蓝苍穹搭成的拱顶,但我却又回到了那个漆黑一片的神殿,里面有镣铐和鲜血。

"我有一个秘密。"我说。

埃厄忒斯扬起了眉毛,饶有兴致。他以为这是个笑话。从来没有什么是我知道而他不知道的。

"是在你出生之前发生的事。"我说。

当我把普罗米修斯的事情告诉埃厄忒斯的时候,他没有看我。他总说,他的头脑在不受干扰的情况下转得最快。他的眼睛紧盯着海平线。他和他得名的鹰鹫一样目光锐利,能够探入一切事物的缝隙中,就像水流冲击着船体的裂缝。

我讲完后,他沉默了许久。最后他说:"普罗米修斯是预言之神。他知道自己会受罚,也知道那会是什么样的惩罚。可他照做不误。"

我没有想过这个。没有想过在普罗米修斯为人类高举火焰的那一刻,他就已经知道了自己正迈向那只雄鹰,以及那个永世无法脱身的荒凉悬崖。

够好的了。当我问起普罗米修斯的现状如何时,埃厄忒斯如是回答。

"还有谁知道这件事?"

"没人知道。"

"你确定吗?"他的语气紧张急促,让我很不适应,"你没跟任何人说过?"

"没有,"我说,"我还能跟谁说呢?谁会相信我的话呢?"

"这倒是真的,"他点了一下头,"你绝不能告诉任何人。你不可以再谈论这件事了,就算跟我都不行。父王没有发现这件事算你走运。"

"你觉得他会生那么大的气吗?普罗米修斯可是他的兄弟啊。"

他对此嗤之以鼻。"我们都是兄弟姐妹,包括奥林匹斯神在内。你会让父王看上去像个管不住自家孩子的蠢货。他会拿你去喂乌鸦的。"

我感觉自己的胃因为恐惧扭作一团。看到我脸上的表情后,我弟弟笑了起来。"就是这样,"他说,"而且这有什么用呢?反正普罗米修斯已经受罚了。我给你一点建议。下次你想反抗神明的时候,找个更充分的理由。我不想眼见我姐姐白白化成灰。"

帕西法厄被许配了出去。她处心积虑了很久,坐在我父亲的大腿上,嘟囔着她多么想为一位好君王传宗接代。我弟弟珀耳塞斯受令助她一臂之力,在每场宴会上举杯赞扬娶她为妻将会有多好。

"米诺斯,"我父亲从他的席位上发话了,"宙斯之子,克里特岛之王。"

"凡人?"我母亲坐直了身子,"你说过她会嫁给神的。"

"我说这个人会是宙斯的永恒之子,而他的确是。"

珀耳塞斯冷笑了一下。"故弄玄虚。他到底会不会死?"

一道闪电亮彻大厅,像火焰的焰心一样灼人。"够了!米诺斯会在来世统治所有的凡间灵魂。他会名垂千古。这件事就这么定了。"

我弟弟不敢再说什么,我母亲也是。埃厄忒斯迎上我的目光,我仿佛听到他说出了下面的话。看到了吗?理由不够充分。

我以为我妹妹会因为委身下嫁而哭哭啼啼。但当我看她的时候,她却在笑。那意味着什么,我说不好。我的思绪在另一条路上驰骋。激动之情流遍我的全身。如果米诺斯在场,那么他的家人也会在,还有他的王公大臣,他的智囊团,他的封臣和天文学家,为他斟酒的人,他的家仆和粗使。所有普罗米修斯用永世受罚换来的生命。凡人。

婚礼当天,父亲用黄金战车载着我们来到大洋彼岸。宴席在克里特岛上举行,在米诺斯位于克诺索斯的壮丽王宫里。那里的墙刚刚粉刷过,而且每面墙上都垂挂着艳丽的鲜花;挂毯闪耀着浓郁至极的藏红色。参加婚礼的不止有泰坦神。米诺斯是宙斯之子,所有谄媚的奥林匹斯神都会来表达他们的敬意。长长的柱廊上很快就挤满了金光闪闪的神,他们开怀大笑,身上的饰物叮当作响,四下张望还有谁同样受到了邀请。围在我父亲身边的人群是最密集的,各种各样的神推推搡搡,祝贺他的精彩联姻。我的叔叔们尤为满意:只要夫妻关系不散,宙斯就不可能对我们动手。

帕西法厄坐在礼台上闪闪发光,像熟透的水果一样鲜嫩欲滴。她的皮肤是金色的,头发带着抛光后的铜器反射出的阳光的颜色。上百个急不可耐的宁芙挤在她身边,争先恐后地告诉她她有多美。

我往后退了退,远离人群。泰坦神们从我面前走过:我的姨母塞勒涅,我那个拖着海草的叔叔涅柔斯,记忆之母谟涅摩叙涅,还有她九个步履轻盈的女儿。我的眼睛略过他们,扫视着。

最后,我在宴会厅的角落里找到了他们。模模糊糊的人影挤作一团,头靠在一起。普罗米修斯曾对我说他们各不相同,但我只能辨认出一群没什么差别的人,每个人的皮肤都灰扑扑、汗涔涔的,身上的袍子也都皱巴巴的。我挪近了一些。他们的头发直愣愣地垂着,皮肤松松垮垮地挂在骨架上。我试着想象自己走近他们,用手去触摸他们那日渐衰老的肌肤。这想法让我全身一阵寒战。那时我已经听到了兄弟姐妹间窃窃私语的传言,听到了他们会对落单的宁芙做些什么。强奸,掠夺,虐待。我觉得难以置信。他们看上去像菌褶一样不堪一击。他们颤颤巍巍地低着头,不去看所有神明。毕竟,关于与神纠缠的人会落得什么下场,凡人有自己的传说。不合时宜的一瞥,在不祥之地的驻足,这样的事情会为十几代人招致灾难和死亡。

这就像是一条恐惧的巨链,我想。宙斯在巨链的顶端,我父亲紧随其后。然后是宙斯的兄弟姐妹和后代,之后是我的叔叔们。各阶级的河神、海王、复仇三女神、风神和美惠三女神顺次排列,直至巨链底端。我们——宁芙和凡人——就在这里,面面相觑。

埃厄忒斯抓住我的胳膊。"他们没什么可看的,是不是?来吧,我找到奥林匹斯神了。"

我跟了过去,脉搏鼓动着。我从没见过奥林匹斯神,那些从他们高高在上的王位发号施令的神。埃厄忒斯把我拉到了一扇窗前,那扇窗户俯瞰着一片阳光耀眼的庭院。他们就在那里:阿波罗,音乐与箭弩之神。他的孪生姐姐阿耳忒弥斯,那个身披月光的冷酷狩猎者。赫淮斯托斯,诸神的铁匠,他锻造的镣铐如今依旧束缚着普罗米修斯。郁郁寡欢的波塞冬，他的三叉戟统率着海浪。丰收女神得墨忒耳，她的富饶滋润着整个世界。我盯着他们，他们手握权力，如鱼得水。他们所经之处，空气似乎都在为他们让路。

"你看到雅典娜了吗？"我小声说。我一直很喜欢关于她的传说：灰眸勇士，智慧女神，头脑比雷霆还要迅捷。但她不在那里。也许，埃厄忒斯说，她太孤傲了，不愿与生于大地、长于大地的泰坦神来往。也许她太过睿智，不愿让自己的道贺淹没在人群中。也许其实她在场，只不过就连其他的神都无法看透她的伪装。她是最强大的奥林匹斯神之一，是有能力做出这样的事情来的，这样她就可以观察权力的暗流，偷听我们的秘密了。

想到这，我的脖子上起了一层鸡皮疙瘩。"你觉得这会儿她在偷听我们说话吗？"

"别犯傻了。她是为了那些主神来的。快看，米诺斯来了。"

米诺斯，克里特岛之王，宙斯与凡人女性之子。如他之辈被唤作半神，他们本身是凡人，却因为神的血统受到了庇佑。他比王公大臣们高出一大截，头发如盘根错节的灌木丛般浓密，胸膛如甲板般宽阔。他的眼睛在金王冠的衬托下乌黑发亮，让我想起了父亲的黑曜石神殿。然而，当他把手搭在我妹妹纤细的胳膊上时，他看上去突然像冬天里的一棵树，光秃秃、干巴巴的。我觉得他心里明白这一点。他面露愠色，这反而让我妹妹更加光彩照人了。她在这里会幸福的，我想。或者会与众不同，这两个对她来说是一回事。

"那边，"埃厄忒斯凑近我的耳畔说，"快看。"

他指着一个凡人，一个我之前没有注意到的男人，他不像其他人那么畏畏缩缩。他很年轻，埃及式的发型打理得干干净净，面部肌肤恰到好处地嵌入了他的面部轮廓中。我对他颇有好感。他清澈的眼眸不像其他人的那样醉意朦胧。

"你当然会对他有好感了,"埃厄忒斯说,"那是代达罗斯。他可是凡间的一个奇迹,是一个几乎能与神媲美的匠人。等我当了国王,我也要收集一些这样的人才留在身边。"

"哦?那你什么时候当国王呢?"

"很快了,"他说,"父王要赐给我一个王国。"

我以为他在开玩笑。"那我可以住进去吗?"

"不可以,"他说,"那是我的。你得给自己弄一个。"

他像往常一样挽着我的胳膊,可突然一切都变了。他的语气挣脱了束缚,好像我们各自拴在毫无交集的两根线上,而不是拴在彼此身上。

"什么时候?"我哽咽着说。

"在这之后。父王准备直接带我过去。"

他说这话的语气好像这不过小事一桩似的。我感觉自己石化了。我紧紧地抱住他。"你怎么不告诉我一声呢?"我滔滔不绝地说了起来,"你不能离开我。我还能做什么呢?你不知道以前的日子是什么样的——"

他把我的胳膊从他的脖子上掰开。"没有必要小题大作。你知道会有这么一天的。我总不能一辈子毫无建树,在地底下等死吧。"

那我怎么办?我想问。我就只能等死吗?

但他已经转过身去跟我的某位叔叔聊天了。新婚夫妇刚进洞房,他就踏上了我父亲的太阳战车。一阵金光闪耀后,他消失了。

珀耳塞斯几天后也离开了。没人对此感到意外,毕竟在我妹妹离开后,父亲的神殿对他而言空荡荡的。他说他要去东方,要去与波斯人一起生活。他们的名字跟我的一样,他说这话时的样子很蠢。而且我听说他们能召唤一种叫恶魔的东西,我想亲眼看看。"

我父亲皱起了眉头。自从珀耳塞斯因为米诺斯的事嘲笑了他之后,他就一直看他不顺眼。"他们为什么要供恶魔而不供我们呢?"

珀耳塞斯没有费心回答。他会走水路过去,不需要我父亲载他。至少我不用再听见你的声音了。这是他对我说的最后一句话。

几天工夫,我的生活就被完全拆解了。我又变回了孩子,父亲驾着太阳战车出征,母亲在俄刻阿诺斯的河畔消磨时光,而我只能等待。我躺在空空如也的神殿里,喉咙因为寂寞而发干。当我再也承受不住的时候,我会逃到我和埃厄忒斯以前常去的那片荒凉海滩。在那里,我找到了埃厄忒斯的指尖曾触碰过的石头。我踩着他曾用双脚翻腾过的沙石。他当然不能留下了。他是赫利俄斯的神子,闪亮耀眼,声振四海又聪明伶俐,而且王位近在眼前。而我呢?

我想起了当我苦苦哀求时他的眼神。我很了解他,当他看我的时候,我能读懂那眼神的含义。理由不够充分。

我坐在岩石上,脑子里全是自己知道的那些关于宁芙的故事。她们哭啊哭,直到自己变成了石头和尖叫的飞鸟,变成了愚蠢的野兽和纤弱的小树,万千思绪被永世封印在树皮中。看来我连这都做不到。生活像花岗岩墙体般将我紧紧围困起来。我应该跟那些凡人聊聊天的,我想。我可以求他们中的某个人娶我为妻。我是赫利俄斯之女,那些衣衫褴褛的人总有一个会要我的。什么都比如今这局面强。

就在此时,我看到了那艘船。

第 四 章

格劳科斯

我在油画中看到过船,也在故事中听到过它们。它们是如海中巨怪般的庞然大物,金光闪闪,围栏是用象牙和鹿角做的。它们要么是靠微笑的海豚拖动,要么是由五十位面孔如月光般皎洁的黑发涅瑞伊得斯掌舵。

这条船的桅杆细得像棵小树苗。它的船帆破破烂烂的,歪歪扭扭地挂着,船体也打满了补丁。我还记得当那个水手抬起头时,我喉咙中的悸动。他的脸被太阳晒得又红又亮。他是个凡人。

人类正向世界各地蔓延。距离我弟弟首次发现那片供我们消遣的荒原已经过去了很多年。我站在尖尖的悬崖后,看那个人驾船在岩石间穿梭、收网。他与米诺斯宫殿内那些衣着整洁的贵族一点都不像。他黝黑的长发被飞溅的海水打湿了。他的衣服破破烂烂的,脖子上结满了痂。他手臂上被鱼鳞刮破的地方,如今满是伤疤。他举手投足间并没有透露出超凡的优雅,但却强壮有力、干净利落,像乘风破浪的坚实小船。

我能听到自己的心跳声,那声音把我的鼓膜震得咚咚直响。我又想起了那些关于宁芙被凡人强暴和虐待的传说。但这个人的脸上写满了青春的柔情，那双拉拽渔网的手看上去也只是利落而已，并不残忍。反正父亲就在我抬眼可见的天际，他被唤作守望者。如果我遭遇了危险，他会现身的。

那时他已经接近了岸边，低头看着海水，追寻着一些我看不到的鱼的踪迹。我深吸了一口气，向海滩走去。

"幸会，凡人。"

他手上一滑，但并没有让渔网漏下去。"幸会，"他说，"敢问你是何方神圣？"

他的声音在我听来非常温柔，像夏日的风一样甜美。

"喀耳刻。"我说。

"啊。"他小心翼翼地不让自己流露出任何表情。很久以后他告诉我，那是因为他从没听说过我，怕会得罪我。他跪在粗制滥造的甲板上。"至高无上的女神。我是否侵犯了你司管的水域？"

"没有，"我说，"我没有水域可司管。那是船吗？"

他的脸上浮现出复杂的表情，但我无法读懂它们。"是的。"他说。

"我想坐着它出海。"我说。

他犹豫了一下，然后驾船向岸边靠拢，但我等不及了。我蹚着海浪向他走去，径直上了船。甲板的热气透过鞋底传来，它的律动给人的感觉很舒服。那是一种微弱的摇晃，好像我骑在一条蛇身上似的。

"前进。"我说。

我是如此生硬刻板，身披神性的光辉而不自知。他比我更生硬。当我的衣袖擦过他的衣袖时，他会颤抖。每当我跟他说话的时候，他的目光都会瞥向别处。我震惊地意识到自己对这样的肢体语言并不陌生。这样的语言我已经说过了上千次——为我父亲，为我祖父，以及所有在我的生命中阔步穿行的强大的神。那条恐惧的巨链。

"哦,不,"我对他说,"我不是那样的。我几乎什么神力都没有,不会伤害到你的。放轻松,之前什么样,现在就什么样。"

"谢谢你,仁慈的女神。"但他这话说得那么谨小慎微,我忍不住笑了出来。似乎是那笑声,而不是我的严正声明,让他放松了一些。时光点滴流逝,我们谈论起了身边的事物:跃出水面的鱼,从我们头顶上俯冲下来的海鸟。我问他渔网是怎么做的,他告诉了我。这个话题激起了他的兴致,他对自己的渔网很上心。在我将父亲的名字告诉他之后,他瞥了一眼太阳,抖得比以前更厉害了。但在一天结束之后,怒火并没有降临到他头上。他对我下跪,说我一定庇佑了他的渔网,因为它们从没有这么满满当当过。

我低头看着他浓密的黑发在夕阳下闪闪发亮,坚实的肩膀垂得低低的。这就是神殿内每位神明都渴望的东西,这样的顶礼膜拜。我觉得也许他做得不对,但更有可能是我做得不对。我只是想再见到他而已。

"起身吧,"我对他说,"求你了。我没有庇佑你的渔网,我没有这样的能力。我由那伊阿得斯所生,她们只司管淡水,可就连这点小小的天赋我都没有。"

"即便如此,"他说,"我可以再来吗?你会在这里吗?因为我一辈子都没见识过像你这么美妙的存在。"

我曾与父亲的光辉比肩而立。我曾将埃厄忒斯抱在怀中,我的床上堆满了永生之神亲手编织的厚毛毯。但我觉得,直到那一刻,我才第一次感受到了温暖。

"会的,"我对他说,"我会在这里的。"

他叫格劳科斯,每天都会来。他随身带着面包,这东西我从来没尝过,还有芝士,这个我尝过,以及橄榄,我喜欢看他用牙咬破它们的样子。我问他关于他家人的事,他说他父亲已经上了年岁,非常刻薄,总是因为食物的事忧心忡忡、大发雷霆;他母亲曾经是做草药的,但如今因为劳累过度身体已经垮了;他妹妹已经生了五个孩子,总是病恹恹的,也总发脾气。如果他们无法向地主上缴他征要的贡礼的话,他们全家都会被赶出农舍的。

从没有人向我吐露过这么多心事。我将每个故事一饮而尽,像漩涡将海浪尽数吸进一样,虽然一半的东西我都无法理解,比如贫穷、疾苦和人类的恐惧。唯一清晰明了的是格劳科斯的脸,他英俊的眉毛和真挚的双眼。他的双眼因悲伤而微带泪光,但当他看我的时候,它们却一直笑意盈盈。

我喜欢看他做那些日常的琐事,这些事他是亲手完成的,而不是眨一下眼显个神威就好:修补被扯坏的渔网,洗刷船的甲板,燧石取火。生火的时候,他会煞费苦心把小块干苔藓整齐地铺在底层,然后搭上小树枝,之后是大树枝,堆高再堆高。这种技艺我之前同样从未听说过。我父亲点燃木头之前,是不需要哄它们的。

他发现我在看他,于是不好意思地揉搓着生满老茧的手。"我知道你觉得我丑。"

才不是,我心想。我祖父的神殿里满是光鲜亮丽的宁芙和浑身肌肉的河神,但跟他们比起来,我宁愿盯着你看。

我摇了摇头。

他叹了口气。"当神的感觉一定很好,永远都不会留下疤痕。"

"我弟弟曾说那感觉像流水一样。"

他思考了片刻。"是啊,我能想象得到。好像你满溢了一样,像个装了太多水的杯子。是哪位弟弟?你以前从来没有提过他。"

"他到很远的地方当国王去了。埃厄忒斯,他叫这个名字,"已经过了这么久,这个名字从我口中说出来时感觉很奇怪,"我本想跟他一起去的,但他拒绝了。"

"听上去他挺蠢的。"格劳科斯说。

"你是什么意思?"

他抬起眼睛,迎上我的目光。"你是个金光灿烂的女神,漂亮又善良。如果我有这样一个姐姐,我是永远都不会让她走的。"

当他在围栏边工作时,我们的胳膊会轻轻扫过彼此。当我们坐下时,我的裙边会轻轻盖住他的脚。他的皮肤暖暖的,稍微有些粗糙。有时我会故意掉下什么东西,这样他就会把它捡起来,我们的手就会触碰到彼此了。

那天,他跪在沙滩上,生火为自己做饭。那依然是我看得最起劲的事情之一,那个由火绒和燧石擦出的小小凡间奇迹。他的头发垂进了眼帘里,很好看,脸颊也被火光照得亮亮的。我发现自己想起了那个给予他这份馈赠的叔叔。

"我见过他一面。"我说。

格劳科斯用棍子刺穿了一条鱼,正把它放在火上烤。"谁?"

"普罗米修斯,"我说,"宙斯给他上刑的时候,我给他递过水。"

他抬起了头。"普罗米修斯。"他说。

"是的,"通常来说他的反应不会这么慢,"圣火使者。"

"这是十几代人以前的故事了。"

"不止十几代,"我说,"小心你的鱼。"棍子从他手上耷了下去,鱼已经被篝火烤糊了。

他没有管它。他的眼睛紧紧地盯着我。"但你跟我同龄啊。"

我的脸欺骗了他。我看上去跟他一样年轻。

我笑了出来。"不,我跟你不是同龄。"

刚才他一直歪着半边身子,抵着我的膝盖。这时他腾地坐起身来,迅速从我身边抽离开,速度之快让我觉得他刚刚还在的地方凉飕飕的。这让我有些吃惊。

"那些年什么都不是,"我说,"我没有好好利用它们。你对这个世界的了解跟我一样多。"我伸手去够他的手。

他一下子把手抽了回去。"你怎么能这么说呢?你多少岁了?一百岁?两百岁?"

我差点又笑出来。但他的脖子已经僵直了,眼睛也瞪得大大的。那条鱼在我们两人之间的火堆中冒起了烟。关于我的一生,我告诉他的东西很少。有什么可说的呢?不过是一成不变的残忍,一成不变的暗地揶揄罢了。那段日子里,我母亲尤为刻薄。我父亲把西洋棋看得比她还重,于是她把满腔怒火都发泄到了我头上。看到我的时候,她会撇嘴。喀耳刻木讷得像块石头。喀耳刻还不如赤裸裸的荒土地有脑子。喀耳刻的头发乱得像狗毛一样。再让我听见她那个破锣嗓子试试。我们有那么多孩子,为什么偏偏是她留了下来?因为别人都不想要她。就算我父亲听见了,他也没有表现出来,只是到处挪动着他的棋子罢了。放在过去,我会满脸泪痕,蹑手蹑脚地回房间。但自从有了格劳科斯,这些全都像是不蜇人的蜜蜂一样。

"抱歉,"我说,"我只是开了个愚蠢的玩笑而已。我从没见过他,只是很希望能见见他。别害怕,我们同岁。"

渐渐地,他的姿势缓和了下来。他长出了一口气。"嗨,"他说,"你能想象得到吗?如果那时候真的已经有你了?"

他吃完了饭。他把剩饭扔给海鸥,然后追赶着它们盘旋而上,直入云霄。他转过身来冲我咧嘴笑着，披着上衣的肩膀耸了耸，银色的海浪映照出了他的轮廓。不论我看他生了多少次火，我都没有再提过我的叔叔。

有一天，格劳科斯的船来晚了。他没有抛锚，只是站在甲板上，面部僵硬，脸色也很难看。他的脸上有一片淤青，颜色暗得像暴风雨中的海浪一样。他父亲打了他。

"啊！"我的脉搏狂跳了起来，"你必须休息一下。和我坐一会儿吧，我给你拿水来。"

"不用了，"他说这话时语气之尖锐前所未闻，"今天不用，永远都不用了。父亲说我游手好闲，捕鱼量也少了。我们会饿死的，这都是我的错。"

"还是过来坐会儿吧，我来帮忙。"

"你什么都做不了，"他说，"这是你告诉我的。你一点神力都没有。"

我看着他扬帆远去。然后我疯狂地转过身，朝我外祖父的神殿飞奔而去。我穿过圆拱长廊，来到了女神的集会大厅，那里觥筹交错，梭子和腕饰叮当作响。我从那伊阿得斯们身旁跑过，从来访的涅瑞伊得斯和德律阿得斯们身旁跑过，来到了位于高台之上的橡木坐凳前。我外祖母就是在这里统管天下。

她名唤忒提斯，是全世界水源的伟大孕育者。她与她丈夫一样，在创世之初由大地母亲所生。她的长袍在脚下滩出了湛蓝的水洼，水蛇像围巾一样盘绕在她的脖子上。在她面前有一台金色织布机，上面铺展着她织的东西。她的脸庞显出了老态，但却没有皱纹。数不清的子女源源不断地从她的子宫孕育而出，而他们的后代依然会被带到她面前接受祈福。我自己就曾跪倒在她面前。她用柔软的指尖触摸着我的额头。孩子，欢迎你。

如今，我再次跪倒在了她面前。"我是喀耳刻，珀耳塞之女。你一定要帮我。有一个凡人需要海里的鱼。我无法佑他成功，但你可以。"

"他是个贵族吧？"她问道。

"他本质如此，"我说，"他物质生活贫瘠，但精神和勇气富足，闪耀如星。"

"作为交换，这位凡人向你献祭了什么呢？"

"向我献祭？"

她摇了摇头。"亲爱的，他们永远都得献祭点什么，哪怕只献祭一点点，哪怕只是向你司管的泉水倾酒致敬，不然事后他们会忘记心存感激的。"

"我没有泉水可司管，也不需要什么感激。求你了。如果你不帮我的话，我就再也见不到他了。"

她望着我，叹了口气。这样的祈求她一定已经听了成千上万次。这是神和凡人的相似之处。在我们年轻的时候，我们以为自己体会到的种种世间情感都是空前的。

"我会实现你的愿望，让他满载而归。但作为交换，我要你发誓不会与他有染。你知道你父亲想把你许配给比渔夫好的人。"

"我发誓。"我说。

他乘着海浪而来，大声呼唤着我的名字。他滔滔不绝地说了起来。他甚至都不用撒网，他说。鱼自动翻跳到了他的甲板上，个头大得像牛一样。他的父亲得到了安抚，贡礼也交了上去，而且把明年的都提前交了出来。他跪倒在我面前，低垂着头。"谢谢你，女神。"

我把他拉了起来。"不要给我下跪，这是我外祖母的功劳。"

"不，"他握住我的手，"是你的功劳。是你说服了她。喀耳刻，奇迹显灵，我生命中的福星，是你救了我。"

他把暖洋洋的面颊贴到我的手上。他的唇轻扫过我的手指。"我真希望我是个神，"他轻声说，"这样我就可以用配得上你的方式感谢你了。"

我任由他的卷发垂落在我手腕周围。我真希望我是个实打实的女神，这样我就可以用金色的盘子托着鲸鱼送到他面前，他就永远都不会让我离开了。

每天，我们都坐在一起聊天。他脑子里满是梦想，希望等自己再大一点的时候可以拥有属于自己的船，可以住在属于自己的农舍里，而不是父亲家里。"而且我会准备一个火堆，"他说，"永远为你燃烧。如果你允许的话。"

"我宁愿你放一把椅子，"我说，"这样我就可以去跟你聊天了。"

他脸红了，我也是。那时我知道得很少。当我的兄弟姐妹们——那些膀大腰圆的神和婀娜多姿的宁芙——谈论爱情的时候，我从没有跟他们一起纵声大笑过。我从没跟哪个追求我的人一起蹑手蹑脚地溜到无人的角落过。我知道得不够多，连自己想要什么都说不出来。如果我触碰他的手，如果我俯身亲吻他，会发生什么？

他端详着我。他的表情就像沙石一样，五味杂陈。"你父亲——"说这话时他有一点结巴，因为谈论赫利俄斯总会让他感到不安，"他会为你挑选一位夫君吧？"

"是的。"我说。

"什么样的夫君？"

我觉得我快要哭出来了。我想紧紧地抱住他，告诉他我希望那个人可以是他，但我们中间隔着我立下的誓言。于是我强迫自己说出了实情，告诉他我父亲会为我找王子级别的人，如果对方来自异域，也许他会找君王级别的。

他低头看着自己的双手。"当然了，"他说，"当然了。你在他心里那么重要。"

我没有纠正他。那晚，我回到父亲的神殿，跪倒在他脚边，问他有没有可能把一个凡人变成神。

赫利俄斯没好气儿地对着西洋棋皱了皱眉头。"你知道这是不可能的，除非这已经写在他们的星运里了。就连我也不能改变命运三女神立下的规矩。"

我没有多说什么。我的思绪自动运转了起来。如果格劳科斯继续做凡人，那么他就会变老；如果他变老，那么他就会死去；终有一天，那片海岸只有我会去，而他再不会出现。普罗米修斯曾给我讲过这件事，但那时我还不懂。我是多么的傻啊。傻得多么愚蠢啊。惊慌之中，我飞奔回了祖母身边。

"那个人，"说这话时我几近哽咽，"他会死的。"

她的椅凳是橡木做的，上面搭着柔软至极的织物，指尖的纱线泛着青苔绿。她正在把纱线往梭子上绕。"啊，外孙女，"她说，"他当然会死了。他是凡人，他们命即如此。"

"这不公平，"我说，"这是不可能的。"

"这两个不是一回事。"我外祖母说。

亮闪闪的那伊阿得斯们全都停止了交谈，转过身来听着我们的对话。我穷追不舍。"你必须得帮我，"我说，"伟大的女神啊，难道你不能把他接到你的神殿里来，赐他永生吗？"

"没有哪个神有这样的能力。"

"我爱他,"我说,"一定有办法的。"

她叹了口气。"你知道在你之前,有多少宁芙同样乘兴而来、败兴而归吗?"

我才不在乎那些宁芙。她们不是赫利俄斯的女儿,不是听着颠覆世界的故事长大的。"难道没有什么——我不知道那个词该怎么说。某种策略。跟命运三女神的某种交易,某种计谋,某种法魔柯——"

当埃厄忒斯谈论从诸神洒落的鲜血中生出的具有神奇威力的花草时,他用的就是这个词。

外祖母脖子上的海蛇展开了身体,尖尖的嘴里吐出黑色的芯子。她低沉的声音中满是怒火。"你竟敢说这个东西?"

这突如其来的变化让我很意外。"说什么东西?"

但她已经站起身来,高大的身躯在我面前尽数展开。

"孩子,我已经为你做了我能做的一切,到此为止。离开这里吧,永远别让我再听你提起那邪念。"

我的头一阵眩晕,嘴里的味道很冲,好像喝了原酒一样。我往回走去,穿过沙发和椅凳,穿过围成一圈、幸灾乐祸、窃窃私语的那伊阿得斯们。她以为就因为她是太阳神的女儿,她就可以把世界掀个底朝天,只为哄自己开心。

我失心疯到已经没有了廉耻感。没错。我不仅会把世界掀个底朝天,还会让它四分五裂,烧成灰烬,做尽恶事将格劳科斯留在我身边。但在我脑海中挥之不去的,是当我说出法魔柯这个词时,我祖母脸上的表情。那不是一个我了如指掌的表情,在诸神中不是。但在格劳科斯谈论贡礼、空空的渔网和他的父亲时,我看到了他的表情。我开始明白了恐惧是什么。有什么东西能让诸神恐惧呢?这个问题的答案我也知道。

一种比他们更强的神力。

到头来,我还是从我母亲身上学到了一点东西。我把头发卷成了一个个卷,穿上了我最漂亮的裙子和最耀眼的鞋。我走向父亲的宴席,我的叔叔们全都聚集在那里,倚在紫色的沙发椅上。我为他们斟酒,笑吟吟地迎上他们的目光,还用胳膊搂住他们的脖子。普罗透斯叔叔,我说。他是牙缝里塞着海豹肉的那位。你是个勇士,打仗时还曾英勇地指挥作战。你能不能给我讲讲那些战役,它们是在哪里打的?涅柔斯叔叔,你呢?在奥林匹斯的波塞冬夺走你的头衔之前,你才是海洋的领主。我特别想听听我们族人的伟大事迹,告诉我,血在哪里积得最深?

我诱导他们讲出了那些故事。我记住了众多被诸神的鲜血浸透的地方的名字,也知道了那些地方的所在。最后,我终于听到了一个离格劳科斯所在的海岸不远的地方。

第 五 章

因为他是我的

∽∽∽∽

"来吧。"我说。那时是正午,骄阳似火,大地在我们脚下碎裂开来。"很近的。那地方特别适合午睡,能舒活一下你的筋骨。"

格劳科斯闷闷不乐地跟了上来。阳光正强的时候,他总是没好气儿。"我不想离我的船太远。"

"你的船会安然无恙的,我保证。看!我们到了。这些花难道不值得我们大老远走过来吗?它们多好看啊,浅黄色的,形状像铃铛一样。"

我哄着他走进了密密丛丛的花海中。我带了水,还有一篮食物。我清楚父亲的目光就在我们头顶之上。万一他往我们的方向看,我想让这看上去像是一次野餐。我不确定外祖母跟他说了些什么。

我服侍着格劳科斯,看着他吃喝。变成神之后,他会是什么样的呢?我很好奇。不远的地方有一片树林,它的树荫足够浓密,能挡住我们不被父亲发现。等他变成神之后,我会把他拉进那里,让他知道我发的毒誓再也无法约束我们了。

我将一块垫子放在地上。"躺下,"我说,"睡吧。睡会儿觉不挺好的吗?"

"我头疼,"他抱怨道,"而且阳光太刺眼了。"

我把他的头发向后捋了捋,挪动了下身子好挡住阳光。他叹了口气。他总是很疲惫,不一会儿,他沉甸甸的眼皮就合上了。

我晃了晃那些花,让它们倚着他平铺开来。现在,我想。就是现在。

他继续熟睡着,那样子我已经看了成百上千遍。在我对这一刻的幻想中,花刚碰到他,他就变了。它们的永生之血跃入他的血管中,他以神的身份站起身来,拉起我的手说,现在我可以用配得上你的方式感谢你了。

我又晃了晃那些花。我摘了一些,把它们撒在他的胸膛上。我吹了一口气,让花香和花粉飘遍他的全身。"变,"我轻声说,"他一定是个神。变。"

他继续熟睡着。那些花直愣愣地立在我们周围,像飞蛾的翅膀一样无力、脆弱。一股酸水流穿了我的胃。也许我找的花不对,我对自己说。我应该提前来踩点的,但我太心急了。我起身沿山坡走着,寻找着猩红色的花簇,鲜艳夺目、明显流溢着神力的那些。但我找到的全是些普普通通的花丛,任何山坡上都会有的那种。

我瘫倒在格劳科斯身边,大哭了起来。具有那伊阿得斯血统的神,眼泪可以流到天长地久,而且我以为我大概要花天长地久才能将自己的悲伤倾诉殆尽。我失败了。埃厄忒斯错了,蕴含神力的花草是不存在的,我会永远失去格劳科斯,他那甜美可人、日益衰老的貌美容颜会逐渐凋零、归于尘土。在我头顶之上,我父亲沿着他的路线滑翔而过。在我们周围,那些柔美却愚蠢的花在花茎上摆来摆去。我恨透了它们。我抓了一把,将它们连根拔起。我扯下花瓣。我把花茎撕成一条一条的。湿湿的碎片黏在我手上,汁液淌得我全身都是。那股原生态的味道非常刺鼻，像陈年旧酿一样散发着酸气。我又抓起一把，手上黏黏的，也火辣辣的。我耳畔响起一阵幽玄的哼鸣，如蜂群一般。

接下来发生的事情很难描述。一阵启示在我内心深处苏醒了。它低唤道：那些花的威力藏在它们的汁液之中，那汁液能将任何生灵变成它们最真实的模样。

我没有费心去质疑。那时太阳已经西沉了。睡梦中的格劳科斯双唇微启，我将一把鲜花举起，在他嘴上挤了挤。汁液流了出来，凝聚在一起。我让乳白色的汁液一滴一滴地落入他嘴里。零星一滴汁液落在了他的嘴唇上，于是我用手指将它赶到了他的舌尖。他咳了起来。你最真实的模样，我对他说。让它现形吧。

我蹲下身来，另一把花已经在手里攥好了。如果有必要的话，我会把这一整片花海都挤进他嘴里去的。但就在我冒出这样的想法时，一个暗影从他身上掠过。在我的注视下，那东西的颜色越变越深。它变得比棕色还深，比紫色还深，像淤青一样蔓延，直到他全身都变成了至暗的海蓝色。他的手肿胀了起来，腿和肩膀也是。毛发从他的下巴里长了出来，长长的，泛着铜绿色。从他上衣开裂的地方，我看到他的胸前起了水泡。我目瞪口呆。那是藤壶。

格劳科斯，我轻声呼唤着。他的胳膊在我指头的触碰下怪怪的，又硬又结实，还有一点凉。我摇了摇他的胳膊。醒醒啊。

他睁开了眼睛。有那么一瞬间的工夫，他没有动弹。然后他一跃而起，如暴风雨掀起的汹涌波涛般耸立着，命定的海神终于现出了真身。喀耳刻，他大喊道，我变了！

没空钻进树林里了，也没空在青苔密布的林地上将他拉到我身边了。新生的力量令他狂野不已,他像春日里的牛一样打着响鼻。"看,"他伸出了双手,"没有老茧。没有伤疤。我也不累了。这辈子我还是头一次不觉得累呢!我能游过一整片大海。我想看看自己的样子。我看上去怎么样?"

"像个神一样。"我说。

他抓住我的胳膊绕起了圈,牙在他湛蓝的脸上明晃晃的。随后他停了下来,脑子里出现了新的想法。"现在我可以跟你一起走了。我可以去神的宫殿了。你可以带我去吗?"

我无法对他说不。我带他去见了我的外祖母。我的手有点抖,但谎言却自动流泻。他在草丛中睡着了,醒来就变成了这个样子。"也许,我想赐他不死之身的愿望是某种预言。这在我父亲的子女中并非闻所未闻。"

她几乎没有在听。她没有起任何疑心。从没有人怀疑过我。

"弟弟,"她一边大喊一边拥抱了他,"新诞生的弟弟!这是命运使然。在你找到属于你自己的宫殿之前,欢迎你住在这里。"

我们再也不去海滩上散步了。每天,我都与格劳科斯神在那些神殿里共度时光。我们坐在我祖父的神秘河边。我把他介绍给了我的所有姨母、叔叔和兄弟姐妹,一口气说出了一个又一个宁芙的名字,虽然在那一刻之前,我会说我根本不知道她们叫什么。至于她们,她们围拢在他周围,吵着要听他奇迹般的变身故事。他的故事编得不错:那天他脾气不好,嗜睡感像卵石一样压在他身上,之后一股力量如浪尖般将他托起,而这力量是命运三女神亲自赐予他的。他会在她们面前裸露出湛蓝的胸膛,那上面满是神才会有的肌肉线条,然后伸出双手,那手像被海浪打磨过的贝壳一样光滑。"看看我是如何活出真我风采的!"

在那些时刻,他的脸会因为力量和喜悦而容光焕发,让我很是喜欢。我的胸膛随着他的胸膛起伏着。我很想告诉他,是我给予了他这样的馈赠。但我看到了他多么乐于相信自己的神性完全是发自内心的,我不想剥夺他的这份快乐。我依然幻想着和他在那片阴暗的树林里云雨一番,但我已经开始憧憬更超前更新鲜的事物了:婚姻,夫君。

"来吧,"我对他说,"你一定得见见我父亲和祖父。"我亲自为他挑选了衣服,衣服的颜色能最大限度地衬托他的肤色。我提醒他该注意哪些礼节,然后一直站在后方,注视着他行礼。他表现得不错,他们也对他备加赞许。他们带他去见了旧时统领海洋的泰坦神涅柔斯,而涅柔斯又将他介绍给了自己的新君王波塞冬。他们合力帮他打造了属于他的水下宫殿,里面堆满了黄金和葬身海浪之中的财宝。

我每天都会去那里。海水刺痛了我的皮肤,而且他常常忙着应付慕名而来的客人,至多对我浅浅一笑,但我不在乎。现在我们有时间了,需要多少时间就有多少时间。坐在银制的桌子前,看宁芙和诸神争先恐后地博取他的注意力很有意思。曾经,他们对他极尽嘲讽,说他是废物。如今,他们求着他讲讲自己不死之身的来历。这些故事的细节越讲越多:他母亲像女巫一样弯腰驼背,他父亲每天都对他拳打脚踢。他们倒吸凉气,用手捂住心口。

"没关系,"他说,"我造了个浪,击碎了我父亲的船,这打击要了他的命。至于我母亲,我庇佑了她。她改嫁了,还找了个奴隶帮她洗衣服。她为我建了座祭坛,上面已经有了烟火。我的村民希望我能为他们带去好的潮汐。"

"你会这样做吗?"说这话的宁芙把下巴垫在交叉的双手上。她是与我妹妹和珀耳塞斯走得最近的伙伴之一,圆圆的脸上写满了邪念。可如今,在跟格劳科斯说话时,就连她都变了,变得坦坦荡荡,像只熟透的梨子。

"我们走着瞧,"他说,"看看他们会给我献祭些什么。"有时,当他非常开心的时候,他的双脚会变成一条不停摆动的鱼尾,比如现在。我看着它从大理石地面上扫过,闪着淡灰色的光,层层叠叠的鱼鳞微微投射出七彩光芒。

"你父亲真的死了吗?"在他们离去之后我问道。

"当然了。他罪有应得,谁让他亵渎神灵。"他正在打磨一根新的三叉戟,那是波塞冬亲手送给他的。白天的时候,他会懒洋洋地躺在沙发上,用与他的头一样大的高脚杯喝酒。他大笑的时候跟我的叔叔们一样,都是张着嘴仰天长啸。他不是统领虾兵蟹将的小头头,而是号令海洋的主神之一。只要他愿意,他可以让鲸鱼对他俯首帖耳,可以拯救触礁或搁浅的船只,可以帮助整船的水手逃离即将吞没他们的巨浪。

"那个圆脸的宁芙,"他说,"长得漂亮的那个。她叫什么?"

我的思绪已经飘到了别处。我在想象他会如何向我求婚。会是在沙滩上,我想。在我们第一次惊鸿一瞥的那片海滩上。

"你是说斯库拉吗?"

"对,斯库拉,"他说,"她动起来就像流水一样,是不是?像流水一样亮晶晶的。"他抬头迎上我的目光。"喀耳刻,我从没像现在这么幸福过。"

我对他报以微笑。我眼里什么都没有,只有我爱的那个终于大放异彩的男孩。每个溢美之词,每个以他的名义建造的祭坛,每个围拢在他身边的崇拜者,都像给予我的馈赠,因为他是我的。

那个叫斯库拉的宁芙开始无处不在。她在这儿被格劳科斯的俏皮话逗得哈哈大笑,在那儿把手搭在脖子上甩动着头发。她很漂亮,没错,是我们神殿里的一颗明珠。河神和宁芙们被她迷得神魂颠倒，她喜欢先用一个眼神撩拨起他们的希望，然后再用另一个眼神将这些希望粉碎。当她走动的时候，她身上会微微叮当作响，那是他们硬塞给她的无数个礼物发出的声响：珊瑚做的手镯，她脖子上的珍珠项链。她坐在我身边，把它们一个接一个地炫耀给我看。

"挺好看的。"说这话时我几乎没有看那些东西。然而，下一场宴席她又出现了，身上的珠宝翻了一番、两番，多到能把渔船压沉。现在回想起来，她一定很气愤我居然花了这么久才明白过来。那时，她已经把跟苹果一样大的珍珠举到我眼前了。"难道它们不是你所见过的最令人惊叹的美物吗？"

事实是，我已经开始怀疑她是不是爱上我了。"它们很不错。"我小声嘟囔着。

最后，她只得咬牙切齿，把话挑明。

"格劳科斯说只要能哄我开心，他愿意把海里的这东西全都给我。"

那时我们在俄刻阿诺斯的神殿里，空气中弥漫着让人恶心的香薰味。我心里一惊。"这话是格劳科斯说的？"

哎，看看她脸上那股高兴劲儿吧。"都是他说的。你的意思是你还没听说吗？我以为你会是第一个知道的，毕竟你们走得那么近。但也许你这个朋友对他来说并没有想象中那么重要？"她看着我，等待着。我也意识到有其他的面孔在屏息以待，他们兴奋得头晕目眩。在我们的神殿里，这样的冲突比金子还珍贵。

她露出了笑容。"格劳科斯向我求婚了。但我还没决定要怎么回复。你的建议是什么，喀耳刻？我该接受他吗？该接受他的蓝皮肤，还有脚蹼什么的吗？"

那伊阿得斯们大笑了起来，声音像上千座水花四溅的喷泉。我飞奔而去，这样她就不会看到我的眼泪，也不会把它们当作另一个战利品戴在身上了。

我父亲正和我的河神叔叔阿刻罗俄斯在一起，被打断后他皱了皱眉头。"怎么了？"

"我想嫁给格劳科斯。你允许吗？"

他笑了起来。"格劳科斯？他有心上人了。我不觉得那个人会是你。"

震惊流遍了我全身。我没有费心梳妆或更衣。每一刻都像一滴鲜血正在从我体内流失。我朝格劳科斯的神殿跑去。他外出去了某个神的宫殿，于是我等待，浑身颤抖不止，周围净是被打翻的高脚杯，坐垫也在他的上一场宴席中被酒浸透了。

他终于回来了。他挥了一下手，那片狼藉就不见了，地板又变得亮堂堂的。"喀耳刻。"看到我时他说。仅此而已，大概跟你说"脚"这个字时的语气差不多。

"你是想娶斯库拉吗？"

我眼见他的脸上逐渐容光焕发起来。"难道她不是你所见过的最完美的存在吗？她的脚踝那么小，那么纤细，像是森林里最甜美的小鹿一样。河神们听说她对我情有独钟，都愤愤不平的，据说就连阿波罗都嫉妒我。"

那时我很后悔，之前没有把我辈都会的那些摆弄头发、挤眉弄眼、朱唇皓齿的把戏用在他身上。"格劳科斯，"我说，"她很漂亮，没错，但她配不上你。她很残忍，而且她不会像别人似的那么爱你。"

"你是什么意思？"

他冲我皱着眉头，好像他不太认得我的脸似的。我努力思考着我妹妹会怎么做。我靠近了他，指尖轻抚着他的胳膊。

"我的意思是，我知道一个更爱你的人。"

"谁？"他问道。但我能看出他回过神来了。他举起双手，像是要把我推开。他可是个高大威猛的神啊。"你对我一直像个姐姐一样。"他说。

"我可以是更多，"我说，"我可以是一切。"我把嘴唇贴在了他的嘴唇上。

他把我从他身上推开。他的面色一半燃着怒火，另一半带着某种恐惧。他看上去几乎像是以前的样子了。

"第一次看到你驾船的那天我就爱上你了，"我说，"斯库拉瞧不起你的鳍和你的绿色胡子，但在你手上还粘着鱼的内脏、还在因为你父亲的残忍哭哭啼啼的时候，我就视你如珍宝。我帮过你——"

"闭嘴！"他的手在空中划过，"我不想回忆那段日子。每个小时我的身上都会添个新伤，都会多一个酸疼的地方，永远那么疲惫，永远压着沉重的担子，永远那么虚弱。而现在，我为你父亲进言献策。我不用去乞讨每一口残羹剩饭。宁芙们见到我就欢呼雀跃，而我可以选她们中最好的那个，最好的就是斯库拉。"

这些话像石头一样砸在我身上，但我不会这么轻易就放手。

"我可以为你成为那个最好的，"我说，"我可以讨你开心，我发誓。你不会找到比我更忠心耿耿的人了。我什么都愿意做。"

现在我的确认为他是有一点爱我的。因为在我将心中无数个耻辱难堪的想法、将所有我收集到的我爱他的证明、将所有我自愿奴颜婢膝做出的奉献说出来之前，我就感觉被他的力量包围了。他像收拾坐垫时一样轻轻地挥了下手，把我打发回了自己的房间。

我躺在泥土地上痛哭了起来。那些花让他显露出了真实的模样，他的真实模样中有蓝皮肤，有鱼鳍，但并没有我。我以为我会因痛苦而死。这痛苦与埃厄忒斯留给我的那种逐渐将人淹没的麻木感并不相同，而是像胸膛被利刃刺穿一样的剧烈疼痛。当然，我是死不了的。我会继续活下去，每时每刻都要忍受心灵的烧灼。正是这样的悲痛，使得我辈宁可变成石头和大树，也不愿再以肉身存于世间。

美丽的斯库拉，玲珑如小鹿的斯库拉，蛇蝎心肠的斯库拉。她为什么要这么做呢？并不是出于爱，因为当她说起他的鱼鳍时，我看到了她眼中的嘲讽。也许是因为她爱我的弟弟妹妹，而他们对我嗤之以鼻。也许是因为她父亲是个无足轻重的河神，母亲是个鲨头鱼脸的海宁芙，她喜欢从太阳神之女手中抢走点什么。

这不重要。我只知道我恨她。我与所有单相思的蠢蛋一样。我想：只要她消失了，一切就会改变。

我离开了父亲的神殿。那时太阳已经西沉，但我那皎洁的月亮姨母却尚未升空。没有人会看到我。我将那些显真花收集到一起，带到了据称斯库拉每日洗澡的海湾中。我折断了花茎，将它们的白色汁液一滴一滴全部挤入海水中。她再也掩饰不了她的蛇蝎心肠了。她的丑陋将尽数大白于天下。她的眉毛会变粗，头发会变得黯淡无光，鼻子会变得又丑又长。她狂怒的号叫会响彻神殿，主神会对我施以鞭刑。但我欢迎他们，因为落在我身上的每一鞭，只会更有力地向格劳科斯证明我的爱。

第 六 章

认罪是你的错

那晚,没有复仇女神来找我。第二天早上也没有,整个下午也是。黄昏时,我在梳妆台前找到了我母亲。

"父王在哪里?"

"直奔俄刻阿诺斯那里了。那里有宴席,"她皱了皱鼻子,粉红色的舌头抵在齿间,"你的脚太脏了。难道你就不能洗洗它们吗?"

我没有洗脚。我一刻都不想多等。万一斯库拉也在宴会上,这会儿正躺在格劳科斯的大腿上呢?万一他们已经成婚了呢?万一汁液没有起效呢?

现在回想起来,那会儿我竟然在担心这件事,真是奇怪。

神殿甚至比往常还要拥挤,空气中弥漫着同一款玫瑰精油的味道,而每个宁芙都坚称这是她独一无二的体香。我看不到我父亲,但我姨母塞勒涅在场。她站在一群仰望她的面孔中间,那场面就像雏鸟正等着母亲把它们喂得饱饱的。

"你们必须理解,我之所以去看,只是因为水里的漩涡太猛了。我以为也许那是某种……聚会。你们知道斯库拉什么样？"

我感觉呼吸停滞在了胸口。我的兄弟姐妹们暗自窃笑着，斜眼打量着彼此。不论发生什么，我暗想，都不要做出任何反应。

"但她扑腾的样子非常奇怪，有点像是溺水的猫。然后——我说不出口了。"

她用泛着银光的手捂住了嘴。那姿势很可爱。关于我姨母的一切都很可爱。她的丈夫是个英俊的牧羊人，他被施了法术，会永远沉睡下去，永世梦着她。

"一条腿，"她说，"一条可怕的腿。像乌贼的一样，没有骨头，而且黏糊糊的。这东西从她的肚子里直冲出来，另一条从它的边上直冲出来，然后一条接一条的。最后，一共有十二条腿垂在她身子下面。"

我指尖沾到漏洒的汁液的地方在隐隐作痛。

"这才只是开始，"塞勒涅说，"她摇晃得特别猛烈，肩膀也扭来扭去的。她的皮开始发灰，脖子也开始抻长。从那脖子上又扯出了五颗新的脑袋，每颗都长满了獠牙。"

我的兄弟姐妹们倒吸了一口凉气，但那声音很遥远，像远方的海浪一样。我无法想象塞勒涅描述的那个恐怖场景。无法让自己相信：这是我造成的。

"同时，她全程都在吠叫、长号，像野狗一样。等她最终扎进海浪里的时候，也算让人松了口气。"

当我把那些花的汁液挤进斯库拉的海湾时，我没有好奇我的兄弟姐妹们会如何看待这件事——他们可是斯库拉的姐妹、姨母、兄弟和情人啊。如果我想过这件事，我会说斯库拉是他们的心肝宝贝。当复仇三女神来找我的时候，他们会是所有人中最大声地高喊要我血债血偿的。可如今，当我环视四周时，我看到的却是如刚刚打磨过的利刃般闪闪发亮的脸。他们偎依在彼此身边，洋洋得意。真希望我亲眼看到了那场面！你能想象得到吗？

"再讲一遍。"某位叔叔喊了一句，而我的兄弟姐妹们高声附和着。

我姨母露出了笑容。她弯弯的双唇勾出了一弯新月，恰如她在夜空中的模样。她又讲了一遍：那些腿，那些脖子，那些獠牙。

我的兄弟姐妹们发出的声音绕梁不散。

你知道她跟神殿里一半的人都上过床。

真庆幸我从没让她在我这里得手过。其中一位河神的声音盖过了所有：她当然会发出狗叫声了。她一直就是个婊子[1]！

刺耳的笑声撕拽着我的耳朵。我看到一个曾发誓会为了她与格劳科斯大干一场的河神纵声大笑着。斯库拉的姐妹假装学起了狗叫。就连我祖父母都来凑热闹了，他们在人群的边缘微笑着。俄刻阿诺斯在忒提斯的耳边说了些什么。我听不到他说的话，但我已经盯着他看了半辈子，清楚他的唇语。除得漂亮。

一位叔叔在我身边大喊："再讲一遍！"可这回，我姨母只是用她珍珠般的眼睛翻了个白眼。他身上有股乌贼味，再说，宴席已经开始了。诸神晃悠到了他们的沙发上。酒杯斟满了，仙馔也上了。他们的嘴唇被酒染红了，脸也像珠宝一样闪闪发亮。他们在我周围爆发出笑声。

我认得这种刺激的快感，我想。我曾经在另一个黑暗的神殿里见识过它。

这时大门敞开了，格劳科斯走了进来，手中握着三叉戟。他的头发比之前还绿，像狮子的鬃毛一样乱蓬蓬的。我看到我的兄弟姐妹们喜上眉梢，听到了他们激动的咂嘴声。更多的乐子来了。他们会把他爱人

---

[1] Bitch一词既有辱骂之意，又有"母狗"之意。

变形的事告诉他，把他的脸当成鸡蛋砸开，然后嘲笑从那里面流出来的东西。

但他们还没来得及开口，我父亲就出现了，大步流星将他拉到了一旁。

我的兄弟姐妹们闷闷不乐地瘫回座位上。扫兴的赫利俄斯，毁了他们的兴致。没关系，事后珀耳塞或塞勒涅会让他说出事情经过的。他们举起高脚杯，又寻欢作乐去了。

我跟在格劳科斯身后。我不知道我怎么有那么大的胆量，我只知道我的脑子被漩涡般的灰暗海浪占满了。我父亲带他走入一个房间，我站在门外。

我听到了格劳科斯低沉的嗓音："不能把她变回来吗？"

每个真神后代自襁褓中就知道这个问题的答案。"不能，"我父亲说，"没有哪个神能逆转命运三女神或另一个神的所为。不过这神殿里美女如云，个个丰乳肥臀。从她们里边找找吧。"

我等待着。我依然期望格劳科斯能想起我。我会不假思索就嫁给他的。但我发现自己也在期待另一件事，一件一天前我还觉得难以置信的事：我希望他能把眼泪哭干，求斯库拉回来，坚定地将她视作自己唯一的真爱。

"我明白，"格劳科斯说，"很可惜，但就像你说的，还有其他人。"

一阵微弱的金属碰撞声传了出来，那是他在轻弹三叉戟的尖。"涅柔斯的小女儿挺漂亮的，"他说，"她叫什么？忒提斯[1]？"

我父亲咂了咂嘴。"对我而言口味太重了。"

"好吧，"格劳科斯说，"谢谢你给了我这么棒的建议。我会留意的。"

他们径直从我身边走了过去。我父亲坐到了我祖父身旁的宝座上。

---

[1] 著名神话英雄阿基里斯的母亲。

格劳科斯朝紫色的沙发走去。一位河神说了些什么,他抬头看了他一眼,然后大笑了起来。这是他的脸给我留下的最后一段记忆。在火把的照耀下,他的牙齿如珍珠一样明亮,他的蓝皮肤火影斑驳。

在接下来的几年里,他真的听从了我父亲的建议。他和千百位宁芙交欢,生下了长尾巴的绿发后代。他们很受渔民的爱戴,因为他们经常助渔民满载而归。有时我会看到他们像海豚一样乘着巨浪嬉戏。他们从未上过岸。

* * *

黝黑的大洋河沿着河岸流过。淡淡的显真花在花茎上低垂着头。这些我全都视而不见。我的寄托一个接一个垮掉了。我不会和格劳科斯携手永生。我们不会结婚。我们永远都不会在那片树林里云雨。他对我的爱已经石沉大海,消失不见了。

宁芙和诸神鱼贯而行,他们的窃窃私语漂浮在香气扑鼻、被火把照亮的空气中。他们的面孔和以往一样,生机勃勃、容光焕发,可突然间他们似乎变得陌生了起来。他们的宝石项链如鸟喙般咔嗒作响,他们张开血盆大口哈哈大笑。格劳科斯在他们中的某处大笑着,但我无法从人群中辨别出他的声音。

不是所有的神都要一样。

我的脸变得热辣辣的。不疼,不完全是疼,而是一种循环往复的刺痛感。我用手指压住脸颊。我已经多久没有想起过普罗米修斯了?我眼前浮现出了他的模样:皮开肉绽的后背和坚定不移的面孔,黑色的眼眸蕴含了一切。

鞭子抽在他身上时，普罗米修斯没有哭号，虽然他满身是血，仿若一座镀金的雕像。诸神全程都在旁观，目光炯炯，利如迅雷。如果有机会，他们也会享受一下手执复仇之鞭的快感的。

我和他们不一样。

是吗？这声音是我叔叔的，深沉又洪亮。那么你必须想一想，喀耳刻。他们不会做什么？

我父亲的座椅上铺着纯黑色的小羊皮。我跪倒在它们低垂的头颅边。

"父王，"我说，"是我把斯库拉变成了魔怪。"

四下鸦雀无声。我不知道最远处沙发上的神有没有在看，不知道格劳科斯有没有在看。但我那些原本聊天聊得昏昏欲睡的叔叔们突然来了精神，全都在往我的方向看。我心里一阵狂喜。这一辈子，我还是头一次渴望他们的目光。

"我用邪恶的法魔柯将格劳科斯变成了神，之后又改变了斯库拉的容貌。我嫉妒他对她的爱，于是就想把她变成丑八怪。这完全是自私自利的行为，而且当时我心怀怨恨。我愿意承担此事的后果。"

"法魔柯。"我父亲说。

"是的。从克罗诺斯飞溅的鲜血中长出来的黄色鲜花，那些花能把生灵变成他们最真实的模样。我摘了一百朵，把它们滴进了她的海湾中。"

我以为我会被鞭刑伺候，以为某位复仇女神会被召唤，以为我将被囚于山岩之上，就在我叔叔身边。但我父亲却只是给自己倒了杯酒。"没什么。那些花没有任何威力，现在没有了。我和宙斯确保了这一点。"

我盯着他。"父王，那些事是我做的。我亲手折断了它们的花茎，把汁液抹在了格劳科斯的嘴唇上，然后他就变了。"

"你有预言的能力，这在我的子女中很常见，"他的语气很镇静，如石墙般沉稳，"格劳科斯注定要在那一刻被改变。那些花草没有起到任何作用。"

"不是的。"我试图开口，但他没有停下。他抬高音量，盖过了我的声音。

"女儿，动动脑子吧。如果凡人这么轻而易举就能变成神，岂不是每位女神都会把它们喂给自己的心肝？岂不是一半的宁芙都会被变成魔怪？你不是这神殿里第一个心生嫉妒的姑娘。"

我的叔叔们露出了笑容。

"只有我知道那些花在哪儿。"

"当然不是了，"我叔叔普罗透斯说，"你是从我这儿打听到的消息。如果我认为你会为非作歹的话，你觉得我会告诉你吗？"

"而且，如果那些花花草草有那么大的威力，"涅柔斯说，"斯库拉海湾里我司管的那些鱼也会变的。但它们还好好的。"

我的脸唰一下红了。"不是这样的，"我甩开涅柔斯海草般的手，"我改变了斯库拉的容貌，如今我必须接受惩罚。"

"女儿，你开始丢人现眼了，"这句话划破了空气，"就算世间当真存在你所说的这种神力，你觉得轮得上你这种人发现它吗？"

我背后传来了微弱的笑声，叔叔们也毫不掩饰自己饶有兴致的表情。但最要命的是我父亲的语气，那几个字就像他随手丢掉的垃圾一样。你这种人。这件事如果发生在我漫漫人生中的其他任何一天，我都会蜷起身子哇哇大哭。但那天，他的苛责就像是落在干草堆上的火星一样。我张开了嘴。

"你错了。"我说。

他已经倚向我祖父那边，把什么东西指给他看了。现在，他的目光飞速落回我身上。他的脸通红起来。"你说什么？"

"我说那些花花草草是有神力的。"

他的皮肤气得直发白，像火焰的焰心，像最纯净、最炙热的木炭一样白。他站起身来，不断高耸，好像要把天花板、要把地壳捅出个窟窿，好像在与星星比肩之前他不会停似的。随后热浪来袭，像海浪般咆哮着在我周身翻滚，把我的皮肤烫出了水泡，把我的胸口挤压得无法呼吸。我大口喘着气，但并没有气可喘。他把空气全都夺走了。

"你竟敢反驳我？你连个火苗都点不着，连滴水都召唤不到。你是我的子女中最差的一个，软弱无能，倒贴都没有人愿意娶你为妻。从你出生开始，我就可怜你、纵容你，可是你越来越叛逆、越来越傲慢。你是想让我更恨你吗？"

只消片刻，岩石就会熔化，我那些水汪汪的兄弟姐妹们也全都会化成白骨。我的身上冒起了泡，像被烤过的水果一样裂开了口子。我的声音在喉咙里缩成皱巴巴的一团，被烤成了焦土。我从没想过世上竟存在这样的疼痛，一种吞噬所有念想的撕心裂肺的痛。

我扑倒在父亲脚边。"父王，"我用沙哑的嗓音说，"原谅我。我不该相信这种东西的。"

热浪渐渐退去。我躺在倒下的地方，地面上有鱼和紫色水果组成的马赛克图案。我的眼睛已经半瞎。我的手熔化成了爪子。河神们摇了摇头，发出了如流水冲击岩石的声音。赫利俄斯啊，你的孩子最古怪了。

我父亲叹了口气。"都是珀耳塞的错。在她之前，生的孩子都好好的。"

我没有动弹。几个小时过去了，没有人看我一眼，也没有人提起我的名字。他们谈论着自己的私事,谈论着酒有多好喝、食物有多好吃。火把熄灭了,沙发上空无一人。我父亲起身,从我身上迈了过去。他撩起的微风像尖刀一样刺进了我的皮肤里。我以为我的祖母会安慰我几句,用药膏缓解一下我的灼痛,但她已经上床睡觉了。

也许他会叫侍卫来抓我,我想。但他们为什么要这样做呢?我对世界不构成任何威胁。

一轮接一轮的疼痛弄得我忽冷忽热。我在颤抖中度过了漫长的时光。我的四肢被熏黑了,肿得生疼,后背上全是水泡。我不敢摸自己的脸。天很快就要破晓了,我的家人全都会鱼贯而入享用早餐,聊着这一天的好玩事。在经过我躺倒的地方时,他们会撇嘴的。

慢慢地,我自己一点点站了起来。想到要回父亲的神殿,我喉咙里就像被塞了一块炽热的木炭似的。我不能回家。这大千世界只剩下一个我知道的地方:那片我魂牵梦绕的树林。浓郁的树荫会为我提供藏身之所,布满青苔的大地对我溃烂的皮肤来说也足够柔软。我将那幅画面定在眼前,一瘸一拐朝它走去。海边咸咸的空气像针一样扎进我被灼烂的喉咙里,柔柔海风引得我的伤疤再次尖叫起来。最后,我终于感觉到树荫将我层层包围,于是我蜷缩着身子倒在了青苔上。天刚刚下过小雨,潮湿的土地让我觉得很舒服。我曾很多次幻想与格劳科斯一起躺在这里,但不论我为那个失落的梦掉了多少眼泪,如今它们都已经被烧干了。我闭上眼睛,陷入疼痛的冲击和尖叫中。慢慢地,我那倔强的神性开始复苏。我的呼吸变得平缓,视野变得清晰。我的四肢依然很痛,但当我用手指轻轻擦过它们表面时,我摸到的是皮,而不是焦炭。

西沉的太阳在树林后闪着辉光。夜晚携群星而至。那时是月黑夜,塞勒涅姨母会在这个时候去拜访她睡梦中的丈夫。我觉得恰恰是这给了我足够的勇气站起身来,否则我一想到她会去打小报告就受不了:那个傻瓜居然真的去看那些花了！好像她仍然相信它们起效了似的！

夜晚的空气刺痛着我的全身。草地干干的，倒在了盛夏的热浪中。我找到了那座山，沿着山坡一瘸一拐往上走。在星光的照耀下，那些花看上去小小的，颜色如死灰一般，一副弱不禁风的样子。我将一朵花连茎拔起，放在手中。它躺在那里，了无生气，汁液全都干枯不见了。我以为会发生什么？以为它会腾空而起，高声大喊：你父亲错了。是你改变了斯库拉和格劳科斯。你并不可怜，对这些也不是一知半解。你是下一个宙斯？

然而，当我跪在那里的时候，我的确听到了什么。不是某种声响，而是某种沉默，某种微弱的哼鸣，像一首歌中音符与音符之间的间隔。我等着它消散在夜空中，等着我的头脑恢复理智。但它仍在继续。

在那里，在那片夜空下，我有了个疯狂的想法。我要吃掉这些花。不论我身体中隐藏着什么，都让它现形吧，久违了。

我将它们送到嘴边。但我打了退堂鼓。我真实的模样是什么样的？最终，我无法狠下心来求索这个问题的答案。

* * *

天快亮的时候，我叔叔阿刻罗俄斯找到了我，心急火燎中他的胡子都泛起了泡沫。"你弟弟来了。你被召见了。"

我跟着他朝父亲的神殿走去，走路时还有点踉跄。我们走过锃亮的桌子，走过我母亲那遮得严严实实的卧室。埃厄忒斯站在父亲的西洋棋盘旁。他的脸随着年龄的增长变得棱角分明，黄褐色的胡子像欧洲蕨一样浓密。即使用神的标准来衡量，他穿得也算华丽了，身披靛蓝色和紫色的长袍，每一寸都覆盖着金色的刺绣。但当他转过身面对我的时候，我感受到了我们之间那份旧日情愫的震撼。只不过因为我父亲在场，所以我没有直接冲进他怀里。

"弟弟，"我说，"我可想你了。"

他皱起了眉头。"你的脸怎么了？"

我用手摸了摸脸，剥落的皮肤蹿起一阵疼痛。我脸红了。我不想告诉他，不想在这里告诉他。我父亲坐在炽热的宝座上，就连他一贯的微弱辉光都给我带来了新的痛感。

我父亲帮我省了作答这一步。"行了吧？她来了。说吧。"

听到他声音中的不悦，我哆嗦了起来，但埃厄忒斯神情淡定，好像我父亲的怒火不过是这房间中的另一件摆设罢了，就像一张桌子或一个椅凳。

"我之所以来，"他说，"是因为我听说了斯库拉和格劳科斯变形的事，而且这些都是喀耳刻所为。"

"是命运三女神所为。我告诉你，喀耳刻没有这样的威力。"

"你错了。"

我瞪大了眼睛，等着我父亲降怒于他。但我弟弟继续说了下去。

"在我的王国科尔喀斯里，这样的事我做了很多，比这多得多。从大地中召唤牛奶，蛊惑人心，用泥土造斗士。我曾召唤神龙为我拉战车。我念出的咒语曾遮天蔽日，我熬制的魔药曾让人起死回生。"

这些话从其他任何人嘴里说出来都会像是诳语。但我弟弟的语气像往昔一样，带着坚定不移的信念。

"法魔客，这是这类技艺的名字，因为它们会用到法魔柯，那些能改变世间万物的花草。这些花草既有从诸神的鲜血中生出来的，也有稀松平常、自然生长在世间的。能引出它们的神力是种天赋，但这天赋并不为我独有。在克里特岛，帕西法厄用她的魔药统治着臣民；在巴比伦，珀耳塞斯召唤亡灵，让他们起死回生。喀耳刻是最后一个，她已经证明了这一点。"

我父亲的目光非常缥缈。好像他穿越了陆地和海洋，径直望到了科尔喀斯。也许是壁炉的火光在作祟，我觉得他脸上的光有些飘忽不定。

"需要我示范给你看吗？"我弟弟从他的长袍中拿出了一个小罐子，用蜡封着口。他拆掉密封，用指头蘸了蘸里面的液体。我闻到了一股既刺鼻又青涩的味道，还带着一点咸味。

他用大拇指抵住我的脸，说了些什么，但他的声音太低，我听不到。我的皮肤开始发痒，然后疼痛感就像被吹灭的蜡烛一样消失不见了。当我用手去摸我的脸时，我只感觉到了光滑的肌肤，而且它像搽了油一样微微泛着光泽。

"这戏法不错，是不是？"埃厄忒斯说。

我父亲没有回答。他呆坐在那里，十分惊诧。我也惊呆了。为别人疗伤的能力只属于主神，不属于我辈。

我弟弟露出了笑容，好像他能听到我的想法似的。"这还是我最不起眼的神力呢。它们是从大地中生发出来的，所以并不受神界惯常法则的制约，"他让这话悬停了片刻，"当然，我理解现在你不能做决断。你必须听取别人的建议。但你要知道，我很乐意给宙斯一场更加……让人印象深刻的示范。"

某种神情从他的目光中一闪而过，像是狼嘴中的獠牙。

我父亲的语气很慢。他的脸上依然挂着麻木的表情。我有些诧异，但我明白了。他害怕了。

"就像你说的，我必须听取别人的建议。这是……前所未有的。在事情有定论之前,你们先留在这个神殿里。你们两个都是。"

"正如我所料。"埃厄忒斯点头示意,转身离开。我跟了上去,飞速旋转的大脑和让人窒息的巨大希望让我起了一身鸡皮疙瘩。没药木门在我们身后关闭,我们站在了大殿之中。埃厄忒斯的表情很镇定,好像刚刚他并没有创造奇迹,让我们的父亲无话可说似的。我有上千个问题想一股脑问出来,但他先开了口。

"这段时间你干什么去了?这么慢吞吞的。我都开始怀疑也许你根本就不是法魔客了。"

我从没听说过这个词。那会儿,任何人都没听说过这个词。

"法魔客。"我说道。

女巫。

消息像溪流一样传开了。吃晚餐时,俄刻阿诺斯的子女们看到我之后就会窃窃私语,慌张地从我面前跑开。如果我碰到了他们的胳膊,他们的脸会变得煞白。当我把高脚杯递给一个河神时,他回避了我的目光。哦,不用了,谢谢,我不渴。

埃厄忒斯笑了起来。"你会习惯的。现在我们被孤立了。"

他可不像是被孤立了。每天晚上,他都会跟我父亲和叔叔们坐在祖父的高台上。我看着他喝着神水,露齿大笑。他的表情像水中的鱼一样游移,一会儿明快,一会儿阴暗。

我一直等着,直到我们的父亲离开后才坐到他旁边的椅子上。我很想挨着他坐在沙发上,靠着他的肩膀,但他那么冷冰冰,一副公事公办的样子,我不知道该怎么触碰他。

"你喜欢你的王国吗?科尔喀斯?"

"它是世界上最棒的，"他说，"我言出必行，姐姐。我把这片土地上所有的奇观都聚集到了那里。"

听他喊我姐姐，听他聊起那些昔日的梦想，我露出了笑容。"真希望我能亲眼看看。"

他没有说话。他是一个魔法师，能折断蛇的尖牙，能将橡树连根拔起。他不需要我。

"你把代达罗斯也弄到手了吗？"

他做了个鬼脸。"没有，帕西法厄困住了他。也许他迟早会是我的。不过我有一坨巨大的金羊毛，还有六条龙。"

他的故事我根本不用问。它们自己就滔滔不绝地冒了出来：他施的咒语，他召唤的野兽，他在月光下切割的花草，以及他如何将它们熬制成了奇迹。那些故事越来越异乎寻常：雷霆在他的指尖跃动，熟透的羔羊从烧焦的尸骨中重生。

"为我的皮肤疗伤的时候，你念的是什么？"

"咒语。"

"你可以教我吗？"

"巫术没法教。你要么自己找到门路，要么就不得其门而入。"

我想起了当我触碰那些花时我听到的哼鸣，以及在我周身流淌的诡异启示。

"关于自己的神力，你知道多久了？"

"一出生我就知道了，"他说，"但我必须等到脱离父王的监视才行。"

他跟我一起度过了那么多年，然而他什么都没说。我张口想要质问：你怎么能不告诉我呢？但这个穿着艳丽长袍的埃厄忒斯太令人不安了。

"难道你不怕吗？"我问道，"不怕父王生气吗？"

"不怕。我没有傻到会在所有人面前让他难堪,"他对我挑了挑眉毛,我的脸红了,"而且,他很想知道这样的威力能怎么为他所用。他担心的是宙斯。他必须把我们描述得恰到好处才行:我们足以构成威胁,所以宙斯得三思而后行,但又不能描述得过了头,免得他不得不动手。"

这就是我弟弟,他总是能窥到世间的缝隙。

"万一奥林匹斯神要夺走你的咒语怎么办?"

他露出了笑容。"我觉得他们做不到,不论他们费多大的劲。就像我说的,法魔客不受神界惯常法则的制约。"

我低头看了看自己的双手,想象着它们编出的咒语能让全世界战栗。但我似乎再也无法找到当我将汁液滴进格劳科斯嘴里、当我玷污斯库拉的海湾时的那种确定感了。也许,我想,如果我能再触碰到那些花就可以了。但在父亲与宙斯谈过之前,我不能离开。

"所以……你觉得我也能像你一样创造奇迹吗?"

"不能,"我弟弟说,"我是我们四人中能力最强的。但你确实在变形这方面有一技之长。"

"那只是花的缘故,"我说,"它们能让众生现出原形。"

他哲学家般的目光对准了我。"他们的原形恰好跟你想象的一样,你不觉得这太巧了吗?"

我盯着他。"我并没有想把斯库拉变成魔怪。我只不过是想暴露她丑陋的一面。"

"你觉得她的原形是那个样子的?一个口水横流的六头怪物?"

我的脸火辣辣的。"为什么不呢?你不了解她。她特别残忍。"

他笑了起来。"哎,喀耳刻。她跟其他人一样,就是个浓妆艳抹、不值一提的荡妇罢了。如果你非说我们这个时代最可怕的魔怪之一就藏在她的身体里，那你比我想象得还要蠢。"

"我觉得没人说得准别人身体里藏着什么。"

他翻了个白眼，又给自己倒了杯酒。"我觉得，"他说，"斯库拉逃脱了你本想施加给她的惩罚。"

"你是什么意思？"

"想想吧。在我们的神殿里，一个丑八怪宁芙能做什么？她的生命还有什么价值？"

这就像过去那段日子，他提问，而我没有答案。"我不知道。"

"你当然知道。这就是为什么那会是个很棒的惩罚。就连最漂亮的宁芙都基本是个废物，丑八怪宁芙更什么都不是了，甚至更惨。她永远结不了婚，生不了孩子。她对她的家人来说会是个负担，会是这世界上的一个污点。她会生活在阴影里，备受责难。但魔怪呢，"他说，"魔怪永远有一席之地。她的獠牙能抓住的荣耀，她全都可以拥有。她不会因此受人爱戴，但她也不会受到制约。所以说，不管你憋着什么愚蠢的惋惜之情，都忘了吧。我觉得，可以说你改善了她的生活。"

接连两晚，我父亲都在跟我的叔叔们闭门商谈。我在红木门外徘徊，但什么都听不到，连喃喃低语都听不到。当他们出来的时候，他们的表情既坚定又严肃。我父亲大步迈向他的战车。他的紫色斗篷像酒一样，在黑暗中闪着星星点点的光；在他的头顶，威风凛凛的晖光王冠正闪耀着金色光芒。他腾空而起，头也不回就策马朝奥林匹斯山的方向奔去。

我们在俄刻阿诺斯的神殿里等他回来。没有人懒洋洋地躺在河畔上，也没有人在隐蔽的角落里跟情人卿卿我我。那伊阿得斯们红着脸拌嘴。河神们推推搡搡。高台之上，我祖父目视着我们所有人，手中的酒杯空空如也。我母亲在跟她的姐妹们吹嘘。"珀耳塞斯和帕西法厄是最先知道的，当然了。喀耳刻是最后一个，这有什么好意外的吗？我准备再生一百个，他们会用银子为我做一条能在云端穿行的船。我们会在奥林匹斯山上一统天下。"

"珀耳塞！"我祖母从房间的另一头低声怒吼道。

似乎只有埃厄忒斯没有感受到剑拔弩张的气氛。他平静地坐在沙发上，用精金做的酒杯喝着酒。我站在人群背后，在长长的走廊里来回踱步，用手划过岩石墙面。当这么多水神同时在场时，这些墙面总是潮乎乎的。我环视着房间，想看看格劳科斯有没有来。即使在那个时候，我心里也有一点想见他。当我问埃厄忒斯格劳科斯有没有出席其他神灵的宴会时，他咧嘴笑了。"他正想办法隐藏他那张蓝脸呢。他想等大家忘了这张脸是怎么来的。"

我的胃扭作一团。我没有想过我的认罪会夺走格劳科斯最引以为傲的东西。太晚了，我想。对一切我早该想到的事情来说都太晚了。我犯了太多错，已经无法从一团乱麻中找到我犯的第一个错了。是改变斯库拉的容貌，改变格劳科斯的容貌，还是对我祖母发下毒誓呢？是不是当初压根儿就不该跟格劳科斯说话？我一阵恶心不安，觉得也许这错误还要追溯到更久之前，追溯到我呼吸的第一口空气。

这会儿我父亲应该已经站在了宙斯面前。我弟弟确定奥林匹斯神对我们束手无策。但四个泰坦巫师是无法被轻易忽略的。万一战争卷土重来怎么办？神殿会在我们头顶上裂开。宙斯的头会遮天蔽日，他的手会伸进来将我们一个接一个碾碎。埃厄忒斯会召唤他的魔龙，至少他能抵抗。而我能做什么？采花吗？

我母亲正在洗脚。两个姐妹端着银盆，另一个将香甜的没药精油从陶瓶倒入盆中。我犯傻了，我对自己说。不会开战的。我父亲特别擅长耍这类手腕。他会想办法安抚宙斯的。

房间亮了，我父亲走了进来。他脸上的表情就像被锤打过的青铜一样。他大步迈向房间尽头的高台，我们的目光追随着他。他的王冠散发出的光辉刺穿了每一道阴影。他望向我们。"我已经与宙斯谈过了，"他说，"我们达成了共识。"

我的兄弟姐妹们松了口气，他们的叹息如同吹过麦田的风。

"他承认有新的力量存在于世间。这些力量与之前的全然不同。他承认这些力量来自我与宁芙珀耳塞所生的四个孩子。"

又是一阵声浪，大家愈发激动。我母亲舔了舔嘴唇，微微扬起下巴，好像她已经被加冕了王冠一样。她的姐妹们面面相觑，嫉妒得咬牙切齿。

"我们达成了共识，认为这些力量暂且不会带来任何危险。珀耳塞斯生活在我们管辖的疆土之外，而且他并未构成威胁。帕西法厄的丈夫是宙斯之子，他会确保她不做出格的事。埃厄忒斯可以继续统治他的王国，只要他同意被监视就可以了。"

我弟弟面色沉重地点了点头，但我却看到了他眼中的笑意。我有遮天蔽日的本事。你监视我试试。

"而且，他们每个人都发过誓，称自己的力量是不期而至的，并非刻意求索，并非出自恶意或反叛。他们发现花草的魔力实属偶然。"

感到不可思议的我又朝弟弟的方向瞥了一眼，但他的表情让人捉摸不透。

"他们每个人都是如此，除了喀耳刻。在她承认自己公然牟取神力的时候，你们都在场。我们已经警告过她不要靠近那些花，然而她违抗了命令。"

我祖母坐在用象牙雕琢的椅子上，表情冷冰冰的。

"她蔑视我的命令，挑战我的权威。她用毒药谋害族人，还做了其他背信弃义的事。"他的目光如一道灼热的白光，落在了我的身上，"她是家族的耻辱。面对我们给予她的关爱，她忘恩负义。我和宙斯达成了共识，她必须为此受到惩罚。她将被流放到一座荒岛上，在那里她再也无法为害世间。她明天就动身。"

上千双眼睛将我钉在原地。我想要哭号，想要求饶，但却喘不上气来。我本就细弱的声音彻底消失了。埃厄忒斯会为我求情的，我想。但当我望向他的时候，他只是和其他人一样回望着我。

"还有一点，"我父亲说，"如我所言，这股新的力量明显来自我与珀耳塞的结合。"

我母亲因喜悦而满面荣光，灿烂的笑容穿透了笼罩在我四周的阴霾。

"所以我们达成了共识：我不会再与她生育后代。"

我母亲尖叫起来，仰面晕倒在了姐妹们腿上。她的啜泣声在岩石围墙内回荡。

我祖父缓缓站起身来。他揉搓着下巴。"好吧，"他说，"该开餐了。"

燃烧的火把如点点星光，头顶的天花板如苍穹之顶，高耸入云。我最后一次看着众神与宁芙落座晚宴。我不知所措。我应该跟大家道别的，我不停地冒出这样的念头。但我的兄弟姐妹们却像水流绕过岩石一样离我而去。当他们经过我身边时，我听到了他们讥讽的窃窃私语。我发现自己怀念起了斯库拉。至少她敢当面与我对峙。

我祖母，我想，我必须跟她解释一下。但她同样转身离去，脖子上的海蛇也埋下了头。

与此同时，我母亲一直在姐妹们的簇拥下痛哭着。当我靠近她们的时候，她抬起头来，让所有人看到她楚楚动人、梨花带雨的悲伤。难道你做的好事还不够多吗？

这样就只剩下我的叔叔们了，那些头上长着海草、胡子又咸又凌乱的叔叔们。然而，一想到要跪倒在他们脚边，我就狠不下心来干这个事。

我回到了自己的房间。收拾行李吧，我对自己说。收拾行李吧，明天你就要动身了。但我的手却无力地垂在身体两边。我怎么会知道该带些什么呢？我几乎没离开过这座神殿。

我强迫自己找了个包，收拾了下衣服和鞋，带上了一把发梳。我端详着墙上的一张挂毯。这张挂毯是某个姨母织的，画面中是一场婚礼和参加婚礼的人。我会有能悬挂它的房子吗？我不知道。我什么都不知道。一座荒岛，我父亲是这样说的。那会不会是暴露在海面上的一块光秃秃的石头，一片遍地是鹅卵石的浅滩，一片杂草丛生的荒原？我的包就是个笑话，里面全是些华而不实的东西。刀，我想，那把狮头图案的刀我得带上。但当我将它握在手上时，它似乎缩小了，只能用来在宴席上叉住小口小口的食物，其他什么都做不了。

"情况本可能比这糟糕得多，你知道吗？"埃厄忒斯站在门口，他也要动身了，他已经召唤了魔龙，"听说宙斯想惩罚你以儆效尤。但当然了，父王不会由着他恣意妄为。"

我胳膊上汗毛直立。"你没有告诉他关于普罗米修斯的事吧？"

他笑了笑。"为什么，就因为他说了'其他背信弃义的事'吗？你知道父王这个人。他只是小心行事罢了，怕你干的其他吓人的事浮出水面。再说，那件事有什么可说的呢？你到底干了什么呢？不就是给他倒了一杯水吗？"

我抬起头来。"你说父王会因为这件事把我扔去喂乌鸦的。"

"只有在你傻到承认它的情况下才会。"

我的脸火辣辣的。"我猜我应该听你的,对一切都矢口否认?"

"是的,"他说,"事情就是这样的,喀耳刻。我告诉父王我的巫术纯属意外,他假装相信我的话,宙斯假装相信他的话,于是世界得以保持平衡。认罪是你的错。你为什么要那么做呢?我永远理解不了。"

没错,他理解不了。普罗米修斯遭遇鞭刑的时候,他还没出生呢。

"我想跟你说,"他说,"昨天晚上我终于见到你的格劳科斯了。我从没见过那么蠢的人。"他咂了咂嘴。"希望今后你别再看走眼了。你总是太容易相信别人。"

我看着他倚在我的门柱上,身披长袍,如狼一般的眼睛炯炯有神。我的心和过往一样,看到他时怦怦直跳。但他就像他曾经对我描述过的那个水柱一样,冷漠又无情,心里只装得下自己。

"谢谢你的建议。"我说。

在他离开之后,我又端详起了那张挂毯。画面中的新郎瞪圆了眼睛,新娘被头纱遮得严严实实。在他们身后,亲友像傻子一样张着大嘴。我向来厌恶这张挂毯。就让它烂在这里好了。

第 七 章

我的岛，我的巫术

第二天一早，我迈进父亲的战车。我们一言不发，摇摇晃晃地朝黑暗的天空驶去。风从我们身边掠过。车轮每转一下，夜便褪去一分。我从车身望下去，想追寻溪流和大洋的踪迹，还有被阴影笼罩的山谷的踪迹。但我们的速度太快了，我什么都看不清。

"我们要去什么岛？"

我父亲没有回答。他的下巴紧绷着，嘴唇气得发白。我之前所受的灼伤因为离他太近又疼了起来。我闭上了眼睛。大地匆匆掠过，风吹打着我的皮肤。我想象着从金色围栏边纵身一跃，跳入半空之中。那感觉会挺不错的，我想，在我着地之前。

我们颠簸着着陆了。我睁开双眼，看到了一座柔美的高山，上面青草密布。我父亲直勾勾地盯着前方。我突然有种冲动，想跪在地上求他带我回去。可相反，我强迫自己迈下战车。我的脚刚一沾地，他连同他的战车就消失不见了。

我独自站在那片青草茵茵的林中空地上。风如刀割般吹打着我的脸颊，空气中有股清新的香气。可我无法享受这美景。我的头昏昏沉沉的，喉咙也开始隐隐作痛。我趔趄了一下。这会儿，埃厄忒斯已经回到了科尔喀斯，喝着他的奶与蜜。姨母们应该正在河畔放声大笑，兄弟姐妹们又开始打闹嬉戏。我父亲当然在我头顶之上，正为世界撒下光明。我和他们共同度过的那些年就像是扔进水池中的一块石头。而涟漪已经消失了。

我还是有一点倔的。如果他们不哭，那我也不会哭。我用手掌揉搓着双眼，直到视野变清晰为止。我强迫自己环视了一下四周。

我面前这座山的山顶上有一栋房子。它的门廊很宽，四壁由严丝合缝的石块整整齐齐堆砌而成，门被切割成了两人高。在它下面一点，森林延伸开来。从此处远眺，我还能瞥见大海。

那片森林吸引了我的目光。那片森林很古老，里面歪歪扭扭地长着橡树、菩提树和橄榄丛，高耸的松柏贯穿其中。清新的香气就是从那里传来的，这香味沿着青草密布的山坡飘浮而上。密密层层的树林在海风中摇曳，鸟不时从林荫中飞出。即便现在，我还是能记起当时感受到的那种惊叹。我一辈子都在同一个昏暗的神殿中度过，在同一片长着光秃秃的树林的荒凉海滩上散步。我没有准备好迎接如此茂盛的景致。我突然有种冲动，想让自己没入其中，就像青蛙投入池塘。

我犹豫了一下。我不是森林宁芙。我没有在盘根错节的树木间摸索、在人迹未至的荆棘间穿梭的本事。我猜不到林荫中可能藏着什么。万一里面有天坑呢？万一里面有熊和狮子呢？

我在原地站了很久，一边为这些事情担惊受怕，一边等待着，好像有人会来给我吃一颗定心丸，对我说没关系，你可以去，里面是安全的。我父亲的战车向海平面滑去，没入海浪之中。林中的阴影更浓了，树干彼此盘绕着。现在去太晚了，我对自己说。明天吧。

* * *

房子的门是用大块橡木做的,四周镶以铁边加固。我轻轻一推,它们就开了。屋里有股焚香的味道。客厅里摆了几张桌子和长椅,好像是为宴席准备的。壁炉嵌在客厅的一头;另一头,一条走廊通向厨房和卧室。这房子大到能容下十多位女神,而我的确以为会在拐角处发现宁芙和我的兄弟姐妹。但不是这样的,流放的意义就在于此。在于彻底只身一人过活。我家人心想,与失去他们这些神的陪伴相比,还有更糟糕的惩罚吗?

这房子本身自然不是什么惩罚。四周全是闪闪发光的宝物:精雕细琢的财宝箱,软绵绵的地毯和金色的帷幔,床铺,高脚凳,精致的三角桌和象牙雕像。窗台是用白色大理石做的,百叶窗用梣木做成了卷轴的样子。在厨房里,我用大拇指摩挲着那些刀,青铜的,铁制的,也有珍珠母和黑曜石的。我找到了用石英和银锻造的碗。虽然房间里空无一人,但却没有一粒尘埃。往后我会发现,没有一粒尘埃能越过那道大理石门槛。不论我怎么在地面上踩踏,它永远干干净净的,桌面也永远亮堂堂的。灰烬会自动从壁炉里消失,碗碟自动把自己清洗干净,柴火一夜之间就会恢复如初。食品储藏室里有大罐的油和酒,大碗的芝士和大麦,永远新鲜可口,装得满满当当。

站在那些空空如也、完美无瑕的房间中,我觉得——我说不上来,失望。我觉得,我心里还是有点希望自己能被发配到高加索山的某个悬崖上,一只老鹰俯冲下来啃噬着我的肝脏。但斯库拉不是宙斯,我也不是普罗米修斯。我们是宁芙，不值得大费周章。

但事实不止于此。我父亲可以把我扔在某个小破屋或某个渔民的破棚子里，可以把我扔在一片除了帐篷之外什么都没有的光秃秃的海滩上。我回想起当他转述宙斯的宣判时，明明白白写在他脸上的怒火。我本以为那全都是针对我的，但如今，在与埃厄忒斯谈过之后，我懂了更多。诸神之间之所以相安无事，是因为泰坦神和奥林匹斯神都没有越雷池一步。宙斯要求赫利俄斯管束自己的后代。赫利俄斯不能公然顶撞，但却可以通过某种方式表态，用挑衅的行为让他们再次平起平坐。就连我们的流亡犯都比君王活得舒服。你看到我们的实力有多雄厚了吗？如果你对我们出手的话，奥林匹斯佬，我们会比以前反抗得更激烈。

这就是我的新家：一座向我父亲的狂傲致敬的丰碑。

那时，太阳已经落山了。我找到了火石，用它敲打着已经候在一旁的火绒。我以前经常见格劳科斯这样做，但自己却从没尝试过。我试了几次才成功，当火苗终于被点燃，而且越烧越旺时，我感觉到了一种全新的满足感。

我很饿，于是来到食品储藏室。碗里的食物盛得满满当当，足够填饱一百个人的肚子。我用勺子挖了一些放到盘子上，然后坐在了客厅的大橡木桌前。我能听到自己呼吸的声音。我突然意识到，我从没一个人吃过饭。以前，就算没人理我或者往我的方向看，我旁边也总会有个兄弟姐妹。我摩挲着纹理细密的橡木。我哼了哼小曲，听着空气将我的声音吞没。那时我想，我一辈子就这样了。尽管生了火，但阴影还是在角落聚集了起来。屋外，群鸟开始嘶声尖叫。至少我觉得那些是鸟。我又想到了那些阴暗的粗壮树干，脖子上的汗毛都竖了起来。我走到窗前，拉上了百叶窗，然后又插上了门闩。我已经习惯了被地壳岩石重重包围的感觉，何况除此之外还有我父亲的神威压顶。这栋房子的四壁在我看来像树叶一样脆弱。任何动物的利爪都能把它们抓破。我想，也许这个地方的秘密就在于此。我真正的惩罚还在后头呢。

别想了，我对自己说。我点上了蜡烛，强迫自己举着它们穿过客厅，往我的房间走去。白天时，这房间看上去很大，弄得我很开心。但现在，我不能同时盯住所有角落。床铺中的羽毛相互低语，百叶窗像暴风雨中船只的绳索一样吱吱作响。在我四周，我感觉这个岛屿上野性未驯的山谷，全都在黑暗中逐渐膨胀开来。

在那一刻以前，我不知道原来我害怕这么多东西。幽灵般的大块头海怪沿山坡滑行；夜行虫从它们的洞穴中蠕动出来，把没有眼睛的脸贴在我的房门上；长着羊脚的神迫不及待地想要满足自己的蛮荒欲望；海盗在我的海湾中悄声划桨，谋划着如何将我掠走。我能做什么呢？法魔客，埃厄忒斯如此称呼我，女巫，但我的力量全都蕴含在那些花中，而它们在几个大洋开外的地方。如果有人来了，我只能尖叫，而在我之前，已经有上千个宁芙见识过这能带来什么好处了。

恐惧流遍我的全身，越发让人不寒而栗。凝结的空气在我身上爬行，阴影探出手来。我凝视着眼前的黑暗，努力想听到除了自己的脉搏声之外的其他声响。每一刻都如同暗夜般漫长，但最后，天空终于变得更加黑暗，边角的地方泛起了白光。阴影渐渐褪去，清晨接踵而至。我站起身来，毫发无损。我走到屋外，那里没有鬼鬼祟祟的脚印，没有尾巴拖行留下的印记，门上也没有爪子抓出的洞。但我并不觉得自己蠢。我觉得仿佛挺过了一场巨大的磨难。

我再次向森林里望去。昨天——才过去一天吗？——我还在等着别人来告诉我那林子是安全的。但那个人会是谁呢？我父亲？埃厄忒斯？流放的意义就在于此：没有人会来，永远都不会有人来。想通此事会让人恐惧，但在过了一个处处险恶的漫漫长夜后，这让人感觉微不足道。

我最懦弱的部分已经被耗尽了,取而代之的是一阵让人眩晕的火光。我想,我不要做笼中鸟,不要在大门已经敞开的时候还傻得不敢展翅高飞。

踏入那片树林之后,我的人生便开始了。

* * *

我学会了把头发梳到脑后,这样它就不会刮到每根树枝了。我还学会了如何把裙摆系在膝盖的位置,以防刺球扎在上面。我学会了辨别各种鲜花盛开的藤蔓和华丽的玫瑰,学会了去哪里找亮闪闪的蜻蜓和盘曲着身子的蛇。我爬上山巅,那里的松柏直入云霄,遮天蔽日;再下山到果园和葡萄园,那里的紫葡萄密得像珊瑚一样。我沿着山坡散步,走过嗡嗡作响、长着百里香和丁香的草地,还在金黄海滩的各处留下了脚印。我找出了每个海湾和洞穴,找到了风平浪静的海港,以供船只安全停靠。我听到狼在号,青蛙在泥土中鸣叫。我抚摸着亮棕色的蝎子,它们用蝎尾对抗着我。它们的毒液根本不算什么。我醉醺醺的,我父亲神殿中的酒水从没让我有过这样的醉意。怪不得我的反应那么迟钝,我想。一直以来,我都是个无线可用的织女,一艘无海可巡的船。看看现在我航行到哪儿了。

晚上,我回到自己的房子里。我不再介意那些阴影了,因为它们的存在意味着我父亲的凝视已经从天际消失了,现在这些时间是属于我自己的。我也不介意那种空旷感。一千年以来,我一直努力想要填补我和家人之间的空白。相比之下,填补我房间的空白小菜一碟。我在壁炉里焚烧雪松，燃烧产生的黑烟伴我左右。我放声歌唱，这在以前是从不允许的，因为我母亲嫌弃我的声音像溺水的海鸥。当我的确感觉孤单的时候，当我发现自己思念起我的弟弟，或者曾经的格劳科斯的时候，我总能到森林里去。蜥蜴在树枝间穿梭，群鸟振翅高飞。那些花，当它们看到我的时候，会激动得像小狗一样往前凑，蹦蹦跳跳，吵着要我抚摸。我在它们面前几乎会害羞，但日复一日我的胆子大了起来。最后，我终于在一簇鹿食草[1]前的泥土地上跪了下来。

精致的小花在花茎上随风飘荡。我不需要用刀把它们割下来，只要用指甲掐一下就可以了。我的指甲很快就被点点汁液弄得黏糊糊的。我把花放进篮子里，用布盖上，到家把百叶窗关得严严实实之后才把布揭开。我不觉得会有人来阻止我，但我也不想招惹他们。

我看着那些躺我桌子上的花。它们好像干枯了、黄化了。我一点都不清楚该拿它们怎么办。切？煮？烤？我弟弟的药膏是含油的，但我不知道是哪种油。厨房里的橄榄油行吗？肯定不行。必须得是充满魔幻意味的东西才行，比如从金苹果树结的果实里压榨出的籽油。但我拿不到那东西。我用手指揉搓着一根花茎。它翻了个身，像溺亡的蠕虫一样了无生气。

好吧，我对自己说，别傻呆呆地站在那儿。试点什么。煮掉它们吧。为什么不呢？

就像我说的，我还是有一点倔的，这很好。再倔一点就要命了。

---

1 鹿食草：hellebore，是对六十多种有毒草本植物的通称，包括毛茛科铁筷子属约二十多种多年生草本植物和四十多种百合科藜芦属植物，它们的共同点是具有毒性。

让我说说巫术不是什么：它不是神力，不是动动念头、眨个眼就能行的。你必须把它做出来，然后打磨它，要做计划，要去探索，去挖掘，去晾晒，去切切磨磨，去烹煮，要对它说话，要为它唱歌。就算做了所有这一切，它还是有可能会失败，而神就不会。如果花草不够新鲜，如果我走了神，如果我的意志力薄弱，药水就会在我手中变得污浊、腐臭。

按理说，我是不该会巫术的。神讨厌体力活，这是他们的天性。我们干的最接近体力活的事是纺织和锻铁，但这些事情不过是技巧罢了，没有需要费力的地方，因为所有可能会让人不愉快的环节都被神力办妥了。毛线染色的时候无需用勺子在臭烘烘的大桶里不停搅拌，打个响指就行了。采矿也不需要长年累月地采，矿石是自动从山里蹦出来的。没有哪根手指会被擦伤，没有哪块肌肉会被拉伤。

巫术恰恰是这样的苦力。每棵花草都要在其特定的位置被找到，要在其特定的时间被收割，要从土里连根拔起，要精挑细选、除茎剥叶，要好好清洗、以待后续。你必须要先这样、再那样摆弄它，才能摸清它的魔力在哪。你必须耐下心来，日复一日摒弃自己犯过的错误，从头再来。所以为什么我不介意呢？为什么我们都不介意呢？

我无法替我的弟弟妹妹们回答，但我的答案很简单。一百个世纪以来，我一直浑浑噩噩、了无生趣地在世间游走，整个人无所事事，随意而为。我没有留下任何印记，也没有做成任何伟绩。就连那些曾给予我些许爱意的人，也没有费心留下来。

然后，我发现我可以让世界屈从于我的意志，就像弓屈从于箭。为了把这威力握在手中，这样的苦力我愿意重复上千遍。我想：当宙斯第一次高举雷霆的时候，他的感觉肯定也是如此。

当然，最开始的时候，我熬制出的东西都是错的。毫无功效的药水，结块开裂、在桌子上滩成一坨的糨糊。我以为如果某种芸香科植物管用，那么多多益善；以为十种花草混合的效果比五种要好；以为我可以走神，而咒语不会跟着我跑偏；以为我可以在某种药水做到一半的时候决定去做个新的。我连关于花草最简单的传说都不知道，而这些传说任何一位凡人被母亲抱坐在膝头时就已经知道了：某些草本植物煮沸后可以用来做香皂；在壁炉中烧紫衫木会产生让人窒息的烟尘；罂粟能诱人昏睡；鹿食草能诱发死亡；蓍草能愈合伤口。以上种种，全都需要通过一次次的失败和尝试，通过烫伤的手指头，通过逼得我跑到屋外、在花园里咳嗽不止的臭气团不断打磨、不断习得。

在最初的那段日子里，我以为至少在我念出一个咒语后，我就不用再温习它了。但就连这想法都不对。不论某种花草我之前使用过多少次，每株现切的花草都有它自己的性格。某朵玫瑰要在碾碎后才会将秘密和盘托出，另一朵需要压榨，还有一朵需要浸泡。每个咒语都是一座需要被征服的新的高山。我能从上一次尝试中得到的只有一种认知，那就是这件事我能做到。

我坚持不懈地努力着。如果我的童年有教给了我什么东西，那就是持之以恒。一点一点地，我成为一个更好的聆听者：聆听汁液在植物体内流动的声音，聆听血液在血管中流动的声音。我学着了解自己的意图，学着删减与增补，学着感知能量积聚在何处，并用正确的话语将其引致巅峰状态。我正是为这个瞬间而活。那一刻，一切终于变得明晰——咒语为我，而且只为我一人，唱出了最纯粹的音调。

我没有呼唤魔龙，也没有召唤毒蛇。我最开始念的咒语都是些很蠢的东西，脑子里有什么就说什么。我从橡树果开始练起，因为我觉得如果那个东西是绿色的，而且能在水的滋养下生长，那么我的那伊阿得斯血统也许会给我一点帮助。一连几天、几个月，我都用精油和药膏揉搓着那颗橡树果，对着它说话，想让它发芽。我试着模仿埃厄忒斯为我疗伤时发出的声音。我试过诅咒和祈祷，但不论如何，橡树果都得意洋洋地把种子藏在身体中。我把它顺着窗户扔了出去，找了颗新的，然后俯下身子在这上面又耗费了半个世纪。我在生气的时候、平静的时候、开心的时候、三心二意的时候都试了那条咒语。某天我对自己说，我宁可什么神力都没有，也不会再念那条咒语了。再说了，我要橡树的小树苗做什么？岛上遍地都是。我真正想要的是野草莓，想让它们甜甜蜜蜜地滑下我冒烟的喉咙，于是我把这个想法告诉了那个棕色的壳。

变化来得太快了，我的拇指戳进了它软绵绵的红色果肉里。我目瞪口呆，然后发出了胜利的欢呼，吓得群鸟都从林子里飞了出来。

我让一朵干枯的花重新绽放。我把苍蝇从房子中驱逐出去。我让樱花反季节绽放，还把火苗变成了鲜绿色。如果埃厄忒斯在场，他在看到这种过家家的把戏后会被自己的胡子噎到的。但我一无所知，所以并没有感到屈尊俯就。

我的神威像海浪一样，后浪推前浪。我对幻觉情有独钟：我召唤影子变出碎屑的形状，让老鼠蹑手蹑脚地跟在它们身后；我变出浅色的米诺鱼，让它们从鸬鹚喙下的海浪中鱼跃而出。我想得更大胆了一些：用雪貂吓跑鼹鼠，用猫头鹰震慑野兔。我得知收获的最佳时机是在月光之下，那时露水与黑暗会让汁液更加浓缩。我掌握了什么在花园中长得好，什么需要被留在林子里的原始环境中。我抓住了毒蛇，还学会了如何将毒液从它们的毒牙中挤出。我可以从黄蜂的尾巴上引出一滴毒液。我让一棵濒死的树起死回生。我轻轻一碰便杀死了一棵毒蔓藤。

但埃厄忒斯是对的，我最出色的天赋是变形术，我的思绪也总会回到这个上面。我站在一朵玫瑰面前，随后它就变成了鸢尾花。我把药水倒在梣树的根部，于是它变成了圣栎树。我把所有木柴都变成了雪松，这样它们的香气每晚都能在我的客厅里萦绕。我捉住一只蜜蜂，把它变成了蟾蜍，还把一只蝎子变成了老鼠。

正是在这件事上，我终于发现了自己神力的极限。不论药效多么强劲，不论咒语多么严谨，蟾蜍还是不停地想要飞起来，老鼠还是不停地想蜇人。变形只改变外部形态，触及不到内心。

我想起了斯库拉。她作为宁芙的那一面，还活在那个六头魔怪的身体里吗？还是说从诸神的鲜血中长出的花草，会让人彻底改变？我不知道。我对着空气说，不论你在哪儿，我都希望你是心满意足的。

当然，现在我知道了，她的确是心满意足的。

* * *

某天，我发现自己正身处森林中最浓密的一片灌木丛中。我喜欢在岛上散步，从低洼的海滩走上我常去的高处，找到隐秘的苔藓、蕨菜和蔓藤，把它们的叶子收集起来施法用。那时已接近黄昏，我的篮子快要装不下了。我绕过一片树丛，面前出现了一头野猪。

岛上有野猪这件事，我已经知道了一段时间。我听到过它们在灌木丛中尖叫着四处冲撞的声音，而且我经常会发现一些杜鹃花被踩坏了，或者某一片小树苗被连根拔起。这是我亲眼见到的第一头野猪。

它的块头很大，比我想象中的野猪还要大。它的脊柱如辛托斯山般漆黑凸翘，肩部满是打架后留下的闪电形疤痕。只有最勇猛的英雄才敢直面这样的生灵，而且他们会有长矛和猎犬、弓箭手和同伴的加持，通常还会有几名斗士相伴左右。我只有一把挖植物的刀和一个篮子，手边一瓶魔药也没有。

野猪跺着脚,白色泡沫顺着它的嘴往下流。它放低了长牙,嘴里咀嚼着什么。它的眼睛在说:我可以击垮一百个青壮年,然后把尸体丢还给他们哭哭啼啼的母亲。我要把你的内脏扯出来当午饭。

我紧盯着他。"有种你就试试看。"我说。

它盯着我看了很久。随后它转过身,穿过灌木丛一溜烟跑掉了。我跟你讲,虽然我念了那么多咒语,但那是我第一次真正觉得自己像个女巫。

那天晚上我坐在壁炉边,想着那些神采飞扬的女神。她们要么肩头栖着鸟,要么总有小动物拱着她们的手,优雅地跟在她们身后一路小跑。我想,我要让她们自愧不如。我爬上最高的山巅,找到了一排孤零零的足迹:这里一朵花被踩扁了,那里土被翻了一点,还有一点树皮被剥了下来。我用番红花、黄茉莉、鸢尾花和在月色正当头时挖出的松柏树根熬制了一味魔药。我将魔药洒下,吟唱着。我召唤你。

第二天黄昏,它静悄悄地进了我的门,肩膀上的肌肉硬得像石块一样。它躺在我的壁炉边,用舌头磨着我的脚踝。白天时,它为我带来鱼和野兔。晚上时,它从我的指尖舔蜂蜜吃,然后窝在我脚边睡觉。有时我们会嬉戏一番,它会悄悄地跟在我身后,然后蹿出来紧紧抓住我的脖子。我闻着它热乎乎的喘息中的麝香味,感受着她的前爪压在我肩头上的重量。看,说着我把从父亲神殿里带出来的那把刀拿给她看,就是刻着狮头图案的那把。"这是哪个傻瓜做的?他们从没见识过你的容貌。"

它张开棕色的大嘴,打了个哈欠。

我的卧室里有一面青铜做的镜子,高得直抵天花板。当我从它面前经过的时候,我几乎认不出自己了。我的目光更亮,下巴更尖,我的野狮佣兽在身后徘徊。我能想象得到,如果我的兄弟姐妹们看到我这副模样会说什么:我的脚因为在花园里劳作而脏兮兮的,裙子在膝盖上打着结,我还会扯着沙哑的嗓子放声高唱。

我希望他们来。我想看他们目瞪口呆地看着我在狼穴中漫步,在鲨鱼捕食的海湾里戏水。我可以将鱼变成鸟,可以跟我的狮子角力,然后披头散发躺在它的肚皮上。我想听他们尖叫,想听他们屏住呼吸,倒吸凉气。啊,她看我了!我会变成青蛙的!

我真的害怕过他们这种存在吗?我真的耗费了一万年的时间,像过街老鼠一样躲躲藏藏吗?现在我明白了为什么埃厄忒斯那么大胆,为什么他能如巍峨山巅般矗立在我们父亲面前。当我施法的时候,我感受到了同样的魄力。我目视着父亲燃火的战车横跨天际。怎么?你有什么要跟我说的吗?你拿我喂乌鸦,但事实证明,跟你比起来我更喜欢与它们为伴。

他没有回答,我的月亮姨母也没有回答。懦夫。我气得浑身通红,咬牙切齿。我的母狮甩动着尾巴。

没人有这个胆量吗?没人有胆量直面我吗?

所以你看,从我的角度来说,我热切期盼着接下来发生的事。

第八章

赫尔墨斯

那时正值日落,我父亲的面孔已经坠到了树林之下。我正在花园里干活,加固纤细的蔓藤,种迷迭香和乌头。我在唱歌,随口唱着小曲。母狮躺在草地上,它的嘴因为刚刚除掉了一只松鸡而血淋淋的。

"我承认,"一个声音说,"你相貌平平但口气不小,让我挺惊讶的。梳着小辫在花园里种花。跟乡下姑娘没什么两样。"

那年轻男子正倚着我的房子端详着我。他的头发乱蓬蓬的,脸像宝石一样明亮。虽然四下并没有光,但他的金色飞靴依然闪闪发亮。

我知道他是谁,我当然知道了。他脸上闪耀的神威如利刃出鞘,错不了的。他是奥林匹斯神,是宙斯之子,是他钦定的信使。众神中就属他嘻嘻哈哈,没个正形:赫耳墨斯。

我感觉自己在颤抖,但我不会让他看出来。厉害的神能嗅到恐惧,就像鲨鱼能嗅到血腥味。他们会将你生吞活剥的。

我站起身来。"你以为呢?"

"哦,你知道的,"一根细细的魔杖在他的指尖旋转,"更花哨一点。

龙什么的。斯芬克斯阵容的舞蹈班子。天降血雨。"

我习惯了膀大腰圆、胡子花白的叔叔们，不习惯这么完美无瑕、漫不经心的美男子。雕塑家们为石头塑形的时候，都是以他为参照的。

"他们是这么形容我的吗？"

"当然了。宙斯确定你想把我们全都毒死，你和你弟弟都是。你知道他多容易焦虑。"他优哉游哉、不怀好意地笑了笑。好像宙斯的怒火不过是个无足轻重的笑话罢了。

"所以你是来给宙斯当间谍的？"

"我更倾向特使这个词。但不是的，这件事我父亲自己能搞定。我来是因为我哥哥生我的气了。"

"你哥哥。"我说。

"是的，"他说，"我想你应该听说过他？"

他从斗篷中掏出一把竖琴，上面镶着金饰和象牙，泛着黎明般的微光。

"恐怕这东西是我偷的，"他说，"我需要找个地方避避风头。我觉得你可能会可怜我一下？不知道为什么，我觉得他不会找到这里来。"

我脖颈上的汗毛都竖了起来。明智的人都会惧怕太阳神阿波罗降怒，那怒火如阳光般静谧，却如瘟疫般致命。我有种冲动，想越过肩头看看，确保他没有大步流星、横跨天际朝我而来，确保他镀金的箭矢没有瞄准我的心脏。但我心里有一部分厌倦了心怀敬畏，厌倦了仰望天空、想知道别人允许我做什么。

"进来吧。"我领他进了门。

我是听着赫耳墨斯胆大妄为的故事长大的：他在婴儿时期爬出摇

篮,偷走了阿波罗的神牛;他把巨人守卫者阿尔戈斯的一千只眼[1]一只一只地哄睡着,然后手刃了他;他能从石头中窥探到秘密,能蛊惑对手按他的意愿行事。

这些全都是真的。他能像绕线团一样将你死死缠住。他能不紧不慢地给你讲一些不切实际的东西,直到你笑得喘不过气来。我几乎从未见识过真正的智慧——我跟普罗米修斯的对话只持续了一小会儿,而在俄刻阿诺斯的神殿里,大多数被当作聪慧的东西不过是俏皮话和毒舌罢了。赫耳墨斯的心智比他们狡猾千倍,脑子转得也更快,像照耀在海浪上的阳光般光亮炫目。那天晚上,他用主神们干的一件又一件蠢事逗我发笑。好色的宙斯为了引诱一位美丽的少女而变成牛。战神阿瑞斯败在了两个巨人手下,那两个巨人把他塞进罐子里关了一年。赫淮斯托斯陷害自己的老婆阿芙洛狄忒,在她赤身裸体与情人阿瑞斯缠绵时将她用金网吊起,给所有的神看。他不停地讲着,从荒唐的罪行讲到酒后斗殴,再讲到小肚鸡肠的拌嘴,语气自始至终模棱两可、笑里藏刀。我感觉自己脸红通通的,头晕目眩,好像喝了自己熬制的药水似的。

"你到这里来,违抗了诸神流放我的旨意,难道不会受罚吗?"

他露出了笑容。"父王知道我向来随心所欲。再说了,我什么都没违抗。被流放的是你。世界上的其他人想来就来,想走就走。"

我很吃惊。"但我以为——更严厉的惩戒,不就是逼着我独自一人生活吗?"

"这取决于拜访你的人是谁,对不对?但流放就是流放。宙斯想限制你的活动范围,于是你被限制了。他们没有想更多。"

"你怎么知道?"

---

1 通常阿尔戈斯会被描述为百眼巨人。

"当时我在场。看宙斯和赫利俄斯周旋向来很有意思。就像两座火山在盘算自己要不要爆发一样。"

我想起来了，他参与过那场大战。他见识过熊熊燃烧的苍穹，还手刃了一个头顶直入云霄的巨人。虽然他如此轻盈，但我能想象出那场景。

"告诉我，"我说，"你会弹那个乐器吗？还是说你只是偷了它而已？"

他用手指拨弄着琴弦。音符在空气中跳跃，活泼又甜蜜。他毫不费力就将它们组合成了一支乐曲，仿佛他就是音乐之神本尊，整个房间似乎都被那支乐曲包裹了起来。

他抬起头，火光映照着他的脸。"你平时唱歌吗？"

这是他的另一个特点。他会让你自愿倾吐自己的秘密。

"只唱给自己听，"我说，"我的声音对别人来说不太好听。据说那听起来像是一只海鸥在扯着嗓子哭号。"

"他们这样说吗？你不是海鸥。你听起来像个凡人。"

我脸上的困惑一定溢于言表，他哈哈大笑了起来。

"大多数神的嗓音听上去都像雷霆和巨石。我们对人类说话的时候必须轻声细语才行，不然他们会被震碎的。在我们听来，凡人的声音很轻薄，很虚弱。"

我想起格劳科斯第一次对我开口说话时，他的声音听上去多么温柔。我还以为那另有隐衷。

"这种情况并不常见，"他说，"但有时，次等宁芙生来就带着凡人的嗓音。你就是这样。"

"为什么没有人告诉我？怎么可能呢？我没有凡人的血统，我是泰坦神的后代。"

他耸了耸肩。"谁能解释得清神的血统怎么运作呢？至于为什么没有人提这件事，我猜是因为他们也不知道。我比大多数神跟凡人相处的时间都多，已经习惯了他们的嗓音。对我来说那不过是另一番风味而已，就像不同味道的食物。但如果将来你有机会与凡人相处，你就会发现：他们不会像怕其他神那样怕你。"

不过一分钟，他就解开了我生命中最大的谜团之一。我用手指抵着喉咙，好像能触碰到里面蕴藏的怪异感一样。一个有着凡人嗓音的神。这让我很震惊，然而我心里的某一部分感受到了近乎认同感的东西。

"继续弹。"语毕我唱了起来，竖琴毫不费力地跟上了我的歌声。它的音色渐佳，把我唱出的每个句子都衬托得更加甜美。当我唱完的时候，木炭上只剩下零星火光，月亮也被云遮住了。他的眼睛如光源下的黑宝石般闪闪发亮。它们黑黝黝的，是神威雄厚的标志之一，传承自最古老的神灵血脉。我第一次意识到，我们将泰坦神与奥林匹斯神区分开来是多么奇怪，宙斯的父母无疑都是泰坦神，而赫耳墨斯的祖父正是泰坦神阿特拉斯。我们身体里流淌着同样的鲜血。

"你知道这座岛叫什么吗？"我问道。

"如果我不知道这世间的所有地方的话，我这个旅者之神当得也太差劲了。"

"那你能告诉我吗？"

"这地方叫埃阿亚。"他说。

"埃阿亚。"我品味着它的发音。它们很轻柔，像暗夜中悄悄收起的羽翼。

"你知道这个地方。"他边说边仔细打量着我。

"当然。这是我父亲与宙斯联手，向他表忠心的地方。在这座岛屿的正上方，他手刃了一个泰坦巨人，鲜血浸透了这片土地。"

"真巧啊，"他说，"有那么多地方，但你父亲偏偏把你流放到了这里。"

我能感觉出他的力量正向我的秘密触及。过去，我会把答案一股脑和盘托出，把他想知道的全都告诉他。但现在的我跟过去的我不一样了。我不欠他什么。他只能从我这里得到我想给他的东西。

我起身站在他面前。我能感觉到自己的双眼像水中的石头般黄澄澄的。"告诉我，"我说，"你怎么知道在毒害你们这件事上，你父亲是错的？你怎么知道我不会在你坐的地方给你下药？"

"我不知道。"

"但你还是敢冒险留下来？"

"我敢冒险做任何事情。"他说。

我们就是这样成为情人的。

在接下来的几年里，赫耳墨斯经常在黄昏时分脚踏飞翼而来。他从诸神那里带来美味佳肴——从宙斯的酒库里偷来的酒，从海布拉山上带来的香甜至极的蜂蜜——那里的蜜蜂只吃百里香和菩提树的花粉。我们的谈话很让人享受，我们的交欢也是。

"你愿意为我生孩子吗？"他问我。

我笑话了他。"不愿意，想都别想。"

他没有受伤。他喜欢这样的尖酸刻薄，因为他身上没有一处软肋。他问只是出于好奇罢了。探寻答案、逼迫他人暴露弱点是他的天性。他想看看我到底被他迷得多神魂颠倒。但我那些小女生的情愫全都消失不见了。白天时我不会躺在床上做关于他的梦，也不会对着枕头呼唤他的名字。他不是我的丈夫，甚至连朋友都不是。他是一条毒蛇，而我是另一条毒蛇。从这个层面来说，我们把自己哄得很开心。

他把我错过的消息全都告诉了我。他在旅途中走遍了世间的每一个角落，像裙裾沾染泥土一样招引着八卦。他知道格劳科斯去谁的宴席上喝大酒了。他知道科尔喀斯的牛奶喷泉能喷多高。他告诉我埃厄忒斯过得不错，穿着染过色的猎豹皮草斗篷。他娶了个凡人做老婆，一个小孩还在襁褓里，另一个已经在腹中了。帕西法厄依然用魔药控制着克里特岛，还为她的丈夫生了六个孩子，继承人和女儿都有，已经多到能组队出海了。珀耳塞斯只在东方活动，用一桶一桶的血与蜜膏起死回生。我母亲收起了眼泪，给自己冠上"巫师之母"的头衔，顶着它在我的姨母们中间游手好闲。所有这些都引得我们哈哈大笑。当他离开后，我知道他同样会讲关于我的故事：我塞满泥土的指甲，我那头散发着麝香味的狮子，那些跑到我门前讨残羹剩饭吃、求我给它们挠背的猪。当然，还有我如何红着脸、以处女之身对他投怀送抱。怎么说呢？我没有脸红，但其他的都挺真实的。

　　我继续追问着，问他埃阿亚在什么地方，它离埃及、埃塞俄比亚和其他有趣的地方有多远。我问他我父亲的心情坏到了什么地步，我的侄子和侄女们叫什么，以及世界上有哪些新的帝国正在崛起。他知无不言。但当我问他，我离当初给格劳科斯和斯库拉的那些花有多远的时候，他笑话了我。你觉得我会帮母狮磨爪子吗？

　　我让自己的语气尽可能随意。"山岩上的那个远古泰坦神普罗米修斯怎么样了？他过得还好吗？"

　　"你觉得呢？他每天都少一个肝啊。"

　　"还是这样吗？我一直不明白为什么帮助凡人让宙斯这么生气。"

　　"告诉我，"他说，"谁给的祭品更好？痛苦的人，还是幸福的人？"

　　"当然是幸福的人了。"

　　"错了，"他说，"幸福的人只顾过自己的日子。他觉得自己不亏欠任何人。但如果你让他战战兢兢地生活，杀掉他的妻子，弄残他的孩子，那么你就会有他的消息了。为了给你买一头纯白色的小牛犊，他愿意让家人饿一个月的肚子。如果他掏得起那个钱的话，他会给你买一百头的。"

"但是，"我说，"到头来你肯定还是要回报他的。不然他就不会再献祭了。"

"啊，你会被他的毅力惊到的。但没错，到头来最好还是给他点什么。然后他就开心起来了。之后你就可以从头再来了。"

"所以奥林匹斯神就是这样打发时间的。想方设法折磨凡人。"

"别指指点点的，"他说，"你父亲比任何人都擅长这件事。如果他觉得烧杀掠夺一整个村庄能给自己多弄一头牛的话，他会这么做的。"

我曾多少次为我父亲祭坛前堆积如山的祭品而暗自窃喜？我举杯喝了一口酒，好不让他看到我泛红的脸颊。

"我觉得你可以去拜访一下普罗米修斯，"我说，"你的飞翼速度很快。给他带点能慰藉他的东西。"

"我为什么要这么做？"

"当然是为了好玩啊。你道德沦丧了一辈子，这会是你做的第一件好事。你就不好奇那会是什么感觉吗？"

他哈哈大笑起来，但我没有继续逼迫他。他依然是奥林匹斯神，依然是宙斯之子，永远都是如此。我能对他没大没小，是因为这让他觉得新鲜，但我永远不知道这新鲜感什么时候会结束。你可以调教一条毒蛇，让它吃你手里的东西，但你无法让它忘记咬人的天性。

春去夏来。一天晚上，当我和赫耳墨斯正在细细品酒的时候，我终于问起了斯库拉。

"啊，"他的眼睛亮起了光，"我还好奇我们什么时候会聊到她呢。你想知道什么？"

她是不是不幸福？他会觉得这种幼稚的问题很可笑，他有道理这么做。我的巫术，这座岛，我的狮子，所有一切都是拜她所赐。对开启我人生的事物表达悔恨之情有点虚伪。

"我一直没有听说她潜入海底之后发生了什么。你知道她在哪里吗？"

"她离这里不远——凡人驾船不到一天就到了。她找到了一条符合她胃口的海峡。海峡的一边有个漩涡，能将船只、鱼群和任何从那里经过的东西通通卷入海底。另一边是一面悬崖，悬崖上有个山洞，可以藏住她的脑袋。任何躲开了漩涡的船都会径直驶入她的血盆大口，她就是这样喂饱自己的。"

"喂饱自己。"我说。

"是的。她吃人。一次吃六个，每张嘴吃一个。如果船划得太慢，她就吃十二个。有一些人想跟她抗争，但你能想象得出结局。你在大老远的地方就能听见他们的尖叫。"

我在椅子上石化了。我一直想象着她在深海潜游，嗫乌贼肉吃。但不是这样的。斯库拉一直想要夺人眼球。她一直想要惹别人哭。如今她变成了一个贪得无厌的魔怪，不仅满口獠牙，还拥有不死之身。

"没人能阻止她吗？"

"宙斯可以，或者你父亲也行，只要他们愿意。但他们凭什么这么做呢？怪物可是神的好帮手。想想会有多少人向他们祈祷吧。"

我的喉咙被什么东西堵住了。她吃的那些人都是和格劳科斯一样的水手，衣衫褴褛，走投无路，被恐惧消磨得面黄肌瘦。他们全都死了。他们全都化成了青烟，上面标着我的名字。

赫耳墨斯打量着我，他的头像好奇的小鸟一样歪向一旁。他在等待我的反应。我会是个哭哭啼啼的软柿子，还是个铁石心肠的妖女呢？这件事没有回旋的余地。其他一切都无法与他想编的那个笑话契合。

我将手搭在狮子的头上，用指头摩挲着它硬邦邦的大脑袋。赫耳墨斯在场时它从来不睡觉。它眯着眼睛，保持着警觉。

"斯库拉向来不满足只拥有一个人。"我说。

他露出了笑容。一个心如悬崖的贱人。

"我想告诉你，"他说，"我听到了一则关于你的预言。是从一个老迈的女先知那里听到的，她离开了自己的神殿，正四处游荡着布施呢。"

我习惯了他飞速跳跃的思绪，这会儿我对它们感激不尽。"难道她说起我的时候，你恰好路过吗？"

"当然不是了。我给了她一个带浮雕的金杯，让她把她知道的，关于赫利俄斯之女、埃阿亚女巫喀耳刻的一切都告诉我。"

"然后呢？"

"她说我的血亲，一个叫奥德修斯的人，将来某天会来到你的岛上。"

"还有呢？"

"就这么多。"他说。

"这是我听过的最差劲的预言。"我说。

他叹了口气。"我知道。我觉得我给她那个杯子亏了。"

就像我所说的，我不会做关于他的梦。我不会把他的名字和我的名字联系在一起。夜幕降临后我们会云雨一番，午夜时他就走了，这时我就可以起身到森林中去了。通常情况下，我的狮子都会在我身旁踱步。在凉爽的空气中散步，感受潮湿的树叶轻轻擦过我们的大腿，这是极致的享受。有时我会停下脚步，采摘这朵那朵花。

但对于我真正想要的那朵花，我一直静候着它。在我和赫耳墨斯那一次交谈后，一个月过去了，然后又一个月过去了。我不想让他看到。这事他无权参与。这是我的。

我没有带火把。在黑暗中，我的眼睛比任何猫头鹰的眼睛都要有神。我在投下阴影的树木间穿梭，走过静悄悄的果园、树丛和蕨菜丛，穿越沙滩，爬上悬崖。鸟兽纹丝不动。四下只有风吹树叶的声音，以及我自己的喘息。

它就藏在铺满腐叶的泥土中，藏在蕨菜和蘑菇之下：一朵如指甲盖般微小、如牛奶般洁白的小花。生自我父亲在高空中手刃的那个巨人的鲜血。我从盘根错节的根须中将那朵花连茎拔起。根须先是紧紧扣住花茎，随后便松开了。它们又黑又粗，散发着一股金属和盐的味道。我不知道这朵花的名字，于是便用古老的神语为它取名魔莉，意指根须。

啊，父王，你可知道你给予了我怎样的馈赠？因为那朵花，那朵纤弱到在你脚下会化为乌有的花，体内蕴含着坚不可摧的破邪之力，也就是驱散邪灵的力量。它能够打破咒语，能够抵抗毁灭之力。它像神一样备受尊崇，因为它纯洁无瑕。它是世界上唯一一个绝对不会与你为敌的东西。

日复一日，这座岛屿变得繁花似锦。我的花园作物爬上了屋墙，将香气送进我的窗户。那时我会让百叶窗一直开着。我随心所欲。如果你问起，我会说我很幸福。然而我一直记得。

那缕青烟，上面标着我的名字。

第九章

斯库拉的海峡

꩜꩜꩜꩜꩜

那时正是早晨，太阳刚刚跃出树顶。我正在花园里割银莲花，准备把它送上餐桌。猪呼哧呼哧地嗅着残羹剩饭。有一头野猪变得暴躁起来，推推搡搡、哼哼哧哧地显摆着自己的权威。我迎上它的目光。"昨天，我看见你在小溪里吐泡泡；前天，带斑点的那头母猪咬了你的耳朵，把你赶跑了。所以你最好老实点。"

它对着泥土哼了一声，然后腾地一下趴到地上，消气了。

"我不在的时候你就跟猪说话吗？"

赫耳墨斯身披旅行斗篷站在那里，宽檐帽歪歪在眼帘上方。

"我觉得事实正好相反，"我说，"大白天的，什么风把你吹来了？"

"有一艘船要来了，"他说，"我觉得你可能会感兴趣。"

我站起身来。"来这里吗？什么船？"

他露出了笑容。他总是喜欢看我一头雾水的样子。"如果我告诉你，你打算拿什么跟我交换？"

"请回吧，"我说，"我还是喜欢在夜里见你。"

他哈哈大笑，之后消失得无影无踪。

* * *

我强打精神，让自己像往常一样忙活着早晨的事情，以防赫耳墨斯偷窥，但我感觉到了那种紧张感，那种惴惴不安的期待感。我的目光止不住地往海平线瞥。一艘船。这艘船上的访客让赫耳墨斯觉得饶有兴致。会是谁呢？

他们是在下午三四点钟到的，从明镜般的海浪中徐徐驶来。那艘船比格劳科斯的大十倍，即使站在远处，我也能看出它有多精致：光滑油亮，巨大的艏饰像昂首挺胸。它划破沉闷的空气，径直向我驶来，桨手们稳稳地划着桨。他们越来越近了，我感觉一股熟悉的冲动从喉咙中蹿了出来。他们是凡人。

水手们抛下锚，一个人从较低的一侧一跃而下，单枪匹马蹚水走向岸边。他沿着海滩和树林的交界处走着，直到发现了一条小径。这条被猪踩出的小路蜿蜒而上，穿过长矛般的莨苕和月桂丛，途经荆棘密布的树林。到那里我就看不到他了，但我知道这条小径通向何处。我静候着他。

看到我的狮子后，他愣了一下，但很快就恢复了平静。他把肩膀挺得直直的，在林中空地向我下跪。我认识他。他老了一些，脸上多了些皱纹，但他还是那个人，头发依旧修剪得整整齐齐，眼睛清澈透亮。世界上有那么多凡人，但能传到诸神耳朵里的只有几个。想想实际情况多复杂吧。等我们听说他们的名字的时候，他们已经死了。他们一定确如流星般闪耀，才能吸引我们的注意。至于那些仅仅可以被称作优秀的人：你对我们来说不过是一粒尘埃。

"小姐，"他说，"抱歉给您添麻烦了。"

"现在你还不算麻烦，"我说，"如果愿意的话就起身吧。"

就算他注意到了我的凡人嗓音，他也没有表现出来。他站起身来——我得说他的姿势不太优雅，他的块头太大了，没有办法优雅——但他的动作很轻盈，像门绕着严丝合缝的铰链开合。他毫不畏惧地迎上了我的目光。他习惯了与神相处，我想。还有女巫。

"大名鼎鼎的代达罗斯居然踏上了我的海岛，请问有何贵干？"

"您知道我的名字，这让我备感荣幸。"他的声音如西风般平稳、温暖，没有剧烈的起伏，"我是来为您的妹妹捎个口信的。她怀孕了，即将临盆。她希望您为她接生。"

我打量着他。"你确定你来对地方了吗，信使？我和我妹妹之间素来没有感情。"

"她不是因为感情才来请您的。"他说。

徐徐微风吹来了菩提花香。紧随其后的是猪臭味。

"听说我妹妹已经生了六个孩子，而且生产过程越来越顺利。她不会因分娩而死，小婴儿的生命力也会因她的血脉而强大。所以，她为什么需要我呢？"

他摊开双手，那手看上去很灵巧，而且满是肌肉。"抱歉，小姐，我不能再多说了。但她令我转达，如果您不帮她的话，就没有人能帮了。她要的是您的技艺，小姐。只要您的。"

所以说，帕西法厄听说了我的神力，觉得它们能为她所用。这是我这辈子第一次听她夸我。

"除此之外，您的妹妹还令我转达，她已经求得了您父亲的恩准，您可以离开。您的流放可以为这件事网开一面。"

我皱起了眉头。这一切都很奇怪,太奇怪了。什么事情重要到让她去找我父亲求情的地步?如果她需要魔力加持,为什么不召唤珀耳塞斯呢?这看上去像是个陷阱,但我不明白我妹妹为什么要大费周折。我对她并不构成任何威胁。

我能感觉出自己抵挡不住这样的诱惑。我当然很好奇,但不止于此。这是一个机会,可以让她见识见识我变成了什么样。不论她设下了什么样的陷阱,我都不会上当了,再也不会了。

"听说我被暂时释放了可真是让人松了一口气,"我说,"我等不及要从这个可怕的监狱里逃出去呢。"梯田状的群山在我们周围焕发着春日的生机。

他并没有笑。"嗯——还有一件事。我还受令向您转达,我们会途经那个海峡。"

"什么海峡?"

但我已经从他的脸上看到了答案:他眼下的淤青,带着倦容的悲伤。

我的喉咙中泛起一阵恶心。"斯库拉的海峡。"

他点了点头。

"她命令你沿着那条水路来这里吗?"

"是的。"

"你们死了多少个人?"

"十二个,"他说,"我们的速度不够快。"

我怎么能忘了我妹妹是什么样的人呢?她永远不会只是纯粹地让你帮个忙而已,她总要拿鞭子抽着你为她效劳。我能看到她跟米诺斯说笑吹嘘的样子。我听说,喀耳刻总是为凡人做傻事。

我对她的恨比以往更深了。她的手段太残忍了。我想象着自己愤怒地冲进屋子里，狠狠地摔上门的样子。帕西法厄，你太坏了。你找别人做傻事去吧。

可这样一来，又会有六个或十二个人送死。

我瞧不起我自己。就算我跟着去了，就能保证他们会活下来吗？我不知道有什么咒语能击退魔怪。而且斯库拉在见到我之后会气得发疯的。我只会让她更加迁怒于他们。

代达罗斯端详着我，他的脸埋在阴影之中。在远高于他肩膀的天空之中，我父亲的战车正滑向海面。此时此刻，天文学家们正在落满灰尘的宫殿里追踪着落日余晖，希望他们的测算能够成立。他们骨瘦如柴的膝盖颤抖着，脑海里满是刽子手的斧头。

我收拾了下衣服，整理了一包魔药原料。我将门在身后关闭。没有其他需要做的了。狮子可以照顾它自己。

"我准备好了。"我说。

这艘船在我看来很新奇，船体修长，吃水量大。船身画着翻涌的海浪和鱼跃的海豚，非常精美；船尾画着一只张牙舞爪的章鱼。船长起锚的时候，我走到船头，端详起我刚才看到的那个艏饰像。

那是一个身着舞裙的少女。她的脸上带着意外之喜，眼睛睁得大大的，双唇微启，头发散落在肩膀上。她将小小的手掌在胸前合十，踮起脚尖，好像音乐声马上就要响起似的。这雕像的每一处细节——她的每一缕鬈发，衣服的每一层褶皱——都是那么鲜活，我觉得她真的随时都可能迈入半空中。然而，这还不算是真正的奇迹。不知怎的，这件作品能让人一瞥那个女孩的真性情。她目光中一探究竟的机敏，她眉毛坚定优雅的线条。她的激动与天真来得毫不费力，稚嫩得很。

我不用问这出自谁手。凡人世界的奇迹——我弟弟曾这样评价代达罗斯——但这放在任何世界都可以算是奇迹。我细细品味着它的妙趣横生之处，每时每刻都会发现新的乐趣：她下巴上的小酒窝，她脚踝上凸起的关节，它们都带着青春的调皮劲。

那是一个奇观，但也是一种暗示。我是在父亲脚边长大的，当有人炫耀权威的时候，我一眼就能看出来。换作是别的国王，如果他拥有这么一件宝物，那么会把它放在守卫最森严的殿堂内严加看管。米诺斯和帕西法厄却把它安在了船上，任凭日晒和海水的侵蚀，任由海盗、海草和魔怪毁坏，好像是在说：这不算什么。这样的东西我们还有上千个，更厉害的是我们拥有打造这些东西的人。

鼓声吸引了我的注意力。水手们已经各就各位，我感觉到船颤抖着开了起来。海水从我们身边滑过。我的岛在身后越变越小。

我将目光转向周围甲板上的人。一共有三十八个人。五个身穿金铠甲和披风的守卫在船尾踱步。他们的鼻子看上去怪怪的，鼻梁断了太多次，鼻子已经歪了。我想起埃厄忒斯对他们的讽刺：米诺斯手下那群无赖，打扮得像王子似的。桨手是克诺索斯强大的海军队伍中的翘楚，他们的块头太大了，船桨在他们手中显得小巧玲珑。其他水手快速地在他们周围走动，支起了一块遮阳板。

在米诺斯和帕西法厄的婚礼上，我瞥见的那群凡人看上去既遥远又模糊，与树上的叶子没什么两样。但在这里，在苍穹之下，每张脸都是那么的特别。这张脸比较圆，那张脸皮肤光滑，另一张脸胡须密布，上面还有鹰钩鼻和尖尖的下巴。他们的脸上满是伤疤、老茧和擦伤的痕迹，皱纹密布，头发打着绺。一个人将湿布搭在脖子上散热，另一个人戴的手链出自孩童之手，还有一个人脑袋的形状像红腹灰雀一样。我意识到这只不过是世间所有凡人的冰山一角，感觉有些眩晕。他们各不相

SCYLLA

同，心智和面孔的更迭无穷无尽，这是怎么持续不断发生的？世界不会疯掉吗？

"需要我给您拿一把椅子来吗？"代达罗斯问道。

我转过身来，很开心他的面孔给了我一个喘息的机会。代达罗斯算不上帅，但他的五官很结实，让人看了很舒服。

"我想站一会儿，"说完我指了指那个艏饰像，"她很美。"

他微微点了点头，他已经习惯了这样的夸赞。"谢谢。"

"跟我说说，为什么我妹妹要监视你？"我们上船的时候，块头最大的那个守卫，也就是守卫的头，很粗鲁地搜了他的身。

"啊，"他微微笑了一下，"米诺斯和帕西法厄怕我对他们……不够感恩戴德。"

我想起埃厄忒斯曾说：帕西法厄把他困住了。

"你肯定有机会在路上逃脱他们的魔掌。"

"我经常有机会逃脱他们的魔掌。但帕西法厄手上有我不会抛下的东西。"

我等着他继续说下去，但他没有。他把手搭在围栏上。他的关节上全是伤，手指上带着一条条的白色疤痕，好像他把手伸进了碎木条或玻璃碴里似的。

"在海峡里的时候，"我问，"你看到斯库拉了吗？"

"看得不是很清楚。悬崖被水气和雾气遮住了，而且她的动作太快了。六个脑袋连着进攻了两次，她的牙有腿那么长。"

我看到了甲板上的血迹。它们已经被擦掉了，但鲜血浸透得很深。十二条生命就只剩下这一点痕迹。我的胃因为愧疚而扭作一团，这正是帕西法厄的用意。

"你要知道，这是我造成的，"我说，"是我把斯库拉变成了现在这个样子。这就是我被流放的原因,也是我妹妹让你走这条水路的原因。"

我盯着他的脸,想找到惊讶、厌恶、甚至恐惧的表情。但他只是点了点头。"她跟我说了。"

她当然说了。她本质上是个心肠恶毒的人。她要确保我是以恶人的身份登场的,而不是救世主。只不过这一次,她说的完全是事实。

"有一点我不明白,"我说,"虽然我妹妹残忍无度,但通常来说,她并不蠢。为什么她要让你冒险走这一趟?"

"是我自找的。我不能透露更多,等我们到了克里特岛之后,我觉得您就会明白了,"他犹豫了一下,"您知道任何对抗她的办法吗?我是说斯库拉。"

在我们头顶上空,太阳烧干了最后一丝白云。即使有遮阳板,水手们还是热得直喘。

"我不知道,"我说,"但我会试试看。"

潮水渐渐退去,我们一言不发地站在那个翩翩起舞的女孩旁边。

那晚,我们在一个绿意盎然的海岛暂住下来。水手们围坐在篝火边,面色紧张,一言不发,因为恐惧而鸦雀无声。我能听到他们的窃窃私语,能听到他们递酒时酒水晃动的声响。没有人想在失眠中想象着明天。

代达罗斯为我腾出了一小块地方,还给我打了个地铺,但是我离开了那里。我无法忍受被那些气喘吁吁、焦虑无比的躯体层层包围。

踏上不属于我的土地感觉很奇怪。我以为某个地方会是个果园,结果那里是个梅花鹿栖息的树丛。我以为某个地方会有猪群,结果一只獾对我龇牙咧嘴。这里的地形比我的岛屿地形平坦,森林很低,花朵的组合各式各样。我看到了一棵苦杏仁树，还有一棵鲜花盛开的樱桃树。我的手指蠢蠢欲动，想要收割它们肥硕的神力。我俯身拔起了一株罂粟花，只是想把它的色彩捧在手中。我能感觉到它黑色花籽的脉动。来吧，把我们变成魔力之物。

我没有从命。我在想斯库拉，想从我听到的所有关于她的只言片语中拼凑出她的模样：六张嘴，六颗头，十二条摇摇晃晃的腿。但我越使劲想，那模样就消失得越快。我反而看到了她在我们神殿中的面孔，圆圆的脸总在开怀大笑。她的手腕曾有宛若天鹅颈般的曲线。当她在我妹妹耳边低语着某些八卦的时候，她的下巴会微微翘起。我弟弟珀耳塞斯曾坐在她们身边得意洋洋地傻笑。他总是摆弄斯库拉的头发，把它缠在自己的指头上。她会转身狠狠抽打他的肩膀，那声音会在整个神殿里回响。他们两个会哈哈大笑，他们都喜欢一直占据大家的注意力。我记得自己曾好奇为什么我妹妹不介意他们这么张扬，因为除了她自己之外，她不允许任何人接近珀耳塞斯。然而她只是面带微笑地看着他们。

我以为我像鼹鼠一样，睁眼瞎般在我父亲的神殿里度过了那么多年。但如今，越来越多的细节浮现在我的脑海中。斯库拉在特殊场合穿的绿色长袍，她那双鞋带上嵌着天青石的银色凉鞋。金色的发卡将她的秀发束于脖颈之上，发卡的一端还刻着猫咪图案。那是从……底比斯来的礼物，我猜。埃及的底比斯，那里的某个仰慕者，某个头似野兽的神送给她的。不知道那件小首饰怎么样了？它是不是连同被她丢弃的衣服一起，依然静静地躺在在海湾边的草地上？

我来到了一个小山坡前，山上长满了黑杨树。我在褶皱的枝干间穿梭。某棵树最近被闪电击中了，树干上被烧焦的伤口还在往外渗着汁液。我将手指伸入被烧焦的树汁中。我能感觉到它的力量，很后悔没有多带一个瓶子，把这力量收集起来。这让我想到了代达罗斯，那个堂堂正正、骨子中燃着烈火的男人。

他不愿抛下的东西究竟是什么？说起这件事的时候，他的表情很谨慎，措辞也如喷泉中的瓷砖一样密不透风。肯定是某个情人吧，我想。宫殿里某个长相可人的侍女，或某个长相可人的侍从。我妹妹能提前一年嗅到这种事情的苗头。甚至有可能是她把他们送到他床上去的，想以此引鱼上钩。但当我试着想象他们的面孔时，我发现我并不相信他们的存在。代达罗斯看上去并不像是个刚刚经历了心碎的人，也不像是个妻子多年陪伴其左右的老情人。我无法想象他跟别人在一起的样子，只能想象他只身一人模样。那就是为了钱？为了他的某个发明？

我想：如果明天我能保住他的命，也许我就能知道真相了。

月亮从我们头顶掠过，暗夜追随着它的脚步。代达罗斯的声音又出现在了我的耳畔。她的牙有腿那么长。冰冷的恐惧流遍我的全身。我想什么呢，竟然以为自己对抗得了这样一个怪物？代达罗斯的喉咙会被撕裂，我也会被她的血盆大口瞬间叼起。在她结果了我之后，我会变成什么？灰烬，还是青烟？或许是顺着海底四处游荡的不死骸骨。

我来到了海边。我沿海岸走着，那里凉飕飕、灰扑扑的。我聆听着海浪的低语和夜行鸟兽的嘶号，但说实话，我还在听其他的东西：那个我已经熟悉了的、嗖地一下穿过空气的声音。每一刻，我都期望赫耳墨斯能泰然自若地出现在我面前，嘲笑我、鞭策我。所以说，埃阿亚的女巫，明天你准备怎么办？

我想求他施以援手，想张开手心跪倒在沙滩上。或者，也许我也可以把他撞倒在地，给他点甜头尝尝，因为他最喜欢的就是惊喜。我都能猜到今后他会如何讲述这件事。她太饥渴了，像小野猫似的往我身上扑。他真应该跟我妹妹上床，我想。他们臭味相投。突然间，我第一次想到也许他已经这么做了。也许他们经常在一起缠绵，嘲笑我的愚钝。

也许这一切都是他的主意，这就是为什么今天早上他会沾沾自喜地来奚落我。我在脑海中回放着我们的对话，想筛出一些有意义的东西。看到他多快就开始玩弄人了吗？这就是他最渴望的东西：把别人困在疑云之中，让他们不停地焦虑、烦恼，跟跟跄跄地追赶他的舞步。我对着黑暗发话，对任何默不作声在那里盘旋的飞翼发话。"我不在乎你跟不跟她上床。把珀耳塞斯也算上吧，他更好看一点。我永远不会为你这样的人争风吃醋。"

也许他在听，也许他没有。这不重要，他是不会来的。看看我会使出什么极端办法，看看我会下什么样的诅咒、会如何苦苦挣扎更有趣。我父亲不会伸出援手。埃厄忒斯也许会，哪怕他只是为了炫耀一下自己的神威，但他在很远的地方。我无法联系上他，就像我无法在天际翱翔。

我比我妹妹还要凄惨，我想。我是为她而来的，但却没有人会为我而来。这想法让人心安了一些。毕竟，我这一辈子都在孤独中度过。埃厄忒斯，格劳科斯，这些只是我漫漫孤寂中的短暂停歇。我跪在地上，将手指伸入了沙滩中。我感觉到沙粒摩擦着我的指甲。一段往事从我的脑海中飘过。我父亲对格劳科斯讲述着我们无药可救的古老神规：没有哪个神能逆转另一个神的所为。

始作俑者的正是我。

月亮从我们头顶掠过。冰冷的海浪亲吻着我的脚。土木香，我想。梣木，橄榄和银杉。经过烘烤的茱萸树皮与天仙子混合，还有一切的底料——魔莉。魔莉可以打破诅咒，可以驱散我那个将她变成这副模样的邪念。

我推开沙粒，站起身来，肩上背着一袋的魔药原料。我边走，那些瓶子边发出轻柔的声响，像山羊在摇晃它们的铃铛。它们的气味萦绕着我，像我自己的体香一样熟悉：土地和坚实的根须，盐与铁锈味的鲜血。

第二天早上，水手们全都垂头丧气，沉默不语。一个人在为桨架涂润滑油，好让它们不再嘎吱作响。另一个人擦洗着染血的甲板。他的脸红通通的，但我看不出这是因为日晒还是因为悲伤。在船尾的位置，另一个蓄着黑色胡子的人边祈祷边将酒倒入浪涛之中。没有人看我——毕竟，我是帕西法厄的姐姐，他们早就放弃了从她那里得到任何援助。但我能感觉到空气中弥漫着浓浓的紧张情绪，令人窒息的恐惧在他们体内越积越深。死神要来了。

不要想这件事，我对自己说。只要你坚持住，今天就不会有人送死。

守卫队队长的黄色眼眸嵌在肿胀的脸上。他叫波吕达玛斯[1]，块头很大，但我是个女神，所以我们的身高相等。"我需要你的斗篷，"我对他说，"还有你的短袍，马上就要。"

他眯起双眼，我能看到它们反射回的没门二字。今后我会见识到这类人，他们因为手里有了点微末权力而变得小肚鸡肠。对他们来说，我不过就是个女人。

"为什么？"他问道。

"因为我不想让你的弟兄们送死。难道你有其他想法？"

这句话沿着甲板流传开去，三十七双眼睛看着我们。他脱下衣服，将它们递给了我。这是船上最精致的衣服，奢华的白色精梳羊毛辅以绛紫色锁边，在甲板上拖来拖去。

---

[1] 特洛伊战争中的一位将领。

代达罗斯来到了我身边。"需要我帮忙吗?"

我让他举起斗篷。在斗篷的遮盖下,我脱下自己的衣服,换上了短袍。腋窝的地方敞着豁口,腰部鼓鼓囊囊的。酸臭的人肉味将我紧紧包围。

"你能帮我披上斗篷吗?"

代达罗斯将它披在我身上,用金色的八爪鱼饰针扣好。那块布像毯子一样重重地压在我身上,松松垮垮的,顺着我的肩膀往下滑。"很遗憾地告诉您,您看上去不怎么像男人。"

"我的意图不是看上去像男人,"我说,"我的意图是看上去像我弟弟。斯库拉曾经爱过他,也许她现在依然爱着他。"

我将事先调好的糨糊抹在嘴唇上。那糨糊是由风信子和蜂蜜混合而成的,里面加入了桦树花和用胡桃树皮碾碎的乌头。我曾让动物和植物呈现过幻影,但从没在自己身上试过,于是突然间感受到了一种深深的自我怀疑。我赶走了这个念头。在念任何咒语的时候,害怕失败都是最要命的。我全神贯注回想起珀耳塞斯的模样来:他那张慵懒、自以为是的脸,他大块大块的肌肉和粗粗的脖子,他那双有着长长的手指、却无所事事的手。我接连召唤它们,想象它们长在我身上的样子。

当我睁开眼睛时,代达罗斯正目瞪口呆地看着我。

"派手最稳的人去划桨。"我对他说。我的嗓音也变了,变得很深沉,而且满是神的傲慢。"不论发生什么他们都不能停。无论如何都不能停。"

他点了点头。他手上握着剑,我发现其他人也效仿他,给自己配了长矛、匕首和粗棍。

"不行,"我抬高音量,让全船的人都能听到,"她有不死之身。武器没有用,而且你们需要腾出手来让船一直往前开。"

利刃回鞘的铿锵声马上就传了过来，还有长矛落地的哐当声。就连穿着从别处借来的短袍的波吕达玛斯也从命了。我差点笑了出来。我一辈子都没这么受人尊重过。当珀耳塞斯就是这种感觉吗？但我已经能在海天交界处看到那条海峡模模糊糊的轮廓了。我转向代达罗斯。"听着，"我说，"有可能咒语骗不过她，她会认出我来。如果是这样，确保你不要站在我周围。确保任何人都不要站在我周围。"

雾气最先起来。又湿又浓的雾气将我们包围起来，先是遮住了悬崖，然后遮盖了天空。我们几乎什么都看不到，吞并一切的漩涡发出的水声填满了我们的耳朵。那漩涡当然是斯库拉选择这条海峡的原因。为了避免被吸入海底，船只只得紧贴对面的悬崖行驶，这便将它们径直送到了她的獠牙边。

我们在浓重的水气中闷头前行。当我们进入海峡时，水声变得沉闷起来，在岩壁间回响。我的皮肤，甲板和围栏，每块表面都被喷溅的水花弄得黏糊糊的。水面冒起了白泡，一只船桨擦到了山岩。那声响很小，但水手们却畏缩了一下，好像听到了雷霆一般。那个山洞就隐藏在我们头顶上方的重重浓雾之中，还有斯库拉。

我们继续前行，或说我觉得我们在前行，但在如此灰茫茫的一片中，很难判断我们走了多远，或速度有多快。桨手因为体力的耗费和担惊受怕而颤抖着，桨架虽然涂了润滑油，但还是在嘎吱作响。我算计着分秒。现在我们肯定已经到了她的正下方。这会儿她应该正在往洞口爬，闻着谁最肥硕。水手们弓着背，汗水浸透了他们的短袍。那些没有在划桨的人蜷缩在一卷卷绳索和桅杆底座后面，缩在任何他们能找到的遮挡物后面。

我抬起头使劲看着，她来了。

她与灰茫茫的雾气、灰扑扑的悬崖融为了一体。我一直以为她看上去会像某种东西：像一条蛇，一只章鱼，或者一条鲨鱼。但关于她的事实太让人难以承受了，信息量之大，我需要费好大的劲才能回过神来。她的脖子比船桅还要长。她的六颗脑袋张着大嘴，又丑又蠢，像熔化的熔岩一般。黑色的舌头舔舐着她长如利剑的獠牙。

她的目光锁定水手们。他们浑身大汗，沉浸在恐惧中，没有注意周遭的环境。她爬近一些，顺着岩石悄悄溜了下来。爬行动物的恶臭味扑面而来，像蠕虫在地下筑的窝一样难闻。她的脖子在半空微微摇晃了一下，我看到一绺亮晶晶的口水从她的某个血盆大口中流了下来。我看不到她的身体。她的身体连同她的腿——那些塞勒涅很久之前提过的骇人的、软塌塌的东西——依然被浓雾掩盖着。赫耳墨斯曾对我说过，当她俯身进食的时候，它们会像寄居蟹弯曲的钳子一样紧紧地扒住山洞。

她的脖子泛起褶皱，聚拢到了一起。她准备出击了。

"斯库拉！"我用神的嗓音大喊着。

她尖叫起来。那声音无比刺耳，混乱不堪，好像一千条狗同时吠叫了起来。一些桨手丢掉船桨，好捂住自己的耳朵。我用余光看到代达罗斯把一个桨手推到了一旁，自己坐在了他的位置上。我现在没空替他担心。

"斯库拉！"我又喊了起来，"我是珀耳塞斯！我在海上漂了一年才找到你。"

她盯着我，她的眼睛就是灰色肉体上的两个空洞。她的某个喉咙发出了咕噜咕噜的声音。她再也说不出话来了。

"我那个贱人姐姐因为她对你的所作所为而被流放了，"我说，"但她受的罚太轻。你想怎么复仇？告诉我。我和帕西法厄会为你复仇的。"

我强迫自己放慢语速。每一刻，船桨都会往前多划一下。十二双眼睛紧紧地盯着我。我能在她嘴边看到过往的血迹，还能看到依然嵌在她牙缝中的碎肉。我觉得我快要吐出来了。

"我们一直在为你找解药。一种能把你变回来的强力解药。我们很怀念你以前的样子。"

我弟弟永远不会说这种话，但这似乎并不碍事。她边听边顺着山岩盘曲、伸展，紧追着我们的船。桨已经划了多少下？十二下？一百下？我能看出她愚钝的脑袋正盘算着什么。神？神来这里做什么？

"斯库拉，"我说道，"你要不要？你要不要我们的解药？"

她发出了嘶嘶声。从她喉咙中喷出的气息如火焰般滚烫，还带着一股腐臭味。但我已经失去了她的注意力。她的两颗脑袋已经转去看那些划桨的人了，其他的也紧跟其后。我看到她的脖子又聚拢在了一起。

"看，"我喊道，"解药在这儿呢！"

我将打开的瓶子举到半空。只有一根脖子转了回来，但这就够了。我高举药水，把它扔了出去。那瓶药水撞在了她的后槽牙上，我看到她的喉咙起伏着，将药水吞了下去。我念出咒语，想把她变回原来的样子。

有那么一瞬，什么都没有发生。然后她尖叫起来，那声音能把世界震出一道裂缝。她的头猛烈地抽动着，然后她向我俯冲过来。我只来得及抓住桅杆。快跑，我用意念对代达罗斯说。

她击中了船尾。甲板像浮木一样翘了起来，还有一侧的围栏被拽掉了。碎屑四处飞散。水手们在我周围滚来滚去。如果我没有抓住桅杆的话，我也会跌倒的。我听到代达罗斯高喊着命令，但看不到他的身影。她毒蛇般的脖子已经再次抬起了，这一次，我知道她不会再打偏了。她会猛攻甲板，把船劈成两半，然后把我们一个一个地从水里揪出来。

但那冲击并没有发生。她的头啪地一声拍进了我们身后的海浪中。她猛地抬起头，再次对着海面猛冲，像烈犬想要挣脱绳索一样张着血盆大口疯狂撕咬。我糊里糊涂的，过了片刻才明白：她已经到了锁链的尽头。她紧扒着山洞的腿无法伸得更长了。我们过关了。

她似乎和我同时意识到了这一点。她发出了愤怒的号叫，用头猛拍着我们刚刚经过的水路，激起了巨大的浪花。船向一边倾斜，海水从低的一边猛灌进来。水手们紧紧地抓住绳索，腿已经泡在了水中，但他们坚持了下来，而且每一刻我们都渐行渐远。

她抽打着崖壁，发出了沮丧的怒吼，直到雾气将她层层包围，她消失在我们的视野中。

我用额头抵着桅杆。衣服已经从我的肩膀上滑落下来。斗篷勒住了我的脖子，我浑身上下都火辣辣地疼。咒语已经失效了。我变回了自己。

"女神。"

代达罗斯跪倒在地。其他人在他身后一字排开，同样跪了下来。他们的脸——结实又憔悴，伤痕累累，蓄满胡须，还带着烧伤的痕迹——惨白惨白的，还没有从震惊中缓过神来。因为被抛下了甲板，所以他们身上新添了刮伤和淤青。

我几乎看不到他们。出现在我面前的是斯库拉，她的贪婪大口和那些既呆滞又空洞的眼睛。她没有认出我来。没有把我当成珀耳塞斯或其他什么。是神的身份让她觉得新鲜，暂时控制住了她。她已经丧失了心智。

"小姐，"代达罗斯说，"我们余生的每一天都将为您献祭，感谢您今日的所为。您救了我们。您保我们活着穿过了那道海峡。"水手们附和着他，嘴里咕哝着祷词，摊开的手掌如盘子一般。有几个人按照东方的习俗，在甲板上磕着头。这样的顶礼膜拜正是我辈所要求的，用以回报我们为他们的付出。

怒气从我的喉咙中蒸腾上来。

"你们这群傻瓜，"我说，"那怪物就是我造出来的。我因为自负和痴心妄想做了这件事。你们居然还感谢我？你们当中已经有十二个人为这件事送死，今后还会死多少人？我给她的那瓶药是我拥有的威力最强的东西。你们明白了吗，凡人？"

这些话划破了空气。我的目光抽打着他们。

"我永远摆脱不了她。她无法变回原来的样子，现在不行，永远都不行。她是什么，就会一直是什么。她会永世以你辈为食。所以，起来吧。起来划桨去，不要再让我听到你们说这种感谢的蠢话，不然我会让你们后悔的。"

他们吓得缩起了身子，像弱不禁风的小船一样颤抖了起来。他们晃晃悠悠地站起身子，蹑手蹑脚地溜走了。在我们头顶上空，晴空万里无云，热浪将空气死死地钉在甲板上。我一把扯下斗篷。我想让阳光灼烧我。我想让它将我烧成一堆白骨。

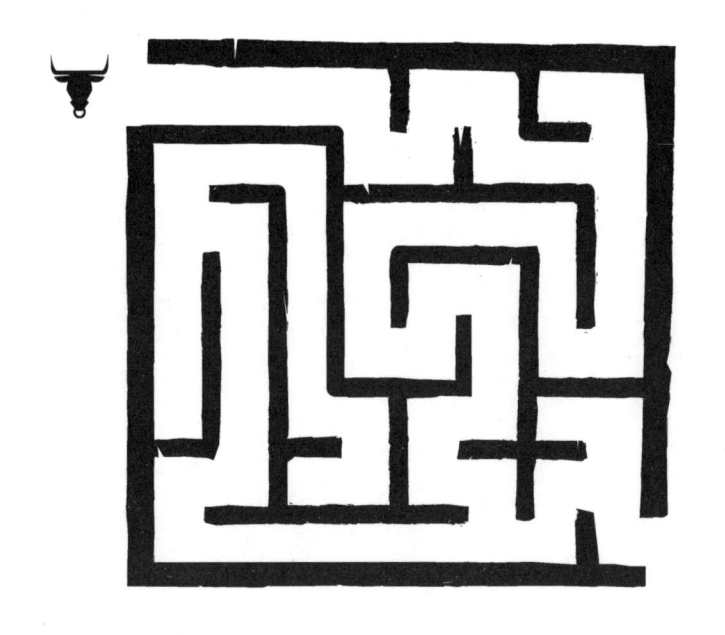

第 十 章
克里特岛王后

一连三天，我都站在船头。我们没有再在哪座岛上过夜。桨手们轮番上阵，平时就睡在甲板上。代达罗斯修好了围栏，然后跟大家一起换班划桨。他还是那么彬彬有礼，给我拿食物和酒，为我打地铺，却不在我身边逗留。不然呢？我对他大发雷霆的样子就像是被我父亲附体了一样。我又亲手毁掉了一样东西。

我们赶在第七天正午之前到达了克里特岛。阳光照在水面上，映射出耀眼的层层波光，使得船帆都变得刺眼起来。在我们周围，各式各样的船只将海湾挤得水泄不通：迈锡尼的驳船，腓尼基的商船，埃及的桨帆船，还有来自赫梯[1]、埃塞俄比亚和西欧的船只。途经这片水域的商人都希望能在克诺索斯这座富饶的城市里分一杯羹，米诺斯对此心知肚明。他用宽阔、安全的停泊区迎接他们的到来，然后派专人去收取使用这些资源的好处费。酒馆和妓院也是米诺斯开的，于是金银财宝如奔腾

1　赫梯：Hittite，一个位于安纳托利亚的亚洲古国，是一个惧于征战的民族。

的河流，源源不断地向他涌来。

　　船长将船稳稳当当地停在了一号停泊区，这片水域对王室船只开放。在我周围，码头的喧嚣和躁动好不热闹：人们奔跑着、大喊着，将箱子堆到甲板上。波吕达玛斯对港务长说了句什么，然后便转身面向我们。"你马上跟我来。你和那个工匠都是。"

　　代达罗斯示意我先走。我们跟着波吕达玛斯上了码头。在我们面前，巨大的石灰岩台阶在热浪中颤抖着。人群川流不息，他们中有仆人也有权贵，光溜溜的肩膀被晒得黑黑的。举头之处，强大的克诺索斯宫殿像蜂巢一样，在山巅闪着微光。我们拾级而上。我听到代达罗斯的喘息声从身后传来，波吕达玛斯的从身前传来。多年来，无数双脚从这里匆匆走过，已经把台阶磨光滑了。

　　最后我们终于到达了山巅，越过门槛进入了宫殿。刺眼的强光消失了。凉爽的暗影在我周身流动。代达罗斯和波吕达玛斯眨了眨眼睛，犹豫不前。但我的眼睛并非凡物，瞬间就调整了过来。我马上就注意到了这地方的美，比我上次来时还美。这座宫殿的确很像蜂巢，每个大厅都连着一个华美的小房间，每个小房间又都通向另一个大厅。窗户嵌在墙壁中，金色的阳光透过玻璃洒下四四方方的浓郁光芒。错综复杂的壁画在每一面墙上铺陈开来：海豚和开怀大笑的妇女，采花的少年和昂首挺胸的公牛。宫殿之外，银色喷泉矗立在瓷砖铺砌的凉亭中，仆人们在被赤铁矿染红的廊柱间匆匆走过。每道门梁上都挂着一把双刃斧，那是米诺斯的标志。我记得在婚礼上，他给了帕西法厄一条挂着双刃斧吊坠的项链。她把它当虫子一样拿在手上，当仪式开始时，她的脖子上只戴了自己的玛瑙和琥珀项链。

　　波吕达玛斯领着我们穿过弯弯曲曲的长廊，来到了王后的住处。这里更铺张，壁画由大量赭石和石青颜料绘制而成，但窗户却被遮得严严实实的。与大殿不同的是，这里有金灿灿的火把和光影跃动的火盆。天窗被巧妙地隐藏了起来，这样阳光可以照进来，但里面的人却看不到天。我猜这是代达罗斯的杰作。帕西法厄向来不喜欢父王的窥视。

波吕达玛斯在一扇门前停下了脚步，繁花和海浪图案在门上回旋盘绕。"王后就在里面。"说完他敲了敲门。

我们站在寂静的阴影中。我听不到那扇厚重木门后的任何响动，但我渐渐意识到代达罗斯正在我身旁喘着粗气。他的声音很小。"小姐，"他说，"我冒犯了您，对此我深感抱歉。但我对您将在里面看到的场景更加抱歉。我希望——"

门开了。一个侍女气喘吁吁地站在我们面前，她将头发按克里特人的风格盘在头顶。"王后要生了——"她刚开口，我妹妹的声音就打断了她。"是他们吗？"

房间中央，帕西法厄正躺在一张紫色的沙发上。她身上大汗淋漓，肚子大得吓人，像是从她瘦弱的身躯上凸起来的肿瘤一样。我已经忘了她有多鲜活，多动人。即便在病痛之中，她也能号令全场，把所有光线都吸引到自己身上，抽干周围世界的色彩，使它苍白得像蘑菇一样。她一直都是最像父王的那个。

我迈进门。"死了十二个人，"我说，"十二个人因为你的玩笑和自负断送了性命。"

她露出了洋洋得意的笑容，起身迎接我。"只有给斯库拉一个跟你正面交锋的机会才算公平，不是吗？让我猜猜看：你想把她变回去，"看到我脸上的表情后，她大笑了起来，"哎，我就知道你会这么做！你创造了一个怪物，可却满心抱歉。哎，可怜的凡人啊，我把他们推进了火坑里！"

她的残忍来得还是那么迅猛，那么出其不意。这勉强算是个安慰。

"把他们推进火坑里的人是你。"我说。

"但救人失败的是你。跟我说说,亲眼见到他们去送死,你哭鼻子了吗?"

我强行稳住自己的声音。"你错了,"我说,"我没有见到任何人送死。那十二个人是在从这里出去的路上死的。"

她连停都没有停顿一下。"无所谓,反正每有一条船从那里经过,就会有更多人送死,"她用手指轻点着下巴,"你觉得一年会死多少个人?一百个?一千个?"

她露出了水貂般的牙齿,想让我像俄刻阿诺斯神殿里的那伊阿得斯们一样化成一滩水。但我已经千疮百孔了,她无法再为我添任何新伤。

"这样可没法让我帮你,帕西法厄。"

"帮我!得了吧。是我帮你逃出了那座泥巴堆的破岛。我听说给你当床伴的是狮子和野猪。但这对于你来说也算个进步,是不是?毕竟有格劳科斯那个乌贼在先。"

"如果你不需要我的话,"我说,"我就开开心心回我的泥巴堆去了。"

"哎,拜托,姐姐,别生这么大气,不过是开个玩笑而已。看来你长进不小,竟然从斯库拉那里逃了出来!我就知道叫你来是对的,幸好没叫埃厄忒斯那个自大狂来。你别再摆那张臭脸了。我已经给阵亡水手的家人准备黄金了。"

"黄金换不回人命。"

"看来你不是当王后的料。相信我,大多数家庭宁可要黄金。好了,还有没有其他——"

但她没能说完这句话。她哼了出来,指甲陷进了跪在她脚边的一个侍女的胳膊里。之前我没有留意到这个姑娘,但现在我发现她的胳膊已经紫了,上面全是血渍。

"出去，"我对她说，"所有人都出去。这不是你们待的地方。"

侍从们逃开了，速度之快，一阵满足感从我心中喷涌而出。

我面向我妹妹。"能说了吗？"

她的脸依然因为疼痛而扭曲着。"你以为呢？已经好几天了，这东西连动都没动一下。得把它切掉才行。"

她撩起长袍，露出了肿胀的皮肤。她的肚子上泛起一道波纹，从左到右，再从右到左。

我对分娩几乎一无所知。我从没为我母亲或任何一位姐妹接生过。我只记得自己听到过的一些只言片语。"你有没有试过膝盖发力？"

"我当然试过了！"阵痛再次袭来，她尖叫了起来，"我已经生过八个孩子了！赶紧把那该死的东西给我切掉！"

我从包里掏出一瓶止痛药水。

"你是不是傻？我不要像小婴儿似的被麻醉。把柳树皮给我。"

"柳树皮是治头疼的，不是手术用的。"

"给我！"

我给了她，她把一整瓶都灌进了肚子里。"代达罗斯，"她说，"把刀拿起来。"

我忘了他还在。他站在门口，一动不动。

"帕西法厄，"我说，"别不讲道理。既然你派人把我找来了，就多用用我。"

她的笑声非常野蛮。"你以为我敢把那个东西交给你？你要到后面才能派上用场。反正让代达罗斯做这件事也合适，他知道为什么。是不是，工匠？是你现在告诉你姐姐，还是我们把它留作惊喜呢？"

"我来，"代达罗斯对我说，"这是我的任务。"他走到桌边，拿起了刀。刀刃被打磨得像发丝那么细。

她一把抓住他的手腕。"你给我记住,"她说,"记住如果你敢动歪心思,我会做什么。"

他微微点了点头。那是我第一次在他眼中看到类似怒火的东西。

她用指甲在小腹下面横切了一下,留下了一道红印。"就是这里。"她说。

房间里又闷又热。我感觉自己手心冒汗,滑溜溜的。代达罗斯怎么能把刀子握得那么稳,我不知道。刀尖扎进我妹妹的皮肉里,血涌了上来,红里混着金。他的胳膊绷着劲,下巴也绷得紧紧的。他花了很长时间,因为我妹妹的不死之身一直在抵抗,但代达罗斯全神贯注地运着力。最后,晶莹透亮的肌肤终于裂开了,皮囊之下的血肉也放弃了抵抗。通向我妹妹子宫的道路赤裸裸地呈现在我面前。

"该你了,"她看着我说道,她声音沙哑,像是撕裂了一般,"把它弄出来。"

她身下的沙发已经湿透了。整个房间都充斥着她的灵液散发出的过于浓郁的呛人气味。当代达罗斯下刀的时候,她的肚子不再起波纹了。如今那里绷得紧紧的。在我看来,那东西似乎窥伺着什么。

我看着我妹妹。"那里面有什么?"

她的金发乱成一团。"你觉得呢?有个婴儿啊。"

我将手放到她皮肉开裂的地方。热辣辣的血流冲击着我。慢慢地,我伸手穿过血肉模糊的一片。我妹妹用沙哑的嗓音嘟囔了一声。

我在一片湿滑中摸索着,最后终于找到了:软乎乎的一坨,是条胳膊。

我松了一口气。我甚至都不知道刚才在害怕什么。就是个小婴儿而已。

"我找到它了。"语毕我慢慢将手指往前伸,想够到它。我记得我对自己说，一定要小心头的位置。我可不想在发力往外拉的时候把它的脑袋扭断。

一阵疼痛在我的手指上炸裂开来，震惊得我嚷都嚷不出来。我以为我们搞砸了：以为代达罗斯一定是把手术刀留在了她身体里，以为她分娩的时候某根骨头断了，扎到了我。但这阵疼痛越卡越紧，碾着我的手越钻越深。

牙。是尖牙。

我大叫起来。我想把手抽出来，但那东西用嘴把我咬得死死的。慌乱之中，我把手猛抽了出来。我妹妹的伤口一下子豁开了，那东西滑了出来。它像上钩的鱼一样猛烈扑腾着，我们脸上溅满了污秽。

我妹妹尖叫着。那东西像船锚一样拖拽着我的胳膊，我感觉自己的指关节都要被扯断了。我又大叫了起来，灼痛难忍。我压在那东西身上，用手摸索着它的脖子。找到后，我重心下移，把它的身子死死按在身下。它用脚跟猛蹬着石板地，头左右狂甩着。我终于看清了它的模样：它的鼻子又扁又宽，湿乎乎的羊水闪着亮光。它的脑袋很大，满脸是毛，头上还有两个尖尖的犄角。脑袋之下，蟾蜍般的婴儿躯体以异乎寻常的力量扭动着。它的眼睛黑黢黢的，死死地盯着我。

我的天呐，我想，这是什么东西？

那东西呛了一声，张开了嘴。我连忙将手抽了出来，如今那手已是血肉模糊了。我的小拇指和无名指被咬掉了，中指被咬掉了半截。那东西的嘴还在咀嚼着，把它咬掉的东西全都吞了下去。即使被我扼住了喉咙，但那东西的下巴还在猛烈扭动着，它想再次对我下口。

一道阴影出现在我身旁。是代达罗斯。他面色苍白，溅了一身的血。"我来了。"

"把刀给我。"我说，

"你们要做什么？不要伤害他，必须保住他的命！"我妹妹在沙发上挣扎着，但她皮开肉绽，无法坐起身来。

"脐带。"我说。那脐带粗得像条软骨，还连着那东西和我妹妹的子宫。他对准它锯了起来。我跪倒的地方已经湿乎乎的了。我的手已经变成了一团血肉模糊的烂肉，还因为断了骨头而疼痛无比。

"再拿块毯子来，"我说，"或者一个大麻袋。"

他拿来了一条厚实的羊毛床罩，把它平铺在我身边。我用已经被扯断的手指把那东西拖到了床罩中央。它还在抵抗，还在发出愤怒的哀号，有两次我差点没抓住它，因为就在那一会儿的工夫，它似乎变得更强壮了。但代达罗斯拽起了床罩的四个角。在他拿稳床罩后，我赶紧把手抽开。那东西在层层毛毯中四处冲撞，找不到可以抓牢的地方。我从他那里接过四角，把那东西从地上提了起来。

我能听出代达罗斯喘着粗气。"笼子，"他说，"我们需要一个笼子。"

"拿一个来吧，"我说，"我提着它。"

他跑开了。在羊毛袋子里，那东西像蛇一样扭动着身体。我看到它的胳膊紧贴着面料，看到了它大大的脑袋，还看到了它尖尖的犄角。

代达罗斯带着一个鸟笼回来了，小鸟还在里面扑腾着。但那笼子很结实，也足够大。我把毯子塞了进去，他哐啷一声锁上了鸟笼的门，然后又在那上面罩了一层毛毯，把那东西遮了起来。

我看着我妹妹。她浑身是血，肚子就像个屠宰场。地毯已经被浸透了，但湿淋淋的血还在往上滴。她的眼神像发了狂一样。

"你们没有伤到它吧？"

我死死地盯着她。"你疯了吗？它想把我的手吃掉！告诉我这么令人发指的怪物是怎么来的。"

"给我缝上针。"

"不行,"我说,"你赶紧告诉我,要么我就让你把血流干。"

"贱人。"说这话时她发出了喘息。疼痛使她变得十分虚弱。就连我妹妹也是有极限的,也有她到不了的地方。我们盯着对方,黄色的眼眸四目相对。"好吧。代达罗斯?"最后她终于开口了,"该你上场了。跟我姐姐说说,这怪物是谁的错。"

他一脸倦容地看着我,脸上满是血痕。"我的错,"他说,"是我的错。这怪物之所以活着,都是因为我。"

笼子里传来了咀嚼的声音,黏糊糊的。小鸟已经不出声了。

"神赐了一头牛给我们,一头纯白色的公牛,以庇佑米诺斯的王国。王后很喜欢那头牛,想近距离看看它。可一有人接近,那头牛就跑得远远的。于是我仿照奶牛的样子造了一个空心的装置,在里面留了一个可以让她坐下的地方。我给它安了轮子,这样我们就可以趁那头牛睡觉的时候把这个装置推到海滩上去了。我以为这只是为了……我没想到——"

"哎,真受不了,"我妹妹不耐烦地说,"等你结结巴巴把话说完的时候,世界末日都要到了。我上了那头神牛,行了吗?赶紧把线给我拿来。"

* * *

我为我妹妹缝合了伤口。来了一些侍卫,他们小心翼翼不让自己流露任何表情,把那个笼子抬到了更隐蔽的小房间里。我妹妹冲他们的背影喊道:"没有我的允许,谁都不准接近它。还有,给它弄点吃的!"侍女们默默地卷起了被鲜血浸透的地毯，搬走了被毁掉的沙发，好像这是她们的日常工作似的。她们焚烧了乳香和香堇菜，以盖掉屋子里的臭味，然后抬着我妹妹沐浴去了。

"诸神会惩罚你的。"为她缝伤口时我说。但她只是发出了轻浮、骄纵的笑声。

"难道你不知道吗？"她说，"神就喜欢怪物。"

这句话让我吃了一惊。"你跟赫耳墨斯聊过？"

"赫耳墨斯？这跟他有什么关系？事实明摆在那儿，我不需要哪个奥林匹斯佬的提点。所有人都明白这个道理，"她露出了一丝奸笑，"除了你。向来如此。"

身旁的一个人影将我拉回了现实。是代达罗斯。自从他踏上我的岛屿之后，我们还是第一次独自相处。他的额头上溅了很多棕色的小点，血一直染到了手肘的位置。"我帮您包扎一下手指吧？"

"不用，"我说，"谢谢。它们会自愈的。"

"小姐，"他犹疑了一下，"我余生都会对您感激不尽的。如果您没有来的话，上阵的就是我了。"

他的肩膀绷得紧紧的，好像在等着挨棍子一样。上次他感谢我的时候，我对他大发雷霆来着。但现在，我懂的更多了：他也尝过亲手缔造怪物的滋味。

"幸好上阵的不是你，"语毕我冲他的手点了点头，那里疤痕累累，恰似世间万物，"你的手是长不回来的。"

他放低了声音。"那怪物杀得死吗？"

我想起了我妹妹尖叫着要我们小心的样子。"我不知道。帕西法厄似乎觉得是可以的。但即使如此，它依然是那头白牛的骨肉。也许它有某个神明的庇佑，或者它会给任何伤害它的人降灾。我得好好想想。"

他揉搓着脑壳，我看到他一劳永逸的希望落空了。"那我必须去做个新笼子。现在这个坚持不了多久。"

他离开了。干巴的血浆在我的脸颊上结成了块，我的胳膊也被那怪物的污秽弄得油乎乎的。我的头又晕又沉，因为沾染了这么多血而恶心不已。如果我叫侍女来，她们会带我去沐浴，但我知道这是不够的。为什么我妹妹要造这样一个令人发指的怪物呢？她为什么要召唤我来呢？大多数那伊阿得斯会闻风而逃，但某个涅瑞伊得斯也许会出手相助，毕竟她们已经习惯了怪物。或者珀耳塞斯也行。为什么她没有叫他来呢？

我的脑海里没有答案。它既迟钝又没有生气，像我丢了的手指头一样一无是处。有一个想法是明确无误的：我必须做点什么。一个恶魔被释放到了人间，我不能袖手旁观。我有个想法，觉得我应该找到我妹妹的魔药间。也许那里会有能帮上我的东西，比如某种解药，某种能逆转现状的神药。

魔药间不远，那是一座与她的卧室相连的大厅，中间用一道帘子隔开。我从没见过其他女巫的魔药间。我在药架前徘徊，不知道自己在期待什么，也许是上百种可怕的东西，比如北海巨妖克拉肯[1]的肝脏，龙的獠牙，和从巨人身上剥下来的皮。但我只看到了草药，而且都是些非常基本的草药：毒素，罂粟，以及一些有疗愈功效的根茎。我不怀疑我妹妹能用它们变出不少花样，因为她的意念一直很强。但她太懒了，此情此景就是证明。仅有的那些原料已经上了年头，像枯死的树叶一样脆弱。它们被随随便便地收集在一起，有些含苞待放，有些已然凋谢，收割它们的刀是随手找来的，收割的时间也是任意而为的。

那时，我明白了。也许我妹妹比我更会当女神，但我却比她更会当

---

[1] 北欧神话中的海怪，常常出没在挪威和冰岛附近的海域。现多认为这种海怪实际是章鱼或巨型乌贼。

女巫。她这堆破烂不堪的废料帮不上我的忙。可我从埃阿亚带来的草药是不够的,虽然它们的力量很强。这个怪物与克里特岛血脉相连,不论我要做什么,克里特岛都必须为我引路。

我沿着走廊和大厅回到了宫殿中心。我曾在那里看到过一些台阶,它们并不通向海港,而是通往内陆,通往宽敞明亮的花园和凉亭,而这些花园和凉亭又面朝远方的旷野。

四周,忙忙碌碌的男女们打扫着石板路,采摘着水果,举起一筐筐大麦。当我经过的时候,他们小心翼翼地将目光投向地面。我猜,跟米诺斯和帕西法厄一起生活,使得他们已经习惯了比我更加血腥的东西。我走过农民和牧民住的偏僻小屋,走过小树林和正在吃草的牧群。山峦郁郁葱葱,在阳光的照耀下是那么金光闪闪,好像光线是从山峦间发射出来的一样。但我无暇欣赏这美景。我的目光锁定在一个高耸入云的黑暗阴影上。

它被唤作狄克忒山。豺狼虎豹都不敢踏足其中,那里只有神羊牧群,它们巨大的山羊角像海螺壳一样盘曲而上。即使在最炎热的季节,那里的森林也阴暗凉爽。据说夜幕降临后,女猎人阿耳忒弥斯会带着亮闪闪的弓箭在山间漫步,而宙斯也是在某个隐秘的山洞里出生并躲过了他父亲的血盆大口。

那里生长的一些花草是其他地方都没有的。它们实在太罕见了,叫得上名来的很少。我能感觉到它们在山谷中逐渐膨胀开来,将魔力打着卷地吹入空气中。某朵黄色的小花长着绿色的花蕊。某朵橙棕色的百合正垂头绽放。它们中最棒的当属岩爱草,疗愈女王。

我没有像凡人那样赶路,而是像神一样大步流星。我到达山脚时正值黄昏,我开始往上爬。树枝在我头顶上纵横交错。阴影像深深的积水一样涌了上来,刺痛着我的全身。整座山似乎都在我身下哼鸣。纵使我满身是血、浑身酸痛，但还是感到了一阵狂喜。我寻着苔藓，走上凸起的小山丘，最后在一株白杨树下发现了一小片茂密的岩爱草。能量在叶片上交织，我将它们紧紧地贴在我残缺不全的手指上。我只说了一个字，咒语就起效了——我的手到早上就会恢复如初。我收集了一些岩爱草的根茎和种子，将它们放进包里，然后继续前行。血浆的臭味和重量依然压在我身上，最后我终于找到了一片池塘，清澈又凉爽，由融化的冰雪汇聚而成。我欣然接受了冰水的刺激，接受了它冲刷污秽时带给我的疼痛。我举行了所有神灵都熟知的小型净化仪式。我用池塘边的鹅卵石将污秽擦洗殆尽。

之后，我坐在岸边，坐在披着银色月光的树叶下，思考着代达罗斯提出的那个问题。那怪物杀得死吗？

诸神之中，只有少数有预言的天赋，有凝望黑暗、一瞥即知何种命运将会降临的能力。并非一切都可预知。大多数神和人的生活是飘忽不定的：他们今天在这里纠缠，明天又磨磨蹭蹭往那个方向而去，没有既定的规划。但还有一些人，命运之于他们就像套索一样：他们的生活像木板条一样笔挺，任凭他们怎么弯折都无济于事。我们的预言能够看到的，是这些人的命运。

我父亲就有这种预知的能力，而且我一辈子都在听别人说，这种特质也遗传到了他的孩子们身上。我从没想过检验一下这个说法。我在成长过程中一直被灌输一个思想，那就是他的能力我没有继承分毫。但如今我轻触水面，说：让我看看。

一个影像显现出来，既柔和又暗淡，仿佛是由袅袅烟气聚成。一支冒着烟气的火把在长长的回廊中上下摆动。一条线在石头走廊中蜿蜒。那怪物咆哮着，露出了异乎寻常的獠牙。它站起来有一人高，身上披着破破烂烂的碎布。一个凡人手持利剑，从阴影中一跃而起将它手刃。

雾气散去，池塘又清澈了起来。我得到了答案，但那并不是我所期望的答案。那怪物并非不死之身，但它不会死于摇篮之中，不会死在我或代达罗斯的手上。它命定的劫难很久以后才会发生，它必须活到那个时候。在此之前，它只能被关押起来。这是代达罗斯的工作，但也许我可以帮到他。我在树荫下徘徊，思索着那个怪物和它可能的弱点。我想起它曾用黑溜溜的眼睛贪婪地盯着我。想起它在狼吞虎咽我的手时展现出的饥饿感。它要吃多少才能满足自己的口腹之欲呢？如果我不是神，它可能会爬上我的胳膊，将我一点一点吞噬干净。

我觉得我想到了一个主意。我需要用到狄克忒山上的所有秘密花草，辅以束缚力最强的魔药，还有冬青的根和柳条，茴香和毒芹，乌头和鹿食草。我也需要用到我剩余的所有魔莉。我在树木间穿梭，分毫不差，依次找出了每一味草药。如果阿耳忒弥斯那晚也在林中散步的话，她避开了我。

我将草叶和根茎带回了池塘，在岩石上磨碎它们。我将磨好的糨糊装进了随身携带的某个瓶子里，又往里面加了一些池塘水。水波中依然夹杂着从我手上冲刷下去的血浆，里面有我的血，也有我妹妹的。药水飞旋起来，红黑相间，好像它知道似的。

那晚我没有合眼。我一直待在狄克忒山上，直到天蒙蒙亮，才开始朝克诺索斯的方向往回走。当我到达宫殿的时候，田野上已是艳阳高照。我经过了一个庭院，这个庭院昨天就吸引了我的注意力，现在我停下脚步，想更仔细地看看它。里面有一个非常壮观的圆形舞池，舞池边缘，月桂树和橡树洒下的树荫抵挡着烈日的灼烧。我本以为舞池是用石头做的，但现在我发现那是木头，是由上千块木条拼成的。它们那么光滑，还闪着漆光，看上去就像一整块木板一样。木条上画着螺旋图案，那图案沿中心向外蔓延，像弯挑的浪尖。代达罗斯的杰作，别无他人。

一个女孩正在舞池中跳舞。四下没有音乐声，但她的脚步却维持着完美的韵律，每一步都是一个沉默的鼓点。她的一举一动都如水波般优雅，但却环环相扣，毫无减弱之意。在她的头顶上，公主的头环闪闪发亮。不管在哪我都能认出她来。她就是代达罗斯船首的那个女孩。

当她看到我的时候，她睁大了眼睛，跟雕像一模一样。她向我低头示意。"喀耳刻姨母，"她说，"很高兴见到你。我是阿里阿德涅。"

我能在她身上看到帕西法厄的影子，但只有很仔细地找才会看到：她的下巴，和她纤细的锁骨。

"你的舞技很棒。"我说。

她露出了笑容。"谢谢。我父母正找你呢。"

"毫无疑问。但我必须先找到代达罗斯。"

她点了点头，好像和我一样想找代达罗斯而非她父母的大有人在。"我带你去。但我们必须小心一点。侍卫正在宫外搜人呢。"

她将手指插入我的指缝中。她的手因为刚练完舞而暖呼呼的，还有点潮。她领着我穿过众多侧廊，脚落在石板路上毫无声响。最后，我们终于来到了一扇青铜大门前。她按节奏敲了六下。

"我现在没空陪你玩，阿里阿德涅，"一个声音说道，"我正忙着呢。"

"我是和喀耳刻小姐一起来的。"她说。

门一下子敞开了。代达罗斯出现在我们面前，身上脏兮兮的。在他身后是一间工作室，工作室有一半是露天的。我看到了还盖着布的雕像，以及一些我认不出的器具。屋后，一个铸铁间正冒着黑烟，金属在模具中发着炽热的光。桌子上放着一根鱼脊，旁边有一个奇奇怪怪的锯齿状刀片。

"我去了趟狄克忒山，"我说，"我看到了那个怪物的命运。它是杀得死的，但不是现在。一个凡人会出现在这里，这个凡人注定会结果它。我不知道要等多久。在我的神示里,那怪物已经长大成人了。"

我看着他将这消息消化下去。在未来那么长一段时间内,他都要一直保持警惕。他深吸了一口气。"那么我们就把它关起来吧。"

"是的。我酝酿了一个咒语,会有些帮助。那东西贪嗜……"我感觉到阿里阿德涅就在我身后,于是停顿了一下,"那东西贪嗜你见他吃的那种灵肉。那是它的天性使然。我没法除掉那欲望,但我可以约束它。"

"什么都行,"他说,"我感激不尽。"

"先别急着感激,"我说,"一年三季,咒语都可以遏制住它的口腹之欲。但每逢秋收,它的欲望都会卷土重来,而且必须得到满足。"

他的目光迅速扫了一下我身后的阿里阿德涅。"我明白。"他说。

"其他时候它依然很危险,但只是像野兽一样危险。"

他点了点头,但我看得出他在想秋收的事,以及注定会随之而来的饱餐。他瞥了一眼身后的模具,它们已经被烧红了。"明天一早我就能把笼子做好。"

"很好,"我说,"越早越好。到时我再施咒。"

门关上的时候,阿里阿德涅站在原地等着。"你们在聊刚刚出生的那个婴儿,是不是?他就是那个要被养大杀掉的人?"

"是的。"

"仆人们说他是个怪物,在我问起关于他的事情的时候,父亲还会冲我吼。但他依然算是我弟弟,对不对?"

我犹豫了起来。

"我知道我母亲和那头白牛之间的事。"她说。

帕西法厄的孩子都不会纯真太久。"我觉得,你可以说他是你同母异父的弟弟,"我说,"来吧。带我去见国王和王后吧。"

* * *

  狮鹫兽们正在墙壁上整理羽毛，既柔美又有王者风范。阳光透过窗户洒了进来。我妹妹躺在银色沙发上，面色红润。米诺斯坐在她身旁的雪花石椅子上，看上去又老又臃肿，就像大海中的尸体。他的目光锁定了我，像捕食的鸟锁定了鱼。

  "你去哪儿了？那个怪物需要严加看管。你来这儿就是干这个的！"

  "我做了一剂药水，"我说，"这样我们就能更安全地把它转移到新笼子里去了。"

  "药水？我想杀了它！"

  "亲爱的，你太歇斯底里了，"帕西法厄说，"你都还没听我姐姐把她的想法说完呢。请继续说吧，喀耳刻。"她用手托着下巴，摆出了非常夸张的期待表情。

  "一年三季，它都能遏制住那东西的嗜血欲望。"

  "仅此而已吗？"

  "哎呀，米诺斯，你会伤害喀耳刻的感情的。姐姐，我觉得这是个特别棒的咒语。我儿子的胃口的确有点不好控制，是不是？他已经把我们关押的绝大多数囚犯都吃光了。"

  "我要那东西死，没得商量！"

  "它是杀不死的，"我对米诺斯说，"现在不行。它命定的劫难要在很久之后才会发生。"

  "劫难！"我妹妹高兴地直拍手，"啊，快跟我们讲讲！它是不是逃了出去，吃了某个我们认识的人？"

纵使米诺斯百般掩饰，但他的脸还是变得煞白。"一定要万无一失，"他对我说，"你跟那个工匠，一定要确保关牢它。"

"是啊，"我妹妹小声哼哼道，"一定要万无一失。我可不敢想象它要是跑了出来会发生什么。我的夫君虽然是宙斯之子，但他可是实实在在的凡人之身。事实上"——她降低了音量，说起了悄悄话——"我觉得他可能怕那东西。"

我已经无数次看到愚蠢之人被我妹妹玩弄于股掌之间了。但米诺斯的反应比大多数人都剧烈。他用手指猛戳着空气，指着我。"你听见了吗？她竟敢公然威胁我。这都是你的错，你和你那撒谎成性的一家子。你父亲把她当宝贝似的给了我，但如果你知道她都对我做了些什么的话——"

"哦，快跟她讲讲吧！我觉得喀耳刻会欣赏我施的那些巫术的。要么讲讲那一百个被你气喘吁吁压在身下，结果却送命了的姑娘？"

我能感觉到阿里阿德涅一动不动地站在我身边。我真希望她不在场。

米诺斯的眼神中流露出恨之入骨之情。"可恶的妖女！是你用咒语害死了她们！你生出来的东西全是邪灵！我应该在那野兽出生之前就把它从你那该死的子宫里扯出来！"

"但你不敢啊，是不是？你知道你亲爱的宙斯父亲有多溺爱这种东西。不然他那些英雄私生子要怎么扬名呢？"她把头歪向一边，"说实在的，你不是也巴不得自己舞刀弄剑一番吗？哦，我忘了。你对杀人不感兴趣，除非是在跟姑娘们交欢的时候。真的，姐姐，你得学学这条咒语。你只需要——"

米诺斯从座位上站了起来。"我禁止你继续说下去。"

我妹妹笑了起来，声音轻佻极了。这声音是她装出来的，与她的一切所作所为一样。米诺斯继续宣泄着怒火，但我却盯着她。我本以为她跟那头牛交欢不过是一时兴起的变态念头，她并不会被自己的欲望左右。她会用自己的欲望左右别人。我上一次从她脸上见到真情实感是什么时候？现在，我回想起了她在分娩时大喊的话，她说必须保住那怪物的命，脸还因为太过心急而扭作一团。为什么呢？并不是因为爱，她心里没有爱。所以说，那东西一定能以某种方式服务于她。

我与赫耳墨斯共度的那些时光，还有他为我讲述的世界上的所有新鲜事，帮我找到了答案。在帕西法厄嫁给米诺斯的时候，克里特岛是我们掌管的所有国度中最富有、最著名的一个。可从那以后，更加强大的王国每天都在崛起，比如迈锡尼和特洛伊，小亚细亚和巴比伦。也是从那以后，她的一个弟弟学会了起死回生，另一个学会了驯服魔龙，她的姐姐还改变了斯库拉的容貌。再也没有人谈论帕西法厄了。而如今，一眨眼的工夫，她就让自己本已黯淡的星光再次闪耀了起来。全世界都会讲述克里特岛王后，这位食人魔牛的缔造者与孕育者的故事。

而诸神将会袖手旁观。想想会有多少人向他们祈祷吧。

"太搞笑了，"帕西法厄说，"你花了那么久才明白过来！你以为她们是因为你太威猛才死的吗？因为兴奋过度才死的？我跟你说——"

我转向阿里阿德涅，她默不作声地站在我身边，仿若空气一样。

"来吧，"我说，"这儿没我们的事了。"

我们走回了她的舞池。在我们头顶上，月桂树和橡树舒展着绿色的枝叶。"在你施咒之后，"她说，"我弟弟就不会那么吓人了。"

"但愿如此。"我说。

我们沉默了片刻。她抬头望着我，双手在胸前合十，好像她在那里藏了个秘密一样。"你能在这里待一会儿吗？"

我看着她翩翩起舞。她的胳膊有飞翼般的曲线，强壮的腿与脚下的舞步浑然一体。我想，这就是凡人成名的方式。他们要勤奋地练习，把自己的技艺当作花园精心照料，直到他们在阳光下熠熠发光。但神诞生于灵血与神液之中，他们的卓尔不凡已经从指尖迸发而出了，所以他们成名的方式就是证明自己的破坏力：摧毁城市，挑动战争，酝酿瘟疫，孕育魔怪。祭坛上袅袅升起的所有烟气和香气，最后只留下了一地死灰。

阿里阿德涅迈着轻快的步伐在舞池中来回穿梭。每一步都是那么完美，像是她送给自己的礼物一样，而她也微笑着接受了这份馈赠。我想抓住她的肩膀。我想说不论你做什么，都不要开心得过了头。那会让你大难临头的。

可我什么都没说，任她翩翩起舞。

第十一章

代达罗斯

当太阳轻点远方的田野时,侍卫们来把阿里阿德涅带走了。公主的父母在找她。他们列队护送她离去,我则被带回自己的房间。那房间很小,离仆人住的地方不远。这当然是为了羞辱我,但我喜欢未经粉饰的墙面,和只能漏进一丝艳阳的狭窄小窗带来的短暂安宁。这地方很安静,仆人们都知道谁在屋里歇息,所以他们经过时轻手轻脚的。那个女巫姐姐。他们趁我不在的时候将食物留在房间内,等我再次出门以后才会把餐盘收走。

我睡了过去。第二天一早,代达罗斯就来找我了。我开门后他露出了笑容,我发现自己也对他回以微笑。有一件事我要感谢那个怪物:我和代达罗斯之间的自在感回来了。我跟着他走下楼梯,来到了宫殿地下盘根错节的回廊中。我们路过储藏粮食的地窖,路过放着一排排陶缸的储藏室,还路过了许多大陶罐,里面装着宫殿为施舍穷人而预备的油、酒水和大麦。

"那头白牛后来怎么样了,你知道吗?"

"不知道。帕西法厄的肚子起来以后它就消失了。祭司们说那是白牛最后的恩典。今天，我听到有人说那个怪物是神的馈赠，是来助我们繁荣昌盛的，"他摇了摇头，"他们不是天生就这么傻的，他们只是被夹在了两只蝎子中间。"

"阿里阿德涅跟他们不一样。"我说。

他点了点头。"我很看好她。你听说他们要管那东西叫什么了吗？米诺陶洛斯。今天中午会有十艘船带着这则公告启航，明天还会有十艘。"

"很聪明，"我说，"米诺斯将它视为己出，不仅没有被戴绿帽子，反而瓜分了我妹妹的荣耀。他成了一个孕育魔怪，还用自己的名字为它命名的伟大国王。"

代达罗斯喉咙里发出了声响。"可不是嘛。"

我们来到了一个巨大的地窖前，里面放着怪物的新笼子。那笼子由一种银灰色的金属锻造而成，有船甲板那么宽、半条船那么长。我将手放在笼子的栅栏上，它们很光滑，像小树苗一样粗壮。我能闻到金属中的铁味，但除了铁之外还有什么，我说不上来。

"这是一种新型材料，"代达罗斯说，"锻造起来更难，但是更耐用。即便如此，它也不可能永远困住那怪物。它的力气已经大得吓人了，而且它才刚刚出生。但这笼子能为我争取一点时间，让我设计一个更持久耐用的东西出来。"

侍卫们随后也到了。他们用杆子挑着旧笼子，以保持距离。他们哐啷一声把它放进新笼子里，回音还没消散就消失得无影无踪。

我走了过去，跪在它旁边。米诺陶洛斯比之前大了一些，它体态臃肿，靠在金属栅栏上。它身上干巴巴的，已经没有了羊水。牛和小婴儿的对比从未如此强烈，好像哪个疯子砍掉了一头公牛的脑袋，把它缝在了蹒跚学步的小婴儿身上似的。它身上散发着腐肉的臭味，长长的尸骨在笼子底部嘎达作响。我感觉一阵恶心。那是克里特岛的某个囚犯。

怪物用大大的眼睛盯着我。它站起身来，哼哧哼哧地往前走，鼻子嗅着什么。它发出了一阵呻吟，既尖锐又兴奋。它还记得我。它记得我的气味，和我的灵肉的味道。它张开了又扁又长的嘴，像讨食的小鸟一样。还想要。

我抓住了机会：我念出咒语，然后将药水顺着笼子倒入了它敞开的喉咙中。那怪物被呛到了，猛烈地冲撞着笼子的栅栏，可与此同时它的眼神已经发生了变化，目光中的怒火逐渐平息。我迎上它的目光，伸出了手。我听到代达罗斯倒吸了一口凉气。但那怪物并没有朝我猛蹿过来。它原本僵直的手臂松弛了。我又等了一小会儿，然后开了锁，打开了笼子。

它稍稍挪动了一下，骨头在脚底下咔嗒作响。"没关系的。"我小声嘟囔了一句，至于这话到底是对我自己、对代达罗斯还是对那怪物说的，我也不知道。慢慢地，我将手伸到它面前。它的鼻翼煽动了起来。我碰了碰它的胳膊，它惊讶地喘了口气，仅此而已。

"来吧。"我悄声说。它听了我的话，在通过小小的笼门时弯了下膝盖，还稍微踉跄了一下。它抬起头来，满怀期待地望着我，那样子甚至有点可爱。

"我弟弟"，阿里阿德涅曾这样称呼它。但这头怪物不是为家庭生活而生的。它是我妹妹的战利品，是她野心的肉身，是她用来与米诺斯抗衡的利鞭。作为回报，它不会有朋友，也不会有情人。它永远见不得天日，永远不会迈出自由的步伐。除了仇恨、黑暗与獠牙，它在这个世界上将一无所有。

我拾起旧笼子，开始往后退。它看着我渐行渐远，好奇地歪着脑袋。我关上笼子的门，它的耳朵在听到金属的碰撞声后抖了一下。秋收来临时，它会愤怒地哀号。它会撕扯笼子的栅栏，想方设法拆烂它们。

代达罗斯轻轻地呼了一口气。"你是怎么做到的？"

"它算是半个野兽，"我说，"埃阿亚岛上的所有动物都很温顺。"

"这个咒语会被破解吗？"

"其他人不行。"

我们为笼子上了锁。怪物全程都盯着我们。它发出了低沉的声音，用一只手揉搓着毛乎乎的脸颊。然后我们关上了地窖的木门，再也见不到它了。

"钥匙怎么办？"

"我想把它扔掉。等我们不得不转移它的时候，我把栅栏剪断就好。"

我们沿着蜿蜒的地道往回走，回到了地面之上的走廊中。在粉刷一新的大殿中，微风习习，空气爽朗。四下都是光鲜亮丽的权贵，他们小声嘟囔着自己的秘密。他们知道什么东西正生活在他们脚下吗？他们会知道的。

"今天晚上有宴会。"他说。

"我不去，"我说，"我受够了克里特岛的王公贵族。"

"也就是说你很快就要离开了？"

"这件事我得看国王和王后的安排，船是他们的。但我觉得我不会待太久。我觉得米诺斯巴不得克里特岛上少一个巫婆。回家的感觉会很好的。"

此话不假，但在那些富丽堂皇的走廊里，一想到要回埃阿亚我就觉得很奇怪。岛上的山峦和海滩，还有我那座带花园的石头屋，仿佛都很遥远。

"今晚我必须露个面，"他说，"但我会在开餐前找借口离开，"他犹豫了一下，"女神，我知道我是在自作多情，但你愿意赏脸，跟我共进晚餐吗?"

他让我在月亮升起后去找他。他的住所与我妹妹的住所之间隔着一整座宫殿。这是运气好还是刻意而为,我不知道。他身上的斗篷比我之前见他穿过的都要好,但他却光着脚。他领着我走到一张桌子前,倒了杯酒,那酒的颜色像桑葚一样深。桌上摆着几张盘子,盘子上堆满了水果,还放着一块咸味白奶酪。

"宴会怎么样?"

"我巴不得赶紧离开,"他的声音有些沙哑,"他们找了个歌手,歌颂牛魔降世的光辉事迹。他显然是从星辰坠入凡间的。"

一个男孩子从里屋跑了出来。那时我对凡人的年岁还不太了解,但我觉得他可能四岁左右。他耳边的黑发卷卷的,既浓密又不羁,胳膊和腿还带着婴儿肥。他的脸是我见过的最可爱的脸,包括神的面孔在内。

"这是我儿子。"代达罗斯说。

我愣住了。我从没想过代达罗斯的秘密会是个孩子。那男孩跪了下来,像个当侍从的小婴儿一样。

"尊贵的小姐,"他用尖细的声音说,"欢迎您莅临家父的宅邸。"

"谢谢,"我说,"你乖不乖?对你父亲好不好?"

他郑重其事地点了点头。"哦,很好的。"

代达罗斯笑了起来。"一个字都别信。他看上去挺可爱,但是特别任性。"那孩子冲他父亲笑了笑。那是他们之间心照不宣的乐事。

他留下来待了一会儿,念叨着他父亲的杰作以及他自己的贡献。他拿出了自己心爱的火钳,熟练地抓起它,给我展示他如何在火中握牢火钳而不烫到自己。我点了点头,但其实我在观察他的父亲。代达罗斯的脸散发着柔情，像熟透的水果一样，晶莹的目光中写满了柔情。我从没想过要孩子，但看着他的样子，有那么一瞬间我能想象出那场景了。好像我望向了一口深井，在深深的井底瞥见了一道水光。

当然，这样的爱，我妹妹一眼就能看穿。

代达罗斯将一只手搭在他儿子的肩膀上。"伊卡洛斯，"他说，"该睡觉了。去找你奶妈吧。"

"你今天晚上会来吻我道晚安吗？"

"当然会了。"

我们目视着他离开，他小小的脚跟蹭着长长的衣角。

"他长得很精神。"我说。

"他的长相随他母亲，"我还没有问，他就回答了我的问题，"他母亲在生他的时候死了。她是个好女人，虽然我跟她认识的时间不长。是你妹妹安排的婚事。"

所以说，到头来我并没有错得太离谱。是我妹妹下的诱饵，只不过她通过其他方式钓到了大鱼。

"我很抱歉。"我说。

他低下了头。"这的确很难，我承认。我已经尽可能既当爹又当娘了，但我知道他总觉得缺了点什么。我们每从一个女人身边经过，他都问我会不会娶她。"

"你会吗？"

他沉默了一会儿。"我觉得不会。帕西法厄已经有足够多的把柄可以折磨我了，如果不是因为她坚持，我一开始就根本不会结婚。我知道自己不是个好夫君，因为只有当我潜心工作的时候，我才是最开心的。可这样一来，我会很晚才回家，而且身上脏兮兮的。"

"巫术和发明在这方面很像，"我说，"我也不觉得我会是个好妻子。

并不是说追我的人已经排起了长队。很明显，名誉扫地的巫婆在这方面并没有什么优势。"

他露出了笑容。"我觉得你妹妹在这件事上也火上浇油了不少。"

和他如此坦诚相待是很容易的事。他的脸就像一汪平静的池水，能将一切都稳稳当当地隐于他的深渊之中。

"你想好等那个怪物长大以后，你要怎么关住它了吗？"

他点了点头。"我一直在想。你看到了宫殿的地下结构多像蜂窝。那里还有上百个闲置的储藏室，因为这些年克里特岛的财富都是以黄金来记的，而不是粮食。我觉得我能把它们改造成类似迷宫的东西。把两端全都封住，让那个怪物在里面自由走动。所有东西都是嵌进基岩里的，所以没有能逃出来的地方。"

这是个好主意。而且至少那怪物会有更多的活动空间，不用被关在狭小的笼子里。"那会是个奇迹的，"我说，"一个能困住成年怪物的迷宫。你得给它起个好名字。"

"我相信米诺斯会有好建议的，而且会把他自己的名字也嵌进去。"

"很抱歉我不能留下来帮你。"

"你帮的忙已经够多了，我不值得你这样大费周章。"他抬起头，我们目光相对。

有人清了清嗓子。奶妈正站在门口。"阁下，是您的儿子。"

"啊，"代达罗斯说，"失陪一下。"

我烦躁不安，无法耐下心来坐着，于是便在屋子里四处走动。我本以为屋里会塞下更多他亲手打造的奇观，以为每个角落都会放着雕像或镶嵌着饰物，但实际上这屋子很朴素，家具用的都是未经雕琢的原木。但在更仔细地端详过它们之后，我看到了代达罗斯的印记。光漆闪着微光，木头的纹理被打磨得像花瓣一样柔美。当我的手从椅子上滑过时，我竟摸不到它的缝隙。

他回来了。"晚安吻。"他解释道。

"小孩子真幸福。"

代达罗斯坐了下来，喝了一大口酒。"目前来说是这样的。他还小，不知道自己是阶下囚，"他手上的白色伤疤似乎更显眼了，"狱舍再美，毕竟还是囚笼。"

"如果你能逃走的话，你会去哪里呢？"

"哪里要我，我就去哪里。但如果我有的选的话，去埃及吧。跟他们正在建的东西相比，克诺索斯看上去就像个泥潭。我一直在码头上跟他们那边的商人学埃及语。我觉得他们会欢迎我们的。"

我看着他那张美好的面孔。那面孔之所以美好，并不是因为它英俊帅气，而是因为它忠于自己。它像上等的金属，在千锤百炼后越发有韧劲。我们已经并肩对抗了两个魔怪，而他丝毫没有动摇。来埃阿亚吧，我想对他说。但我知道那里他无所期许。

于是我对他说："希望终有一天，你能如愿到埃及去。"

* * *

晚餐后，我沿着黑黢黢的走廊回到了自己的房间。这一晚过得很愉快，但我却觉得既烦躁又困惑，脑子像河床上搅动的泥沙一样。我耳边一直回响着代达罗斯谈论自由时的声音。他的声音是那么急切，却也那么苦涩。我的流放至少是咎由自取，但代达罗斯却是无辜的，他只是一个战利品，见证着我妹妹和米诺斯的自负。我回想起当他谈论伊卡洛斯时，他眼神中那股纯净、耀眼的爱意。对我妹妹来说，那不过是一个工具，是一把悬在他的头顶、逼他为奴的利剑。我想起当我妹妹命令他为她切腹时，她脸上的那股快意。当我迈进她的门槛时，她脸上也挂着同样的表情。

我只顾着米诺陶洛斯，竟没有发现这一切对她来说是多么成就斐然。不仅仅是那怪物和她新斩获的名气而已，还有随之而来的一切：代达罗斯被迫与她串通一气，米诺斯卑躬屈膝、备受侮辱；整个克里特岛都被恐惧挟持。至于我，我也是她的战利品。她本可以叫其他人来的，但一直以来，我才是她乐于鞭笞的那条狗。她知道我多好使唤——我会尽职尽责地清理她的烂摊子，会保护代达罗斯，会确保那怪物被安然无恙地囚禁起来。与此同时，她可以在她的金色沙发上纵情大笑。你喜欢我的新宠物吗？除了棍棒之外我什么都没给过她，但你看看她听到我的口哨之后跑得多欢实啊！

我的胃在灼烧。我走出了我的小房间。我像神一样隐身前行，经过昏昏欲睡的侍卫，走过值夜班的仆人。我来到我妹妹的卧室门前，迈了进去，站在她床边。她只身一人。我妹妹不信任任何枕边人，只信任她自己。迈进门槛的时候，我感受到了咒语的威力，但它们阻挡不了我。

"你为什么叫我来这里？"我质问道，"让我亲耳听你把实话说出来吧。"

她立刻睁开了眼睛，目光锋利，好像一直在等我似的。"当然是为了送你一个大礼了。还有谁会想看我流这么多血呢？"

"我能想到上千个人选。"

她露出了猫一般的笑容。捉弄活老鼠总会更有趣一些。"真可惜啊，你不能把你新发明的束缚咒用到斯库拉身上。当然了，要想做到这点，你需要她母亲的鲜血。但我觉得克拉泰伊斯那条老鲨鱼不会遂你的愿。"

我已经想到了这一点。帕西法厄总是知道该把致命一击瞄向哪里。

"你想羞辱我。"我说。

她打了个哈欠，粉嫩的舌头抵着洁白的牙齿。"我一直在想，"她说，"我想管我儿子叫阿斯忒里翁。你喜欢这个名字吗？"

星光闪耀之人——这是这名字的含义。"对于同类相食的怪物来说，这是我听到过的最美的名字了。"

"别这么夸张。怎么可能同类相食呢，又没有其他米诺陶洛斯可以让他吃，"她稍稍皱了皱眉，抬起了下巴，"不过我的确好奇，马人算吗？他们之间肯定有点血缘关系，你觉得呢？"

我不会被她牵着鼻子走。"你本可以叫珀耳塞斯来的。"

"珀耳塞斯。"她摆了摆手。这是什么意思，我说不上来。

"或者埃厄忒斯。"

她坐起身来，被子从她身上滑落下去。她身上一丝不挂，只戴着一条用一块块金箔串成的项链。每一块金箔上都刻着浮雕图案：太阳、蜜蜂、斧头，和巍峨的狄克忒山。"啊，真希望我们能聊上一整夜，"她说，"我会为你编辫子，我们也可以一起嘲笑一下那些追我们的人，"她放低了声音，"我觉得代达罗斯很快就会向你示爱的。"

我的愤怒已经决堤了。"我不是你的狗，帕西法厄，不会任你玩弄。尽管我们过去有那么多过节，尽管你让那么多人断送了性命，但我还是对你伸出了援手。我帮你搞定了那头怪物。我替你把该做的事都做完了，可你却只会讽刺我、蔑视我。在你扭曲的一生中，你就说一次实话吧。你把我带到这里来，是想让我出丑。"

"哎，那根本不需要我费力，"她说，"你已经把丑都出尽了。"但这只是条件反射式的说辞，并不是真正的答案。我等待着。

"可笑的是，"她说，"已经过了这么久，你依然觉得就因为你听话，"

所以你理应得到奖赏。我以为你早就在父亲的神殿里吸取了教训。没有谁像你一样畏畏缩缩、成天咧着嘴傻笑，可伟大的太阳神赫利俄斯惩罚起你来比惩罚谁都快，因为你已经蜷缩在他脚边了。"

她向前探着身子，金色的头发散落下来，为周围的床单平添了刺绣的效果。

"我给你讲讲赫利俄斯和其他所有人的真面目。他们不在意你乖不乖。他们也不怎么在意你坏不坏。唯一能引起他们注意的是权力。讨某个叔叔的欢心是不够的，在床上讨好某个神也是不够的。就连长得漂亮也不够，因为当你跪在他们面前说，'我一直很乖，你能帮帮我吗？'的时候，他们只会皱皱眉头。哎，亲爱的，这事办不成。哎，宝贝，你必须学着忍耐它。你问过赫利俄斯了吗？你知道如果他不发话，我是什么都做不了的。"

她朝地上吐了口口水。

"他们索取他们想要的东西，作为回报，他们却只会给你套上层层枷锁。我无数次见你被排挤。我自己也排挤过你。每一次，我都以为就这样了，她完了。她会把自己哭成一块石头，或者一只呱呱叫的鸟。她会离开我们，我们终于少了个包袱。可是第二天，你总会回来。当你证明自己是个女巫的时候，他们都很惊讶，但我很久以前就知道了。虽然你总把自己哭成个泪人，但我知道你是不会被摧垮的。你和我一样憎恶他们。我觉得我们的力量正来源于此。"

她的话像瀑布一样砸在我的头上。我几乎听不懂她在说什么。她对我们的家人恨之入骨？在我眼中，她一直都是他们的缩影，是一座亮晶晶的丰碑，宣示着我辈的自恃清高与残忍无度。但她说的没错：宁芙只能任人摆布。指望自己手握实权是不可能的。

"如果你说的这一切都是真的，"我说，"你为什么要对我这么残忍呢？我和埃厄忒斯没有拉帮结派，你本可以跟我们做朋友的。"

"朋友。"她轻蔑地说。她的嘴唇泛着完美的血红色，其他宁芙只有精心打扮才能拥有这样的颜色。"那大殿里没有朋友可言。而且埃厄忒斯这辈子从没喜欢过女人。"

"不是这样的。"我说。

"你觉得他喜欢你？"她笑了出来，"他之所以容忍你，是因为你是只温顺的猴子，他说什么你都拍手叫好。"

"你和珀耳塞斯也没好到哪儿去。"我说。

"你对珀耳塞斯一无所知。你知道为了哄他开心我费了多大力吗？你知道我被迫做了些什么吗？"

我不想继续听下去了。她脸上的表情和以往一样赤裸裸，每个字都锋利无比，好像她花了很多年时间，把它们精确无误地雕琢成了此刻这个样子。

"然后父王把我许配给了米诺斯那个蠢货。我倒是可以在他身上做点文章，我也的确这么做了。现在他已经被收拾得服服帖帖了，但这路走得很漫长，而且我再也回不到从前了。所以，不妨由你来告诉我，姐姐，除了你之外，我还能叫谁来呢？某个巴不得数落我、看我讨残羹剩饭吃的神吗？还是哪个迈着小碎步横跨大洋、一无是处的宁芙呢？"她又笑了起来，"他们见到第一颗獠牙就会尖叫着逃之夭夭的。他们受不得一点疼痛。他们跟我们不一样。"

这些话震惊到了我，好像原本她手上空空如也，可如今却突然亮出了尖刀似的。一阵恶心涌上我的喉咙。我往后退了退。

"我跟你不一样。"

有那么一瞬间，我在她的脸上看到了惊讶的表情。随后那表情就消失了，像海浪将沙滩冲刷一新。

"没错,"她说,"你跟我不一样。你和父王一样,既愚蠢又虚伪,对一切你们不了解的事物都置若罔闻。跟我说说,如果我不造怪物、不制毒药的话,你觉得会发生什么?米诺斯根本不想设立王后,他只想要一坨满脸堆笑的肉体,把她塞进罐子里一直交配到死。他很乐意将我永世囚于镣铐之中,他只要对自己的父亲开这个口就可以了。但他没有。因为他知道在此之前我会先对他做什么。"

我记得父亲曾这样评价米诺斯:他会保证她不做出格之事。"可父王不会任由米诺斯为所欲为的。"

她的笑声撕扯着我的耳膜。"只要能确保他宝贵的盟约不散,父王愿意亲手囚禁我。你就是个证明。宙斯怕极了巫术,想杀一儆百。父王之所以选择你,是因为你最没用。如今你被困在那座岛上,永远都别想离开了。我早该知道你对我毫无用处的。出去吧。出去,别再让我看到你了。"

我沿着长廊走了回去。我的脑海一片空白,怒火中烧,身上好像要蜕掉一层皮似的。每个声响,每个触碰,我脚下的石板路,窗外喷泉溅起的水花,都邪恶地挑动着我的神经。空气像海浪一样重重地压在我身上,刺痛着我。我感觉自己之于这个世界,像个陌生人一样。

当那人影从房门投下的阴影中窜出来时,我太麻木了,喊不出声来。我的手胡乱地翻腾着包里的药水,可这时,远处的火把照亮了他被兜帽遮住的脸。

他的声音是那么轻柔,只有神才听得到。"我一直在等你。如果需要我离开,你只要说一个字就可以了。"

我过了一会儿才缓过神来。我没想到他会这么大胆。但他当然大胆了。他是有史以来最伟大的艺术家、创作家、发明家。胆怯是什么都创造不出来的。

如果他早一些来，我会说什么呢？我不知道。但那时，他的声音就如同涂抹在我伤痕累累的皮肤上的香膏一般。我渴望他的双手，渴望他的一切，虽然他是个凡人，虽然他永远会离我如此遥远，永远会向死亡迈进。

"留下吧。"我说。

我们没有点蜡烛。黑黑的房间在经过一天的日晒后很温暖。床上覆盖着层层阴影。四下没有青蛙的鸣叫，没有鸟儿的啁啾，好像我们找到了静谧的宇宙中心。除了我们之外，一切都是静止的。

事后，我们偎依在彼此身边，夜风从我们的胳膊上拂过。我想把我和帕西法厄争吵的事告诉他，但又不想让她插足我们相处的时光。屋外，星光朦胧，一个仆人手举摇曳的火把从庭院中穿过。最开始的时候，我以为自己出现了幻觉：一阵微弱的颤动把房间震得直晃。

"你感觉到了吗？"

代达罗斯点了点头。"这几间屋子向来不够结实。灰泥墙上都有裂缝了。这种震颤最近来得越发频繁了。"

"那东西不会把笼子弄坏吧。"

"不会的，"他说，"除非震颤变得比这剧烈得多，"我们沉默了一会儿，随后他平静的声音穿透了黑暗，"秋收的时候，"他说，"等那个怪物长大以后，情况会有多糟？"

"一个月要断送十五条人命。"

我听到他深吸了一口气。"我每时每刻都能感觉到这件事压在我身上的重量,"他说,"那么多条人命。造这怪物时我出了力,可如今我却无法除掉它。"

我知道他所说的那种重量。他的手就放在我的手边。那手生满了老茧,但并不粗糙。黑暗中,我的手指在那上面摩挲,搜寻着微微光滑的斑块,那些斑块就是他的伤疤。

"你怎么承受得了呢?"他说。

我的眼睛发出了微光,在微光的照耀下,我看清了他的脸。我很惊讶地意识到他在等一个答案。很惊讶地意识到他竟然觉得我有答案。我想到了另一个昏暗的房间,和那房间里的另一个囚犯。他也曾是个工匠。他的知识就是文明的根基。过了这么长时间,普罗米修斯的话依然深深地扎根在我心里,伺机而动。

"尽可能地承受。"我说。

米诺斯用船很节省,既然那怪物已经被关了起来,他就让我候着,等方便的时候坐其他船走。"我的一个商贩会从埃阿亚附近路过。他过几天就启航了。到时候你跟他一起走吧。"

我没有再跟我妹妹见面,不过倒是从远处看见了她,那时她正被抬着去野餐、享乐。我也没有再见到阿里阿德涅,虽然我去她跳舞的地方找过了。我问某个侍卫能否带我去见她。我觉得他脸上的那抹坏笑不是我的幻觉。"王后明令禁止这样做。"

帕西法厄心胸狭窄,这是她的报复。我的脸上一阵灼痛,但我不会遂她的愿,让她知道她的残忍再次命中了要害。我在宫殿里四处闲逛,在石柱廊间、在小径和旷野上漫步。凡人从我身边经过,他们脸上带着桀骜不驯的表情,让人饶有兴致。每天晚上,代达罗斯都会偷偷叩响我的房门。我们时日不多，对此我们心知肚明，但这也让那段日子变得倍加甜蜜。

第四天，天刚刚破晓，侍卫们就来了。那时代达罗斯已经离开了——他希望伊卡洛斯睡醒的时候，自己人在家中。侍卫们身披紫色斗篷站在我面前，身体僵直地杵在那里，好像我会从他们中间突出重围、逃进山里去一样。我跟着他们走过粉刷一新的大殿，走下巨石台阶。代达罗斯正在混乱不堪的码头上等我。

"帕西法厄会惩罚你的。"我说。

"不会比现有的惩罚更重了，"他闪到一旁，腾出地方来让米诺斯回馈给我的那八只羊上船，"我发现国王还是一如既往的慷慨啊，"随后他往两个巨大的柳条箱的方向指了指，那两个箱子已经被搬到了甲板上，"我记得你喜欢给自己找点事情做。那是我自己设计的。"

"谢谢你，"我说，"我太荣幸了。"

"别这样，"他说，"我知道我们欠你什么。知道我欠你什么。"

我的喉咙一阵灼烧。我能感觉有很多双眼睛正盯着我们。我不想让他的处境变得更糟。"你可以替我跟阿里阿德涅道个别吗？"

"我会的。"他说。

我迈上船，举起了手。他也举起了手。我没有用痴心妄想蒙骗自己。我是个神，他是个凡人，而且我们两个都是阶下囚。但我将他的脸深深地印在了我的脑海中，就像印章深深地嵌入火漆之中，这样我就可以时刻将它放在心上了。

等我们消失在彼此的视线中后，我才打开那两只柳条箱。我真希望自己能早点打开它们，这样我就能好好感谢他了。一只柳条箱里装着各种未经染色的羊毛、纱线和亚麻，另一只里面装着我所见过的最美的织布机，是用抛光后的雪松做成的。

我至今依然保留着它。它矗立在我的壁炉边，甚至还被写进了诗歌里。也许这没什么好惊讶的，毕竟诗人就喜欢这样的对照：女巫喀耳刻擅长编咒语、织纺线，擅长施魔咒、展布艺。我算什么，怎么能破坏别人信手拈来的六音步诗行呢？若说我的布料有什么令人叹为观止的地方，那功劳应归属这台织布机，以及打造了这台织布机的那个凡人。即使已经过了这么多个世纪，它的接缝处依然坚实，当梭子穿过经纱的时候，雪松的香气依然会飘散到空气中。

在我离开后，代达罗斯的确造出了他所说的伟大迷宫——米诺斯迷宫。那迷宫的围墙挫败了米诺陶洛斯的怒火。一个秋收接一个秋收，蜿蜒回廊中的人骨已经及膝深了。宫殿里的侍从们说，如果你仔细听，能听到那怪物上蹿下跳、哐当作响的声音。与此同时，代达罗斯也没闲着。他用蜂蜡将两片木框粘在一起，又把自己从在克里特岛岸边觅食的海鸟身上搜集到的羽毛紧紧地贴在了上面。那些海鸟的羽翼是白色的，又宽又长。这些东西拼凑出了两副翅膀。他将一副翅膀捆在自己手臂上，将另一副捆在了他儿子的手臂上。他们站在克诺索斯海岸边最高的悬崖上，一跃而下。

大洋的气流接住了他们，助他们腾空而起。他们向东飞去，向着非洲和冉冉升起的太阳。伊卡洛斯欢呼了起来，那时他已经是个年轻的小伙子了，这是他第一次尝到自由的滋味。他父亲看着他俯冲、盘旋，高兴地笑了起来。那男孩被广袤的天空迷住了，越飞越高，烈日的热浪无情地拍打在他的肩膀上。他没有听到父亲正高声大喊着警告他。他没有注意到蜂蜡已经开始熔化。羽毛脱落了，他从天际坠落，淹没在了海浪中。

我为那个可爱男孩的死默哀，但我更为代达罗斯默哀。他继续顽强地振翅飞翔，身后拖着那让人绝望的悲伤。当然，这是赫耳墨斯告诉我的。说这些时，他抿着我的酒，脚搭在我的壁炉上。我闭上双眼，搜寻着代达罗斯的脸在我脑海中留下的印记。那时，我真希望我们生了个孩子，这样就能给他一些安慰了。但这是年轻时的无知想法：好像孩子不过是一袋袋粮食，可以相互替换似的。

在他儿子丧命后，代达罗斯也没有活太久。他的四肢变得苍白无力，所有力气都化成了灰烟。我无权将他视作至亲，对此我心知肚明。但在孤寂一生中，难得有几个瞬间，另一个灵魂在你的灵魂周围轻挑涟漪，像繁星一年一度与地球擦肩而过。他之于我，就是这样的星宿。

第十二章

米诺斯迷宫

为了躲避斯库拉,我们绕了很远的路回埃阿亚。总共花了十一天。苍穹笼罩在我们头顶,清澈又明亮。我凝视着令人目眩的海浪,和白得耀眼的骄阳。没人打扰我。当我从水手们身边经过时,他们会望向别处。我还看到他们将我碰过的一条绳子扔进了海里。这怪不得他们。他们在克诺索斯生活,巫术的威力早已深入我心。

到达埃阿亚后,他们尽职尽责地穿越森林,将织布机抬上山顶,放在了我的壁炉前。他们把那八只羊也领上了山。我为他们准备了酒水和食物,当然,他们没有接受。他们匆匆忙忙地回到了船上,用力划桨,迫不及待想赶紧消失在海平线上。我注视着他们,直到他们像被掐灭的火苗一样,噗,消失了。

狮子站在房门口对我怒目而视。它抽动着尾巴,好像在说:这种事最好别有下一次。

"我觉得不会再有了。"我说。

在见识过克诺索斯明媚又通透的凉亭后,我的房子就像一个温暖舒适的地洞。我在整洁的房间中穿梭，感受着那份沉默与静谧。除了我自己的脚步声之外，没有别人的脚步声在沙沙作响。我用手摩挲着每样东西的表面，摩挲着每个食品柜和每只杯子。它们一如既往。它们永远都会如此。

我走出房间，来到了花园。我把总是死而复生的杂草清除干净，种上了从狄克忒山带回来的花草。离开洒满月光的山谷后，它们看上去怪怪的，在我光彩炫目的花床里挤作一团。它们的哼鸣声似乎微弱了一些，颜色也淡却了一些。我没有想过也许它们的神力经不起移植的折腾。

之前在埃阿亚生活的那些年，我从没有因为自己被限制了自由而恼火。在经历过父亲的神殿之后，这座岛对我来说就是最狂野、最令人头晕目眩的自由。它的海滩、它的山峦全都满载魔力，向天际敞开怀抱。但看着那些不堪一击的繁花，我第一次真正感受到了流放的重量。如果它们死掉了，我就再也无草药可收了。我再也无法在狄克忒山哼鸣不止的山坡上漫步了。我再也无法从它银光闪闪的池塘中提取水露了。赫耳墨斯跟我提到过的所有地方——阿拉伯半岛、亚述古城、埃及——全都永远消逝了。

你永远都别想离开。我妹妹曾这样说。

我全身心投入到旧日子中，以示反抗。脑子里一冒出什么想做的事情，我就马上去做。我在海滩上高歌，还重新收拾了下花园；我呼来野猪，挠着它们满是鬃毛的后背；我为绵羊刷洗了身子；我还唤来了狼群，命它们趴在我的地板上大喘粗气。母狮对它们翻了翻白眼，但她表现得很得体，因为我规定所有动物都要和平相处。

每天晚上，我都到屋外去挖草药和根须。我脑子里冒出什么样的咒语，我就施什么咒，只是为了感受操纵它们的快感。白天，我采花、下厨。晚饭后，我便坐在代达罗斯的织布机前。我花了一段时间才把它摸索明白，因为它与我在众神的宫殿中见过的织布机都不相同。织布机前有个座位，而且纬纱是朝下的，不是朝上的。如果叫我外祖母看到了，她会用她的海蛇来跟我交换的——这台织布机织出的布料比她最棒的作品还要精致。代达罗斯的猜测是对的：我会喜欢关于它的一切，喜欢它的简约与灵动，喜欢木头散发出的清香，喜欢梭子的嘘声让四下更显静谧，喜欢纬纱层层叠摞时的心满意足。我想，这有一点像施咒，你的手必须时刻不停，头脑也必须保持警觉、摒除杂念。但我最喜欢的并不是织布机本身，而是做染料的过程。我会去寻找最漂亮的颜色——茜草根和藏红花，鲜红色的胭脂虫和大海中酒红色的骨螺——混以明矾粉末将它们牢牢锁定在羊毛中。我挤压、锤打它们，将它们浸泡在冒泡的大缸里，直到臭烘烘的液体泛起如鲜花般艳丽的泡沫：猩红色，番红花的金黄色，还有王子们穿戴的深紫色。如果我有雅典娜的手艺，我甚至会编织一张彩虹女神伊里斯从天际向人间播撒色彩的大挂毯。

但我不是雅典娜。简简单单的围巾，以及像宝石一样点缀我的座椅的斗篷和毯子已经让我心满意足了。我为我的狮子也披上了一件斗篷，还封她为腓尼基王后。她坐直了身子，脑袋扭来扭去，似乎是想炫耀在紫色的衬托下，她的皮毛是多么金光闪闪。

你永远都不会亲眼看到腓尼基。

我从椅凳上站起身来，强迫自己在岛上漫步，欣赏着时光流转带来的景致变化：水黾从池塘的水面上划过；石头在水流的冲刷下变得绿莹莹的，而且很光滑；蜜蜂满载花粉，从低空飞过。海湾里，密密麻麻的鱼群在水面扑腾，种子从荚中破壳而出。我的岩爱草，还有我从克里特岛带回来的百合花，到头来还是茁壮地成长了起来。看到了吗？我对我妹妹说。

是代达罗斯回答了我。狱舍再美，毕竟还是囚笼。

春去夏来，秋吐芬芳。如今，白天雾气缭绕，夜晚偶有风雨肆虐。凛冬很快就会到来，焕发出属于它自己的美：绿色的鹿食草叶在枯枝败叶中闪闪发光，高耸的松柏在金属色天空的映衬下如黑云压城。这里不像狄克忒山的山巅，天气从不会那么寒冷，但当我爬上山岩迎风而立时，我还是庆幸自己有了新斗篷。然而，不论我追寻着怎样的美景，不论我找到了怎样的乐趣，我妹妹的话都如影随形，讽刺着我，钻入我的骨髓和血液深处。

"你对巫术的看法是错的，"我对她说，"那不是因恨而生的。我是因为爱格劳科斯所以才施了自己的第一个咒语。"

我能听到她水貂般的声音，好像她就站在我面前似的。但那也是为了反抗父王，为了反抗所有那些瞧不起你、不想让你如愿以偿的人。

在父亲终于知道我的真实面目后，我看到了他的眼神。他在想：我真应该把她扼杀在襁褓之中。

没错。看看他们是怎么阻止母亲继续生育的吧。你没注意到她多么轻而易举就能把父王和姨母们玩弄于股掌之间吗？

我注意到了。那似乎已经超越了美貌，超越了她可能谙熟的床上功夫。"她很聪明。"

聪明！帕西法厄笑了出来。你总是低估她。如果她也有巫师的血统，我丝毫不会惊讶。我们施咒的能力不是从赫利俄斯那里继承来的。

我也好奇过这一点。

现在你后悔以前对她不敬了。你每天都在捧父王的臭脚，希望他能把母后抛在脑后。

我在山岩间踱步。我已经在世间行走了上百个世纪，可我对自己的理解依然如孩童一般。愤怒和悲伤，受挫的欲望，贪念和自怜——诸神对这些情绪了如指掌。但愧疚与羞耻，悔恨与矛盾，这对我辈来说无异于他乡，只能一砖一石慢慢积累。我不禁想起我妹妹的脸，想起当我告诉她我永远都不会跟她一样时，她脸上那种茫然的震惊。她以为呢？以为我们会飞鸟传书吗？以为我们会交流咒语，抵抗众神吗？以为我们终于能以我们的方式姐妹相待了吗？

我努力想象着那场景：我们的头偎依在一起，俯身摆弄着草药，她边笑边想出了某个聪明的招数。那时我希望——哎，我希望的事情多了，但都是不可能实现的。我希望我能早一点知道她的真实面目。希望我们是在别的什么地方长大的，而不是在那些亮晶晶的神殿里。也许我能削弱她的毒药的效力，让她不再虐待他人，教她如何采摘顶级的草药。

呵！她说。我才不要听你这种蠢货的教诲。你软弱又盲目，而且你是自甘堕落的，这就更糟了。你终究会后悔的。

当她惹人烦的时候，事情总会容易一些。"我不软弱。我也永远不会因为跟你不一样而后悔。你听见了吗？"

没有回答，这是当然的。只有空气吞噬着我的话。

赫耳墨斯回来了。我再也不认为他和帕西法厄串通一气了。炫耀自己的所知、嘲笑别人的无知只不过是他的天性。他懒洋洋地躺在我的银椅子上。"你觉得克里特岛怎么样？听说你玩得挺刺激的。"

我给了他食物和酒，那晚让他上了我的床。他和以前一样帅气，交欢的时候既热情又调皮。但如今，当我望着他的时候，我心里会涌起一阵恶心。上一秒我还在开怀大笑，下一秒他的笑话就会变得味同嚼蜡。当他伸手摸我的时候，我有种奇怪的错乱感。他的手完美无瑕，一道疤痕都没有。

当然，我的摇摆不定反而让他来了兴致。任何挑战都是一场游戏，任何游戏都有乐趣可寻。如果我爱他的话，他早就没影了，然而我对他的厌恶将他一次次地拉回我身边。他紧紧地搂住我，给我带来消息和礼物。我还没开口问，他就把关于米诺陶洛斯的一切从头到尾告诉了我。

我启程后，他说，米诺斯和帕西法厄的长子安德洛革俄斯造访了欧洲大陆，在雅典附近遇刺。那时，克里特岛的人因为每逢秋收就要让儿女送死而躁动不安，威胁要起义。米诺斯抓住了机会。作为对他痛失爱子的补偿，他要求雅典国王遣送七个少年、七个少女来满足那怪物的口腹之欲，否则克里特岛强大的海上舰队就将发动战争。担惊受怕的国王同意了，而在被选中的七个少年中，有一个是他的亲生骨肉忒修斯。

这个王子就是我从狄克忒山的池塘中看到的那个凡人。但我的神示没有告诉我一切：如果不是阿里阿德涅公主，他可能会断送性命。她爱上了他。为了救他的命，她偷了一把剑给他，还告诉他如何在迷宫中绕路，这是代达罗斯亲自传授给她的。然而，当他走出迷宫，手上沾满了那个怪物的鲜血时，她哭了，而且不是喜极而泣。

"听说，"赫耳墨斯说，"她对那怪物有一种异乎寻常的爱。她经常去它的笼子前，透过栅栏对它轻声细语，还会把自己的山珍海味拿给它吃。有一次她离得太近了，那东西的牙擦到了她的肩膀。她逃了出来，代达罗斯为她缝合了伤口。但那伤口在她脖子下面留下了一道疤，一道王冠形的疤。"

我想起了当她说出我弟弟这三个字时的表情。"她受罚了吗，在帮助忒修斯之后？"

"没有。那怪物死掉之后，她就跟忒修斯私奔了。忒修斯本来是要娶她的，但我弟弟想把她据为己有。你知道他对那些脚下生风的人都情有独钟。他要忒修斯将她留在某座岛上，他会去把她领走的。"

我知道他说的是哪个弟弟。司管葡萄藤蔓的酒神狄俄尼索斯。宙斯的儿子中属他恣意，凡人称呼他为解脱者，因为他能让他们忘掉忧愁。我想，至少跟狄俄尼索斯在一起后，她每晚都能跳舞了。

赫耳墨斯摇了摇头。"我弟弟来晚了。阿里阿德涅睡着了，阿耳忒弥斯趁机杀了她。"

他说得那么漫不经心，有那么一瞬间，我以为自己听错了。"什么！她死了？"

"我亲自带她去的冥界。"

那个身轻如燕、前程无量的姑娘啊。"为什么？"

"我没法让阿耳忒弥斯跟我说实话。你知道她的脾气有多暴躁。可能是因为某种难以理喻的傲慢吧。"他耸了耸肩。

我的巫术无力抵抗奥林匹斯神，这我知道。但在那个瞬间，我很想试试看。我想召唤自己的所有魔咒，想将我的意志附于世间万物之中，附于鸟兽之中，让它们去追杀阿耳忒弥斯，直到她真真正正尝到被通缉的滋味。

"行了，"赫耳墨斯说，"如果每死一个凡人你都要掉眼泪，一个月之内你就会把自己淹死的。"

"滚。"我说。

伊卡洛斯，代达罗斯，阿里阿德涅。他们都去了那阴暗之地，手无依凭,双脚踏空。如果我也在那里就好了,我想。但这又能改变什么呢?赫耳墨斯说的没错。每一刻凡人都在死去,死于海难与剑伤,死于野兽与蛮人,死于疾病、疏于照料与年老体衰。正如普罗米修斯所言,这是他们的命运,是他们共同讲述的故事。不论他们生前多么鲜活,不论他们多么优秀,不论他们缔造了怎样的奇迹,他们都会化为尘土与青烟。与此同时,每个无足轻重、一无是处的神都会继续吞噬明媚的空气,直到星辰都变得黯淡无光。

赫耳墨斯回来了,他一贯如此。我由着他这样做。当他金光闪闪地出现在我的客厅里时,我的海岸就显得不那么逼仄了,我的流放也不再那么沉甸甸地压在心头了。"告诉我新发生的事吧,"我说,"跟我讲讲克里特岛。米诺陶洛斯死后,帕西法厄还好吗?"

"有传言说她疯了。除了服丧的黑衣之外,现在她什么都不穿。"

"别傻了。她疯了只是因为这样对她有利。"我说。

"据说她诅咒了忒修斯,厄运降临到了他头上,而且一直跟着他。你听说他父亲是怎么死的了吗[1]?"

我不在乎忒修斯,我只想知道我妹妹的消息。在赫耳墨斯把故事一个接一个地讲给我听的时候,他一定在心里窃笑。他说帕西法厄禁止米诺斯与她同床,她唯一的乐趣是她的小女儿淮德拉[2]。说她常常在狄克忒山上出没,把整座山都挖了个遍,想找到新的毒药。我将只言片语都收集起来,像魔龙守卫着它的财宝。我发现自己在寻找着什么,虽然我说

---

[1] 忒修斯返程时忘了按照约定将黑帆换为白帆,他的父亲看到后以为自己的亲生骨肉已经丧命,于是投海自尽。
[2] 淮德拉后来成了忒修斯的第二任妻子。

不出具体在找什么。

像所有会讲故事的人一样,赫耳墨斯懂得要将最精彩的留到最后。一天晚上,他给我讲了帕西法厄刚结婚时在米诺斯身上动的手脚。米诺斯曾当着她的面,把自己喜欢的姑娘叫到卧室里来。于是她用咒语诅咒他,把他的精液变成了蛇蝎。只要他跟某个女人上床,它们就会在这个女人身体里把她活活蜇死。

我想起了曾听他们吵过的那场架。一百个姑娘,帕西法厄是这样说的。她们可能是侍女,是奴隶,是商人的女儿,她们中任何人的父亲都不敢对国王有丝毫怨言。她们所有人都因为无足轻重的寻欢作乐和报复而灰飞烟灭了。

我打发走了赫耳墨斯,史无前例地合上了百叶窗。任何人都会以为我在施很厉害的魔咒,但其实我没有碰任何草药。我感受到了一种如释重负的快感。这故事那么丑陋,那么古怪恶心,让人感觉像是发高烧了一样。如果我被困在了这座岛上,至少我不用跟她和所有像她一样的人共享这个世界。我在母狮身边踱着步,说:"都结束了。我不会再想他们的事了。我要把他们抛在脑后,再也不跟他们有任何瓜葛了。"

大猫叠起前爪,垫着自己的下巴,眼睛盯着地面。也许它知道什么,而我还蒙在鼓里。

第十三章

美狄亚

春回大地，我在朝向东边的山坡上采摘早春的草莓。那里的海风吹得很猛，水果的香甜气息中总带着一丝咸味。猪群发出了尖叫，于是我抬起了头。一艘船正穿越午后斜阳向我们驶来。那艘船逆风前行，但却并没有减速或绕之字。船在桨手们手中一往直前，像铆足了劲的离弦之箭。

我的胃翻腾起来。赫耳墨斯没有提醒我，我想不出这意味着什么。那艘船是迈锡尼风格的，艏饰像巨大无比，一定把船的吞吐量都改变了。描着黑边的双眼正在船身上冒着烟[1]。我在风中闻到了一股淡淡的怪味。我迟疑了一下，然后擦了擦手，下山朝海边走去。

那时船已经快要靠岸了，船头在海浪上投下的阴影细得像根针一样。我数了数，船上大概有三十多个人。当然，后世会有上千人声称他

---

[1] 古希腊人会在战船船首两侧描眼睛，其具体用意至今仍有争议，但多认为此举一是为了趋避邪灵，二是为了震慑敌船。

们在场，或编纂族谱追溯自己的血缘。这艘船上的人被称为他们那一代最伟大的英雄。他们勇往直前、坚定不移，已经驾驭了上百场疯狂的冒险。他们看上去当然配得上这头衔：既有贵族风范又人高马大，身着华丽的斗篷，留着浓密的头发，享用着自己国度的顶级资源长大成才。他们佩戴武器的样子，像大多数人穿衣服一样稀松平常。毫无疑问，他们还在摇篮中时就开始斗野猪、杀巨人了。

然而，站在围栏边的他们却面色苍白，紧张不已。现在那股怪味更浓了，空气沉甸甸的，船桅上似乎垂挂着一股让人寸步难行的重量。他们看到了我，但沉默不语，也没有向我打招呼。

锚扑通一声落入水中，接着船板落下。头上，海鸥正尖叫着盘旋飞翔。两个人从船上走了下来，他们挽着胳膊，低着头。其中一个是个男人，他身形魁梧，乌黑的头发在晚风中飘动。另一个——让我吃惊的是——是个女人，身材高挑，身上裹着黑衣，长长的头纱垂在身后。这两个人优雅地向我走来，毫不迟疑，好像他们是我请来的客人一样。他们跪在了我脚边，那个女人将双手举起，她的手指很长，上面没有任何饰物。她的头纱系得很严实，没有露出一缕头发。她毅然决然地低垂着下巴，藏起自己的脸。

"女神，"她说，"埃阿亚的女巫。我们是来向您请求援助的。"她的声音很小，但吐字清晰，带着某种律动，好像她经常唱歌似的，"我们逃离了滔天罪恶，可为了逃离，我们同样犯下了滔天罪恶。我们被玷污了。"

我能感觉得到。那股病态的气息加重了，它笼罩着一切，油腻又沉重。它被唤作毒雾。污染。它始自不洁的罪行，始自违逆神灵的行径和亵渎神灵的杀戮。米诺陶洛斯降生后，这股毒雾也曾纠缠着我，直到狄克忒山的水流为我净身。但如今这毒雾更强：它是一场散发着腐臭气味、无孔不入的瘟疫。

"您能帮帮我们吗？"她说。

"帮帮我们吧，伟大的女神，请您开恩。"那男人附和道。

他们要的不是魔力，而是我辈最古老的仪式。净化仪式。用烟气与祷告、血与水净化罪恶。我不可以盘问他们，不可以问他们犯下了什么罪行，如果他们的确有罪在身的话。我的任务仅仅是回答能或不能。

那男人不像他的同伴那样沉得住气。当他开口的时候，他的下巴微微扬起，使我得以一瞥他的真容。他很年轻，甚至比我想象得还要年轻，胡子还是毛茸茸的。他的皮肤因为日晒风吹而红通通的，但泛着健康的光泽。他很美——诗人们会说他像神一样美。但最打动我的，是他的凡人意志。尽管身负重担，但他依然不卑不亢，挺直了脖颈。

"起来吧，"我说，"来吧。我会尽力帮助你们的。"

我领着他们沿猪群踩出的小径上了山。他关切地用手抓住她的胳膊，好像是要扶稳她似的，可她一步都没有踉跄。如果非要比较的话，她的脚步比他更加坚定。而且她依然小心翼翼地低着头。

我将他们领进屋内。他们略过椅子，一言不发地跪在了石板地上。也许代达罗斯能为他们刻一座动人的雕像：谦卑。

我走向后门，猪群向我跑来，我将手放在了其中一头身上。那是一头不足半岁的小猪，洁净无瑕，未经玷污。如果我是个祭司，我会给它下药，以免它惊恐挣扎，扰乱仪式的进行。但在我手中，它像个熟睡的孩子一样瘫软了下去。我为它净身，系上了祭祀用的环带，还为它的脖子编了个花环。它全程都很安静，好像它知道正在发生什么，但却心甘情愿似的。

我将金盆放在地上，拿起了那把青铜刀。我没有祭坛。我不需要——我在哪里,哪里就是我的神殿。刀刃轻松划破了动物的喉咙。它蹬踹了一下,但只是一瞬间的事。我用力按住它,直到它的腿不再动弹为止,鲜红的血液涌入金盆之中。我一边焚烧芳香植物,一边唱着圣歌,用圣水沐浴着他们的手和脸。我感觉那股沉重感正逐渐褪去。空气变得清新了起来,油腻的味道也消散了。他们做祷告的时候,我将血水端了出去,泼在了某棵树皱巴巴的树根上。一会儿我会把那头猪宰掉,烧给他们吃。

"好了。"进屋后我对他们说。

他拾起我斗篷的衣角,将它贴在了唇边。"伟大的女神。"

但我注视的是她。我想看看她的脸,那张脸终于不用再谨小慎微地遮遮掩掩了。

她抬起头来。她的眼睛像火把一样明亮。她摘下头纱,露出了可以与克里特岛山峦间的艳阳媲美的秀发。她是个半神,是人性与神性的强劲结合。不止如此:她是我的血亲。除了赫利俄斯的直系后代,没人能有如此金灿灿的容颜。

"抱歉,我隐瞒了实情,"她说,"但我不能冒险让你把我赶走。我这一生一直都想认识你一下,所以更不能冒险了。"

她身上有种难以描述的特质,一种热忱,一股直窜脑海的热浪。我就知道她很美,她走起路来像众神的王后一般,但她美得很怪异,与我母亲或妹妹的美都不一样。拆开来看,她的五官并没有什么过人之处——她的鼻子太尖,下巴过于硬朗。但拼凑在一起后,它们却呈现出了焰心般的容颜。你无法将视线从她身上挪开。

她的眼睛紧紧地盯着我,好像要剥了我的皮似的。"你小时候和我父亲走得很近。关于他固执任性的女儿,我无从知晓他可能跟你透露了什么。"

她身上的那股劲头，那种笃定。哪怕只是通过她的肩型，我也应该一眼就认出她来的。

"你是埃厄忒斯的孩子。"我说，我在脑海中搜寻着赫耳墨斯曾告诉我的那个名字，"美狄亚，是不是？"

"你是我的姑妈喀耳刻。"

她长得很像她父亲，我心想。高挑的眉毛，锐利且坚定的目光。我没有再说什么，起身走进了厨房。我将盘子和面包放到托盘上，加了点芝士和橄榄，又放了些高脚杯和酒。先填饱客人的肚子，再满足主人的好奇心，这是规矩。

"好好吃一顿吧，"我说，"会有时间把事情的来龙去脉讲清楚的。"

她先伺候那男人吃喝，帮他把食物掰成易嚼的小块，敦促他一口一口吃下去。他狼吞虎咽，把她递过来的东西都吃光了。当我再次加满托盘的时候，他又吃了起来，英挺的下巴不紧不慢地咀嚼着。她吃得很少，眼睛低垂着，仿佛有什么秘而不宣的心事。

最后，男人终于将盘子推到了一边。"我叫伊阿宋，爱奥尔卡斯王国的正统继承人。我父亲是个品行高尚的国王，但他心肠太软。在我还是孩子的时候，我叔叔从他手里夺走了王位。叔叔说如果我能证明自己的价值，他就在我长大成人后将王位还给我——他要科尔喀斯的某位魔法师司管的金羊毛。"

我相信他是名副其实的王子。他说话的样子很像，口若悬河，沉浸在自己传奇经历的细枝末节中无法自拔。我试想他在牛奶喷泉和盘曲魔龙的层层包围中向埃厄忒斯下跪的样子。我弟弟会觉得他很蠢，还很自大。

"赫拉女王和宙斯大帝佑我成功。他们领着我找到了船，还帮我集结了船员。到达科尔喀斯后，我向国王埃厄忒斯进献珍宝，以换取金羊毛，但他拒绝了。他说只有在我为他完成一项任务之后，我才能得到羊毛。他要我为两头公牛套轭，还要我在一天之内耕种完一大片田野。我当然愿意了，而且马上就接受了任务。但——"

"但那是不可能完成的任务，"美狄亚的声音如流水一般，轻而易举地插了进来，"是让他无法得到金羊毛的计谋。我父亲没有放弃金羊毛的想法，因为那东西历史悠久，而且威力无穷。没有任何一个凡人，不论这个人多么英勇"——说着她转向伊阿宋，握住了他的手——"能单枪匹马完成那些任务。那些公牛是我父亲亲手用法力造出来的，由刀刃般锋利的青铜打造而成，还喷着烈火。就算伊阿宋为它们套上了轭，他需要播种的种子也是一个陷阱。它们会变成斗士，拔地而起将他杀死。"

她深情款款地凝望着伊阿宋的脸。我开口了，主要是为了让她回过神来，而不是别的什么。

"所以你动了点手脚。"我说。

伊阿宋不喜欢这样。他可是伟大的黄金时代的英雄，动手脚是懦夫所为。那些人骨气不足，无从展现真正的神勇。美狄亚趁他皱眉头时赶紧开了口。

"我的心上人原本拒绝了所有帮助，"她说，"但我坚持，我无法眼睁睁地看着他遭遇危险。"

这让他缓和了一些。这个故事更讨人欢心：公主拜倒在他脚下，抛弃自己残暴的父亲与他相恋。她在夜深人静时悄悄造访他，她的脸是唯一的光亮。谁拒绝得了呢？

但如今她却埋起了脸，对着自己紧握的双手喃喃低语。

"我对你和我父亲熟知的那些技艺略知一二。我熬制了一剂简单的药水，保护伊阿宋的肉身免受公牛喷出的烈火的伤害。"

在知道了她的身份之后，她的温顺谦卑就显得很荒唐，好像一只雄鹰弓着身子，想要把自己塞进麻雀窝里似的。她说那药水简单？我从没想过凡人能施任何魔法，更别提这么强大的咒语了。但伊阿宋又开口了，没完没了的——套轭，耕地。

当斗士拔地而起时，他说，他已经掌握了制服他们的秘诀，这秘诀是美狄亚告诉他的。他需要往他们中间扔一块石头，这样一来，怒火攻心的他们就会互相残杀。他照做了，可埃厄忒斯还是不肯放弃金羊毛。他说伊阿宋得先击败守卫金羊毛的那条不死魔龙才行。美狄亚调制了另一剂药水，迷晕了那条蠕虫。他带着宝物和美狄亚一起逃回了船上——他的道德感永远都不会允许他抛弃一个无辜的少女，任由她被如此邪恶的暴君摆布。

在他的脑海中，他已经在给王公大臣、惊讶不已的权贵和几近昏厥的少女们讲述这个故事了。他没有感谢美狄亚的帮助。他几乎都不看她。好像一个半神处处为他排忧解难是他应得的一样。

她一定感觉到了我的不悦，因为她开口了。"他的确为人高尚，因为他当晚就在船上娶我为妻了，尽管我父亲的手下还在追杀我们。等他夺回爱奥尔卡斯的王位以后，我就是他的王后。"

也许是我多心了，但听到这句话时，伊阿宋的脸色是不是难看了一些？接下来是一阵沉默。

"我从你们手上清洗掉的血是怎么回事？"我问道。

"嗯，"她温柔地说，"我正要说这个事。我父亲气疯了。他开始追击我们，用巫术为自己的船帆鼓风。到了早上的时候，他已经离我们非常近了。我知道我的咒语是挡不住他的。不论我们的船受到了怎样的庇佑，我们都无法将他甩开。我只剩下一个希望了：我弟弟，逃命时我将他带在了身边。他是我父亲的继承人，我本想用他作人质来换我们平安。但当我看到父亲站在船头，越过海面高声诅咒我们的时候，我就知道这招无法奏效。杀气明明白白写在他的脸上。除了我们的灭亡之外，其他一切都不会令他满意的。他对着空气念出咒语，然后举起权杖，让它们降临在我们头上。我感觉一阵巨大的恐惧流遍全身。我不是为自己恐惧，而是为无辜的伊阿宋和他的手下。"

她看着伊阿宋，可伊阿宋却将脸扭向了壁炉。

"那一刻——我形容不上来。我突然疯掉了。我一把抓住伊阿宋，命令他杀掉我弟弟。然后我肢解了尸体，把它丢入海浪之中。我父亲已经气疯了，但我知道他不得不停下来，妥善地安葬我弟弟。等我的疯劲过去之后，海面上空空如也。我以为一切只是一场梦，直到我看到自己的手上沾满了我弟弟的鲜血。"

她将手伸到我面前，好像是要证明自己所言不虚一样。她的手干干净净的。我已经把它们清理干净了。

伊阿宋的脸色灰沉沉的，像粗铅一样。

"夫君，"她说，他惊了一下，虽然她的嗓音并不大，"你的酒杯空了。我帮你斟满吧？"她站起身来，拿着高脚杯走向了盛得满满当当的酒碗。伊阿宋没有看她。如果我自己不是女巫的话，我也不会注意到一个细节：她将一撮药粉撒入酒中，还低声说了句什么。

"来吧，亲爱的。"她说。

她的语气像是母亲在哄孩子一样。他接过酒，喝了下去。当他的头开始后仰，酒杯马上要脱手的时候，她接住了杯子。她小心翼翼地将杯子放在桌子上，然后再次落座。

"你明白的，"她说，"这对他来说太难了。他很自责。"

"你根本没疯。"我说。

"是的，"她的金色眼眸刺穿了我，"可有人说恋爱中的人都是疯子。"

"如果我事先知道，我不会举行那个仪式。"

她点了点头。"你和大多数神都不会。也许这就是为什么祈求者不得被盘问。如果我们的真实想法被揭穿，我们中还有几个能得到宽恕呢？"

她脱下黑斗篷，将它搭在了身旁的椅子上。她在斗篷里面穿了条天青石色的裙子，腰间绑着一条细细的银色腰带。

"你毫无忏悔之意吗？"

"也许我可以大哭一场，揉揉眼睛讨你欢心，但我不想活得如此虚伪。如果我不采取行动的话，我父亲会把整条船都毁掉的。我弟弟是个战士。他牺牲了自己，赢下了战争。"

"他可没有牺牲自己。是你谋杀了他。"

"我给了他一剂药水，没有让他受罪。这比大多数人的遭遇强多了。"

"他可是你的血亲。"

她目光炯炯，明亮得像夜空中的一颗流星。"人命有贵贱之分吗？我从不这样认为。"

"他不是非死不可。你可以带着金羊毛自首，回到你父亲身边。"

她脸上一闪而过的表情啊。千真万确，那表情像一颗流星，像一颗突然撞向地面、将一切化为灰烬的流星。

"我会被逼眼睁睁地看着我父亲将伊阿宋和他的手下大卸八块的，然后自己再被酷刑折磨。我不认为这是个选择，请多包涵。"

她看到了我脸上的表情。

"你不相信我说的话？"

"你所说的关于我弟弟的事情，都让我感到很陌生。"

"那我就给你介绍介绍这个人吧。你知道我父亲最喜欢什么运动吗？凡人常常会造访我们的小岛，想在邪恶的魔法师面前证明自己的实力。我父亲喜欢把船长放进他的龙群之中，看着他们狂奔。至于船员，他会将他们囚禁起来，剥夺他们的心智，他们会像石头一样没了意志。

为了讨客人欢心，我曾见父亲点燃火把，将它举在某个人的胳膊上烧。那个奴隶一动不动地站在原地，浑身燃火，直到我父亲饶了他为止。我甚至好奇他们究竟是不是一具空壳，还是说其实他们明白正在自己身上发生的事，内心在尖叫。如果我父亲抓到了我，我就能知道真相了，因为他会这样对付我的。"

这不是她跟伊阿宋说话时的语气，没有甜得发腻。也不是她让人眼前一亮的自信语气。每个字都像斧头一样阴暗，既沉重又无情，每一次暴击都沥干了我的血液。

"他肯定不会伤害自己的亲生骨肉。"

她对此嗤之以鼻。"他不拿我当骨肉。我随他处置，像他的种子斗士和火牛一样。像我母亲一样，我母亲刚给他生了个儿子，就被他杀死了。也许如果我不会巫术的话，情况会大不相同。十岁的时候，我已经能在蛇窝中驯服蝰蛇；我动动嘴就能杀死羔羊，再动动嘴就能让它们起死回生。为此他惩罚了我。他说这样就没人要我了，但实际上，他只是不想让我把他的秘密泄露给我的夫君罢了。"

我听到了帕西法厄的声音，好像她就在我耳边低语似的：埃厄忒斯这辈子从没喜欢过女人。

"他最大的心愿就是拿我去跟某个和他一样会法术的神交换，换一些奇珍异宝般的毒药回来。可除了他哥哥珀耳塞斯之外，这样的人找不出第二个，所以他把我进献给了他。我每晚都祈祷那禽兽不会想要我。后来他从苏美尔绑了个女神给自己当妻子。"

我想起了赫耳墨斯跟我讲过的故事：珀耳塞斯和他横尸遍野的宫殿。想起了帕西法厄曾说，你知道为了哄他开心我费了多大力吗？

"好奇怪，"我说，但这几个字即使在我听来也没有底气，"埃厄忒斯一直很讨厌珀耳塞斯。"

"现在不是了。如今他们是最亲密的朋友,珀耳塞斯来做客的时候,他们什么都不聊,只聊如何起死回生,以及如何扳倒奥林匹斯神。"

我一阵木然,像冬日的旷野一样荒凉。"这些伊阿宋都知道吗?"

"他当然不知道了,你疯了吗?不然每次他看我的时候,都会想起毒药和燃烧的肉体的。男人希望自己的妻子像新长出来的草叶,新鲜又水嫩。"

她没有见到伊阿宋退缩吗?还是说她不想看?他已经在躲你了。

她站起身来,裙子像卷曲的海浪般明亮。"我父亲还在追杀我们。我们必须立刻动身,继续往爱奥尔卡斯赶路。他们拥有一支就连我父亲也无法匹敌的军队,因为赫拉女神与他们并肩作战。他会被迫折返的。然后伊阿宋就能称王了,而我将会成为王后,伴他左右。"

她的脸热情洋溢。她说每一个字的语气,都好像那是奠定她未来的基石一样。可在我眼中,她第一次看上去仿佛命悬一线,走投无路,已经快要撑不住了。她很年轻,比格劳科斯与我初次见面时还要年轻。

我看了看被下药的伊阿宋,他的嘴还张着。"你确定他值得吗?"

"你的意思是他不爱我吗?"她的语气立刻尖锐了起来。

"他还是个没长大的孩子,而且是个彻头彻尾的凡人。他理解不了你的身世,也理解不了你的巫术。"

"他不需要理解。现在我们已经结为夫妻了,我会为他生孩子,他会把这一切当作高烧时做的梦的。我会好好当他的妻子,我们会繁荣昌盛的。"

我将手指搭在她的胳膊上。她身上冰凉,好像在风中走了很久似的。

"侄女,恐怕你没有把一切都看清。爱奥尔卡斯人对你的接受度,跟你想象的也许不一样。"

她皱起眉头,将胳膊抽开了。"你是什么意思?为什么会不一样呢？我是位公主，配得上伊阿宋。"

"你是异乡人。"突然间，我把一切都看得清清楚楚，好像它们是铺陈在我面前的画卷一样。烦躁不安的权贵们在家乡等着伊阿宋归来，每个人都用尽心计，想把自己的女儿许配给这位新晋英雄，好分得他的荣光。美狄亚会是他们达成的唯一一个共识。"他们会憎恨你的。更糟糕的是，他们会对你起疑心，因为你是魔法师的女儿，自己也是个女巫。你只在科尔喀斯生活过，不知道凡人有多么害怕法魔客。他们会想方设法陷害你。你帮过伊阿宋没有用。他们会将这件事抛在脑后，或者用它来对付你，证明你有妖气。"

她盯着我，但我没有住口。我的话语翻涌而出，字字铿锵。"你在那里是不会有安全感的，也不得安宁。但你依然可以摆脱你父亲的魔掌。我无法抹消他的暴行，但我可以保证它们不再继续纠缠你。他曾说巫术是无法传授的。他错了。他没有将他知道的传授给你，但我会把我知道的一切都告诉你。等他找到这里来的时候，我们可以联手将他驱逐出去。"

她沉默了好一会儿。"伊阿宋怎么办？"

"让他当他的英雄去吧。你有别的路要走。"

"什么路呢？"

在我的脑海中，我已经能看到我们两个联手的样子了：我们一起俯身摆弄着紫色的乌头花，和黑色的魔莉根须。我会把她从血迹斑斑的过往中拯救出来的。

"女巫的路，"我说，"威力无边。除了自己之外，不受任何人摆布。"

"我知道了，"她说，"像你一样？一个可怜的流放者，浑身散发着孤独的臭气？"她看到了我脸上震惊的神情，"怎么，你以为你周围全是猫和猪什么的，就骗得了别人了吗？我们认识还不到一个下午，你就饥不择食地想要留住我了。你声称想要帮助我，但你真正想要帮助的是谁呢？'啊，侄女，我最亲爱的侄女啊！我们会成为最好的朋友，一起并肩施法！我会把你留在身边，这样就能填满我膝下无子的日子了。'"她撇了撇嘴，"我才不会让自己活活遭这种罪呢。"

在此之前，我只是觉得有点燥。那段日子我只是有点燥而已，还有一点悲伤。她却将我彻底扒光，如今我在她的眼神中看到了自己的模样：一个愤愤不平、惨遭遗弃的老太婆，一只盘算着如何吸光她生命的毒蜘蛛。

我起身面对着她，脸热辣辣地疼。"这总比嫁给伊阿宋好。你没有看到他多战战兢兢吗？他已经在躲你了。你们这才哪到哪儿，结婚有三天吗？一年以后他会怎么做？他只爱他自己——你不过是个权宜之计。到了爱奥尔卡斯之后，你的地位如何，取决于他对你是否有好感。当他的臣民开始哭号，说你弟弟遭谋杀一事为他们的国家招致了诅咒的时候，你觉得他的好感还能维持多久呢？"

她攥紧了拳头。"没人会知道我弟弟的死。我已经让船员发毒誓封口了。"

"这样的秘密是保不住的。如果你当时不那么幼稚的话，你就会明白的。那些人一到你听不到的地方，就会开始传闲话。一天的工夫，全国上下都会知道这件事。他们会不停地摇晃你那个颤颤巍巍的伊阿宋，直到他垮掉为止。'伟大的国王啊，那男孩的死不怪你。都怪那个妖女，那个异乡的女巫。她曾把自己的血亲大卸八块，这会儿又在酝酿什么更恶毒的事情呢？把她驱逐出去，净化我们的国土，找个更好的人取代她的位置吧。'"

"伊阿宋才不会听这样的诽谤！是我亲手将金羊毛递给他的！他爱我！"她牢牢地站在原地，怒发冲冠，耀眼又叛逆。我泼的所有冷水反而激怒了她。当我的外祖母对我说"这是两码事"的时候,我在她眼里一定也是这个样子。

"美狄亚,"我说,"听我说。你还年轻,爱奥尔卡斯会催人老的。那里对你来说不安全。"

"每一天都在催人老,"她说,"我没有你那么多年岁可浪费。至于安全,我不需要。不过就是更多的枷锁罢了。如果他们有胆,就让他们冲我来吧。他们永远都别想把伊阿宋从我身边抢走。我有神力,而且我会动用这些神力。"

每当她提起他的名字时,一股如猎鹰般猛烈的爱意都会从她眼中一闪而过。她已经将他紧紧攥在了手中,会攥到他死为止。

"如果你企图阻挠我,"她说,"我会与你斗争到底。"

她的确会的,我想。虽然我是个神,而她是个凡人。她会与全世界斗争到底的。

伊阿宋动弹了一下。咒语的效力正在减弱。

"侄女,"我说,"我不会强扭你的意愿。但万一你——"

"不,"她说,"我不会再接受你的任何帮助了。"

她领着伊阿宋走到海边。他们没有停下来休息或吃点东西,他们也没有等到黎明。他们起锚,向黑暗中驶去,照亮前路的只有朦胧的月色,和美狄亚坚定的金色目光。我藏在树林中,这样她就不会发现我在看她,不会把这件事也当作笑柄了。但我根本不用费心。她没有回头。

海滩上,沙子凉凉的,我身上点缀着点点星光。海浪正忙着冲刷掉他们的足迹。我闭上眼睛,任由海风游走全身,带来海水与海草的气息。头顶之上,我感到星宿正在遥远的轨道上流转。我在那里等了很久,侧耳聆听,将我的思绪投入海浪之中。我什么都没有听到,没有划桨的声音,没有风吹船帆的响动,没有乘风而来的人语。但我知道他何时会来。我睁开了眼睛。

一艘船驶入了我的港湾，弯弯的撞角劈开了波浪。他站在船首，破晓的天色勾勒着他金色面庞的轮廓。我心中涌起一阵喜悦，它是那么古老、那么锋利，让人一阵心痛。我弟弟来了。

他抬起手，船停了下来，一动不动地悬浮在海浪中。

"喀耳刻，"他隔着海面对我大喊，他的声音响彻半空，像敲击在铜器上一样，"我女儿来过这里。"

"是的，"我说，"她来过。"

心满意足的表情让他的脸上熠熠发光。当他还是小婴儿的时候，他的头在我看来就像水晶一样脆弱。我曾趁他熟睡的时候，用指头摸索他的骨骼。

"我就知道她会来这里的。她走投无路了。她想束缚住我，但却束缚了她自己的手脚。她杀害了她自己的血亲，这会一辈子跟着她，阴魂不散的。"

"我为你儿子的死默哀。"我说。

"她会为此付出代价的，"他说，"把她带出来。"

树林在我身后安静了下来。所有动物都匍匐在地上，一动不动。小时候，他喜欢将头靠在我的肩膀上，看着海鸥俯冲下来抓鱼吃。那时，他的笑声像晨光一样明朗。

"我见到代达罗斯了。"我说。

他皱起了眉头。"代达罗斯？他已经死了很多年了。美狄亚在哪？把她交出来。"

"她不在这里。"我说。

我觉得，就算我把整片大海都变成了石头，他也不会比现在更加震惊。狐疑和愤怒的表情从他脸上迸射开来。

"你把她放走了?"

"她不想留下。"

"不想留下?她是个犯人,还是个叛徒!帮我扣下她是你的责任!"

我以前从没见他发过这么大的火。我以前从没见他发过火。即便如此,他的面孔依然很美,像风暴中高擎的浪尖。求他原谅我还来得及,现在为时不晚。我可以说是她蒙骗了我。我这个姐姐很白痴,总是太轻易相信别人,总是无法看到世界的缝隙。然后他会上岸来,我们就会——但我的想象力无法继续下去了。在他身后,他的手下坐在船桨边,直勾勾地盯着前方。他们纹丝不动,连赶苍蝇或挠痒痒都没有。他们面孔松弛,表情呆滞,胳膊上覆满了伤疤和痂。那是曾被烧伤的地方。

我很久以前就已经失去他了。

空气在我们周围噼啪作响。"你听到了吗?"他大喊道,"我就该惩罚你。"

"不,"我说,"在科尔喀斯你可以为所欲为。但这里是埃阿亚。"

他的脸上再次闪过实打实的震惊。他的嘴扭曲得变了形。"你竟然袖手旁观。我终究会抓到她的。"

"也许吧。但我觉得她不会乖乖就范的。她跟你很像,埃厄忒斯,有其父必有其女。她必须与这一点和解,看来你也一样。"

他冷笑了一声,然后转过身去抬起了手臂。水手们整齐划一地划起了桨。船桨抽打着水面,将他带离了我身边。

第十四章

猪

屋外已经飘起了冬雨。我的母狮产了崽,幼崽们笨手笨脚的,用新生的爪子在壁炉前摸爬滚打。我笑不出来。我脚下的大地似乎带上了回音。举头之处,苍穹伸出空空如也的双手。

我等着赫耳墨斯出现,这样我就能问问他美狄亚和伊阿宋怎么样了。但他似乎总能知道我什么时候需要他,于是躲得远远的。我试着织布,但我的思绪像是被针扎了一样。在美狄亚挑明了我的孤独之后,那孤独感便像蜘蛛网一样攀附着一切,四处垂荡。我在海边奔跑,气喘吁吁地沿着林中小径上上下下,想把它从我身上甩掉。我在脑海中反复过滤着关于埃厄忒斯的记忆,所有那些我们相依为伴的时光。之前那股令人作呕的感觉回来了:这一生中,我无时无刻不是个傻瓜。

我提醒自己,我可是帮助过普罗米修斯的。但这话即使在我听来也很可悲。我对那几分钟的时光念念不忘,好像是要用残破不全的毯子为自己御寒一样。我还能靠它坚持多久呢?当时我做了什么已经不重要了。普罗米修斯在他的悬崖上,而我在这里。

日子过得很慢，像花瓣从盛放的玫瑰花上逐片凋零。我紧紧抱住雪松织布机，让自己闻着它的香气。我努力回想自己的指尖触碰代达罗斯的伤疤时的感觉，但那些回忆如空中楼阁，早已随风飘散了。总有人会来的，我想。世界上有那么多船，那么多人。一定会有人来的。我盯着海平线，直到视线都模糊了。我希望能看到一撮渔民，看到某条货船，甚至看到一场海难也行。但什么都没有。

我把脸埋进母狮的皮毛之中。肯定有什么神妙的技巧，能让时间过得快一些。让时间不知不觉地流逝，让我沉睡几年，这样当我再次醒来时，世界将会焕然一新。我闭上了眼睛。窗外，我听到蜜蜂正在花园中吟唱。母狮的尾巴抽打着石板地。天长地久之后，我睁开了眼睛，影子连动都没有动一下。

她正俯身看着我，皱着眉头。她留着乌黑的长发，拥有深色的眼眸，胳膊肉乎乎的，脑袋像夜莺的胸膛一样小巧。一股熟悉的味道从她身上飘来。是玫瑰精油与我外祖父的大洋河混合而成的味道。

"我是来服侍你的。"她说。

我正在椅子上打盹。我迷迷糊糊地抬起头望着她，觉得她肯定是个幽灵，是我太孤独憋出来的幻觉。"什么？"

她皱了皱鼻子。很明显，她的所有谦卑都被刚才那几个字耗尽了。"我叫阿尔克，"她说，"这里难道不是埃阿亚吗？你难道不是赫利俄斯的女儿吗？"

"我是。"

"我是被判来服侍你的。"

我感觉自己好像在做梦。慢慢地，我站起身来。"被判？谁判的？

我没听说这件事。说说看，是哪位神灵派你来的？"

那伊阿得斯们藏不住自己的感受，就像水面藏不住涟漪。不论她曾怎样预设事态发展，都不是如今这样。"是至高的神灵派我来的。"

"宙斯？"

"不是，"她说，"是我父亲。"

"你父亲是谁？"

她提了伯罗奔尼撒地区某个不起眼的河神的名字。我听说过他，也许还见过他，但他从未出现在我父亲的神殿中。

"为什么把你派到我这里来？"

她看我的样子，好像我是她所见识过的极品傻瓜一样。"你是赫利俄斯的女儿。"

我怎么能忘了次等神灵的心思呢？他们孤注一掷，想抓住任何对自己有利的机会。即便我蒙了羞，但我身体里依然流淌着太阳神的鲜血，这使得我成为了一个称心如意的女主人。说真的，对于她父亲这种级别的神来说，我的蒙羞反倒是一种鼓舞。我的身份被降得足够低，他有胆高攀了。

"你为什么受罚？"

"我爱上了一个凡人，"她说，"一个品德高尚的牧羊人。我父亲不同意，如今我必须服一年的刑。"

我端详着她。她的腰杆挺得直直的，目光也没有低垂。她没有表现出害怕，她不怕我，也不怕我的狼和狮子。尽管她父亲不欣赏她。

"坐吧，"我说，"别客气。"

她坐了下来，但却噘着嘴，好像吞了一颗生橄榄似的。她嫌弃地环顾了下四周。当我给她拿食物的时候，她将头扭向一旁，像个在生闷气的小孩子。当我试着跟她聊天的时候，她抱着胳膊，噘着嘴。只有当她表达不满的时候,她才会开口:她对炉子上咕嘟冒泡的染料的气味不满,对地毯上的狮子毛不满,甚至对代达罗斯的织布机也不满。虽然她郑重声明是来服侍我的,但没有主动端过一个盘子。

没必要大惊小怪,我对自己说。她是个宁芙,也就是一口干枯的水井。"那你就回家吧,"我说,"如果你这么痛苦的话。我释放你了。"

"你释放不了我。是至高的神灵给我下的命令。在这件事上你无能为力。我要在这里待满一年。"

她本该沮丧,却露出了得意洋洋的笑容,好像正面对一群观众炫耀自己的胜利一样。我看着她。当她提到神灵流放了她的时候,她没有表现出愤怒,也没有表现出哀伤。她觉得他们的权威是天经地义的,无法抵抗,像天体的运行一样。我跟她一样,也是个宁芙,也遭遇了流放。我父亲的地位更高一些,没错,但我没有夫君,而且手指头脏兮兮的,发型也很古怪。她觉得这让我和她平起平坐了。所以她会和我斗争到底。

你这是在犯傻。我不是你的敌人,摆臭脸也不是真本事。他们驯服了你,让你以为——但就在这些话脱口而出的时候,我又把它们憋了回去。对她说这些无异于夏虫语冰。她不会明白,一千年以后也不会明白。我也受够了教化别人。

我向前倾了倾身子,用她听得懂的语言对她说:"阿尔克,接下来是这样的。别让我听见你的声音。别让我闻见你身上的玫瑰精油味,或在我的房子里看见你的头发。你自己喂饱自己,自己照顾自己。如果你敢给我多添一刻的乱子,我就把你变成一条泥鳅,扔进海里喂鱼。"

她的笑容消失了。她的脸变得煞白,用手捂住嘴巴逃走了。在此之后,她照我说的,一个人独来独往。但风言风语已经在诸神间传开了,说埃阿亚是个好地方,适合把不听管教的女儿打发过去。一个逃婚的得律阿德斯来了。两个被从山区流放、面如磐石的俄瑞阿得斯接踵而至。

如今，每当我想施法的时候，我耳畔全是叮当作响的手镯声。当我在织布机上织布的时候，她们从我的余光中闪进闪出。她们窃窃私语，从每个角落里塞窣而出。每当我想游泳的时候，总有人神情忧郁地趴在池塘边。当我经过的时候，她们的窃笑声拍打着我的脚跟。我不想再过那样的日子了。在埃阿亚不行。

我来到一片林中空地，呼唤着赫耳墨斯。他来了，脸上已经堆满了笑。"怎么样？新来的侍女合你的心意吗？"

"不合，"我说，"你去我父亲那里一趟，看看怎么把她们打发走。"

我本担心他可能会拒绝替人跑腿，但这对于他来说太有意思了，他是不会错过的。当他回来时，他说："你以为呢？你父亲高兴坏了。他说次等神灵服侍他的高贵血脉是天经地义的事。他会鼓励更多父亲把女儿送来。"

"不行，"我说，"我不会再收了。告诉我父亲。"

"犯人一般无权谈条件。"

我的脸热辣辣的疼，但我不会傻到表现出来。"告诉我父亲，如果她们不走，我会对她们做一些可怕的事情。我会把她们变成老鼠的。"

"我觉得宙斯不会喜欢这主意。你不是已经因为残害近亲而被流放了吗？你应该小心被加刑才是。"

"你可以替我说话。努力说服他。"

他乌黑的眼眸亮晶晶的。"恐怕我只是个送信的。"

"求你了，"我说，"我不想让她们待在这里，真的。我不是在逗你笑。"

"是的，"他说，"你不是在逗我笑。你是在让我更无聊。发挥一下想象力，她们肯定能派上点用场。让她们给你侍寝。"

"这太荒唐了，"我说，"她们会尖叫着跑开的。"

"宁芙永远都是这样，"他说，"但我告诉你一个秘密：在逃跑这件事上她们特别蹩脚。"

在奥林匹斯山的宴会上,这样的笑话会引发哄堂大笑。这会儿赫耳墨斯正等着,像山羊一样咧着嘴。但我只感受到了冰冷的盛怒。

"我受够你了,"我说,"很久以前就受够了。别再让我看见你了。"

如果非要说些什么的话,他笑得反而更开了。他消失了,再也没有回来。这不是出于顺从。他也受够了我,因为我犯下了惹他无聊这项不可饶恕的罪过。我能想象得出他正怎样讲述着我的故事,说我不懂幽默,一点就着,而且浑身散发着猪臭味。时不时地,我能感觉到他就在我视线之外,在群山中找寻着我的宁芙,让她们红着脸、笑哈哈地跑回来,为伟大的奥林匹斯神宠幸了她们而忘乎所以。他似乎以为我会因为嫉妒和孤独变得失心疯,真的把她们变成老鼠。他已经往来了我的岛屿一百年。可在那么长的时间里,除了自己的享乐之外,他什么都不曾上心过。

宁芙们留了下来。当她们服刑期满后,其他宁芙会来取代她们的位置。有时岛上会有四个宁芙,有时会有六七个。当我经过时,她们会颤抖,躲躲闪闪地管我叫主人,但这没有任何意义。我是被架到这个位置上的。只要我父亲一时兴起,发个话,我所有自吹自擂的权力都会烟消云散。甚至都不用我父亲开口:随便一个河神都有权占据我的岛屿,而我根本阻止不了他。

宁芙们在我身边飘来荡去。她们憋住的笑声一直飘荡到客厅。至少,我对自己说,来的不是她们的兄弟,那些人会夸夸其谈、打架斗殴,还会把我的狼当猎物打。当然了,这向来不构成真正的威胁。儿子们是不会受罚的。

我坐在壁炉前,隔着窗户看着星辰流转。我觉得很冷,像冬天的花园一样冷,深深地沉眠于地下。我念起了咒语。我唱歌、畜牧、在织布机上忙碌,但仿佛一切都如蝼蚁般渺小。这座岛从不需要我的耕耘。不论我做了什么，它都欣欣向荣。绵羊生生不息，自由自在地游荡。它们在草地上漫步，用呆呆的脸把小狼崽拱到一边。我的母狮待在屋里的壁炉边，嘴上沾着白色的皮毛。它的子孙已经有了自己的子孙，它走起路来腰腿都在颤抖。它至少已经陪我生活了一百年，在我身边踱步，依靠我铿锵有力的神性脉搏延续着自己的寿命。这段时间对我而言恍若十载。我以为它还会陪我度过很多很多年，但某天早上我醒来的时候，我发现它躺在床上的身躯冷冰冰的。我盯着它一动不动的躯体，因为难以相信眼前的景象而头脑迟钝。当我摇晃它的时候，一只苍蝇嗡嗡地飞走了。我撬开它僵硬的嘴，把草药强行灌进它的喉咙里，念了一个又一个咒语。它依旧躺在那里，所有金光闪闪的威力都变得黯淡无光。也许埃厄忒斯能让它起死回生，或者美狄亚也行。但我不行。

我亲手搭了火葬用的柴堆。那是用雪松堆成的，还有紫衫，以及我亲手砍伐的花楸木，斧头砍过的地方还溅着白色的木髓。我抬不动它，于是就用平时围在她脖子上的紫布做了个橇。我拉着它穿过客厅，穿过被它的大肉垫打磨光滑的石板地面。我将它拽上柴堆顶端，点燃了火焰。那天没有风，火焰蔓延得很慢。过了一整个下午，她的皮毛才被熏黑，长长的黄色身体才被烧成灰烬。凡人的阴曹地府第一次让人感觉是种慈悲。至少他们的一部分还继续活着。而它却彻底迷失了。

我看着，直到最后一丝火苗熄灭为止，然后回到了屋内。痛苦啃噬着我的胸膛。我用手抵住胸口，抵住凹陷的血肉与坚硬的骨架。我坐在织布机前，终于感觉自己变成了美狄亚口中的存在：老迈、无援又孤独，像石块一样死气沉沉、黯淡无光。

那段日子我经常唱歌，歌声是我拥有的最好的陪伴。那天早上，我唱的是一首赞美农耕的古老赞歌。我喜欢唱这首赞歌时的口型，喜欢那一连串让人舒心的植物和作物、田野和小棚、牧群和家畜，喜欢在它们上方流转的星宿。我一边搅动着锅里沸腾的染料，一边由着歌声在空中飘荡。不久前我看到了一只狐狸，我想调配出她那身皮毛的颜色。染料用藏红花和茜草混合而成，已经泛起了泡沫。我的宁芙们被臭味熏跑了，但我却很喜欢这股味道：它刺得我喉咙生疼、泪眼汪汪。

是歌声吸引了他们的注意。我的声音沿着小径一路下山，飘荡到了海边。他们循着歌声穿越树林，看到了从我烟囱里冒出的烟气。

一个男人的声音喊道："有人吗？"

我还记得当时的震惊。有来客。我转身转得太快，染料都溅了出来，一滴滚烫的染料洒落到了我的手上。我一边将它抹掉，一边匆匆忙忙开门去。

他们一行二十人，皮肤因为风吹日晒而十分粗糙，还泛着油光。他们的手上覆盖着厚厚的老茧，胳膊因为旧伤而皱巴巴的。在细腻光滑、千篇一律的宁芙们中间待了这么久之后，任何不完美都会让人赏心悦目：他们眼角的皱纹，腿上的痂，还有短了一截的手指。我欣赏着他们破烂不堪的衣服，以及他们疲惫不堪的面孔。这些人不是英雄，也不是国王的侍从。他们必须摸爬滚打以维持生计，像曾经的格劳科斯一样：捕鱼，运送奇怪的货品，碰上什么就猎捕什么。我感觉一阵暖流流遍全身。我的手指跃跃欲试，像是迫不及待要做针线活一样。这些破碎不堪的东西是我可以修补的。

一个男人向前迈了一步。他个子高高的，无精打采，人很精瘦。他身后的很多人依旧手握剑柄。这很明智。岛屿是凶险之地，撞见魔怪的概率与遇见友人的概率一样高。

"小姐，我们饥肠辘辘，还迷了路，"他说，"希望女神您可以救我们于水火之中。"

我露出了笑容。过了这么久,笑容挂在我脸上的感觉怪怪的。"欢迎你们来这里。特别欢迎。进来吧。"

我把狼群和狮群轰到了外面。不是所有人都像代达罗斯那样意志坚定,而且这些水手似乎已经受过不少惊吓了。我把他们领到餐桌前,然后急急忙忙从厨房里端出了一盘盘堆得高高的炖无花果和烤鱼,盐渍奶酪和面包。进门的时候,这些人打量着我的猪。他们用胳膊肘拱着彼此,低声说希望我能宰一头。但当鱼和水果被端到他们面前时,他们太心急了,没有抱怨什么,连手都没洗,剑也没摘。他们狼吞虎咽,一个劲儿地往嘴里塞,油渍和酒水把胡子都弄脏了。我端来了更多的鱼,更多的奶酪。每当我经过时,他们都会低头向我致意。小姐。主人。感激不尽。

我止不住笑容。凡人的脆弱孕育了善意与雅态。他们知道如何珍视友谊,如何珍惜他人的慷慨援助。如果能来更多人就好了,我想。我每天都可以喂饱一船的人,而且心甘情愿。两船的人。三船的人也行。也许我会重新找回自己的。

宁芙们在厨房里偷看,眼睛瞪得大大的。我赶紧走了过去,在她们被发现之前把她们赶走了。这些人是我的,他们是我的客人,我想怎么招待就怎么招待,我喜欢亲自服侍他们。我在碗里盛好清水,这样他们就可以清洁一下手指了。一把刀掉到了地上,我去把它捡了起来。在船长的酒杯空了之后,我拿着满满当当的酒碗把它斟满。他对我举杯。"谢谢你,亲爱的。"

亲爱的。这个词顿时让我有些吃惊。之前他们称呼我为女神,于是我便相信他们就是这样看待我的。但我意识到,他们并没有表现出敬畏或虔诚。那名号不过是对一个独居女性的奉承。我想起了赫耳墨斯很久之前对我说的话。你听起来像个凡人。他们不会像怕其他神那么怕你。

所以他们真的不怕我。实际上,他们以为我和他们一样。我站在原地,被这个想法迷住了。我可能是个怎样的凡人呢?一个有事业心的草药师,还是一个独立自主的寡妇?不行,不能是寡妇,我不想要不愉快的过往。也许我是个女祭司。但不向神灵祭祀。

"代达罗斯曾经来过这里,"我对那个男人说,"我还为此建了座神坛。"

他点了点头。我很失望他竟然这么无动于衷,好像遍地都是为死去的英雄建立的神坛似的。不过,也许的确如此吧。我怎么会知道呢?

这些人的胃口渐渐变弱了,头也从盘子上抬了起来。他们四下张望了起来,端详着碗上的镀银,金色的高脚杯,还有挂毯。我的宁芙们对这些财宝熟视无睹,这些人却惊讶得眼睛直发光,搜寻着每个新的奇迹。我想到我有好几个塞满羽绒枕的行李箱,足够为他们打地铺用了。当我把枕头递过去的时候,我会说:这些是给神预备的。他们会目瞪口呆的。

"女主人?"说话的又是领头的人,"你夫君什么时候回来?承蒙关照,我们要敬他一杯。"

我笑了起来。"啊,我没有夫君。"

他对我回以微笑。"这是当然,"他说,"你这么年轻,不可能已婚。那我们就一定要感谢一下你的父亲。"

屋外漆黑一片,屋内暖暖的,泛着微光。"我父亲住在很远的地方。"我说。我等着他们问我他是谁。灯夫——这会是个不错的玩笑。我对自己笑了笑。

"那么也许还有其他哪个一家之主是我们该感谢的?比如某位叔叔,某个哥哥?"

"如果你想感谢一家之主的话,"我说,"就感谢我吧。这房子我一个人住。"

此话一出,房间里的氛围立刻变了。

我端起酒碗。"空了,"我说,"我再给你们拿一些来。"转身的时候,我能听到自己的呼吸声。我能感觉到他们的二十具躯体填满了我身后的空间。

进了厨房之后,我将手放在某瓶药水上。你这是在犯傻,我心想。他们就是很吃惊竟然有女人独自一人生活,仅此而已。但我的手指已经在动了。我拧开了某个罐子的盖子,把里面的东西混到了酒里,然后加了点蜂蜜和乳清以掩盖它们的气味。我把碗端了出去。二十双眼睛紧跟着我。

"来了,"我说,"我把最好的留到了最后。你们一定得尝尝,所有人都尝尝。这是从克里特岛最好的葡萄园里来的。"

他们露出了笑容,对如此关怀备至的奢靡心满意足。我亲眼看着每个人把酒杯斟满。我亲眼看着他们把酒喝了下去。那个时候,他们每个人的肚子里一定都灌了不少酒进去。盘子已经空了,被舔得干干净净。那些人挤在一起,低声交谈着。

我的声音似乎太大了。"好了,我已经把大家都喂饱了。你们可以把名字告诉我了吗?"

他们抬起头,目光像雪貂一样飞速扫向他们的领头人。他站起身来,长椅在石板地面上蹭得吱吱作响。"先把你的名字告诉我们。"

他的语气有些异样。我差点脱口而出那个会让他们沉睡的咒语。但即使过了这么多年,我内心的一小部分依然只说得出别人让我说的东西。

"喀耳刻。"我回答道。

这名字对他们来说毫无意义。它像石头一样坠到了地上。几把长椅又在地面上蹭出了声响。现在所有人都站了起来，眼睛紧盯着我。我依然一言不发。我依然在对自己说我错了。我肯定错了。我喂饱了他们。他们感谢了我。他们是我的客人。

船长向我走来。他的个子比我高，每块肌肉都因为干体力活而锻炼得很结实。我以为——我以为什么呢？我以为自己在犯傻。我以为会发生其他的什么。我以为我喝了太多自己酿的酒，而这是酒后的恐惧。我以为我父亲会来。我父亲！我不想像个傻子一样，不想无事生非。我能听到赫耳墨斯事后如何讲述这段故事。她总是大惊小怪的。

现在船长已经离我很近了。我能感受到他的皮肤散发出的热气。他的脸上沟壑密布，像古老的河床一样皱裂开来。我还在等着他说一些稀松平常的东西，表达一下感谢，问我一个问题。在宫殿的一隅，我妹妹正纵情大笑。你顺从了一辈子，现在要后悔了。好的父王，好的父王——看看这让你落得哪步田地吧。

我用舌头舔了舔嘴唇。"有什么——"那男人一把将我推到墙上。我的头撞到了凹凸不平的石块，房间冒起了金星。我张开嘴，想喊出那句咒语，但他用胳膊抵住了我的气管，我的声音戛然而止。我说不出话来，也喘不上气来。我奋力抵抗着，但他比我想象得要强壮，抑或是我比自己想象得要虚弱。他突然压上来的重量吓到了我，油腻的皮肤在我身上乱蹭。我的脑子依然一片混乱，无法相信眼前的一切。他用右手扯掉了我的衣服，动作十分娴熟，左手则继续把全身的重量压在我的喉咙上。我已经说过了，岛上没有别人，但他懂得不要去冒这个险。或者他只是不喜欢尖叫声而已。

我不知道他的手下做了什么。也许是在旁观吧。如果我的母狮在场，她会用利爪破门而入。但她已经化为尘埃，消散在风中了。我听到猪群在屋外尖叫。现在我还记得当我光着身子在石墙上摩擦时，我心里在想什么：到头来，我不过是个宁芙罢了，对我们来说，这再寻常不过了。

凡人是会晕过去的，但我每时每刻都清醒着。最后，我终于感觉那男人颤抖了起来，手臂也松懈了。我的喉咙被压扁了，像一根腐烂的木条一样。我动弹不得。一滴汗液从他的发间掉到了我裸露的胸部，然后开始滑落。我意识到他的手下正在他身后窃窃私语。她死了吗？他们中的一个人说。她最好别死，该我了。一张脸隐隐浮现在船长肩头。她睁着眼睛呢。

船长向后退了退，一口痰吐在地上。这坨凝胶状的东西在石板地上颤抖着。那滴汗还在滑落，划出了一条黏糊糊的线。一头母猪在院子里尖叫了一嗓。我抽搐着吞咽了口水。我的喉咙复原了。我感觉身体里打开了新的空间。我原本要施的那个沉睡咒消失了，干涸了，就算我想要施咒也无能为力。我也不想施那个咒了。我抬起目光，看着他沟壑密布的脸。那些草药还有别的功效，我知道那功效是什么。我深吸了一口气，念出了咒语。

他的眼神变得污浊，无法理解发生了什么。"怎么——"

他没有说完这句话。他的肋骨断裂，开始向外凸起。我听到了肉体撕裂时发出的粘湿的声音，还有骨头断裂时发出的噼啪声。他的鼻子在脸上肿胀起来，腿迅速萎缩，像被蜘蛛卷走的苍蝇一样。他四肢着地，趴在了地上。他尖叫着，他的手下们陪着他一起尖叫。这场面持续了很久。

事实证明，那晚我还是宰猪了。

第十五章

奧德修斯

我扶起翻倒的长椅，擦洗干净被鲜血浸透的石板地。我将盘子摞在一起，端进厨房。我已经在海浪中用沙子搓洗过自己，都把自己搓出血了。我也已经在石板地上找到了那口痰，把它搓洗掉了。但这都无济于事。每动一下，我都能感觉到他在我身上留下的指纹。

狼群和狮群蹑手蹑脚地回来了，像黑暗中的几道阴影。它们躺下来，将脸贴在地面上。最后，当四下终于没有需要清理的东西之后，我坐在了壁炉的灰烬前。我不再发抖了。我纹丝不动。我的血肉似乎已经凝固了，皮肤如僵死之物绷在上面，像胶皮一样，令人作呕。

天色渐渐向黎明过渡，月亮女神的银色骏马要折回马厩了。姨母塞勒涅的战车彻夜驰骋，光芒亮彻夜空。在她皎洁的面孔下，我将那些禽兽的尸体拖回了他们的船上，点燃火石，看着火焰蹿天而起。这会儿她应该已经把事情告诉赫利俄斯了。我父亲随时都会出现，一家之长会因自己的骨肉遭受如此侵犯而盛怒不已。当他的肩膀抵住我的天花板的时候，它会咯吱作响。可怜的孩子，惨遭流放的女儿啊。我当初压根不该让宙斯把你发配到这里。

房间变得灰暗，然后又变得金黄。海风微拂，但这点风不足以将烧焦的尸体的味道吹走。我父亲一辈子都没说过这样的话，这我知道。但我以为他肯定还是要来的，哪怕只是来责骂我呢。我不是宙斯，无权一眨眼就灭掉二十个人。父亲的战车腾空而起，我冲那战车的苍白光晕大喊着。你听说我干的好事了吗？

阴影扫过地面。阳光蹑手蹑脚地爬上我的脚面，触碰着我的裙裾。时光流转，绵延不绝。没有人来。

也许真正让人惊讶的，我想，是这种事竟然没有更早发生。以前，当我给叔叔们斟酒的时候，他们的目光总会在我身上游走。他们的手会摸到我身上，掐我一把，拍我一下，把手伸进我裙子的袖筒里。他们都有妻室，所以心里盘算的并不是婚姻。最终，他们中总有一个会对我下手，然后好好补偿我父亲。于是所有人都保住了颜面。

阳光照在织布机上，雪松的香气飘散到了空气中。我回忆起了代达罗斯布满白色疤痕的双手，还有那双手曾带给我的乐趣。那段记忆像一条炙热的金属丝，横穿我的大脑。我将指甲掐进手腕中。大地之上，神谕遍布。圣坛之中，女祭司们吸入圣烟，讲出她们在圣烟中寻得的真理。认识你自己被刻在圣坛的入口之上。可我对自己而言却是个陌生人，因为无可名状的原因而化为了磐石。

代达罗斯曾给我讲过一个故事，是关于雇他扩建房屋的克里特岛权贵的。他带着工具到达现场，开凿墙面、拆卸地板。但每当他在地板下面找到一些亟待解决的问题的时候，他们都会皱眉头。你之前可没提这件事！

当然没提了，他说，因为问题是藏在地基里的，但是你们自己看啊，问题就摆在这里，明明白白。看到开裂的地圈梁了吗？看到腐蚀地板的甲虫了吗？看到正在往沼泽中塌陷的岩体了吗？

这反而会惹得权贵们火冒三丈。在你把它挖出来之前，它好好的！我们是不会付这个钱的！把它封上，抹上石灰。它坚挺了这么久，还会坚挺更久的。

于是他会把那个瑕疵封盖住，过了一季之后，那栋房子就会垮塌。然后他们会找上门来，要求退钱。

"我告诉过他们，"他对我说，"我一遍一遍地告诉他们。墙烂了的时候，只有一种补救方法。"

我喉咙上紫色淤伤的边缘位置已经开始泛青了。我压了压它，感受到了一阵发散性的疼痛。

打破一切，我想。不破不立。

他们纷至沓来，至今我也说不上为什么。也许是命运的流转，商船航路的改变。也许是空气中飘荡的某种气息：这里有宁芙，而且她们孤零零的。船只涌入我的海港，好像是被绳子拽进来的一样。水手们踢着水花上岸，心满意足地环视四周。淡水，猎物，鱼群，水果。而且我觉得我在树顶上看到了壁炉冒出的烟气。是有人在唱歌吗？

我本可以用幻觉笼罩住这座岛，让他们远离这里，我是有能力这么做的。为风平浪静的海滩蒙上漩涡与塌陷的岩石，蒙上攀爬无门的嶙峋悬崖。他们会继续向前驶去，而我再也不用见到他们了，再也不用见到任何人了。

不，我想。太晚了。我已经暴露了。让他们见识见识我的真实面目吧。让他们领教一下，世界不是他们想象的那样。

他们沿着小径上山。他们越过花园中的石头小路。他们走投无路的故事千篇一律：他们迷路了，他们很累，他们没有食物了。他们会感激我的帮助。

他们中的极少数，少到我用十个手指就能数得过来，被我放走了。他们没有用我泄欲。他们是信奉神灵的人，真的迷了路。我会喂饱他们，如果他们当中有谁比较帅气的话，我可能还会让他上我的床。这不是出于欲望，甚至跟欲望毫不沾边。那是某种愤怒，是一把我用来对付自己的尖刀。我之所以这么做，是为了证明我的身体依旧由我做主。至于我是否喜欢自己得到的答案？

"走吧。"我对他们说。

他们在金黄的沙滩上向我下跪。"女神，"他们说，"至少把你的名字告诉我们吧，这样我们就能向您祈祷还愿了。"

我不想要他们的祈祷，也不想让我的名字出现在他们口中。我想让他们消失。我想在海水中搓洗自己，直到出血为止。

我想让下一拨人来，这样我就又能亲眼看着他们的肉体四分五裂了。

每次都有一个领头的人。他不是块头最大的，也不非得是船长。但在施暴的时候，他们都会听从他的指示。他目光冰冷，能用紧张感将你死死缠住。像蛇一样，诗人们会如是说，但那时我对蛇已经有了更多了解。不如把我丢给一条不会耍滑头的角蝰毒蛇，我若犯它它必犯我，我不犯它则相安无事。

有人来的时候，我再也不会把我的动物打发走了。它们想赖在哪里，我就让它们赖在哪里，花园里、桌子下都行。看着那些人在它们中间走动，因为它们的獠牙和异样的温顺而瑟瑟发抖，我觉得很开心。我不会假装自己是凡人。我无时无刻不展示着自己闪闪发光的黄色眼眸。这些都无济于事。我独自生活，还是个女人，这就够了。

我将宴席摆到他们面前，有鱼有肉，有奶酪有水果。我把我最大的青铜搅拌碗也摆到了他们面前，里面盛满了酒。他们狼吞虎咽、大吃大喝，抓起还滴着汤的羊肉片，晃晃悠悠地把它们塞进喉咙里。他们一遍又一遍地斟酒，嘴唇都被浸湿了，溢出的酒把桌子也染红了。他们的嘴唇上沾着小块的麦粒和草药。酒碗空了后，他们会对我说：倒满。这回多加点蜂蜜，这酒的苦味有点冲。

没问题，我说。

他们不再只顾着填饱肚子了。他们开始环视四周。我发现他们注意到了大理石地面，注意到了那些盘子，还有我织功精良的衣服。他们露出一丝奸笑。如果我敢把这些展示给他们，想象一下后面可能还藏着什么吧。

"女主人？"领头的人会说，"别告诉我像你这样的美人一个人生活吧？"

"哦，可不，"我会回答，"只有我一个人。"

他会露出笑容。他忍不住。他向来不会心怀恐惧。为什么要恐惧呢？他自己已经注意到了，房门边没挂男士斗篷，没挂打猎用的弓箭，也没有牧羊杖。没有兄弟、父亲或儿子的踪影，事后不会有人报仇。如果我在任何人心里有分量的话，他们是不会允许我一个人生活的。

"抱歉听你这么说。"他说。

长椅会蹭出声响，他会站起身来。他的手下眼睛直放光。他们期待即将到来的惊恐、畏缩与求饶。

他们皱起眉头，努力想弄明白为什么我不害怕——这是我最喜欢的瞬间。我能感觉到草药在他们身体里，像静候被扯断的丝线。我品味着他们的困惑，还有他们逐渐苏醒的恐惧。然后我扯断了那些线。

他们后背拱起，逼迫他们双膝跪地、双手撑地，脸像溺亡的尸体一样肿胀起来。他们猛烈地扭动着身子，蹴翻长椅，酒也洒到了地上。他们的尖叫变成了猪叫。我敢肯定那剧痛无比。

我会把领头人留到最后，让他好好看着。他缩成一团，紧贴着墙。求你了。饶了我吧，饶了我吧，饶了我吧。

不行，我会说。哦绝对不行。

等一切结束之后，我只要把他们赶到猪圈里就可以了。我举起桦木权杖，它们落荒而逃。门在它们身后关闭，它们紧贴着猪圈围栏，猪眼睛里依然闪动着它们为人时最后的泪滴。

我的宁芙们一言不发，虽然我怀疑她们偶尔会从门缝中偷看。

"喀耳刻小姐，又来了一艘船。需要我们回自己的房间去吗？"

"麻烦回去吧。走之前帮我把酒倒好。"

我一个任务接一个任务地完成，织布，耕作，给猪喂泔水，一趟又一趟地横穿小岛。我腰杆挺得直直的，好像手里端着一口满满当当的大碗一样。我边走，碗里的深色液体边泛着涟漪。它总在满溢的边缘，却从来没有溢出来过。只有当我停下，当我躺下的时候，我才会觉得它流了出来。

新娘，这是宁芙的代称，但我们在世界眼中并非真正如此。我们是被摆上桌的无尽的宴席，天资美貌，源源不断。而且在逃跑这件事上特别蹩脚。

猪圈的围栏因为年久失修而产生了裂缝。时不时地，木头会变形，某头猪会逃出去。大多数情况下，它都会跳崖自尽。海鸟们对此很是感激——它们似乎横穿了半个世界，来这些胖乎乎的尸体上大快朵颐。我看着它们将脂肪和肌腱挑断。从猪尾巴上扯下来的小块粉色碎皮像虫子一样挂在某只鸟的嘴边。如果那东西是个人，我好奇自己会不会可怜他。但那东西不是人。

当我路过猪圈时，它的朋友们会可怜巴巴地看着我。它们呻吟着，尖叫着，将猪嘴贴在地上。很抱歉，很抱歉。

抱歉你们被我抓住了，我说。抱歉你们以为我很弱，但你们错了。

回到床上后，群狮将下巴搭在我的肚子上。我将它们推开。我起身，再次散起步来。

* * *

有一次，他问我为什么是猪。那时我们坐在壁炉前，在我们平时坐的椅子上。他喜欢罩着牛皮的那把椅子，椅子上的雕饰都镀了银。有时他会心不在焉地用大拇指揉搓椅子上的螺旋花纹。

"为什么不呢？"我说。

他对我微微一笑。"我是认真的，我想知道。"

我知道他是认真的。他不信神，但探寻隐秘的事物是他崇拜至极的。

我心里是有答案的。我感觉得到它们，它们像去年的鳞茎一样深埋在我心底，越发壮实。它们的根与我被抵在石墙上的那些时刻纠缠在一起，那时狮群消失了，咒语禁闭在我身体里，猪群在院子里尖叫。

在我为一拨人变形之后，我会等着看它们在猪圈里哭号着横冲直撞，撞翻在彼此身上，因恐惧而变得愚蠢。它们痛恨这一切，痛恨它们新得的丰满肉体，小巧精致的开叉猪蹄，还有在淤泥里蹭来蹭去的大肚子。这是羞辱，是败坏名誉。他们想念极了自己的双手，这个男性用来驯服世界的零部件。

好了，我会对它们说，事情没有那么糟。你们应该欣赏猪的长处才对。它们裹满泥巴的身体滑溜溜的，而且动作敏捷，很难抓住。它们的重心低，不容易被打翻。它们不像狗，不需要你的爱。它们在哪里都能繁衍生息，吃什么都行，残羹剩饭就行。它们看上去很蠢，这迷惑了天敌，但实际上它们很聪明。它们会记住你的脸。

它们从来不听。事实是，男人当起猪来很差劲的。

我坐在壁炉旁的椅子上，举起了杯子。"有时候，"我对他说，"无知是福。"

他不喜欢这个回答，这就是他固执的地方：从某种程度来说，他最喜欢的也正是这样的回答。我见识过他像剥牡蛎壳一样，将真相从人的身上剥离下来；见识过他凭一个眼神和一句恰到好处的话，就让一个人敞开心扉。在这个世界上，没在他的口才面前败下阵来的人很少。到头来，我觉得我最让他喜欢的一点，正是我没有败下阵来。

但我提前透露得太多了。

来了一艘船，宁芙们说。那船遍体鳞伤，船身上画着眼睛。

这引起了我的注意。一般的海盗是没有金子可在装饰画上挥霍的。但我没有去看。期待也是乐趣的一部分。敲门声响起，我放下手头的草药，起身把门打开，这个瞬间也是乐趣的一部分。再也没有信奉神灵的人了，很久都没有了。那句咒语就像雨花石一样，已经在我口中打磨得很精致了。

我往正在熬制的药水里加了几味根须。里面有魔莉，药水闪着微光。

一个下午过去了，水手们还是没有露面。宁芙们报告说他们在海滩上扎了营，还生起了火。又一天过去了。到了第三天的时候，敲门声终于来了。

那艘画着装饰的船是他们最体面的东西了。他们的脸上皱纹密布，像老爷爷一样。他们眼里无神，满是血丝。见到我的动物后，他们退缩了。

"让我猜猜看，"我说，"你们迷路了？你们又饿又累又难过？"

他们吃得很饱。喝的比吃的还要多。他们身上这个或那个地方因为有赘肉而显得很笨重，虽然赘肉下的肌肉还是像树干一样硬朗。他们长长的伤疤向外凸起，非常显眼。他们这一季的收成原本不错，但后来遇到了某些看不惯他们偷鸡摸狗行为的人。他们是打劫的，对此我毫不怀疑。他们的目光一刻不停地数着我有多少宝物，算完数后还窃笑了起来。

我再也不等着他们站起身来、对我发起进攻了。我抬起权杖，念出了咒语。他们像其他人一样，哭号着跑到猪圈里去了。

正当宁芙们帮我扶起被踢倒的长椅、洗刷酒渍的时候，她们中的某一位瞥了一眼窗外。"女主人，小径上又来了一个。"

我刚才就觉得那拨人太少了，是无法开动一整条船的。一部分人肯定在海滩上等着，现在他们派了一个人来搜寻同伴。宁芙们重新摆好了酒，然后就溜掉了。

那人刚一敲门，我就把门打开了。晚霞落在他身上，映出了他整洁胡子中的红须，和发间的浅银色发丝。他在腰间佩了一把青铜剑。他不如一些人高，但我发现他很强壮，关节都是经过千锤百炼的。

"小姐，"他说，"我的手下来向你寻求了庇护。希望我也可以？"

我将从父亲那里继承的全部热情都投入了那个微笑里。"你和你的朋友们同等待遇。"

我边斟酒边端详着他。又一个贼，我心想。但面对金银财宝的诱惑，他的目光只是一扫而过。他的目光反而锁定了一把还翻倒在地的椅子。他弯下腰，把它扶了起来。

"谢谢，"我说，"我的猫干的。它们总会把什么东西撞翻。"

"这是当然。"他说。

我拿了食物和酒给他，把他带到了壁炉前。他接过高脚杯，坐在了我指给他的那把银椅子上。我发现他在弯身落座时稍微咧了下嘴，好像新伤口被扯到了似的。一道歪歪扭扭的伤疤沿着他健硕的腿肚子从脚跟直窜大腿，但那是旧伤，颜色已经变淡了。他端着酒杯指了指。

"我从没见过那样的织布机，"他说，"那是东方的设计吗？"

上千个他的同类曾从这间房间穿过。他们算计着每分每毫的金银财宝，却没有一个人留意过那台织布机。

我稍事犹豫了片刻。

"埃及的。"

"啊。他们造出来的东西是最棒的，是不是？多加了一根经纱，没有用织坠，很聪明。这样能更快地把纬纱拽下来。我想临摹个草图，"他的声音既洪亮又温暖，还有一点迷人，让我想到了潮汐，"我妻子会高兴坏了的。那些织坠以前总会把她逼疯。她一直说该有人发明个更好用的东西出来。哎，我一直没找到时间亲自动手。身为人夫我有很多失职的地方，这便是其中之一。"

我妻子。这三个字刺痛了我。就算之前那些人中有谁已经娶妻了，他们也没有提。他对我微笑着，幽深的眼眸紧盯着我。他把高脚杯松松垮垮地拿在手上，好像随时会喝似的。

"不过事实上，关于织布她最喜欢的一点，是当她工作的时候，她周围的所有人都以为她听不到他们在说什么。一切最劲爆的消息她都是这么听来的。她能告诉你谁要结婚了，谁怀孕了，以及谁准备挑事。"

"听上去你妻子是个聪明的女人。"

"是的。我说不清为什么她嫁给了我，但既然这件事对我有利，我就尽力不提醒她。"

这句话出其不意，我扑哧一声笑了出来。什么样的人会说这样的话？反正我从没见过。可与此同时，他身上的某种特质又让我觉得似曾相识。

"你妻子现在哪里，在船上吗？"

"在家里，谢天谢地。我才不会让她跟这么衣衫褴褛的一群人坐船出海。她比任何摄政王都更会治理国家。"

现在我对他警觉了起来。一般的水手是不会谈论摄政王的，在银饰周围也不会这么自在。他倚着那椅子精雕细琢的扶手，好像那是他的床一样。

"你说你的手下衣衫褴褛？"我说，"在我眼里，他们跟其他男人没什么两样。"

"你太仁慈了，恐怕在一半的时间里，他们的行为都与畜生无异，"他叹了口气，"是我的错。作为船长，我应该更严格地管束他们才是。但我们一直在打仗，你知道，就连最高尚的人都可能会被战争腐化。这些人，虽然我很爱他们，但他们永远都不可能被称为最高尚的人。"

他对我推心置腹，好像我懂似的。但关于战争，我所知道的一切都来自父亲讲给我听的泰坦神的故事。我嘬了口酒。

"我一直觉得战争是男性做出的一个愚蠢决定。不论他们从战争中赢得了什么，他们都只有寥寥几年的时间去享受它，然后就死掉了。更有可能的是他们在尝试的过程中就丧命了。"

"这个，毕竟有荣誉这么一码事。但我真希望你跟我们的统帅聊过。也许你能帮我们省下不少麻烦呢。"

"那场仗是为了什么打的？"

"看看我还能不能记起那一长串的原因，"他掰着手指头，"复仇。肉欲。傲慢。贪婪。权力。我落下了什么？哦对了，虚荣，还有仇恨。"

"听上去不过是诸神平平常常的一天。"我说。

他笑了出来，抬起一只手。"作为神，你是有权利这么说的，小姐。我只能感激很多神站在了我们这一边。"

作为神。有权利。也就是说他知道我是个神。但他并没有表现出敬畏。我就像是他的邻居，他正靠在我家篱笆上跟我讨论无花果收成的事。

"神跟凡人一起作战？都有谁啊？"

"赫拉，波塞冬，阿芙洛狄忒。还有雅典娜，当然了。"

我皱了皱眉头。这件事我毫无耳闻。可话说回来，我再也没有打听消息的渠道了。赫耳墨斯已经消失了很久，我的宁芙们并不关心世界大事，而那些坐在我家餐桌前的人心里只装着自己的欲望。我的人生已经缩窄到了咫尺之间。

"别怕，"他说，"我不会用冗长的前因后果折磨你的耳朵的，但这就是为什么我的手下这么糟。我们在特洛伊的海岸上打了十年的仗，现在他们迫不及待想回到家庭的怀抱中。"

"十年？那特洛伊一定是座堡垒了。"

"哎，她坚毅得很。但战争如此拖沓是因为我们懦弱，不是因为她强大。"

这同样震惊到了我。不是因为此话不假，而是因为他竟然承认了。这讽刺挖苦式的自我贬低让我放下了戒心。

"你们离家已经很久了。"

"现在还要更久。我们两年前就从特洛伊启航了。不知怎的，我们归乡的旅途比我预计的要艰辛。"

"所以说你不必担心织布机的问题了，"我说，"这会儿你妻子已经不指望你了，自己发明了更好用的。"

他的表情依然很愉悦，但我看到它还是起了一些变化。"你很可能是对的。她可能还把我们的领土扩大了一倍，对此我不会惊讶的。"

"你的领土在哪里？"

"在阿尔戈斯附近。遍地是奶牛和麦田，你知道的。"

"我父亲也养牛，"我说，"他喜欢牛皮是纯白色的那种。"

"那种牛，纯种的很难繁殖。他一定把它们照料得很好。"

"哦，没错，"我说，"其他事情他一概不上心。"

我观察着他。他的手大大的，上面满是老茧。他举着酒杯，一会儿指指这，一会儿指指那，微微摇晃着里面的酒，但从没把酒洒出来过。他一口酒都没喝。

"抱歉，"我说，"我的酒不合你的胃口。"

他低头看了一眼，好像很惊讶酒杯竟然还在他手里似的。"抱歉。我就顾着享受款待，忘了正事，"他用指关节敲了敲太阳穴，"我的手下说如果不是因为我的脑袋长在脖子上，我会忘了自己还有个脑袋。你说他们去哪里了来着？"

我想笑。我感觉头有点晕，但还是让自己的声音像他的一样平稳。"他们在后花园里。那里有一片特别好的纳凉地，可以歇脚。"

"我承认我很敬佩你，"他说，"他们在我面前从来不会这么安静。你对他们的影响一定很深。"

我听到了一阵哼鸣声，像是施咒前的那种哼鸣。他的目光像刚刚磨过的刀锋。所有这一切都是前戏。我们像是在比试剑法一样，同时站了起来。

"你没有喝酒，"我说，"这很聪明。但我依然是个女巫，你依然在我的地盘里。"

"我希望我们能理智地解决这个问题。"他放下了高脚杯。他没有拔剑，但却把手搭在了剑柄上。

"武器是吓不倒我的，见血也不会。"

"那你比大多数神都勇敢。我曾经亲眼看着阿芙洛狄忒因为一点擦伤就把自己的儿子扔在战场上等死[1]。"

"女巫没有那么娇气。"我说。

他的剑柄历经了十年战争的洗礼,他疤痕密布的身躯已经站稳并且准备好了。他的腿不长,但上面的肌肉绷得直直的。我起了一身鸡皮疙瘩。我意识到他是很帅气的。

"告诉我,"我说,"你腰间系的那个袋子里装着什么?"

"是我找到的一种草药。"

"黑色根须,"我说,"开白色的花。"

"正是。"

"凡人是摘不到魔莉的。"

"是的,"他简简单单地答道,"他们摘不到。"

"那是谁?算了,不用说了,我知道了,"我想起赫耳墨斯曾多次注视着我采摘草药,逼问我关于咒语的事情,"如果你有魔莉,为什么不喝掉它呢?他一定跟你说过我念的咒语都伤不到你。"

"他确实跟我说过,"他说,"但我有个怪癖,就是特别谨慎,这很难改。至于诡计之神,虽然我对他心怀感激,但他并不是出了名的可靠。帮你把我变成一头猪正是他偏爱的那类恶作剧。"

"你一直这么多疑吗?"

"我能说什么呢?"他张开了手掌,"这世界是个丑陋的地方。可我们又必须生活其中。"

"我想你是奥德修斯,"我说,"你正是那位诡计之神的血脉。"

---

[1] 在特洛伊战争中,阿芙洛狄忒为了救自己的儿子埃涅阿斯而被长矛割伤了手腕,血洒战场。见到此景,她马上丢下埃涅阿斯,借战神阿瑞斯的战车返回了奥林匹斯山。后来埃涅阿斯被阿波罗救起。

他并不惊讶我竟然知道这些奇奇怪怪的东西。他已经习惯了与神相处。"你是女神喀耳刻，太阳神之女。"

我的名字出现在他口中。这触发了我心中的某种情绪，锋利又心切。他的确像潮汐一样，我想。稍不留神，海岸就没了。

"大多数人不知道我的真实身份。"

"大多数人，从我的经验来看，都是傻瓜，"他说，"我承认你差点就让我前功尽弃了。你父亲是个养牛的？"

他笑了，还想让我和他一起笑，好像我们是两个调皮的孩子一样。

"你是国王吗？一个领主？"

"是王子。"

"那么，奥德修斯王子，我们陷入僵局了。你手上有魔莉，我手上有你的人。我伤不了你，但如果你攻击我，他们就永远变不回原来的样子了。"

"恐怕如此，"他说，"而且，当然了，你父亲赫利俄斯复起仇来也不会心慈手软的。我猜我并不想见识他的怒火。"

赫利俄斯永远都不会保护我，但我不会告诉奥德修斯。"你要明白，你的手下会毫不留情地抢了我的。"

"很抱歉。他们太傻了，也很年轻。我对他们太宽容了。"

他不是第一次为这件事道歉了。我把目光放在他身上，仔细端详着他。他隐约让我想起了代达罗斯，想起了他的稳重与睿智。但在他自在的外表下，我能感受到一股代达罗斯不曾有过的躁动。我想将它暴露出来。

"也许我们可以找到其他解决办法。"

他的手依然搭在剑柄上，但他说话的语气好像我们不过是在讨论晚饭吃什么罢了。"你有什么想法？"

"你知道吗,"我说,"赫耳墨斯曾经跟我说过一则关于你的预言。"

"哦,预言说了什么?"

"说你注定会造访我的岛屿。"

"然后呢?"

"就这么多。"

他扬起了眉毛。"恐怕这是我听过的最无聊的预言。"

我笑了出来。我感觉自己像老鹰一样盘踞在悬崖之上。我的鹰爪依然抓着岩石,但我的心已经在天际翱翔了。

"我提议休战,"我说,"这是某种考验。"

"什么样的考验?"他的身体略微向前倾了倾。这个姿势我之后会渐渐熟悉。就连他也不可能藏住一切。不论什么样的挑战,他都会迫切应战。他身上散发着汗水和海水的味道。他心里装着十年的故事。我像春日里的熊一样,既心急又饥渴。

"听说,"我说,"很多人在相爱后建立了信任。"

这惊到了他。啊,我喜欢他脸上一闪而过的惊讶,可他很快就把这表情掩盖住了。

"小姐,只有傻子才会拒绝这等荣耀。但说实话,我也觉得只有傻子才会接受。我是个凡人。一旦我放下魔莉,上了你的床,你就会施咒了,"他停顿了一下,"当然,除非你对冥河发誓,不会伤害我。"

就连宙斯本人都无法违背他对冥河发下的誓言。"你够谨慎的。"我说。

"这似乎是我们的共性。"

不是的,我在心里说。我不谨慎。我既鲁莽,又冲动。他是另一把刀,我能感觉得到。一把不同的刀,但依然是刀。可我不在乎。我心想:刀刃捅过来吧。有些事情值得为之流血。

"我发誓。"我说。

第十六章
我愿意收留你

༄༅༄༅༄

事后，很多年后，我听到一首为我们的相遇而作的歌谣。吟唱那首歌谣的男童唱得不怎么样，跑调的时候比着调的时候还多。但纵使他践踏诗文，诗文的甜美音律依然光芒万丈。我并不惊讶自己被描绘成了什么样子：高傲的女巫拜倒在英雄的剑下，跪在地上恳求他开恩。贬低女性似乎是诗人的主要娱乐消遣。好像我们不趴在地上痛哭流涕，这世界上就没故事可讲了。

我们一起躺在我那张大大的金床上。我想看他在欢愉中放下戒备，想看他激情满满、赤身裸体的样子。他一直没有赤身裸体，但其余的我都看到了。我们确实在彼此之间建立了一些信任。

"实际上我不是从阿尔戈斯来的。"他说。壁炉的火光在我们身上跳跃，在床单上洒下了长长的阴影。"我的那座岛叫伊萨卡。它山石嶙峋，并不适合养牛。所以我们只好养山羊，种橄榄树。"

"那场战争呢？也是编的吗？"

"战争是真的。"

他总是安定不下来，一副似乎随时能挡掉暗箭的样子。但他的疲惫感也显露了出来，像退潮后浮出水面的岩石一样。出于待客之道，我不该在他填饱肚子、恢复精神之前盘问他，但我们已经不用这么客套了。

"你说你的旅途很艰辛。"

"从特洛伊启航的时候我有十二条船，"在昏黄的火光下，他的面孔像一块老旧盾牌，破旧不堪、沟壑密布，"现在只剩下我们这些人了。"

这震惊来得措手不及。十一艘船意味着有五百多人断送了性命。"这么大的灾难怎么会降临到你们头上呢？"

他详述着事件的经过，像是在梳理烹肉步骤一样。风暴吹着他们横跨半个世界。某些国度里净是食人族和杀气腾腾的野蛮人，贪图享乐之人还麻痹了他们的意志。他们遭遇了波塞冬之子、残暴的独眼巨人波吕斐摩斯的伏击。他吃掉了六个人，还吸干了他们的骨髓。为了逃命，奥德修斯不得不弄瞎他的眼睛，而如今，复仇心切的波塞冬正穿越海洋追杀他们。

怪不得他一瘸一拐，怪不得他灰头土脸。这是一个曾直面怪物的人。

"如今雅典娜，那个一直为我引路的女神，也抛弃了我。"

听到她的名字我并不惊讶。宙斯这位天资聪颖的女儿视诡计与巧思胜过一切。奥德修斯正是她会珍惜的那类人。

"是什么惹恼了她呢？"

我不确定他会回答，但他深吸了一口气。"战争会孕育诸多罪行，我并不会对这些罪行免疫。当我祈求她的原谅时，她总会给予我宽恕。然后屠城就开始了。神殿被夷为平地，血溅圣坛。"

血染神圣之物，这是最大逆不道的亵渎行为。

"我和其他人一道参与了这样的事情，但当其他人留下向她祈祷的时候，我没有和他们一起留下。我……我不耐烦了。"

"你已经打了十年的仗，"我说，"这情有可原。"

"你太仁慈了，但我觉得我们两个都知道事情并非如此。我刚一上船，四周的海水就狂怒地卷起了惊涛骇浪。天空暗淡下来，变成了铁灰色。我本想让舰队调头折返，但为时已晚。她的风暴推着我们急速驶离特洛伊，"他揉搓着指关节，好像那里很疼似的，"如今我向她喊话，她已经不再回答了。"

一波未平一波又起。可即便他疲惫不堪、悲伤不已，他还是迈进了一个女巫的家门。他坐在我的壁炉边，除了风度翩翩、面带微笑之外没有流露出任何迹象。这需要多大的决心，多么警觉的意志力啊。但人都是有极限的。疲惫玷污了他的脸。他的嗓子已经哑了。我曾说他是一把刀，但我发现他已经被活剥至了骨髓。一阵心痛油然而生。当我让他上我的床的时候，那只是一种冒险，但如今在我心中忽隐忽现的那股情感却比冒险要古老得多。他就在那里，肉体就展露在我面前。这个破碎不堪的东西是我可以修补的。

我掂量着这个想法。当第一拨人来到这里的时候，我走投无路，愿意冲任何对我施以微笑的人摇尾乞怜。如今，我是一个邪恶的女巫，接连用猪圈证明着自己的实力。这突然让我想到了赫耳墨斯曾在我身上做的测试。我会是个软柿子还是个妖女？是一只愚蠢的海鸥还是一头邪恶的怪兽？

这些不可能依旧是仅有的选项。

我拉起他的手，让他坐起身来。"奥德修斯，拉厄耳忒斯之子，你已历尽艰难，如冬日的枯叶般了无生气。这里就是你的避风港。"

他如释重负的眼神像一阵暖流，流遍我全身。我领着他来到客厅，命令宁芙们侍奉他的起居：为他接满银光闪闪的洗澡水，为他清洗汗涔涔的四肢，为他拿来干净的衣物。事后，他站在堆满食物的餐桌前，浑身干净亮洁。但他并没有落座。"抱歉,"说这话时他紧盯着我,"我不能吃。"

我知道他要什么。他没有暴跳如雷,也没有苦苦哀求,而是等着我做决定。

周遭的空气似乎都被描上了金边。"来吧。"语毕我大步流星穿过客厅,来到了屋外的猪圈。我轻轻一触,猪圈的门就哗地打开了。猪群尖叫了起来,但它们看到他跟在我身后,于是恐惧减弱了一些。我在每头猪的长鼻孔上都涂抹了精油,然后念了咒语。它们的鬃毛脱落了,以人的姿态站了起来。他们向他奔去,哭着紧紧握住他的手。他也哭了,他没有号啕大哭,但却泪如雨下,直到胡子都被浸湿了。他们看上去像是一位父亲和他任性的孩子。当他启航去特洛伊的时候,他们多大?大多数人可能还是孩子。我站在稍远的地方,像牧羊人观察着羊群一样。"别客气,"等他们不再唰唰流眼泪时我说,"拉船上岸,把其他人也带来吧。所有人都会受到款待。"

那晚他们吃得很饱,纵情大笑,举杯欢庆。卸下重担后,他们看上去年轻了一些,仿佛换了个人似的。奥德修斯的疲惫感也消失了。我从织布机的地方观察着他,饶有兴致地看到了事物的另一面:指挥官与手下。他对与此相关的一切都很在行,会被手下傻里傻气的行为逗乐,批评人时很温和,沉着冷静,让人很安心。他们围着他,就像蜜蜂围着蜂巢似的。

当盘子见底,大家在长椅上昏昏欲睡的时候,我将毯子递给他们,让他们找自己觉得舒服的地方睡觉。为数不多的人在空房间里四仰八叉地睡了,但大多数人还是去了屋外,在夏日星辰下进入了梦乡。

只有奥德修斯留了下来。我将他领到壁炉旁的银椅子上，为他倒了酒。他的表情很愉悦，身子又开始前倾了，好像不论我有什么想法，他都迫切地想知道似的。

"你喜欢的那台织布机，"我说，"是工匠代达罗斯做的。你听说过这个名字吗？"

看到他露出了真心惊讶与愉悦的表情，我很开心。"怪不得它这么令人叹为观止。我可以摸摸它吗？"

我点头示意，他立马就奔织布机而去。他用一只手摩挲着经纱，从下到上。他的触摸带着一股尊敬，像圣坛前的祭司一样。"这东西是怎么落到你手上的？"

"是送给我的礼物。"

他的眼里充满了疑惑，还有明明白白的好奇，但他并没有追问。相反，他说："当我还是个孩子，所有人都学赫拉克勒斯的样子假装与怪兽搏斗的时候，我就梦想着成为代达罗斯。盯着未经雕琢的木头和铁块，想象能把它们打造成什么奇观，似乎这是最能彰显智慧的。发现自己没有这方面的天赋之后，我还挺失望的。我总是划破自己的手指头。"

我想起了代达罗斯手上的那些白色疤痕。但我忍住没说。

他将手搭在织布机的侧架上，就像搭在心爱的猎犬的脑袋上似的。"我能看你用它织布吗？"

我不习惯有人在我工作的时候离我这么近。纱线似乎在我指尖越缠越乱。他的目光追随着我的一举一动。他问我每个零部件的作用是什么，以及这台织布机跟其他织布机有什么不同。我尽可能地回答着他的问题，但最终我不得不承认我无从比较。"我只用过这一台织布机。"

"想象一下这有多幸福吧。就像一辈子没喝过水，只喝过酒似的。就像让阿基里斯帮你跑腿似的。"

我不认得这个名字。

他滔滔不绝地说着,像游吟诗人一样:阿基里斯,弗西亚国的王子,全希腊动作最迅捷之人,特洛伊之战中的顶级亚细亚斗士。他帅气,有才华,由令人生畏、如海一般优雅且致命的涅瑞伊得斯忒提斯所生。特洛伊人在他面前倒下,就像野草在镰刀面前倒下,英勇的赫克托耳王子也丧命在他的梣木长矛下。

"你不喜欢他。"我说。

他的脸上浮现出了内心深处的某种兴致。"就他的长处而言,我很欣赏他。但他是个糟糕的战士,不论他能血洗多少人。关于忠诚和荣誉,他有很多不合时宜的想法。为了把他拴住,让他为我们的目标服务,为了让他不要误入歧途,每天都是一场恶战。然后他人性中最好的那部分泯灭了,从此之后他就更难管束了。但就像我说的,他的母亲是个神,预言像海草一样纠缠着他。他需要应付的事情太宏大了,我这辈子都理解不了。"

这不是谎言,但也不是事实。他将雅典娜唤作他的守护神。他曾与那些捣毁世界就如捣毁鸡蛋般轻而易举的人物结伴同行。

"他人性中最好的部分是什么?"

"他的恋人,帕特洛克罗斯。他不太喜欢我,但话说回来,品质高尚的人向来不喜欢我。他死的时候阿基里斯疯了,至少差点就疯了。"

那时我已经从织布机前转过身来。他说话的时候,我想看着他的脸。窗外,黑色的天空正逐渐向灰色过渡。一匹狼趴在爪子上叹了口气。我看到他终于迟疑了起来。"喀耳刻小姐,"他说,"埃阿亚的黄金女巫。你对我们开恩,这于我们而言是雪中送炭。我们的船已是千疮百孔。我的手下已几近崩溃。我不好意思再开口了,但我必须这样做。我由衷希望我们可以在此逗留一个月。这会不会太长?"

我心中迸发出一阵喜悦，像蜂蜜滑过喉咙一样。但我还是让自己面不改色。

"我觉得一个月不会太长。"

白天，他在船上干活。晚上，当他的手下吃饭时，我们就坐在壁炉边。夜里，他与我同床共枕。他的肩膀很厚实，是打仗时历练出来的。我用手摩挲着他歪歪扭扭的伤疤。这是有乐趣的，但说实话，更大的乐趣在事后：我们一起躺在黑暗中，他会给我讲关于特洛伊的故事，一矛一戈将那场战争呈现在我眼前。自恃清高的阿伽门农虽贵为军队统帅，却像回火失败的钢铁一样脆弱。墨涅拉俄斯，阿伽门农的弟弟，因自己的妻子海伦被劫持而挑起了战争。勇敢却迟钝的埃阿斯，身形魁梧如一座大山。狄俄墨得斯，奥德修斯冷酷无情的得力助手。还有特洛伊一方：帅气的帕里斯，洋洋得意的偷心大盗。他的父亲，胡子花白的普里阿摩斯，特洛伊之王，因温柔慈祥而深受诸神喜爱。赫库芭，心怀勇士精神的特洛伊王后，她的子宫孕育了如此之多高尚的后代。赫克托耳，赫库芭的长子，那个城墙高筑的伟大城市的高贵继承人与守卫者。

还有奥德修斯，我想。那只海螺。总有另一道螺旋藏在视野之外。

我开始明白当他说自己这支军队有弱点的时候，他是什么意思。动摇的不是他们的体力，而是他们的军纪。像他们这么自恃清高、无法无天、脾气又倔的军队，世界上前所未有，每个人都坚信如果缺了自己，战争就会失败。

"你知道战争中真正的赢家是谁吗？"某天夜里他问我。

我们正躺在床脚边的地毯上。每时每刻，他的活力都在恢复。如今他的眼睛炯炯有神，像被风暴点燃了一样。当他开口的时候，他集律师、诗人和江湖骗子于一身，据理力争，娱乐听众，揭开面纱让你看到世界的奥秘。这不止是因为他的口才，他的口才已足够伶俐，而是所有东西加在一起的效果：他的表情，他的姿态，还有他出口成章的语气。我想说那就像是他施的一个咒语，但我所知道的咒语都无法与之匹敌。那天赋是他独有的。

"统帅们把功劳都抢走了，这是当然，而且金子确实是他们出的。但他们总会把你叫到他们的帐篷里，让你报告你在做什么，而不是放手让你去做那些事情。诗歌说立功的是那些英雄。他们是另一类人。当阿基里斯戴上头盔，在战场上杀出一条血路的时候，普通人的心在胸膛中狂跳。他们想象着那些将会被传颂的故事，渴望自己也能出现在故事中。我曾与阿基里斯并肩作战。我曾手执盾牌与埃阿斯比肩而立。我知道他们著名的长矛呼啸而过时是什么感受。当然，那些士兵又是另一类人，虽然他们懦弱、意志不坚定，但当他们被集结在一起时，他们就能载着你走向胜利。但必须有一只手将所有类别的人聚在一起，将他们拧成一股绳。一个能引导大家向目标前进，在战争的种种无奈面前又不会退缩的智者。"

"这就是你的职责了，"我说，"也就是说到头来，你还是和代达罗斯很像。只不过你调教的是人，而不是木头。"

他投给我的那个眼神啊，像纯净至极、毫无杂质的佳酿。"阿基里斯死后，阿伽门农命名我为希腊第一勇士。其他人打起仗来也很英勇，但他们在战争的真实面孔前止步不前。只有我有勇气直面必须完成的那些事。"

他敞胸露怀，上面疤痕密布。我轻轻地敲了敲那里，好像是想听听里面藏着什么似的。"比如说？"

"你承诺会宽恕间谍，这样他们就会把自己知道的和盘托出，然后你再杀掉他们。你要把叛变的人暴打一顿。你要哄着那些英雄,让他们别生闷气。你要不计代价让大家保持高昂的士气。当伟大的英雄菲罗克忒忒斯因为伤口化脓而残废的时候,士兵们丧失了斗志。于是我把他丢在了一座孤岛上,并且声称是他主动要求留下的。埃阿斯和阿伽门农会一直猛攻特洛伊紧锁的城门,直到自己丧命为止,但想到巨型木马之计的人是我,是我编的故事说服了特洛伊人,让他们将木马拉入城内。我和精挑细选的手下一起窝在那木马的肚子里,如果有谁因为恐惧或压力而瑟瑟发抖,我就用刀抹了他的脖子。当特洛伊人终于进入梦乡后,我们血洗全城,像狐狸血洗毫无还手之力的鸡群一样。"

这些是不能在法庭上吟诵的赞歌,是伟大的黄金时代所不齿的故事。可不知怎的,在他口中,它们并不可耻,反而既公正又精彩,务实且不失睿智。

"如果你知道其他国王都是什么秉性,当初为什么还要加入这场战争呢?"

他揉搓着脸颊。"哎,因为我立下的一个愚蠢的誓言[1]。我本想毁约的。那时我儿子刚满一岁,我依然沉浸在新婚的喜悦中。我想,还会有其他荣誉可争的。所以当阿伽门农的手下来征我入伍的时候,我假装自己疯了。我光着身子跑到屋外,开始在大冬天里耕地。他把我还在襁褓中的儿子放在了我的铁锹之下。当然,我住手了,于是就和其他人一起被征走了。"

真是一个痛苦的矛盾,我想:为了保住儿子,他只能失去他。

"你一定很愤怒。"

他举起双手,然后又让它们落下。"这世界就是个不公平的地方。

---

[1] 奥德修斯提议,不论海伦选择了谁做夫君,所有追求海伦的人都要发誓为其夫君的荣誉而战。

看看阿伽门农的那个顾问落得什么下场吧。帕拉墨得斯,他叫这个名字。他对军队的贡献很大,但却在守夜的时候掉进了一个坑里。不知是谁在坑底插了很多带尖的木桩。那是一个巨大的损失。"

他的眼睛亮闪闪的。如果为人正直的帕特洛克罗斯在场,他可能会说,阁下,你不是真正的英雄,不是赫拉克勒斯,不是伊阿宋。你并未怀着诚挚之心,讲过一句肺腑之言。灿烂骄阳下,你没有任何高尚之举。

但我见过伊阿宋。我知道光天化日之下可能会发生什么。我只字未提。

白天、黑夜接连流逝。我的房子里挤了大概四十个人,我这辈子头一次身陷凡人之中。他们脆弱不堪的身体时刻需要照料,需要食物和水,需要睡眠与休息,需要清洗手脚、清理排泄物。凡人一定很有耐心,我想,才能不停地逼着自己做这些事情。在第五天,奥德修斯的锥子滑落了下来,刺穿了他的大拇指。我给他上了药膏,施了咒以避免感染,但伤口还是花了半个月才愈合。我看着他的脸上闪过疼痛的表情。现在疼,一会儿还疼,今天疼完明天疼。而这只是他身上一处不舒服的地方,除此之外,他脖子发僵,胃里反酸,旧伤隐隐作痛。我用手摩挲着他凸起的伤疤,尽可能地缓解他的疼痛。我提议把他的疤痕全都抹去。他摇了摇头。"那我还怎么认得出自己呢?"

我暗自窃喜。这些疤痕跟他很配。他是名垂千古的奥德修斯,这名字已经被缝进了他的肌肤之中。不论谁见到他都要向他致敬,并且说:这是一个见过世面的人。这是一个有故事可讲的船长。

在那些时刻,我本可以给他讲讲我自己的故事。斯库拉和格劳科斯,埃厄忒斯,还有米诺陶洛斯。将我后背割破的石墙。血流成河的客厅反射着月光。一具具被我拖下山、连同他们的船一起烧光的尸体。肌肉拉扯与重组时发出的声响。还有，当你给一个人变形时，你可以停在半途，随后那个半人半兽的怪物就会死掉。

他会聚精会神地听，在脑海里不停地审视、掂量、记录我所说的话。不论我如何假装自己能像他一样把真实想法藏得密不透风，我都知道这不会奏效。他会将我看穿。他会搜集我的弱点，把它们与他的其他藏品放在一起，与阿基里斯和埃阿斯的弱点并排放在一起。他将这些弱点带在身上，像其他人随身带着尖刀。

我低头看着自己暴露在壁炉火光中的裸体，想象着那上面写满了它自己的历史：瞬间划破的手掌，缺了几根手指的手掌，施法时弄出的上千道疤痕，父亲的怒火烧出的道道沟痕，半融化的蜡烛般的脸。这些仅仅是给我留下了印记的过往。

不会有人向我致敬。埃厄忒斯是怎么评价丑八怪宁芙的来着？这世界上的一个污点。

光滑的小腹在我的手掌下闪着微光，与蜂蜜在阳光下闪闪发亮时的颜色一样。我拉着他俯下身，压在我身上。我是黄金女巫，没有任何过往。

* * *

我对他的手下也有了一点了解，那些他口中意志不坚定的人，那些隙坏之舟。波利忒斯比其他人彬彬有礼，欧律洛科斯则很固执，总是板着脸。下巴尖尖的埃尔佩诺尔笑起来像猫头鹰正扯着嗓子尖叫。他们让我想起了狼崽，填饱肚子之后就忘了悲伤。在我经过的时候他们会低下头,好像是想确定手还在自己身上一样。

白天都被他们用来比试了。他们在山间、在沙滩上赛跑。他们总会气喘吁吁地跑到奥德修斯身边。你愿不愿意给我们的射箭比赛当评委?掷铁饼比赛呢?投长矛比赛呢?

有时他会笑盈盈地跟他们去,但有时他会大喊大叫,或动手打他们。他并不像他伪装的那样心平气和、容易相处。和他一起生活就像是在海边驻足。每天海水的颜色都不一样,顶着浪花的海面的高度也不一样,但一成不变的是不停向海平线翻涌的躁动。当船上的围栏断掉时,他会怒气冲冲地将它踢到一旁,把碎片扔进海里。第二天,他会阴着脸、扛着斧头到森林里去,当欧律洛科斯提出帮他一把的时候,他咬牙切齿的。他依然可以控制住自己,摆出当初为了驾驭阿基里斯而每天都必然要摆出的那幅面孔,但这让他付出了代价,事后他容易闹情绪,容易发火。他的手下会灰溜溜地走开,而我会看到他们脸上的困惑。代达罗斯曾对我说:就算最好的钢铁,锤打过猛也是会变脆的。

我圆滑如油,平静如无风的水面。他在我这里畅所欲言,我让他为我讲述他在异国他乡的旅途见闻。他为我讲述了黎明女神之子、埃塞俄比亚国王门农率领的军队,还有手执半月形盾牌的亚马孙女战士。他听说在埃及,一些法老其实是女扮男装的。据他所知,有些蚂蚁和狐狸一样大,能在沙丘中挖金子。在很靠北的地方,有一个民族不相信环绕地球的是俄刻阿诺斯的大洋河,而是一条盘曲着身子的巨蟒,身子如船一样粗,而且永远吃不饱。它永远都停不下来,因为它的胃口会驱使它不断向前,一点一滴吞噬一切。终有一天,当它把全世界都吃光之后,它会把自己也吞掉的。

但不论他云游到了何方,他总会回到伊萨卡。他的橄榄丛和山羊群,他忠心耿耿的仆人和他亲手养大的极品猎犬。他品格高贵的父母,年迈的奶妈,还有他第一次狩猎野猪时的场景,那次狩猎给他留下了我在他腿上看到的那道长长的伤疤。他的儿子忒勒玛科斯现在应该已经能下山放牧了。他会好好照顾它们的,我就一直把它们照顾得很好。每位王子都需要熟悉自己的土地,没有比放羊更好的学习方法了。他从没说过,万一我回到家之后,所有一切都化为灰烬了呢?但我能在他身上看到这个想法,那想法像他的二重身一样,正暗自壮大。

秋意渐浓,日光渐渐变得稀薄,草地在脚下咯吱作响。一个月的时间马上就要过去了。我们躺在床上。"我觉得我们要么马上动身,要么就留下来过冬。"

窗户敞开着,微风从我们身上拂过。这是他的一个把戏,把话像空盘子一样摆在桌子上,看看你会往里面放些什么。但他居然继续说了下去,让我有些惊讶。"我想留下来,"他说,"如果你愿意收留我的话。只要收留到春天就可以了。海面一旦可以行船了我就走。几乎不会耽搁什么的。"

最后一句话不是对我说的,是他在与别的什么人暗暗争辩。也许是他的手下,也许是他妻子,我不在乎。我将脸扭向一边,不让他看到我的喜悦。

"我愿意收留你。"我说。

* * *

在这之后,他身上起了一些变化,某种此前我并不知道他有的紧张感不见了。第二天,他哼着小曲,随自己的手下去了海边。他们将船拖进了一个有天然屏障的山洞。他们将船固定在木桩上,卷起船帆,收起了所有船具,让它们安稳地度过冬日的风暴,直到春天来临。

有时,我会发现他正盯着我看。他的脸会蒙上一层关切之情,然后他会若无其事地对我旁敲侧击。他会问关于这座岛的事,关于我父亲的事,那台织布机的事,我的身世,还有巫术。那表情我已经了然于心了:那与他看到三条腿的螃蟹,或琢磨埃阿亚东部海湾颇具迷惑性的潮汐时流露出的表情一样。这世界由谜团组成,我不过是无数谜团中的一个罢了。我没有回答他,他假装很失落,但我发现,从某种稀奇古怪的角度来说,这反而取悦了他。没有在他的叩击下应声而开的大门本身就很新奇,也是某种解脱。全世界都对他敞开了心扉。他却对我敞开了心扉。

有些故事他会在白天给我讲,还有一些只有当柴火烧尽,除了阴影之外没人能看清他的脸时他才会说。

"在独眼巨人那件事之后,"他说,"我们终于迎来了一丝转机。我们到达了风神岛。你知道那个地方吗?"

"埃俄罗斯国王。"我说。他是宙斯的走狗之一,负责追踪那些推着船只游荡世间的狂风。

"我讨得了他的欢心,于是他助我们加速前进。除此之外,他还给了我一个大袋子,里面装着所有会阻碍我们的风,这样它们就不会给我们制造麻烦了。一连九天九夜,我们都擦着海浪疾驰而过。我没有合过眼,一个小时都没有,因为我要守好那个袋子。当然,我告诉了我的手下那袋子是什么,但是——"他摇了摇头,"他们觉得那里面装着我不愿分享的财宝。他们从特洛伊那里分得的赃物早就葬身大海了。他们不想空着手回家。这下,"他深吸了一口气,"你想象得到发生了什么。"

我的确想象得到。如今，他的手下比以往更难管教，因为可以闲散一整个冬天而忘乎所以。晚上，他们喜欢玩扔酒糟的游戏。他们会拿某个大木盘当靶子，但他们根本瞄不准，因为那会儿他们已经喝了一碗接一碗的酒。桌子上脏兮兮的，好像发生过屠杀似的，然后他们会指望我的宁芙把桌子收拾干净。当我令他们自己收拾的时候，他们面面相觑。如果换作别人，他们是不会服的。但他们还记得自己的猪鼻孔。

"最后我实在撑不住了，"奥德修斯说，"我睡着了。我没有察觉到他们把那袋子从我手中偷走。是呼啸的狂风把我叫醒的。它们从袋子中飞旋而出，将我们吹回原地，好像我们从未离开一样。每一里都白走了。他们觉得我会为丧命的那些兄弟默哀，没错。但有时，仅仅是不亲手杀掉他们就已经花光了我的力气。他们皱纹见长，脑子却不见长。我带他们上战场的时候，他们还来不及做那些能让一个男人变稳重的事情。他们离乡的时候尚未成家。他们没有孩子。他们没有经历过歉收的年月，没有体会过家无担石的日子。他们也没经历过丰收的岁月，没有学会节俭。他们没有亲眼看着自己的父母变老，变得体力不支。他们没有亲眼看着父母死去。恐怕我不仅剥夺了他们的青春，也剥夺了他们的岁暮。"

他揉搓着指关节。年轻的时候他是个弓箭手，上弓弦、拉弓、射箭所需的力量给手造成的伤害是无与伦比的。上战场之前他丢下了弓箭，但疼痛却一直追随着他。他曾对我说如果他带了弓箭的话，他会是两军加起来最棒的弓箭手。

"那你为什么要丢下它呢？"

政治因素，他解释说。弓箭是帕里斯的武器。帕里斯，那个偷了别人妻子的小白脸。"在英雄们中，他是被当作懦夫看待的。就算一个弓箭手的技艺再高超，他也不会被当作希腊第一勇士的。"

"英雄都很蠢。"我说。

他笑了出来。"我们达成了共识。"

这会儿他紧闭着双眼。他沉默了很久，我以为他已经睡着了。然后他说："你不知道那时我们离伊萨卡有多近。我都能闻到海滩上燃火捕鱼[1]的味道。"

我开始请他帮些小忙。能不能请他宰头鹿做晚餐？能不能请他打点鱼回来？我的猪圈快要塌了，能不能请他修一修篱笆？看到他拿着满满当当的渔网，还有从我的果园里摘的一筐筐水果走进门，我会一阵狂喜。他和我一起在花园里劳作，加固葡萄藤。我们谈论着风向，谈论着埃尔佩诺尔喜欢上了在屋顶睡觉，以及我们是否应该禁止他这样做。

"那个蠢货，"他说，"他会摔断脖子的。"

"我会跟他说只有在他清醒的时候才能上去。"

他哼了一声。"这辈子都不可能。"

我知道我是个傻瓜。就算他熬过了明年春天，甚至一直待到下个春天，这样一个人被禁闭在我这座逼仄的岛屿上，也是永远都不会幸福的。就算我想方设法满足了他，界限仍然存在，因为他是个凡人，而且已经不年轻了。知足吧，我对自己说。一整个冬天的时光已经比你和代达罗斯相处的时间长了。

我没有知足。我摸清了他最喜欢的食物，笑着看他吃得那么香。夜晚，我们一起坐在壁炉边，谈论着白天发生的事。"关于那棵大橡树，"我问道，"被雷击中的那棵，你是怎么看的？你觉得它里面烂掉了吗？"

---

[1] 古希腊人会用火光引鱼上钩。

"我会去看看,"他说,"如果烂掉了的话,砍掉它应该不难。明天晚饭之前我把这件事办好。"

他砍掉了那棵树,剩下的时间则一直在帮我斩荆棘。"它们已经泛滥了。你急需一些山羊。四头羊用一个月的时间就能把它们吃秃。而且会让它一直秃着。"

"可我要上哪儿去找山羊呢?"

悬在我们之间的那个词,伊萨卡,像骤停的咒语一般。

"算了,"我说,"我变几头绵羊就好,这就能把事情搞定了。"

晚餐的时候,宁芙们开始在那些人身边徘徊,好把她们喜欢的人领到自己床上去。这让我很开心。我的家族正与他的家族交融。我曾对代达罗斯说我永远都不会结婚,因为我的手是肮脏的,而且我太喜欢自己做的事情了。但这个人,他的手也是肮脏的。

不过,喀耳刻,你觉得他对家庭生活的体贴入微都是从哪里学来的?

我妻子。当他谈起她的时候,他一直这样称呼她。我妻子,我妻子。这几个字被他当作盾牌横在身前,像那些害怕死神来索自己小命而不敢直呼死神其名的乡下人一样。

佩涅洛佩,这是她的名字。有时,在他睡着之后,我会对着漆黑的空气默念这几个字。这是一种挑衅,或许也是一个证明。看见了吗?她并没有来。她没有你信以为真的那些威力。

我尽可能地忍着,但到头来,她还是那块我不得不揭的伤疤。我等待着,直到他的呼吸声说明他已经足够清醒,能够交谈了。

"她什么样?"

他给我讲述她温文尔雅的举止,讲述她温柔的指令能让人迅速活跃起来，比任何叫嚷都管用。她的泳游得很好。她最喜欢的花是藏红花，她会把当季开的第一朵藏红花戴在发间以求好运。他谈起她的时候会让人产生错觉，好像她就在隔壁房间，好像他们并没有分隔十二年，并没有天各一方似的。

她和海伦是堂姐妹，他说。她比海伦聪明、睿智一千倍，虽然海伦自有她的聪明之处，当然，喜怒无常。那时我已经听他讲过了关于海伦的故事，她是斯巴达女王，是宙斯的凡人女儿，是世界上最漂亮的女人。帕里斯，特洛伊的王子，把她从她夫君墨涅拉俄斯的身边偷偷抢走了，结果挑起了战争。

"她是自愿跟帕里斯走的，还是被迫的？"我问道。

"谁说得准呢？我们在她的城门外驻扎了十年，但我从没听说她试图逃跑过。但墨涅拉俄斯刚一攻进城门，她就光着身子扑到了他身上，发誓这对她来说是场折磨，她只想回到自己的夫君身边。你是永远无法从她那里得到全部实情的。她像蛇一样深藏不露，眼睛总盯着自己的利益。"

跟你没什么两样，我想。

"而我妻子呢，"他说，"她始终如一。对所有事情都始终如一。就连智者偶尔都会误入歧途，可她从来不会。她是一颗恒星，是一把真材实料的好弓，"接着是一阵沉默，我感觉到他正在记忆深处游走，"她说的话都不止有一层含义，也不止有一个意图，但她依然始终如一。她了解她自己。"

这些话像被打磨过的尖刀一样，毫不费力地插进了我的身体里。从他说起她织布的样子那一刻起，我就知道他爱她。然而月复一月，他还是留了下来，我也任由自己被麻痹。如今我看得更加透彻了：那些与我同床共枕的所有夜晚，不过是他的旅者智慧。当你身处埃及时，你要膜拜伊西斯；当你人在小亚细亚时，你要为库伯勒宰一头羊。这不会冒犯你那位仍在家乡坐镇的雅典娜。

但即便我有这样的想法，我也知道这不是全部的答案。我想起了他在战争中度过的那些岁月——应付着国王们喜怒无常的坏脾气和王子们的臭脸，平衡着每个自恃清高的勇士与他的同僚之间的关系。这功绩与驯服埃厄忒斯的火牛不相上下，而且他只能依靠自己的足智多谋。但在伊萨卡的家中，不会有这样暴跳如雷的英雄，不会有协商会，不会有午夜偷袭，不会有为保全人命他必须孤注一掷想出的计谋。这样的人怎么能再次回归家庭，回到他的壁炉边和他的橄榄丛中呢？我意识到，他和我之间的家庭和睦更像是某种预演。当他坐在壁炉边，当他在花园中劳作时，他是在努力回忆家庭生活的秘诀：斧头落在木头上而非血肉上时是什么感觉；他要如何重新融入佩涅洛佩的生活，像代达罗斯的接缝一样圆润。

他在我身边睡熟了。时不时地，他的气息会在喉咙间卡顿一下。滴答。

帕西法厄会建议我熬制一剂爱情魔药，将他拴在我身边。埃厄忒斯会说我应该偷走他的心智。我想象着他的脸，上面除了我放进去的想法之外空无一物。他会坐在我的膝盖上，抬头望着我，既愚蠢又对我充满爱意，可却两眼空空。

冬雨飘零，整座岛都散发着大地的气味。我很爱这个季节，海滩冷冷的，鹿食草盛开着白色的花。奥德修斯长胖了些，活动的时候也不那么频繁地咧嘴了。他糟糕透顶的坏脾气也缓和了一些。我努力想从这中间找到一些满足感。就像看到一座花园被打理得井井有条一样，我对自已说。就像看着新生的小羊羔挣扎着站起来一样。

　　船员们待在房子附近，喝酒取暖。作为消遣，奥德修斯会为他们讲述阿基里斯、埃阿斯和狄俄墨得斯的英勇故事，让他们重回那段暮色时光，重温他们的光辉事迹。他们听得入了迷，满脸惊奇。记住，他们满怀敬畏地窃窃私语，我们曾与他们同行。我们曾与赫克托耳正面交锋。我们的子孙会将故事传颂下去。

　　他像个溺爱孩子的父亲一样对他们微笑着，但那天夜里他却嘲讽道："什么与赫克托耳正面交锋，他们只能抱头鼠窜。任何有脑子的人在见到他之后都会逃命的。"

　　"包括你在内吗？"

　　"当然了。埃阿斯几乎挡不住他，只有阿基里斯才能打败他。我是个不错的斗士，但我知道自己的极限在哪里。"

　　他的确知道，我想。很多人闭上双眼，对自己一厢情愿的能力异想天开，但他却像地图一样条分缕析。他细致地审视过自己，每一块石头、每一座山丘都被他尽收眼底，目光清晰，定位准确。他对自己天赋的把握，精确到了毫厘。

　　"我见过赫克托耳一次，"他说，"那是在战争早期，那时我们还假装也许双方可以和平休战。他挨着他父亲普里阿摩斯坐在一把摇摇晃晃的高脚凳上，把那凳子坐出了王座的感觉。他不像金子一样闪闪发光，他不优雅也不完美。但他始终如一，像从采石场里割下来的一整块大理石。他的妻子安德洛玛刻为我们斟了酒。后来，我们听说她为他生了一个儿子。阿斯提阿那克斯，城池统帅。但赫克托耳管他叫斯卡曼德里俄斯，是以流经特洛伊的那条河命名的。"

　　他的语气怪怪的。

　　"他怎么样了？"

"和战争中所有当儿子的人一样。阿基里斯杀了赫克托耳,后来,当阿基里斯的儿子皮洛斯攻入王宫的时候,他掠走了还是孩子的阿斯提阿那克斯,砸碎了他的脑袋。那场面很恐怖,皮洛斯的一切所作所为都很恐怖。但这是必要的。那孩子如果长大了,心里会埋着刀片的。身为人子,他的最高职责就是为父报仇。如果他活下来了,他会召集人马追杀我们的。"

窗外,月亮已经破碎得只剩下一个角了。他沉默了,思绪翻腾着。

"真奇怪,这想法竟然让我这么安心。如果我被杀了,我儿子就会启程。他会将那些让我长眠的人一网打尽。他会站在他们面前,说:'你们竟敢杀害奥德修斯,如今我要你们血债血偿。'"

房间里安静得很。时间已经很晚了,猫头鹰已经回到枝头上去了。

"他什么样?你儿子。"

他揉搓着大拇指根,锥子就是刺穿了这里。"我们以我的好箭法为他取名忒勒玛科斯,"超遥斗士,这是这名字的含义,"但讽刺的是,出生之后他哭号了一整天,好像他生活在战场中心似的。妇女们使尽了她们知道的各种办法,摇晃他,抱着他走路,包住他的胳膊,给他的大拇指蘸上酒让他嘬。接生婆说她从没见过这么旺盛的精力。就连我的老奶妈都把耳朵堵住了。我妻子有些阴郁,她怕这个孩子出了问题。把他给我吧,我说。我将他举在面前,看着他那张哭号的脸。'宝贝儿子啊,'我说,'你是对的,这世界既野蛮又恐怖,值得你冲它大喊大叫。但现在你是安全的,而且我们都需要睡觉。你能让我们平静一会儿吗?'然后他就镇定下来了。就这样在我手里安静下来了。从那以后,你就找不到比他更好相处的孩子了。他总是笑意相迎,乐呵呵地对待任何愿意停下来跟他说话的人。侍女们会编借口,专程来捏他的小肥脸。'将来他会是多棒的国王啊!'她们会说,'像西风一样温和,啊!'"

他继续沉浸在自己的回忆中。忒勒玛科斯吃的第一口面包，说出的第一个单词，他有多喜欢山羊，多喜欢藏在椅子下面，咯咯笑着等着被抓。我想，他在短短一年时间里攒下的关于自己儿子的故事，比我父亲一生攒下的关于我的故事还要多。

"我知道他母亲会让他记着我，但我在他这么大的时候已经开始率队打猎了。我亲手杀了一头野猪。我只希望当我回去的时候，还有我能教给他的东西。我想在他身上留下一些印记。"

我确定我当时说了一些模模糊糊的安慰他的话。你会留下印记的。每个男孩子都希望有个父亲，他会等你的。但那时我又想起了凡人生活的残酷。在我们说话的当口儿，时间就在流逝。那个宝贝男孩已经不见了。他的儿子在成长、在变老，在蜕变成男人。奥德修斯失去他已经十三年了。还会有多少年呢？

我的思绪常常回到那个目光平静又警觉的男孩身上。我好奇他是否知道父亲对他的期待，是否感受到了那些期待的重量。我想象着他每天都到悬崖上去，祈祷有船出现。我想象着他的疲惫，想象着他每晚睡觉前心里那股淡淡的悲伤。他蜷缩在床上，就像曾被父亲捧在手中。

黑暗中，我捧起了自己的双手。我不足智多谋，也不是一颗恒星，可我第一次在双手捧起的那个空间中感受到了什么。一份希望，一丝气息，它们尚可在我的手掌间生根发芽。

第十七章

归乡

〰〰〰

　　树刚刚开始萌芽。海面依旧泛着泡沫,但风浪很快就会平息。春天就要来了,奥德修斯该启程了。他会疾驰着穿越大海,目光紧锁家乡,在风暴和波塞冬的强力干预间周旋。我的小岛会再次沉寂。

　　每晚,我都倚着他躺在月光下。只要再多待一季就好,我试想自己对他说。待到夏天结束就好,那时的风是最适合出海的。这会让他大吃一惊,我也会从他眼中捕捉到稍纵即逝的失望之情。黄金女巫不该摇尾乞怜。于是我让小岛代为求情,美景胜于雄辩。山岩逐日褪下寒衣,花海日渐汹涌澎湃。我们在青草地上吃野餐。我们在被阳光烤得暖洋洋的沙滩上散步,在明媚的海湾中戏水。我领他走到苹果树下,这样当他睡着的时候,苹果的香气就会弥散到他全身了。我将埃阿亚的奇观像地毯一样在他面前铺陈开来。他开始动摇了。

　　他的手下也发现了。他们已经在他身边生活了十三年,虽然他错综复杂的想法常常超出他们的理解范畴,但他们还是察觉到了一丝变化,就像猎犬察觉到了主人的情绪波动。日复一日,他们越发躁动。伊萨卡,一逮住机会他们就大声说着。佩涅洛佩王后。忒勒玛科斯。欧律洛科斯在我的客厅里怒气冲冲地走来走去,对我怒目而视。我看到他在角落里跟别人窃窃私语,可当我经过的时候,他们沉默了,眼睛盯着地面。他们三三两两,偷偷溜到奥德修斯身边。我等着他将他们赶走,但他只是越过他们的肩膀,盯着灰尘在落日余晖中飞扬。我心想,当初就该让他们继续做猪。

"死神的胞兄"是诗人们为睡梦起的名字。对大多数人来说,那些黑暗时刻提醒着他们,不要忘了守候在长日尽头的死寂。但奥德修斯的睡梦却像他的人生一样动荡不安,里面满是引得群狼竖耳聆听的低语。我在泛着珍珠灰的黎明光线中端详着他:他面部肌肉的颤动,还有他紧绷的双肩。他扭扯着被子,好像它们是摔跤比赛中他想要过肩摔的对手一样。他已经和我过了一年平静的日子,可一入夜,他还是会回到战场上去。

百叶窗开着。我觉得昨晚一定下过雨。从窗口飘进来的空气很清新,像被水洗过一样。每一个声响——鸟儿啁啾,树叶窸窣,海浪浙浙——都像钟铃一样悬浮在半空中。我穿好衣服,追随这壮观美景来到了屋外。他的手下还在睡梦中。埃尔佩诺尔睡在屋顶上,身上裹着我最好的一条织毯。微风如竖琴拨弄出的音符,从我身边荡漾而过,我自己的呼吸似乎也奏起了和弦。一滴露水从枝头滴落。它撞击大地,发出了钟铃一样的声音。

我口干舌燥。

他从我的月桂丛中迈了出来。他身上的每一道线条都很优美,优雅到了极致。他披着一头黑发,头戴一顶花环王冠。橄榄木雕琢而成的弓箭垂在他的肩头，银制的弓弰闪闪发光。

"喀耳刻。"阿波罗说。这是世间最优美的钟铃。世界上的每一段旋律都是属于他的。

他举起了一只精致优雅的手。"我弟弟提醒过我要小心你的声音。我觉得你最好还是尽量少开口吧。"

他这话并没有恶意。不过，也许那完美音调表达出的恶意，在人听来就是这样。

"我不会在自己的岛上当哑巴的。"

他撇了撇嘴。"赫耳墨斯说过你很难缠。我是来给奥德修斯转达一则预言的。"

我紧张起来。奥林匹斯神的谜语向来是把双刃剑。"他在里面。"

"是的，"他说，"我知道。"

一阵风抽打在我脸上。我来不及叫喊。它冲进我的喉咙，横冲直撞朝我的小腹而去，好像整片天空都被塞进了我的身体里。我干呕起来，但它逐渐膨胀的能量还在不断喷涌，弄得我喘不上气来，将我淹没在一片陌生的神力之中。阿波罗看着我，愉悦之情溢于言表。

岛上的林中空地一扫而光。奥德修斯站在一片海滩上，周身是高耸的悬崖。远处，羊群游荡，橄榄丛生。我看到了一座王宫，它大殿开阔，庭院由石块铺砌而成，世代传下的武器在城墙上闪闪发光。伊萨卡。

随后，奥德修斯站在了另一片海滩上。那里沙石漆黑，天空从未见识过我父亲的光亮。被阴影笼罩住的杨树耸立在眼前，柳树的枝叶垂进一潭黑水中。没有鸟在鸣唱，没有野兽在走动。我立马就认出了那个地方，虽然我从未踏足其中。一个巨大的山洞豁开大口，洞口站着一位双目失明的老人。我在脑海中听到了他的名字：忒瑞西阿斯。

我俯身趴在花园的泥土地上。我乱抓一气，将魔莉连根拔起，连带着棕色的泥土一起塞进嘴里。那股风立刻消散了，去时如来时一样迅猛。我咳嗽了起来，全身都在颤抖，舌头染上了淤泥和灰烬的味道。我挣扎着跪了起来。

"你竟敢，"我说，"你竟敢在我的岛上对我不敬？我是泰坦的后人。这会挑起战争的。我父亲——"

"出主意的就是你父亲。帮我传递预言的人必须有先知的血统。你该感到荣幸才是，"他说，"你看到了阿波罗的神示。"

他的声音就是一首赞歌。他英俊的脸庞上只有稍许困惑。我想用指甲将他撕碎。神和他们不可理喻的规矩。总有让你不得不下跪的理由。

"我是不会告诉奥德修斯的。"

"这就不关我的事了，"他说，"预言已经转达完毕了。"

说完他就消失了。我用额头抵着橄榄树皱巴巴的树干。我的胸口起伏着，愤怒和耻辱令我颤抖不已。还要多少次我才能长记性呢？我享受的每一刻平静都是谎言，因为它们只能任神的心情摆布。不论我做了什么，不论我活了多久，他们一时兴起就可以从天而降，对我为所欲为。

天空还没有完全变蓝，奥德修斯还在屋里沉睡。我叫醒他，领他来到客厅。我没有跟他说预言的事。我一边看着他吃早饭，一边拨弄着我的怒火，好像它是刀尖一样。我想尽可能久地让它保持锋利，因为我知道后面会发生什么。在神示里，他回到了伊萨卡。我最后一个小小的希望破灭了。

我摆出了最好的餐具，开了年头最久的酒。但那酒没滋没味的，他也心不在焉。一整天，他都不停地扭头往窗外看，好像会有人来似的。我们谈话时很客气，但我感觉出他在等自己的手下吃完饭，睡觉去。当他们的最后一丝声音也消逝在睡梦中后，他跪了下来。

"女神。"他说。

他从没这样称呼过我，所以我明白了。我真正明白了。也许某个神明也来找过他了。也许他梦到佩涅洛佩了。我们田园牧歌式的生活结束了。我低头看着他的头发，灰白的发丝交织其中。他的肩膀绷得僵直，眼睛盯着地面。我隐约感觉到一阵愤怒。至少他可以看着我的脸吧。

"什么事，凡人？"我的声音很大。狮群颤抖了一下。

"我必须走了，"他说，"我已经待了太久。我的手下已经不耐烦了。"

"那就走吧。我是在招待你们，不是在囚禁你们。"

这会儿他看我了。"我知道，小姐。我对你感激不尽。"

他的眼睛像夏日的大地一样，棕色中透着暖意。他的话语很简单，言辞中没有巧舌之处，但这当然也是一种巧舌。他向来知道如何表现对自己最有利。说出下面这话时，我感受到了近似复仇的快感：

"诸神让我给你捎一道口信。"

"口信。"他的表情警觉了起来。

"他们说你会回到家中，但首先，他们命令你到冥界去，与先知忒瑞西阿斯谈谈。"

没有哪个神智正常的人在听到这样的事情后会不害怕。他浑身僵直，面色苍白，像石化了一样。"为什么？"

"诸神自有他们的道理，但他们觉得这理由不宜与我分享。"

"什么时候是个头呢？"

他的声音沙哑起来，脸像再度豁开的伤口一样。我的怒火平息了。他不是我的敌人。他要走的路已经够艰难了，我们不需要再彼此伤害。

我将手搭在他的胸膛上，他伟大的王者之心在那里跳动。"来吧，"我说，"我不会抛弃你的。"我将他领到卧室内，讲出了我所知道的一切。它们一整天都在我心中翻涌,迅猛而至、源源不断,像流水中的泡泡一样。

"风会载着你跨越山河湖海,直到生界的尽头。那里有一片海滨,漆黑的杨树在岸上丛生,幽幽死水上垂着柳枝。那是冥界的入口。挖一个洞,挖多大随后我指给你看。用黑色公羊、母羊各一只的鲜血把洞填满,再在四周洒满祭酒。饥渴的阴魂会蜂拥而至。在黑暗中困了那么久,它们会迫不及待想尝一口那热腾腾的生气。"

他的眼睛紧闭着,也许是在想象将从灰白之殿中涌出的那些亡灵。他会认出其中的一些。阿基里斯和帕特洛克罗斯,埃阿斯,赫克托耳。所有他手刃的特洛伊人,所有死去的希腊人,以及他那些被生吞的手下,他们依然高喊着要为自己申冤。但这还不是最糟的。那里同样会有他意想不到的亡灵:那些在他离家期间撒手人寰的家人。也许是他父母或忒勒玛科斯。也许是佩涅洛佩。

"在忒瑞西阿斯来之前,你绝不能让它们碰到血。在他喝饱之后,他会将自己的智慧传授于你。事后你要回到这里来,再停留一天,因为也许我可以给你更多帮助。"

他点了点头,眼皮灰沉沉的。我摸了摸他的脸颊。"睡吧,"我说,"你需要睡眠。"

"我睡不着。"他说。

我明白。他是在给自己打气,鼓起勇气迎接新一场战斗。漫漫长夜,我们静静地躺在彼此身旁,彻夜未眠。破晓时,我亲手帮他穿好了衣服。我将斗篷扣在他的肩膀上,帮他系好了腰带,将剑递给了他。打开前门后,我们发现埃尔佩诺尔四脚朝天横在石板路上。他最终还是从我的屋顶上摔了下来。我们低头看着他已经变蓝的嘴唇,还有他脖颈的骇人形状。

"已经开始了。"奥德修斯沮丧的语气中满是无奈。我知道他是什么意思。命运三女神又为他套上了枷锁。

"我会为你保留他的尸体的。现在你没时间举办葬礼了。"

我们将尸体抬到一张床上,用床单将它裹好。我搬出了为他们的旅途准备的食粮,还有祭祀用的羊。船已经准备就绪了,他的手下几天前就装好了帆。如今他们装好货品,将它推入了海浪中。冰冷的海水剧烈地翻滚着,空气因飞溅的浪花而蒙上了一层水雾。他们将会寸步难行,到了晚上肩膀就会红肿发痛。我想起应该给他们准备一些药膏的。但为时已晚。

我看着船挣扎着越过了海平线,然后便回到屋内,将裹在埃尔佩诺尔尸体上的床单揭开。我只见过支离破碎、横在我家地面上的尸体,那些尸体已经没有人样了。我摸了摸他的胸膛,那里既坚硬又冰冷。我曾听说人死后,他们的面孔看上去会比生前年轻。埃尔佩诺尔很爱笑,在生命的火光消逝后,他的脸松松垮垮的,上面满是皱纹。我为他净身,小心翼翼地将精油揉进他的皮肤里,好像他还能感觉到我手指的力度似的。我边忙活边唱歌,用歌声陪伴着他的灵魂,那灵魂正等待横渡冥河,进入冥界。我重新用寿衣将他裹好,念了一句咒语以驱散肉体的腐烂,然后便将房门在身后关闭。

花园中的草叶是那么鲜嫩,像刀锋一样闪着亮光。我将手指插进土壤里。湿热的盛夏正在凝集,很快我就要开始加固葡萄藤了。去年,奥德修斯帮了我的忙。这段回忆就像一块淤青,我试着触碰它,想看看它有多疼。他走以后,我会不会像阿基里斯一样,因为失去了挚爱帕特洛克罗斯而痛哭流涕呢?我试想自己在海滩上来回狂奔的场景,撕扯着头发,将他扔下的某件残破不全的旧短袍紧紧抱在怀里。试想自己因为失去了另一半灵魂而失声痛哭的样子。

我想象不到那场景。认清这一点又触发了它所独有的痛苦。但也许事情就是这样。在故事中，神和凡人向来无法长久。

那晚，我在厨房里削乌头。奥德修斯应该已经见过亡灵了。在他离开前，我将一个小药瓶塞进了他手里，请他从要挖的那个洞中舀一些血带回来给我。阴魂会将自己的寒意注入血水中，我一直都想感受一下那种力量，那种既苍白又让人毛骨悚然的力量。如今，我很后悔开了这个口。那是珀耳塞斯或埃厄忒斯才会做的事，是血液中只流淌着巫术、没有一丝温暖的人才会做的事。

我小心翼翼地干着活，手指运力精准，察觉到了每一种感受。草药们在架子上端详着我，一排又一排被我亲手采撷了神力的草药。我喜欢看到它们待在架子上，待在瓶瓶罐罐里：鼠尾草和玫瑰、夏至草、菊苣、野生月桂，还有封口玻璃瓶中的魔莉。最后还有一个，那东西还装在雪松木盒里：由罗盘草和苦艾草混合研磨而成的药水。自从第一次与赫耳墨斯同床开始，我就每月坚持喝这个药水，从未间断。除了上个月。

我和宁芙们在沙滩上等待着，看着船只驶入港湾。水手们默不作声地蹚水上了岸。他们耷拉着身子，像被石块压垮了一样，面露病容，苍老了许多。我搜寻着奥德修斯的脸。他的脸色很难看，我看不透。就连他们的衣服都褪了色，布料灰突突的，像被滤掉了颜色一样。他们就像一群鱼，一整个冬天都被困在薄薄的冰层下。

我迈步向前，用目光普照他们。"欢迎！"我高喊道，"欢迎回来，金子之心的人们！勇往直前的猛士！你们是会被写进传奇中的英雄。你们完成了赫拉克勒斯的伟绩之一：你们见过了冥府，并逃离了死劫。来吧，毯子已经为你们准备好了，铺在软绵绵的草地上。食物和酒也备好了。休养生息吧！"

他们行动迟缓，像老年人一样，但他们还是坐了下来。装满烤肉的盘子整装待发，还有深红色的葡萄酒。我们上菜、斟酒，直到他们的面颊泛起了红晕。烈日灼晒着他们，将死亡的阴冷气息蒸发殆尽。

我将奥德修斯领到一片绿意盎然的灌木丛中。"跟我说说。"我说。

"他们还活着，"他说，"这是我手头最好的消息。我儿子和妻子还活着。还有我父亲。"

没有他母亲。我等待着。

他盯着自己疤痕密布的双膝。"阿伽门农在那里。他的妻子有了情人。归家后，他的妻子趁他洗澡的时候杀了他，就像宰牛一样。我看到了阿基里斯和帕特洛克罗斯[1]，埃阿斯身上还带着他给自己留下的伤疤[2]。他们嫉妒我还活着，但至少他们的战斗已经结束了。"

"你的战斗也会结束的。你会回到伊萨卡。我已经看到了那场景。"

"我会回去的，但忒瑞西阿斯说当我回去后，我会发现自己的家被包围了。那些人吃着我的粮食，篡夺了我的王位。我必须想办法杀掉他们。可这样一来，我会因海毙命，死时却仍脚踩大地。神就喜欢打哑谜。"

他的语气比我之前听到过的都要苦涩。

"不要想这些，"我说，"这只会折磨你。想想你面前的路吧，它会

---

[1] 在作者的前作《阿基里斯之歌》中，帕特洛克罗斯托梦奥德修斯，请他为自己求情，将自己的名字刻在阿基里斯的墓碑上，以求在冥界与阿基里斯团聚。奥德修斯失败了。希腊大军离开特洛伊时，帕特洛克罗斯的孤魂仍在特洛伊的海滩上游荡。后来是阿基里斯之母忒提斯完成了帕特洛克罗斯的遗愿。
[2] 阿基里斯被杀后，埃阿斯和奥德修斯奋勇抵抗抢回了阿基里斯的尸体，后二人因谁该拥有阿基里斯的铠甲起了争执。奥德修斯在雅典娜的帮助下拔得头筹，埃阿斯因无法承受如此羞辱而自尽身亡。

引领你回家，回到你妻子和儿子身边。"

"我的路，"他的语气很阴郁，"忒瑞西阿斯已经为我铺好了。我注定要取道特里那喀亚岛。"

这个词像一支箭，正中要害。距我第一次听到这座岛的名字已经过去多少年了？那段回忆浮现在我眼前：我那两个闪闪发光的姐姐，还有宝贝、娇娃以及其他所有神牛。它们像百合花一样，在镀金的黄昏中摇曳着。

"如果我不去打扰牛群的话，我就能带着手下返乡。但如果任何一头牛受到了伤害，你父亲就会降怒。这样一来，我要过很多年才能再次见到伊萨卡，而且我的手下都会丧命。"

"那你就不要停下，"我说，"甚至不要让船靠岸。"

"我不会停的。"

但事情没有这么简单，对此我们心知肚明。命运三女神会诱惑你，会设下陷阱。她们会百般阻挠，将你赶入她们的圈套。任何事物都可以为她们所用：风向，海浪，还有凡人脆弱的心。

"如果你搁浅了，"我说，"那么就待在海滩上。不要去看牛群。你不知道它们会如何挑起你的食欲。它们与普通牛群之间的区别，就像神与人之间的区别一样。"

"我会忍住。"

我担心的不是他能不能忍住。但说这话有什么用呢？像死亡信使猫头鹰一样蹲守在他门前有什么用呢？他知道自己的手下是什么货色。而且，我心中涌起了别的担忧。我回想起了很久之前赫耳墨斯曾为我描绘的航海路线。我在脑海中追随着它们的轨迹。如果他取道特里那喀亚岛的话，那么……

我闭上了双眼。诸神的另一道惩罚。是在惩罚他，也是在惩罚我。

"怎么了？"

我睁开眼睛。"听我说，"我开口道，"有些事情你必须知道。"我为他描绘着旅途。我将他必须避开的险境一个一个地展示在他眼前：浅滩、蛮荒之岛，还有塞壬女妖，那些用歌声诱惑水手走向死亡的人头鸟身女妖。最后，我无法继续拖延下去了。"你的路线也会让你路过斯库拉。你知道她吗？"

他知道。我看着这当头一棒落在他身上。六条人命，或十二条。

"肯定有办法阻止她，"他说，"某个我可以用到的武器。"

这是他身上我最欣赏的地方之一：他总会奋力为自己争取机会。我别过身去，这样当我说出下面这席话时，我就不用看着他的脸了。"没有。什么都没用。就算是你这样的凡人也无计可施。我曾经与她对峙过，那是很久之前的事了，最后凭借魔法和神性才侥幸逃脱。但对付塞壬女妖时，你可以施一些计。用蜡封住你手下人的耳朵，但不要封住你自己的。如果你将自己绑在船桅上，那么也许你会是有史以来第一个听过她们的歌声、但却成功活下来讲述这段故事的人。对你妻子和儿子来说，这难道不是个精彩绝伦的故事吗？"

"会是的。"但他的语气钝得像被毁掉的刀刃一样。我无能为力了。他已经从我手中溜走了。

我们将埃尔佩诺尔抬到柴堆上。我们为他举行了仪式，歌颂了他的战绩，在生者名录上留下了他的大名。宁芙们哀号着，水手们痛哭流涕，但我和他却默默地站在一旁，没有掉一滴眼泪。事后，我们将我存积的粮食抬到了他的船上，船能承受多少就装多少。他的手下在绳索和船桨边待命。如今他们急不可耐，你看我、我看你，脚在船甲板上蹭来蹭去。我感觉心里空荡荡的，像沙滩在龙骨的重压下空了一块一样。

奥德修斯，拉厄耳忒斯之子，伟大的游侠，诡计多端、足智多谋的王子。他向我袒露了累累伤痕，作为回报，他任由我假装自己不曾受伤。

他踏上了船，当他转身搜寻我的身影的时候，我已经消失了。

第十八章

雅典娜

诗歌会如何定格这个场景呢？女神在孤寂的海角驻足，她的心上人渐行渐远。她泪眼婆娑，目光却深不可测，探向内心的秘密情愫。野兽围拢在她的裙角边，菩提树郁郁葱葱。最后，在他马上要消失在海平线上的那一刻，她抬起一只手，轻触着自己的小腹。

　　从他起锚那一刻起，我的五脏六腑就灼烧了起来。我这个一生都没有反过胃的人，如今时时刻刻都在反胃。我不停地呕吐，直到嗓子被扯得生疼；我的胃像搁置已久的坚果一样咔嗒作响，嘴角也开裂了，好像我的身体要把过去一百年间吃下的所有东西都吐出来一样。

　　宁芙们扭绞着双手，紧抱着彼此。她们从没见过这样的场景。我辈在怀孕时像花苞一样，光芒四射、日渐丰满。她们以为我被下了毒，或被施了某种邪恶的变形咒，我的身体正内外颠倒。当她们试图帮助我的时候，我推开她们了。我肚子里的孩子会被唤作半神，但这个词是骗人的。他会因我的血统而获得一些迷人的特质——俊美或迅捷，力量或魅力。此外的一切，都将来自他的父亲，因为有限的生命总是比无限的神性更能一脉相承。与所有凡人一样，他将遍体鳞伤，经历万千生死劫难。我不会将如此脆弱的事物托付给任何神灵，或我的任何一位家人。我只会将它托付给我自己。

"走吧，"我用前所未有的粗糙嗓音对她们说，"我不管你们要如何做到这一点——给你们的父亲捎个信，然后就走吧。这是我的。"

我无从知晓她们对这些话作何感想。又一阵痛苦袭来，我哗哗地流着眼泪，什么都看不见了。等我跌跌撞撞回到屋里的时候，她们已经消失了。我猜她们的父亲之所以依了她们，是因为他们担心怀上凡人的孩子这件事太有诱惑性。没了她们之后，房子给人的感觉怪怪的，但我没空去想这件事，也没空为奥德修斯感伤。反胃感一刻都不停歇。它无时无刻折磨着我。我不明白为什么它在我身上的反应这么强烈。我好奇是不是凡人的血液在与我的灵血作斗争，还是说我的确被诅咒了，是不是埃厄忒斯的某条咒语一直在人间回旋游荡，如今终于找到了我。但任何咒语都解不了这痛苦，就连魔莉都不行。我对自己说，这没什么不可思议的。你不是一直坚持要让自己所做的一切都难上加难吗？

我这个样子是无法保护自己免受水手的伤害的，我知道。我缓慢移步到草药罐前，施了那个我很久以前想到的咒语。我为这座岛蒙上了一层幻觉，让它在任何过往船只看来都像是环境险恶、会导致船只失事的礁石。事后我躺在地上，艰难地喘着气。不会有人来打扰我了。

不会打扰。如果不是因为这么难受，我会笑出声的。厨房里刺鼻的酸奶酪味，随风飘来的海草的咸臭味，雨后蠕虫遍生的大地，花丛中逐渐枯萎的病玫瑰，所有这一切都会让胆汁涌上来，灼痛我的喉咙。头疼紧随其后，像是海胆的刺扎进了我的眼里一样。我想，在雅典娜从宙斯的头颅中窜出之前，宙斯一定也是这种感受吧。我缓缓走进卧室，躺在百叶窗辟出的黑暗中，想象着如果我能自刎了结该有多好啊。

然而，尽管这话听上去很奇怪，即使身处如此极端的悲惨境地，我也没有悲痛欲绝。我已经习惯了不幸，它无形又缥缈，向目之所及的各处蔓延。但这场不幸是有边界、有深度的，它是有目的、有具体形态的。这场不幸是有希望的，因为它终将结束，并将我的孩子带到我面前。我的儿子。不论是因为巫术血统还是先知血统，我都知道他是个儿子。

他生长着，脆弱也随他一同生长。我从未如此庆幸自己有不死之身，我的身体像铠甲一样将他层层包围。感觉到他的蹬踹后，我高兴得头晕目眩。我每时每刻都在同他说话：研磨草药时，为他裁衣时，用灯芯草为他编织摇篮时。我想象着他走在我身边的样子，想象着他将会成为的那个男孩、小伙与男人。我会向他展示所有我为他聚拢的奇观：这座岛和岛上的天空，水果与绵羊，海浪与狮群。这完美的独处再也不会让人觉得孤独了。

我将手搭在肚子上。你父亲曾说他想再要几个孩子，但这并不是你活着的原因。你是为我而生的。

奥德修斯曾对我说，佩涅洛佩的阵痛在最开始时很微弱，她还以为是自己吃了太多的梨导致了胃痛。我的阵痛却像雷霆一样从天而降。我记得我从花园缓慢地走回了屋内，因为撕裂般的阵痛而弓着背。我已经备好了柳条汁，我先是喝了一些，然后将整瓶都灌了下去，最后还舔起了瓶嘴。

我对分娩，对它的不同阶段和进程知之甚少。光影虽在变化，但一切都是永恒一瞬，疼痛感像石头一样碾压着我。我尖叫着，使了好几个小时的劲，可孩子还是不出来。接生婆有让孩子挪动的办法，但我不知道那些办法。有一件事我是明白的：如果拖得太久，我儿子会死掉的。

那过程还在持续着。痛苦之中，我踢翻了一张桌子。事后，我发现那房间像是被熊扯烂了一样，挂毯被从墙上拽了下来，椅凳散了架，盘子也碎了。我不记得发生过这些。那会儿我的思绪在上千个恐怖念头中跌跌撞撞。孩子是不是已经死了？还是说我像我妹妹一样，正在身体里孕育着什么魔怪？持续不断的疼痛似乎证实着我的想法。如果孩子健全、正常的话，他难道不该出来吗？

我闭上了眼睛。我将一只手伸进自己身体里，摸索着孩子脑袋的光滑曲线。那上面没有角，也没有其他我辨认得出的恐怖事物。它只是卡在了子宫口，挤在了我的肌肉与骨架之间。

我向催生女神厄勒堤亚祈祷。她能够让我的子宫松弛下来，将孩子带到人间。据说她会守护每一位神灵和半神的降生。帮帮我，我叫喊着。但她没有来。野兽们在角落里哀号着。我回忆起了很久以前，我在俄刻阿诺斯的大殿里听到兄弟姐妹窃窃私语，说如果哪位神灵不希望你的孩子降世，那么他们可能会拦住厄勒堤亚。

这个念头止住了我飞驰的思绪。有人拦着她，不让她来。有人胆敢伤害我的儿子。这给了我所需的勇气。我在黑暗中咬紧牙关，缓缓走进厨房。我抓起一把刀，将一面巨大的青铜镜拽了下来，面向自己，因为如今没有代达罗斯从旁帮忙了。我倚着大理石墙面，周身都是散了架的桌子腿。石墙的冰冷让我镇定了下来。这个孩子不是米诺陶洛斯，而是个凡人。我绝不能割得太深。

我原本还害怕疼痛会要了我的命，但我几乎没有感觉到疼。四下传出一阵刺耳的声音，像是两块石头摩擦时发出的声响一样，我意识到那是我自己的喘息。血肉层层剥离开来，我终于看到了他：他四肢弯曲，像蜗牛屈身在壳里一样。我睁大了眼睛，不敢动他。万一他已经死了呢？万一他没死，我碰了他之后反而害了他呢？但我还是将他捧了起来，当他的皮肤接触到空气后，他开始号啕大哭。我同他一起哭了起来，因为我从没听到过比这更甜美的声音。我将他放在胸膛上，身下的石板像羽毛一样柔软。他不停地抖着，湿湿的、鲜活的脸紧贴着我的肌肤。我抱住他，剪断了脐带。

看到了吗？我对他说。我们谁都不需要。他用蛙鸣般的咕咕声回应着我，然后闭上了眼睛。这是我儿子，忒勒戈诺斯。

我这个母亲当得并不轻松。在为母这件事上，我就像上场杀敌的士兵一样全副武装，拔剑抵挡着即将到来的进攻。可我做的一切准备都不足。在与奥德修斯共度的那些年月里，我以为自己已经掌握了凡人生活的部分要义。一日三餐，身体排泄，洗洗涮涮。我裁了二十块布当尿垫，还觉得自己这么做很明智。但关于凡人小婴儿，我知道什么呢？埃厄忒斯在襁褓中待了还不到一个月。二十块布只够我撑过第一天。

谢天谢地，我不用睡觉。每时每刻我都要换洗、煮沸、清理、揉搓、浸泡点什么。可我要如何完成这些呢？毕竟他每时每刻也会有所需——需要食物，需要换衣服，需要睡眠。我一直以为最后一项对于凡人来说再自然不过了，像呼吸一样轻而易举，但他似乎就是做不到。不论我怎样为他裹襁褓，不论我怎样哼唱着歌摇晃他，他都会尖叫。他大喘粗气，浑身发抖，直到狮群逃之夭夭，直到我害怕他会伤到自己。我做了一个能接住他的吊兜，这样他就可以躺在我的心口了。我给他吃了安神的草药，焚了香，还唤来鸟儿在窗外歌唱。唯一起效的是当我走动的时候——在厅堂中走动，在山间走动，在岸边走动。这样一来，他就终于能把自己的精力耗尽，闭上眼睛进入梦乡了。但如果我停下，如果我试图放下他，他就会立刻醒来。就算我不停地走，他也很快就会清醒，再次尖叫起来。他身体里藏着一整片海的悲伤，我只能暂时堵住它不让它爆发，但却永远无法将它排空。那些日子里，我多少次想起了奥德修斯那个笑意相迎的孩子？我试了他的窍门，还有其他一切窍门。我将儿子肉乎乎的身体举在半空中，向他保证他是安全的。可他反而叫得更大声了。我觉得，不论是什么让忒勒玛科斯王子那么可人，那都一定是从佩涅洛佩身上继承来的。这孩子是我咎由自取。

我们的确也拥有一些安宁的时刻。当他终于进入梦乡后，当他吃奶的时候，当他微笑着看群鸟从枝头四散飞去的时候。我会端详着他。我感受到的爱意是如此锋利，似乎我已经皮开肉绽了一样。我列了一连串我愿意为他做的事情。烫脱皮。剜眼睛。把双脚走得磨出骨头，只要他健康、快乐就好。

但他不快乐。一小会儿就好，我想，我只需要一小会儿他不在我臂弯里哭哭啼啼泄愤的时光。但这样的时光并不存在。他讨厌阳光。他讨厌海风。他讨厌洗澡。他讨厌穿衣服，讨厌不穿衣服，讨厌俯卧，也讨厌仰卧。他讨厌这大千世界和其中的一切，而他对我的厌恶又似乎高于一切。

我想起了所有施咒、唱歌、织布的时光，失去它们的感觉就像被扯掉了一只胳膊一样。我甚至怀念起了把人变成猪的日子，至少那件事我在行。我想把他扔出去，却反而和他一起在黑暗中继续前行。我们在海浪前来回踱步，每迈一步我都渴望着自己的旧生活。他哭号着，而我则对着夜空郁郁寡欢地说："至少我不担心他已经死了。"

我用手捂住了嘴巴，因为冥界之神在比这微弱得多的召唤下都会现身。我将他怒气冲冲的小脸蛋紧紧地贴在身上。眼泪在他的眼眶中打转，他的头发乱糟糟的，脸上还有一小块划痕。这伤痕是怎么来的？

哪个恶棍竟敢伤害他？我听说过的关于凡人婴儿的一切都涌回了脑海中：他们会如何毫无缘由地死掉，或因为随便哪个原因死掉——因为他们太冷了，太饿了；因为他们这样或那样躺着。我感受着他薄薄胸膛内的每一次喘息。这是多么的不可思议啊，这个脆弱的小生命连头都抬不起来，但他想在这个严酷的世界上活下去，这是多么让人难以置信啊。但他会活下去的。他会的，就算我要与那位遮遮掩掩的神灵[1]斗争到底。

我凝视着黑暗。我像狼一样认真倾听着，会因任何危险而竖起耳朵。我将那些会让我的岛屿看上去如嶙峋礁石般的幻觉咒又施了一遍。但我还是害怕。有时，人在走投无路的时候是不择手段的。如果他们还是停靠在了礁石上，他们就会循着他的尖叫声而来。万一我忘了以前的伎俩，无法让他们把酒喝下去怎么办？我想起了奥德修斯给我讲过的关于士兵会如何对待孩童的故事。阿斯提阿那克斯和特洛伊的所有子孙后代，他们全都被击碎了头颅，被活活烧死，被大卸八块，被马匹踩踏致死，被以这样或那样的方式处死，这样他们就不会活下去，待来日强大后四处寻仇了。

我一生都在等着悲剧找上门来。我从不怀疑它会来，因为我拥有别人认为我不该有的欲望、叛逆和力量，我拥有会引雷霆上身的一切。悲伤一次次地灼烧着我，但它的烈火却从未穿透我的肌肤。那段日子，我的疯狂来自一个新出现的定局：我终于遇到了诸神可以用来要挟我的东西。

---

[1] 这里是双关。一层意思是指冥界之神哈得斯，其名 Hades 含有"眼不可见"之意。另一层意思与下文情节有关。

我继续抵抗着，他继续成长着，我只能这样说。他平静了下来，这也让我平静了下来，或者也许事实正好相反。我不会总是发呆了，也不会常常想烫掉自己的一层皮。他第一次露出了笑容，而且开始在摇篮里睡觉了。他一整个早上都不会尖叫，而我则可以在花园里劳作。聪明的孩子，我说。你是在考验我，是不是？听到我的声音后，他从草丛中抬起头来，再次露出了微笑。

他必死的命运时刻萦绕在我心头，像第二颗跳动的心脏一样时刻不停。如今他能够坐起身，能够伸手去抓东西了，于是我房子里的所有日常物件都露出了它们隐藏的獠牙。火炉上沸腾的热锅似乎会往他的手指上扑。刀从桌子上滑落，下落的地方离他的脑袋只有一根发丝的距离。如果我将他放下的话，那么黄蜂就会嗡嗡飞至，蝎子就会从某个隐秘的缝隙里跑出来，举起毒尾。火炉的火星似乎总是画着弧线，往他稚嫩的皮肤上蹿。每一次险境都被我及时化解了，因为我离他永远不会超过一步之遥，但这反而让我更不敢合眼、更不敢离开他片刻了。倾塌的柴堆会压在他身上，一条温顺了一辈子的狼会突然失控。醒来时我会看到一条毒蛇竖在他的婴儿床边，张着血盆大口。

我觉得这是一个证明，说明我被爱与恐惧和失眠冲昏了头脑，居然过了这么久才意识到：蜇人的动物不该成群结队地来，而且就算我疲惫到笨手笨脚的地步，一上午打翻十口锅也说不过去；居然过了这么久才回想起，在我漫长的分娩之痛中，厄勒堤亚被阻拦在外；居然过了这么久才开始好奇，那个下此毒手的神灵在挫败后，会不会卷土重来。

我用吊兜将忒勒戈诺斯绑在身上，走到了位于半山腰的池塘边。池塘里有一些青蛙，还有银色的米诺鱼和水黾。水草密密麻麻地纠缠在一起。我说不出为什么那一刻我想到了水。也许是水仙女血统遗留下来的习惯吧。

我用手指触摸着池塘的水面。"是不是有哪位神灵要害我儿子？"

水面颤抖了起来，浮现出了忒勒戈诺斯的画面。他被羊毛裹尸布裹着，面色苍白，了无生气。我吓得往后退了退，喘着粗气，那神示也粉碎了。有那么一小会儿，我什么都做不了，只能拼命呼吸，将脸颊贴在忒勒戈诺斯的头顶上。因为不停地在婴儿床上左晃右动，他后脑勺上隐约的几缕头发已经被磨光了。

我将颤抖的手再次放到水面上。"是谁？"

水面只映照出了头顶的天空。"求你了。"我央求道，但没有回答。我感觉一阵恐慌爬上了我的喉咙。我本以为是某个宁芙或河神在威胁我们。操纵毒虫、火焰和动物恰好是次等神灵与生俱来的神力所能到达的极限。我甚至怀疑会不会是我母亲干的，她一时心生嫉妒，嫉妒我可以继续生孩子而她不能。但这个神有本事逃脱我的神示。全世界这样的神灵加起来只有那么几个。我父亲。我外祖父或许也行。宙斯和几个身居高位的奥林匹斯神。

我紧紧抱着忒勒戈诺斯。魔莉可以阻挡咒语，但却抵挡不了三叉戟，抵挡不了雷霆。我会像区区草芥一样，倒在那些神力面前。

我闭上双眼，与那股令人窒息的恐惧作着斗争。我必须头脑清晰，机智行事。我必须回忆起自创世之初起，次等神灵在对付高等神灵时用过的所有伎俩。奥德修斯不是曾给我讲过阿基里斯的海宁芙母亲的故事吗？她找到了门路，与宙斯达成了协议。他没有说那门路是什么。而且到头来，她儿子还是死了。

呼吸像锯齿一样割着我的胸膛。我告诉自己，我必须知道那个神是谁。这是第一步。我是无法抵御阴影的。给我一个我可以直面的东西吧。

回到屋内后,我在壁炉里生了一个小火堆,虽然我们并不需要它。夜很暖,夏日正逐渐变得丰满,向秋天过渡。但我想让空气中充满雪松的香气,还有我淋撒在火苗上的草药发出的浓烈气味。我觉察到皮肤一阵刺痛。其他任何时候,我都会觉得这是天气变化使然,但如今它似乎凝集着恶意。我的脖子上汗毛直立。我轻轻地抱着忒勒戈诺斯,在石板地上踱步,直到他哭得筋疲力尽,终于睡着了。我就是在等这个时刻。我将他放进摇篮里,将摇篮拉到壁炉边,然后令狮群和狼群将它围住。它们是挡不住神的,但大多数神都是胆小鬼。利爪和獠牙也许会为我争取一点时间。

我手握权杖,站在壁炉前。空气中充斥着侧耳聆听的静谧。

"想要害我孩子的人,你出来。出来,当着我的面说话。还是说你只会在暗地里谋杀?"

房间里静得出奇。除了忒勒戈诺斯的呼吸声和我血管中的血流声外,我什么都听不到。

"我不需要在暗地里做什么,"一个声音劈开了空气,"还轮不到你辈质疑我的目的。"

她破门而入。她高挑挺拔,瞬间迸射出一道白光,像划破午夜苍穹的一道闪电。她的马鬃毛头盔蹭到了屋顶,明镜般的盔甲迸发着火花。她手中的矛又长又细,锋利的矛尖被火光照得锃亮。她身上燃着一种笃定,在她面前,世界上的一切混乱与污迹都要退缩得无影无踪。她是宙斯最爱的孩子,是光芒万丈的雅典娜。

"只要我心想,就会事成。这没得商量。"又是那如切割金属般的声音。我以前也曾与至高的神灵对峙:我父亲和外祖父,赫耳墨斯和阿波罗。但她的目光刺穿了我,这一点他们都未曾做到。奥德修斯曾说她就像一把被打磨得如发丝般纤细的尖刀,伤口微小到你甚至不知道自己被割伤了。可一刀接一刀下去,你的血就会流失殆尽,地上一片血泊。

她伸出一只洁净无瑕的手。"把孩子给我。"

房间里所有的暖意都逃遁无踪。就连正在我身边噼啪作响的火堆看上去也不过就是墙上的一幅画。

"不。"

她的眼眸是亮银与岩灰交织而成的颜色。"你要与我作对吗?"

空气变得沉闷,我好像喘不上气来了似的。在她胸前,大名鼎鼎的埃癸斯正闪闪发光。那是一副皮质盔甲,边缘镶着金线。据说盔甲是用她亲手从某位泰坦神身上扒下来的皮做的,她还把皮晾晒成了棕褐色[1]。她闪闪发亮的眼睛向我宣称:如果你不乖乖从命,求我开恩的话,我也会这样把你穿在身上的。我的舌头打了结,颤抖不止。但关于世间万物我只知道一件事,那就是神是不会开恩的。我用两只手指掐着自己的肉。尖锐的疼痛稳住了我。

"我会的,"我说,"虽然这看上去不是一场公平的决斗,你对一个手无寸铁的宁芙大打出手。"

"你心甘情愿地把他给我,就没有决斗的必要了。我会确保速战速决。他不会受罪的。"

不要被你的敌人蛊惑,奥德修斯曾对我说。看看他们。这会告诉你

---

[1] 关于埃癸斯到底是什么目前仍存在争议,但大多认为这是一块双面盾牌,由赫淮斯托斯打造,一面归宙斯所有,另一面归雅典娜所有。亦有版本认为雅典娜的埃癸斯中心镶嵌着美杜莎的头颅。

一切。

我看着她。她全副武装,身披铠甲,从头到脚分别戴着头盔、长矛、埃癸斯和护胫甲。这是一幅令人生畏的画面,战争女神已经做好了开战的准备。但她为什么要在我这个对搏斗一无所知的人面前摆这么大的阵势呢?除非她害怕别的什么。有什么东西让她觉得自己暴露了,而且很脆弱。

直觉引领着我向前:我在父亲的神殿中度过的无数时光,还有与足智多谋的奥德修斯,那个诡计多端之人共度的无数时光。

"伟大的女神,我一生都对你的威力有所耳闻,所以我难免好奇:你想索我孩子的命已经有一段时间了,可他还活着。怎么会这样呢?"

她像蛇一样渐渐盘开,但我穷追不舍。

"那么我只好认为,你没有得到允许。有什么东西阻止你这样做。命运三女神为了达到自己的目的,不允许你公然杀害他。"

听到命运三女神这个词的时候,她的眼里闪过了一道光。她是诡辩之神,自宙斯无穷无尽的聪明才智中孕育而生。即使她遭禁了,就算是那三位苍白女神亲自下的禁令,她也不会轻易就范。她会极其细致地分析那道禁令,想办法突出重围。

"所以这就是为什么你要出此下策。招来黄蜂,打翻热锅,"我端详着她,"如此卑劣的手段对你的勇士精神一定是莫大的侮辱。"

她握着长矛的手气得直发白。"什么都没有改变。这孩子必须死。"

"他会死的,等他活到一百岁的时候。"

"告诉我,你觉得你的巫术能挡我多久?"

"需要多久就挡多久。"

"你太鲁莽了,"她朝我迈进了一步,马鬃毛饰物在我的屋顶上擦得嘶嘶作响,"你忘了自己几斤几两,宁芙。我可是宙斯之女。也许我不

ATHENA

能直接对你儿子下手,但命运三女神可没说我能对你怎么样。"

她在房间里放话的样子,恰如往镶嵌画中扔石块一样。即使在诸神之中,雅典娜的坏脾气也是出了名的。那些反抗她的人被变成了石头和蜘蛛,被逼疯,被龙卷风卷走,被围追堵截,被诅咒逼到了世界的尽头。如果我走了,那忒勒戈诺斯……

"是啊,"她皮笑肉不笑,很是冷酷,"你开始明白自己的处境了。"

她将长矛抬离地面。现在它不再亮闪闪的了。它像液体状的黑暗一样,在她手中流动。我后退了几步,紧靠着摇篮编有花纹的一侧,脑子里乱成一团。

"没错,你可以伤我,"我说,"但我也有父亲,还有家人。家族血脉被随意践踏,他们是不会姑息的。他们会愤怒,甚至可能会被煽动,从而采取行动。"

长矛依旧悬空,但她并没有将它高高举起。"如果要打仗的话,泰坦佬,奥林匹斯神会取胜的。"

"如果宙斯想开战,他很久以前就会用雷霆对付我们了。但他一直拖着。你让他苦苦维系的和平付之东流,他会怎么想呢?"

我从她的眼神中看到她正拨弄着筹码,小石珠一会儿加在这边,一会儿算在那边[1]。"你的威胁太野蛮了。我本以为我们能理性地讨论这件事。"

"只要你想杀我的孩子,就不可能理性。你生奥德修斯的气,但他根本就不知道这个男孩的存在。杀死忒勒戈诺斯是惩罚不了他的。"

"你太自以为是了,巫婆。"

如果不是因为我儿子的性命危在旦夕,我可能会因为在她眼中看到

---

[1] 古希腊人使用的一种类似计算板的工具,算数时会用到石头珠子。

的东西而嘲笑她。纵使她百般精明，掩饰情感方面却很蹩脚。她为什么要掩饰呢？谁敢因为知道了她在想什么，就伤害伟大的雅典娜呢？奥德修斯说她生了他的气，但他不了解神的真实本性。她并没有生气。她的失踪不过就是赫耳墨斯口中老生常谈的伎俩：对挚爱置之不理，逼得他绝望，然后满身荣光地回到他面前，纵情享受即将到手的卑躬屈膝。

"如果不是为了伤害奥德修斯，你为什么要我儿子死呢？"

"这不是你该知道的事。我看到了未来会发生什么，我告诉你，这个孩子不能活。如果他活了，你余生都会追悔莫及。你很疼爱这个孩子，我不怪你。但不要让母爱蒙蔽了你的理智。想想吧，赫利俄斯之女。现在把他交给我难道不是更明智吗？趁他几乎还未涉世，趁他的肉体和你的情感之间的纽带还没完全成型的时候，"她的声音柔和了一些，"想想一年以后，两年以后，十年以后，当你们之间的爱完全成熟之后，情况对你来说会糟糕多少倍吧。最好现在就从容地把他送到亡灵之殿去，最好再怀一个孩子，在新的喜悦中遗忘过去。没有哪位母亲该眼睁睁地看着自己的孩子死去。可是，如果这不可避免，你还是可以得到补偿的。"

"补偿？"

"当然了，"她的脸容光焕发，像熔铁炉的炉心一样，"你不会以为我一味要求牺牲，却不给回报吧？你会得到帕拉斯·雅典娜的恩典。我将永世与你为善。我会在这座岛上为他树立一座丰碑。时机成熟后，我会再遣一个好男人到你这里来，让他再给你一个孩子。我会庇佑孩子的降生，保护孩子不受疾病之苦。他会是凡人的领袖，在战场上令敌人闻风丧胆，进言献策时机敏智慧，受所有人的爱戴。他会儿孙满堂，实现你为母的每个心愿。我会确保这一点。

"奥林匹斯神发誓与你为善——这是世界上最丰厚的奖赏，像日落花园¹中的金苹果一样罕见。你会拥有每样舒适,每种快乐。你永远都不用再害怕了。"

我凝望着她亮晶晶的灰色眼眸。她的眼睛就像两颗悬空的珠宝一样,旋转着映射光芒。她露出笑容,对我伸出了一只手,好像已经准备好了要握住我的手。当她说起孩子的时候,她几乎是在低声哼唱,像是在哄她自己的宝贝一样。但雅典娜没有孩子,她永远都不会有。她唯爱理性。理性与智慧向来不是一码事。

孩子不是一袋袋粮食,不可以相互替换。

"对于你拿我当母马,觉得可以随心所欲用我配种这事,我就当没听见。真正的谜团在于,为什么我儿子的死对你来说如此重要。他会做什么,要让强大的雅典娜不惜如此代价阻止其发生?"

她的温柔全都瞬间消失了。她将手收了回去,像一扇重重摔上的门。"也就是说你要与我为敌了。就你那点破草,和那点微不足道的神力。"

她的神力向我袭来,但我有忒勒戈诺斯,我不会放弃他,任何情况下都不会。

"是的。"我说。

她嘴唇紧绷,露出了白晃晃的牙齿。"你不可能一直守着他。我总归会把他夺走的。"

她消失了。但我还是把这句话说了出来,对着空旷的大房间和我儿子睡梦中的双耳:"你不知道我做得出什么事来。"

---

1 挑起特洛伊战争的金苹果正出自这里。

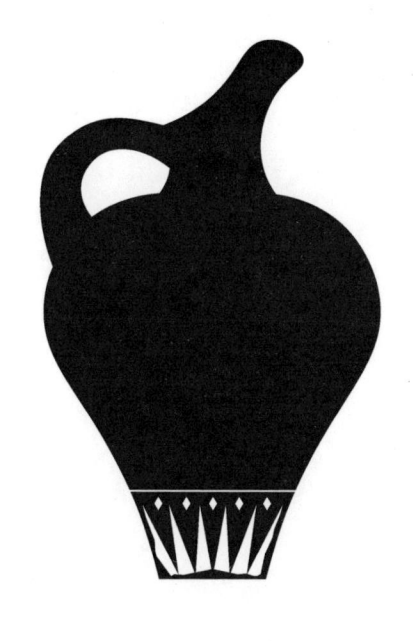

第十九章

忒勒戈诺斯

那晚余下的时间，我一直在踱步，脑海里重复着雅典娜的话。我儿子长大成人后会做出令她惧怕的事，对她影响深刻的事。是什么事呢？她说那是一件同样会让我追悔莫及的事。我来回踱步，翻来覆去地想，却找不到答案。最终，我只得强迫自己先将此事放在一旁。执着于命运三女神的谜语是无益的。重要的是：她会一次又一次找上门来。

　　我曾妄言雅典娜不知道我做得出什么事来，但事实是，我自己也不知道。我杀不死她，也变不了她。我们甩不开她，也无处可藏。我施的所有幻觉咒都无法掩护我们免遭她全知的目光。忒勒戈诺斯很快就能走能跑了，那时我还怎么保得住他的人身安全呢？阴暗的恐惧在我脑海中升腾起来。如果我不想想办法的话，池塘中的神示就会成真，他苍白、冰冷的尸体就会被卷进裹尸布里。

　　那些日子在我的记忆中只留下了一些碎片。我在岛上四处搜罗，聚精会神到紧咬牙关。我挖野花，磨草叶，搜寻着每一根羽毛、每一块石头、每一条根须，希望它们中的某个东西能帮上我的忙。它们在房子周围堆积成山，摇摇欲坠，厨房里的空气也因为粉末而变得颗粒感十足。我又切又煮，眼睛瞪得像匹过劳的马一样。干活的时候，我将忒勒戈诺斯绑在身上。我不敢将他放下。他很讨厌这样的束缚，于是大喊大叫，肉乎乎的拳头捶打着我的胸口。

不论走到哪里，我都能闻到雅典娜身上的焦铁味。我分不出这是她在挑衅，还是恐慌让我产生了幻觉，但却像棒子一样驱赶着我向前。走投无路之中，我试着回忆起叔叔们曾讲过的每个扳倒奥林匹斯神的故事。我思索着要不要去拜访我的外祖母、海宁芙们和我父亲，跪倒在他们脚边。但就算他们愿意帮我，他们也不敢与盛怒中的雅典娜对峙。埃厄忒斯也许有这个胆量，但如今他对我恨之入骨。至于帕西法厄？连跟她开口都不值得。

我不知道现在是什么季节，是几点。我只看得到眼前不停劳作的双手，污迹斑斑的刀，桌子上被捣烂、碾碎的花草，和我一遍又一遍炖煮的魔莉。忒勒戈诺斯睡着了，他的头向后仰着，脸颊依然被气得红扑扑的。我停下来深吸了一口气，稳住自己。眨眼的时候，我的眼皮发涩。墙看上去不再是石头垒砌，而是像布一样柔软，向内凹陷着。我终于想到了一个点子，但我需要一样东西：一件来自冥界的信物。亡灵穿越了大多数神都无法踏足的地界，因此能实现生灵做不到的事，那就是将我辈抵挡在外。但我没有办法拿到这样的信物。除了统治亡灵的神之外，没有其他神能踏足冥界。我来回踱步了好几个小时，做着无用的猜想：我如何才能唆使某位地狱神灵拔一把灰水仙，或舀一些斯提克斯河的水上来呢？或者我如何才能造一条木筏，航行到冥界边缘，用奥德修斯的伎俩将亡灵引诱出来，捕捉一点它们的青烟呢？这个主意让我想起了奥德修斯为我灌好的小药瓶，里面装着从他挖的洞中舀上来的魔血。阴魂曾贪婪地将嘴唇贴在血水上，它可能还带着它们呼出的恶臭。我将它从盒子中取出，对着亮光举起。阴暗的液体在玻璃瓶中旋转着。我倒了一滴出来，忙活了一整天，蒸馏着这滴血，把那股微弱的味道提炼了出来。我加了些魔莉以增强它的效力，为它定型。我的心在希望与绝望间摇摆：会成功的，成功不了。

我等着忒勒戈诺斯再次入睡，当他跟我对着干的时候，我无法集中所需的注意力。那晚我创造了两条咒语。一条承载着那滴魔血和魔莉；另一条蕴含了这座岛屿每一部分的碎片，上至悬崖，下至盐滩。我狂热地奋斗着，太阳升起时，我将两个塞着瓶塞的玻璃瓶举到面前。

我筋疲力尽，胸膛剧烈地起伏着，但我不能等，一刻都不行。忒勒戈诺斯还绑在我身上，我就这样爬上了最高的山巅。那山巅不过是低垂苍穹下的一牙山岩。我将石头踩在脚下。"雅典娜要杀我的孩子，所以我要保卫他，"我大喊着，"现在就请见证埃阿亚女巫喀耳刻的威力吧。"

我将染血的药水倒在了山岩上。它像熔化的青铜遇水后一样嘶嘶作响。滚滚白烟喷向半空，不断升高、蔓延。白烟越积越多，在岛屿上空形成了一个巨大的穹顶，将我们笼罩在内。那是一层活地狱。如果雅典娜找上门来，她会被迫调转方向，就像鲨鱼游进了淡水一样。

第二条咒语，我施在了这层烟雾之下。这是与岛屿本身交织在一起的魔咒，与每一只飞禽走兽、每一粒沙、每一片叶、每一块岩石、每一滴水交融在一起。我在它们以及它们可能孕育的千秋万代身上都标记了忒勒戈诺斯的名字。如果哪天她真的冲破了迷雾，那么整座岛屿都会奋起抵抗，护他平安，飞禽走兽、山林岩石、泥土中的根须通通如此。这样一来，我们就能联手抗敌了。

我站在艳阳之下，等着一个答案：等着一道嘶嘶作响的雷霆，等着雅典娜的灰光长矛将我的心脏钉死在山岩之上。我能听出自己喘着粗气。那两条咒语的重量像轭一样拖拽着我的脖子。它们威力太强，无法独立存在，我只得一刻不停地背负着它们，用我的意志力支撑住它们，每月还要让它们重回巅峰状态。这会耗费我三天的时间。一天用来重新收集这座岛屿的全部碎片，海滩、树丛与草地，鱼鳞、羽毛与毛皮。另一天用来将它们混合在一起。第三天要集中全部精力，从我囤积的魔血中将亡灵的恶臭提炼出来。忒勒戈诺斯全程都会哭号着扭来扭去，与我作对，而咒语也会重重地碾压在我的肩头。但这些都不重要。我说过我什么都愿意为他做，如今我会证明这一点，撑起这片天。

我等了一个上午，精神紧绷着。没有等到答案。我终于意识到，一切都结束了。我们自由了。我们不仅摆脱了雅典娜，还摆脱了他们所有人。咒语压在我的身上，但我却感觉轻飘飘的。这是埃阿亚第一次为我们所独有。头晕目眩中，我跪倒在地，解开了我那正奋力挣扎的儿子身上的褪褓。我将他放在地上，他自由了。"你安全了。我们终于能幸福地生活了。"

我真是个傻瓜。我担惊受怕、他处处受限的所有日子，都像一笔必须偿还的债。他在岛上横冲直撞，不肯坐下，甚至不肯停下片刻。雅典娜的确被挡在了外面，但这座岛上依然存在所有日常的险境：岩石和悬崖，还有我不得不扒开他的手才能弄走的蜇人虫物。只要我想伸手抓他，他就会嗖地一下窜到某个悬崖上以示抗议。他好像对整个世界都愤愤不平：石头扔得不够远，腿跑得不够快。他想像狮群一样，一窜就跳到树上去，当他做不到的时候，他就会用拳头捶打树干。

我试图将他揽入怀中，对他说，耐心点，你迟早会强壮起来的。但他却拱起身子，尖叫着从我身边逃开了。什么都哄不住他，他不是那种你用亮晶晶的玩意在他眼前晃一晃，就能让他忘掉一切的孩子。我给他喝安神的草药和牛乳酒，甚至给他喝安眠药，但都无济于事。唯一能让他安静下来的是大海。海风和他一样躁动不安，海浪充满律动。他会用小手拉住我的手，站在拍岸的浪花中指来指去。海平线，我会说出他所指的每样东西的名字。天空。海浪，潮汐，洋流。余下的一整天他都会自言自语，悄声重复着那些音节。如果我想把他拉走，带他去看看别的什么——水果或鲜花，某个小小的魔咒——他就会从我身边窜开，脸都变了形。不去！

重施那两条咒语的日子是最难熬的。每当我需要他的时候，他都会一溜烟逃走，但只要我开始干正事，他就会用脚跟猛敲地面，大喊大叫吸引我的注意。明天我就带你去海边，我向他保证。但他对此毫不在意，为博关注他会把家都拆掉。那时他长了几岁，块头大到不能再用吊兜绑在我胸前了，他搞出的乱子也随之升级。他掀翻了一个摆满盘子的桌子；他爬到药架上，把我的小药瓶全都砸碎了。我命令狼群看住他，但它们招架不住，逃到花园里去了。我能感觉到我的恐慌在上涌。在我重新施咒之前，咒语就会失效，怒气冲冲的雅典娜就会降临。

我知道那段日子我是什么样的：惴惴不安，喜怒无常，像一把粗制滥造的弓。在抚养他的过程中，我的每一处缺陷都暴露无遗，每一份私心，每一个弱点都被赤裸裸摊开。某一天，当施咒的日子到来的时候，他举起一个玻璃大碗朝自己赤裸的脚面砸去，碗被砸碎了。我跑过去将他抱到一旁，又是扫又是擦，但他却不停地捶打我，好像我夺走了他最好的朋友一样。最后我不得不将他塞进某间卧室，关上了我们之间的门。他不停地嚷啊嚷，还传出了像是在用头撞墙的声音。打扫完毕后我试着干正事，但那时我的头也突突地疼了起来。我不停地想，如果我由着他尽情泄愤，最后他肯定会耗尽精力睡着的。但他却只是没完没了地继续折腾，随着日斜影长越闹越凶。日光在流逝，咒语却还没有完成。我的手自顾自地忙活着。这话说起来容易，但实情却并非如此。我很生气，怒火中烧。

我一直对自己发誓不会在他身上使用魔法。将我的意志凌驾于他的意志之上，这似乎是埃厄忒斯才会做的事。但那一刻，我抓起罂粟、安眠药和其他，把它们熬到嘶嘶作响。我走进了那个房间。他正对着从窗户上扯下的百叶窗一通乱踢。来吧，我说，把这个喝了。

喝完后他继续撕扯起来。现在我不介意了。眼前的景象几乎让人感觉到了一阵快意。他会长记性的。他会知道他母亲是什么人物。我说出了那个词。

他像落石一样栽倒在地，头重重地砸在地上。我倒吸了一口凉气，赶紧跑到他身边。我本以为他会慢慢合上眼睛，像睡着了一样。但他全身都硬邦邦的，动作僵在半空，手指像爪子一样弯折起来，嘴大张着。他的皮肤摸上去冰凉。美狄亚曾说她不知道她父亲神殿中的那些奴隶能否感知到自己身上发生了什么。我知道。在他茫然的目光下，我能感受到他的困惑与恐惧。

我惊恐地大叫起来，咒语解除了，他的身体松弛下来。然后他慌慌张张地爬到一边，像困兽一样惊慌失措地回头看着我。我哭了起来。我的耻辱感像鲜血一样滚烫。对不起，我一遍又一遍地对他说。他任由我走到他面前，将他揽入怀中。我轻轻地摸了摸他头上磕肿的地方，念了句咒语为他消了肿。

那时房间已变得昏暗。屋外，太阳已经消失了。我抱着他坐在我的腿上，但不敢抱太久。我跟他说悄悄话，为他唱歌。然后我抱着他进了厨房，为他做了晚餐。他赖在我身上吃了饭，恢复了活力。他从我身上滑了下去，又开始到处乱跑，将门重重地摔上，把自己能够到的东西全都从架子上拽了下来。我身心俱疲，觉得自己要沉到泥土里去了。时间正一分一秒地流逝，可对抗雅典娜的咒语还没有完成。

他不停地越过肩膀看我，好像是在激我去抓他，对他用巫术、打他似的，我说不清。我伸出手，从最高的架子上把他一直想要的那个陶土大蜂蜜罐取了下来。给,我说,拿走吧。

他朝着罐子跑去,推着它绕圈,直到它变得粉碎。接着,他在黏糊糊的蜂蜜中打起了滚,然后四处乱窜,拖着蜂蜜印让狼群去舔。我就这样完成了咒语。我花了很长时间给他洗澡、带他上床睡觉,最后他终于躺进了被窝里。他拉着我的手,热乎乎的小手指勾着我的手指。内疚和耻辱像锯一样切割着我。他该恨我的,我想。他该逃跑的。但我就是他的全部。他的呼吸开始拖长,四肢也放松下来。"你为什么不能平静一些呢?"我悄声说道,"为什么非要把这件事弄得那么难呢?"

我父亲神殿的幻象浮现在我眼前,似乎是在回答我的问题似的:寸草不生的大地,暗光闪烁的黑曜石。棋子在棋盘上挪动时发出了声响,父亲的金色双腿就在我身旁。我安安静静、一动不动地躺着,但我记得心中那股永恒的饥饿:我想爬上父亲的大腿;想起身奔跑、大喊大叫;想一把抓起棋盘上的西洋棋,把它们砸到墙上;我想盯着那些柴火,直到它们迸发出熊熊烈焰;想摇晃他讲出每个秘密,就像把水果从树上摇晃下来。但哪怕我只做了这些事情中的一件,他都不会心慈手软的。他会把我烧成灰的。

月光洒在我儿子的额头上。我看到了清水和布巾没有完全除干净的污迹。他为什么要平静呢?我向来不平静,在我认识他父亲时,他父亲也不平静。区别在于,他不怕被烧成灰。

* * *

在接下来的漫漫长日中,我紧抓着这个想法不放,好像它是一根能救我于惊涛骇浪中的桅杆一样。它确实起了一点作用。当他怒发冲冠、肆意妄为地瞪着我,当他用尽全部精力与我作对的时候,我能够想想这件事,再喘一口气。

我已经活了一千年,但它们给人的感觉还没有忒勒戈诺斯的童年长。我曾祈祷他能早点开口说话,可后来我又后悔了,这不过是让他的暴躁有了发声的机会。不,不,不,他大喊着从我身边挣脱逃开。可一小会儿之后,他又会爬到我的大腿上大喊母亲,直到把我的耳朵喊疼为止。我在,我对他说,就在这里。但这还不够近。我可以和他散上一整天的步,与他做每一个他想做的游戏,可如果我走神哪怕片刻,他都会大发雷霆、哀号不止,赖着我不走。那时我很想念我的宁芙们,想念任何能让我抓住胳膊,问问"他有什么毛病?"的人。可下一秒,我又会庆幸没人能看到我对他做了什么,在之前的岁月里,我任由自己的恐惧不断袭击着他的头脑。怪不得他会暴躁。

来吧,我哄着他,咱们做点好玩的事吧。我让你看看魔法。我把这颗浆果变给你看怎么样?但他把浆果扔得远远的,又跑到海边去了。每晚在他入睡后,我都会站在他的床边,对自己说:明天我会做得更好。有时这话甚至还能成真。有时候,我们会笑着跑到海岸边,他会舒舒服服地坐在我的大腿上,和我一起看海。他的脚还是会乱蹬,手不停地掐着我的胳膊。可他的脸颊却枕着我的心口,让我得以感受他呼吸的起起落落。我的耐心泛滥了。叫吧,嚷吧,我想,我受得了。

这靠的是意志力,每时每刻,全凭意志力。到头来这还是像施咒一样,只不过我不得不把这咒语用在自己身上。他是一条处在汛期的大河,我必须时刻准备好河道,将他的洪流安稳地引向别处。我开始给他讲故事了,讲觅食的小兔子找到了食物、小婴儿等着妈妈来到身边这种简单的故事。他吵着要听更多,于是我继续讲了起来。我希望这种温柔的故事能安抚他不安的灵魂,也许它们的确起效了。有一天我意识到,一个月的时间来了又去，他没有再在泥土里打滚。又一个月过去了，那些年月中的某个时刻，他发出了最后一声尖叫。我真希望我能记起来那是什么时候。不，我更希望我能提前告诉自己那一刻会在什么时候到来。这样，在那些无望的岁月里，我就能一眼望到尽头了。

绿叶、思想和语言从他的脑海中生发出来，像是凭空冒出来的一样。他已经六岁了。他的眉毛不再扭作一团，他会看着我在花园中劳作，斩除根须。"母亲，"他将手搭在我的肩膀上，"试试照着这里砍。"他拿出了随身携带的小刀，那条根须在他面前屈服了。"看到了吗？"他煞有介事地说，"很简单的。"

他依然热爱大海。他熟知每一枚贝壳、每一条鱼。他用柴火搭了木筏，在海湾里漂荡。他往潮水坑中吹泡泡，看着螃蟹们落荒而逃。"看这只，"说着他会拽拽我的手，"我从没见过比它还大的，我从没见过比它还小的。这只最亮，这只最黑。这只螃蟹丢了一个钳子，另一个钳子为了取代它，长得更大了。这是不是很聪明？"

还是那句话，我真希望岛上还有其他人。不是为了与我惺惺相惜，而是为了和我一起呵护他。我会说，看啊，你能相信吗？我们经历了大风大浪。我辜负了他，可他依然是这世界上的一个甜美奇迹。

他做了个鬼脸，因为他看到我的眼眶湿润了。"母亲，"他说，"那只螃蟹没事的。我告诉过你了，它的钳子已经长回来了。到这里来看看这只吧。它身上的斑点像眼睛一样。你觉得它能用它们看东西吗？"

到了晚上，他不再想听我的故事了。他编了自己的故事。我觉得他的狂野都跑到故事里去了，每个故事都充斥着奇珍异兽：狮鹫、海怪和喀迈拉[1]吃着他手里的食物，要么在他的带领下踏上了冒险的旅程，要么

1　喀迈拉：希腊神话中会喷火的怪物。

被他以智取胜。也许任何一个只能与母亲为伴的孩子都会拥有这么丰富的想象力。我说不好，但当他描述那些场景的时候，他全神贯注的。他的年岁似乎每天都在增长，八岁，十岁，十二岁。他的眼神严肃起来，四肢又长又壮实。他习惯边用手指敲桌子，边像老人家一样讲大道理。他最喜欢关于勇气和好人好报的故事。这就是为什么你永远不能，你永远都要，这就是为什么人应该保证……

我爱他的笃定，爱他的世界：那是一个简简单单的地方，是非极其分明，犯了错就要承担后果，魔怪终将会被打败。那跟我认识的世界不一样，但他允许我在里面生活多久，我就会在里面生活多久。

那是某个夏夜，猪群在窗户下轻轻地拱着松露。那时他十三岁。我笑着说："你比你父亲肚子里的故事还多。"

我看到他犹疑了起来，好像我是一只珍贵的飞鸟，他怕把我吓跑似的。他以前也问过关于他父亲的事，但我一直说，还没到时候。

"继续，"我对他露出笑容，"我会回答你的。时候到了。"

"他是谁？"

"一个造访过这座岛屿的王子。他这个人诡计多端。"

"他长什么样？"

我本以为奥德修斯留给我的记忆会像盐一样苦涩，但追忆他还是有乐趣的。"深色头发，深色眼睛，胡子里夹着红色。他的手掌很大，腿不长但很结实。他总是比你想象得要快一些。"

"他为什么离开？"

我觉得这问题就像一颗小橡树苗一样。地面之上，它是一株简简单单的绿色幼苗；可地面之下，主根却蔓延得很深。我吸了一口气。

"在他离开的时候，他不知道我怀上了你。他家里有妻子，还有一个儿子。但原因不只于此。神和人是不会幸福地生活在一起的。他离开是对的。"

他思忖着什么,脸皱成一团。"那时他多大?"

"四十出头。"

我看出他在数数。"所以现在他还没到六十岁。他还活着吗?"

这画面想来很是奇怪:奥德修斯在伊萨卡的海滩上散着步,呼吸着那里的空气。忒勒戈诺斯出生后,我几乎没有做梦的时间。但我眼前的这幅画面却让人感觉很牢靠。"我相信他还活着。他一直很坚强。我指的是他的意志力。"

既然大门已经敞开,他就探寻着关于奥德修斯我能记起的一切:他的血统,他的王国,他的妻子,他的儿子,他童年时做了什么,还有他的战绩。那些故事还留存在我心里,无数阴谋诡计与艰难险阻都像奥德修斯第一次讲述它们时一样鲜活。可当我向忒勒戈诺斯复述它们时,一件奇怪的事情发生了。我发现自己在犹疑,在删改。儿子的脸就在我眼前,此时那些故事的残忍显露无遗,这是前所未有的。曾被我视作冒险的故事,如今看上去却鲜血淋淋、丑陋无比。就连奥德修斯似乎也变了,他不再意志坚定,而是冷酷无情。为数不多的几次,我让故事维持了原样,可我儿子却会皱起眉头。你讲得不对,他说。我父亲永远都不会做出这种事来。

你说得对,我会这样回答。你父亲把那个头戴鼬鼠皮帽的特洛伊间谍放走了,他平平安安地回到了家人身边。你父亲向来守信。

忒勒戈诺斯会满面荣光。"我就知道他是个品行高尚的人。再多给我讲讲他的光辉事迹。"于是我会编造另一条谎言。奥德修斯会不会因此责备我?我不知道,也不在乎。为了哄儿子开心,我愿意做比这更糟、比这糟得多的事情。

那些日子里我时不时会想,要是哪天忒勒戈诺斯问起关于我自己的往事，我要跟他讲些什么。我要怎么润色埃厄忒斯、帕西法厄、斯库拉，和那些猪。到头来，我根本连试都不用试。他从没开口问过。

他开始离我而去，在岛上一待就是好几个小时。当他回来的时候，他会满脸通红，滔滔不绝地讲话。他的四肢在伸长，我也听出他在变声。多给我讲讲关于我父亲的事，他说。伊萨卡在哪里？它什么样？离这里有多远？沿途会遇到什么危险？

时值秋日，我正在用糖浆煮水果以作冬储。我可以随时让树林枝繁叶茂，但我渐渐喜欢上了这件事，喜欢上了咕嘟冒泡的糖浆，半透明的珠宝色，还有将一个美妙的季节封存在我的罐子里。

"母亲！"他叫嚷着冲进了房子，"有一艘船需要我们的帮助。他们就在我们的海岸附近，半条船已经沉进了海里——如果不靠岸的话，他们会沉没的！"

这不是他第一次发现水手。他们经常从我们的小岛旁经过。但这却是他第一次想要帮助他们。我由着他将我拉到屋外，来到悬崖边。没错，那艘船已经倾斜了，船体正在进水。

"看到了吗？就这一次，你撤掉咒语好吗？他们肯定会心怀感激的。"

你怎么知道？我想说，通常那些穷途末路的人最痛恨的就是对别人心怀感激，为了找回完整的感觉，他们会对你大打出手的。

"求你了，"他说，"万一那些人像我父亲一样呢？"

"没有人像你父亲一样。"

"他们会沉没的，母亲。他们会淹死的！我们不能袖手旁观，我们必须做点什么！"

他满脸悲伤，眼睛里泛着泪光。

"求你了,母亲!我受不了看着他们送死!"

"就这一次,"我说,"下不为例。"

我们能听到他们的叫喊声随风飘来。靠岸,靠岸!他们调转船头,摇摇晃晃地向我们驶来。当他们沿着小径上山,往房子的方向走的时候,我要他保证他会藏好。在酒被喝光以前,他要一直待在自己的房间里,我稍加示意他就要马上离开。这些他都同意了,他什么都会同意的。我走进厨房,熬制起了曾经的那味魔药。我感觉自己好像同时跨着两个房间。这边,我混合着已经混合了上百次的草药,手指找到了它们熟悉的感觉。那边是我儿子,他正兴奋地上蹿下跳。他们是从哪里来的,你看得出来吗?你觉得他触了哪几块礁?我们能帮他们把船修好吗?

我不知道当时我是怎么回答的。我的血液已经凝固在了血管里。我在试着回想自己曾拥有的那个驾驭全场的本领。进来吧,我当然愿意帮忙了。再多喝点酒怎么样?

虽然我做好了心理准备,但当敲门声传来时我还是吓了一跳。我打开门,他们出现在我面前:一如既往的衣衫褴褛,饥肠辘辘,走投无路。那个船长,他的样子是不是像一条盘曲的蛇?我说不出来。我突然感觉到了一股让人窒息的恶心。我想当着他们的面把门摔上,但为时已晚。他们已经看到我了,而且我儿子正贴在墙边,听着这一切。我已经提醒过他我可能会对他们施咒。他点了点头。当然了,母亲,我理解。但他什么都不知道,他从没听到过肋骨重构时发出的噼啪声,还有血肉从骨架上撕扯下来时发出的刺啦声。

他们坐到了我家的长凳上。他们吃下食物,酒也顺着他们的喉咙流下。我依旧端详着那位船长。他敏锐的目光在房间里游移,在我身上游移。他站起身来。"小姐,"他说,"尊姓大名?我们饱餐一顿,该向谁致谢?"

那时我本想下手，想活活剥了他们的皮。但忒勒戈诺斯已经踏进客厅里了。他披了件披风，腰间别了一把剑，昂首挺胸，像个男子汉一样。他才十五岁。

"你们在赫利俄斯之女、女神喀耳刻和她儿子忒勒戈诺斯居住的神殿。我们看到你们的船将要倾覆，于是允许你们在我们的岛屿靠岸，这座岛通常是不许凡人踏足的。在你们逗留期间，我们愿意尽全力帮助你们。"

他的语气没有半点磕绊，像风干的木板一样坚韧。他的眼眸像他父亲的一样漆黑，但其中却有黄色的斑点在闪闪发光。那些人瞪大了眼睛。我也瞪大了眼睛。我想起了奥德修斯，他与忒勒玛科斯分离了那么多年，在看到他突然长大的那一瞬间一定很震惊。

船长跪了下来。"女神，殿下。一定是神圣的命运三女神亲自引领我们来到这里的。"

忒勒戈诺斯示意那男人起身。他坐在长桌的顶端，从盘子里分发食物。那些人几乎没怎么吃。他们被他吸引住了，就像葡萄藤向阳而生一样。他们带着肃然起敬的神情，争先恐后地为他讲起了故事。我端详着他，好奇这么长时间以来，这样的天赋藏在他身体的哪个地方。可话说回来，在我有花草可摆弄之前，我也没施过法。

我允许他跟他们一起到海边去，帮他们修理船只。我不担心，至少不那么担心。我在这座岛的飞禽走兽身上施的魔咒会保护他的，更重要的是，他自己的魔咒会保护他的，那些人就像被施了法的动物一样。他比他们所有人都要年轻，但从他嘴里说出的每一个字都会惹得他们连连点头。他将最好的树林指给他们看，告诉他们哪些树是可以砍的。他领着他们看过了溪流与林荫。他们在这里停留了三天，修补了船上的漏洞，吃着我们的存粮。在此期间，他只有在他们睡觉时才会离开他们。

当他们谈论起他，或热切地征求他的意见时，他们称呼他为殿下，好像他是个九十岁的大师级木匠，而不是个第一次看到船的小男孩一样。忐勒戈诺斯殿下，大人，您觉得怎么样，这样能行吗？

他端详着那块补丁。"我觉得很好啊。补得不错。"

他们容光焕发。起锚远航时，他们聚拢在船的一侧，高喊着感谢与祝福。还能看到船的时候，他的表情一直意气风发。然后，他的喜悦渐渐消失了。

我承认，在很多年的时间里，我一直希望他能是个巫师。我曾试过向他传授草药的知识，给他讲解它们的名字和特性。我经常在他面前施一些小小的魔咒，希望某条咒语能引起他的注意。但他从没表现出半点兴致。如今我明白这是为什么了。巫术改变世界，可他却只想投身世界之中。

我想试着说点什么，却不知道该如何开口。他已经别过身，往树林中去了。

一整个冬天他都待在外面，那年的春天和夏天也是。从天空中出现第一缕阳光到夕阳西沉，我都看不到他的人影。有几次我问他去哪了，他模模糊糊地朝海滩的方向摆了摆手。我没有继续追问。他心事重重的，总是气喘吁吁地往某个方向跑，回到家的时候满脸通红，衣服上沾满了刺果。我看出他的肩膀越发有力，下巴也宽实了起来。"海边的那个山洞，"他说，"我父亲停船的那个。能给我吗？"

"这里什么都是你的。"我说。

"但可以只给我一个人吗？你保证不进去？"

我想起年轻时隐私对我来说有多么重要。"我保证。"我说。

从那以后，我就一直好奇，他有没有把吸引水手的魅力用在我身上。因为在那段日子里，我就像一头吃饱喝足的牛一样温顺，毫无戒心。随他去吧，我对自己说。他很开心，他在成长。在这里他能遭遇什么危险呢？

"母亲。"他说。那时天刚刚破晓，淡淡的光线正在让树叶回温。我正跪在花园中除杂草。通常他不会这么早起床，但那天是他的生日。他十六岁了。

"我给你做了蜂蜜甜梨。"我说。

他举起手，露出一颗已经吃了一半的水果，汁水还在上面闪着光。"我找到了，谢谢，"他停顿了一下，"有个东西我想让你看看。"

我掸掉身上的土，跟着他沿林中小径走下山，来到了山洞里。洞里有一条小船，跟格劳科斯曾拥有的那条船差不多大。

"这是谁的？"我质问道，"他们人在哪？"

他摇了摇头。他的脸通红，眼睛直放光。"不是这样的，母亲，这是我的。在那些人来之前我就有这个想法了，但看到他们后这件事加快了很多。他们送了一些工具给我，还给我展示了一下怎么造其他工具。你觉得怎么样？"

仔细看过之后，我发现船帆是用我的床单缝的，甲板刨得很粗糙，上面满是碎屑。我很生气，但我心中也荡漾起一股混合着惊奇的自豪感。这是我儿子自己建的，除了粗制滥造的工具和意志力之外，他什么都没有。

"挺齐整的。"我说。

他咧着嘴笑了。"没错，是不是？他说我什么都不能透露。但我不想瞒着你。我觉得——"

看到我脸上的表情后，他停了下来。

"谁说？"

"没关系的，母亲，他对我没有恶意。他一直在帮我。他说他以前经常来。说你们是老朋友了。"

老朋友。我怎么没预见这个危险呢？如今，我想起了忒勒戈诺斯晚上回家时的忘乎所以。我的宁芙们进家门时曾会带着同样的表情。雅典娜无法越过我的咒语，她不行，她的神力触及不到冥界。但他却可以在任何地方游走。当他不在四处冒险的时候，他会亲自将亡灵领至哈得斯的大门前。惹是生非之神，千变万化之神。

"赫耳墨斯不是我的朋友。把他跟你说的一切都告诉我。现在就说。"

他的表情中夹杂着尴尬。"他说他可以帮我，他的确帮了。他说这件事必须猝不及防。他说如果要揭痂的话，最好的方法就是速战速决。我甚至连半个月都用不了，入春后我就回来了。我们已经在海湾中测试过了，这艘船结实得很。"

他的话像连珠炮一样，我费了好大的劲才跟上它们的思路。"你是什么意思？什么连半个月都用不了？"

"旅程啊，"他说，"去伊萨卡的旅程。赫耳墨斯说他可以带我绕开魔怪，所以你不用担心这个。如果我正午出发，天黑之前我就能抵达下一座岛。"

我无言以对，好像他把舌头从我嘴里扯出来了一样。

他将一只手搭在我的胳膊上。"你不用担心。我会平安无事的。赫耳墨斯告诉我，他是我父亲的祖先。他是不会出卖我的。母亲，你听到了吗？"他正透过头发帘紧张地看着我。

看到他如此青涩，我的血液都凝固了。我有这么年轻过吗？

"他是谎言之神，"我说，"只有傻瓜才会相信他。"

他的脸红了，但叛逆也浮现在他的脸上。"我知道他是什么。我没有什么都依赖他。我收拾好了自己的弓箭。他还额外教了我一点长矛功夫。"他指了指倚在墙角的某根棍子,棍子顶端绑着我的某把旧菜刀。他一定看到了我脸上的惊恐,因为他加了一句:"我不是非得用那个东西。到伊萨卡只需要几天的时间,见到父亲后我就安全了。"

他热切地前倾着身子,以为自己驳倒了我的所有反对意见。他很自豪,因为新鲜出炉的计划而洋洋得意。父亲,安全,这些字眼他多么轻而易举就脱口而出了啊。我感觉自己瞬间燃起了无明业火。

"你凭什么觉得伊萨卡会欢迎你?关于你父亲,你知道的一切都只是故事而已。而且他已经有一个儿子了。你觉得忒勒玛科斯对自己的私生子弟弟会作何感想?"

听到私生子这个字眼时他的脸微微扭曲了一下,但他却勇敢地回答了我的问题。"我觉得他是不会介意的。我不是为了他的王位或他的继承权来的,我会这样跟他解释清楚。一整个冬天我都会待在那里,我们会有时间相互了解的。"

"所以这就完了,是吗?就这么定了?你和赫耳墨斯定好了计划,现在你觉得唯一需要的就是让我祝你一路顺风?"

他满脸迟疑地看着我。

"告诉我,"我说,"关于他那个想要夺你性命的姐姐,无所不知的赫耳墨斯说了什么?关于只要你迈出这座岛就会被杀这件事,他说了什么?"

他几乎叹了口气。"母亲,这是好久之前的事了。她肯定已经忘了。"

"忘了?"我的声音撕挠着山洞的石壁,"你是傻瓜吗?雅典娜是不会忘的。她会一口把你生吞下去,像猫头鹰吞掉蠢老鼠一样。"

他的脸变得惨白,但他意志坚定,依然锲而不舍。"我愿意赌一把。"

"不行。我不准。"

他瞪着我。我以前从没不准他做任何事。"但我一定要去伊萨卡。我已经造好了船。我准备好了。"

我朝他迈了几步。"我给你解释得更清楚一点。如果你离开的话，你会死的。所以你不能出海。要是你敢试，我就把你那条船烧成灰。"

他震惊得一脸茫然。我转身走开了。

那天他没有出海。我在厨房里怒气冲冲地来回踱步，他则一直待在树林里。等他到家的时候已经是黄昏了。他叮叮咣咣地翻箱倒柜，大声收拾着铺盖。他只是来让我看看，他是不会待在我的屋檐下的。

当他从我身旁经过时，我说："你想让我拿你当男子汉对待，但你的行为却像个孩子。你一生都被保护在这里，不了解大千世界有什么样的危险正等着你。仅仅假装雅典娜不存在是不行的。"

他已经准备好了还嘴，就像火绒准备好了迎接火星。"你说得对。我不了解外面的世界。我怎么可能了解呢？你都不让我离开你的视线。"

"雅典娜曾经就站在壁炉前的那个位置，要求我把你交给她，这样她就能杀死你了。"

"我知道，"他说，"你已经给我讲了一百遍。但从那以后她从没试过，是不是？我还活着，不是吗？"

"这是因为我背负着我施的那些咒！"我起身直面他，"你知道为了维持它们的效力，我付出了什么吗？知道我为它们苦恼了多久，花了多长时间测试它们，确保她闯不进来吗？"

"你喜欢干这事。"

"喜欢？"我的笑声很刺耳，"我喜欢干自己的事，可自打你出生以后，我几乎没时间做自己的事了！"

"那就去施你自己的咒啊！施咒去，放我走！说实话，你连雅典娜是不是还在气头上都不知道。你试着跟她沟通过吗？已经过了十六年了！"

他说得好像已经过了十六个世纪似的。他想象不到神有多么深藏不露，想象不到见证历朝历代在你周围崛起又衰落所导致的残忍无情。他是个凡人，而且还年轻。缓慢的午后对他来说都有度日如年的感觉。

我能感觉到我的脸在烧，越来越烫。"你以为所有神都像我一样。以为你可以随心所欲忽视他们，把他们当下人对待，以为他们的愿望不过是需要赶走的苍蝇。但他们仅仅为了好玩、为了寻仇，就可以将你碾碎。"

"恐惧和神，恐惧和神！你只会谈论这些。你自始至终只谈论过这些。可无数男女在这世间行走，而且都活到了晚年。他们中的某些人甚至活得很幸福，母亲。他们不会把绝望的表情挂在脸上，紧紧抓住安全港湾不放手。我想成为他们一员。我注定会成为他们的一员。为什么你就不能理解呢？"

我周围的空气开始噼啪作响。"不理解的人是你。我说了你不许走，没得商量。"

"所以就这样了是吗？我要在这个地方待一辈子？直到我死为止？逃跑这件事，我想都别想？"

"如果有这个必要的话。"

"不可能！"他砰地拍了一下我们之间的桌子，"我不会这么做的！这里没有我可指望的东西。就算又来了一条船，我求你允许它靠岸，又能怎样呢？他们休整几天之后就会离开，我还是会被困在这里。如果生活就是这样的话，那我宁愿去死。我宁愿让雅典娜杀了我，你听见了吗？至少那样的话，我这辈子还能见到一个不属于这座岛的东西！"

我的眼前变成了白茫茫的一片。

"我不在乎你宁愿如何。如果你傻到连保命都不会的话，那么我替你保。我的咒语会替你保。"

他第一次结巴了起来。"你是什么意思？"

"我的意思是你连自己错过了什么都不会知道。你永远都不会再想离开了。"

他向后退了一步。"不。我不会喝你的酒。我不会碰任何你给我的东西。"

我能尝到自己嘴里的毒液。看到他终于害怕了，我心生快意。"你以为这样就能阻止我了吗？你一直都不明白我有多强大。"

他的表情，我会一辈子铭记在心。这个人目睹帷幕被揭开，看到了世界的真实模样。

他猛地将门拉开，逃入黑暗之中。

我在原地站了很久，像棵被雷霆击中的树一样，一直灼烧到根部。随后我走下山，来到了海边。空气很凉爽，但沙滩依旧存续着白天的热气。我想起了将他带到这里的所有日子，那时他的肌肤贴在我的身上。我想让他在这个世界上自由地行走，毫发无伤、无所畏惧。如今我的愿望实现了。他想象不到一个决不善罢甘休的神，正用长矛瞄准他的心脏。

我没有给他讲过他小时候的事，没有讲过那时他火气多大、多难应付。我没有给他讲过关于诸神残忍的故事，关于他父亲残忍的故事。我该讲的，我想。十六年来，我一直撑着这片天，可他并没有察觉。我就该逼着他跟我一起去采摘那些保住了他的命的花草。我就该让他在我施咒的时候站在火炉边。他应该了解我默默承受的一切，我为护他平安而做的一切。

可然后呢？他正在树林的某个地方躲着我。那些咒语轻而易举就浮现在了我的脑海中，那些咒语能让我割掉他的欲望，就像割掉水果上的霉烂一样。

我咬牙切齿。我想发脾气，想把自己撕烂，想放声大哭。我想诅咒赫耳墨斯的口是心非和妖言惑众——但赫耳墨斯不是关键。我看到过当忒勒戈诺斯眺望大海，低语着海平线时的表情。

我闭上双眼。这片海岸我烂熟于心，不用睁眼也能在上面行走。在他还是小孩子的时候，我常常会列出所有为了保他平安我愿意做的事。这不是很带劲，因为答案永远一样。什么事都行。

奥德修斯曾给我讲过一个故事，是关于一位伤口无法愈合的国王的，不论哪位大夫花多长时间都无济于事。他去向神请示，结果得到了答案：只有给了他这道伤的人，才能将伤口医好，而且要用那个人留下这道伤时所使用的长矛。于是，这位国王一瘸一拐横穿了整个世界，直到他找到自己的敌人，医好了伤。

我真希望奥德修斯在场，这样我就可以问问他：国王是如何说动那个人，那个将他伤得如此之重的人，对他施以援手的呢？

答案是从另一则故事中来的。很久以前，在我宽大的床上，我曾问过奥德修斯："当你无法说动阿基里斯和阿伽门农的时候，你怎么办？"

烛光映出了他的笑容。"很简单。你做个计划，想好如果他们不听劝，你要怎么办。"

第二十章

特里贡的毒尾

༄༅༅༅༅༅

我在橄榄丛中找到了他。毯子胡乱地裹在他身上，好像睡梦中他还在跟我作对似的。

"儿子。"我说。在静谧的空气中，这两个字很嘹亮。天还没有破晓，但我感觉时间快要到了，我父亲战车的巨型车轮正滚滚向前。"忒勒戈诺斯。"

他睁开双眼，迅速举起双手想要挡住我。我感觉自己像被匕首刺中了一样，很痛苦。

"我是来跟你说你可以去的，而且我会帮你。但我们必须讲条件。"

他知道我要为这些话付出多大代价吗？我觉得他不可能知道。年少之人意识不到自己欠下的债，这是一种福气。喜悦已经冲昏了他的头脑。他扑到我怀里，将脸贴在我的脖子上。我闭上了眼睛。他闻上去像绿叶和流动的树汁。十六年来，我们只闻过彼此的味道。

"推迟两天启程，"我说，"两天之内完成三件事。"

他急切地点了点头。"什么都行。"如今我失败了，他倒是顺从起来。至少胜利之后他的姿态很仁慈。我将他领到房子里，往他的怀里塞满了草药和瓶瓶罐罐。我们一起把它们叮叮咣咣地搬到了船上。在甲板上，我开始切割研磨，混合糨糊。我很惊讶他居然在看。一般在我施咒的时候，他都会溜到别处去。

"这是干什么用的？"

"这是个保护咒。"

"抵御什么用的？"

"我能想到的任何东西。雅典娜能召唤的任何东西——风暴，海怪，海难。"

"海怪？"

我很高兴看到他的脸有一点发白。

"这会让它们躲得远远的。如果雅典娜想在海上对你下手的话，她就不得不亲自出马，但我觉得她做不到，因为她被命运三女神约束着。你绝不能离开这艘船，到了伊萨卡之后，马上去找你父亲，请他出面向雅典娜求情。雅典娜是他的守护神，也许会听进他的话。对我发誓。"

"我会的。"阴影中，他面色凝重。

我边念咒语，边将药水倒在每一块粗糙的木板上，每一寸船帆上。

"我能试试吗？"他说。

我把剩下的药水给了他。他浇透了一小块甲板，念着从我这里听到的话。

他戳了戳木板。"成功了吗？"

"没有。"我说。

"你怎么知道念哪些词？"

"什么对我而言有意义，我就念什么。"

他的脸因用力而紧绷着，好像他正推着一块大石头上山似的。他盯着甲板，念了些不同的词，然后又念了另外一些词。甲板还是纹丝未动。他用责备的目光看着我。"太难了。"

即便事与愿违，但我还是笑了出来。"你以为很简单吗？听着。当你着手建这艘船的时候，你并没有指望挥一下斧头就把船建好。这需要付出，日复一日地付出。巫术也是一样。我已经奋斗了好几个世纪，可我依然没有驾驭它。"

"但情况不止如此，"他说，"也是因为我不像你，不是个巫师。"

我想起我的父亲。很多年前，他将壁炉中的柴火烧成灰烬，对我说：而这在我的神力里根本不算什么。

"有可能你不是个巫师，"我说，"但你是别的什么。一个你还没有发现的身份。这就是为什么你要离开。"

他的笑容像夏日的绿茵一样温暖，让我想起了阿里阿德涅的笑。"是的。"他说。

我领着他来到了海滩上的阴凉处。在他吃最后几颗梨的时候，我用石子标出了他的航线，勾画出了停泊点和险境。他不会路过斯库拉。有其他的路可以到伊萨卡。奥德修斯没能走这些路是波塞冬复仇使然。

"如果赫耳墨斯帮你的话，那很好，但你永远都别指望他。他说的一切都是信口开河。而且，你必须时刻警惕雅典娜。她可能会以其他的样貌来到你面前，也许会是个美丽的少女。不论她怎么诱惑你，你都绝对不能上当。"

"母亲，"他的脸变得通红，"我是去找父亲的。我脑子里只有这件事。"

我没有再说什么。那些日子里，我们对待彼此比以往温柔了一些，甚至比争吵之前还要温柔。晚上，我们一起坐在壁炉边。他将一只脚塞在某只狮子身下。那时不过是秋天，但夜晚已经很凉爽了。我做了他最爱吃的菜，鱼包芝士烤香草。他边吃边由我长篇大论。"佩涅洛佩，"我说，"对她用尽所有礼节。在她面前下跪，给予她礼赞与馈赠——我会给你一些合适的赠礼。她是个讲道理的人，但没有哪个女人会喜欢丈夫的私生子对自己阿谀奉承。"

"还有忒勒玛科斯。对他要最为警惕。你的出现对他造成的损失最大。过去有很多私生子都坐上了王位，这事他是知道的。不要相信他。不要背对他。他是你父亲亲手调教出来的，会很机敏。"

"我射箭射得很好。"

"射橡树干和野鸡还行。你不是打斗的料。"

他深吸了一口气。"反正不论他想怎样，你的神力都会保护我的。"

我惊恐地瞪着他。"别傻了。出了这个地方，我的神力就帮不上你了。指望这个就是等死。"

他碰了碰我的手臂。"母亲，我只是说他是个凡人。我继承了你的一半血统，还有相应的本事。"

什么本事？我想摇醒他。一点魅力吗？蛊惑人心的方法吗？他的脸上写满了无畏的希望，让我觉得自己沧桑无比。年轻人的心气在他体内翻涌，日渐成熟。黑色的卷发垂入他的眼帘，他的声音也变得深沉了。少男少女们会为了他害相思病，但我却只从他身上看到了上千个可能会终结他生命的弱点。在火光的映衬下，他光秃秃的脖子很是骇人。

他将头靠过来。"我会没事的，我向你保证。"

你做不了这个保证，我想大喊。你什么都不知道。但这是谁的错呢？我遮住了世界的真实模样，不让他看。我用鲜艳亮丽的色调描绘了他的过往，而他爱上了我的艺术品。如今已经太晚了，没法回到从前改变这一切了。如果我真有那么沧桑的话,我应该明智一些才对。我不该傻到在鸟儿已经飞向天际后,还在这里哭号。

我跟他说我们有三件事要做。但最后一件事我要独自完成。他没有追问。是要施什么咒吧,他想。是想挖什么草药吧。我等到他上了床,然后在星光的照耀下走到了海边。

海浪滑过我的脚面,在裙角打了个弯。我走到忒勒戈诺斯泊船的山洞附近。再过几个小时,他就会登上那艘船,搬起四四方方的岩石船锚,展开缝得七扭八歪的船帆。他是个懂事的孩子,只要他知道我还看得到,就会一直冲我挥手。然后他会转过身去,翘首以盼坐落在希望尽头的那座山石嶙峋的小岛。

我回忆着外祖父的神殿,还有俄刻阿诺斯的黑色奔流——那条环绕世界的大洋河。如果某位神灵有水仙女的血统,那么他就能潜入大洋河的波涛中。波涛会载着他们穿越海岩隧道,跨过上千条支流,来到海底之下大洋河的流经之处。

我和埃厄忒斯以前常常到那里去。那两片水域交汇却不交融,而是创造了一层类似薄膜的东西,像水母一样黏糊糊的。透过那层薄膜,你可以看到阴暗的海水正闪着磷光。如果你把手压上去的话,还能感觉到另一边冰冷刺骨的幽幽海水。我们收回手指时会一阵刺痛,上面还会带着盐味。

"看。"埃厄忒斯曾说。

他指着正在无垠黑暗中移动的某个东西。一道浅灰色的阴影正在向前滑行,大得像艘船一样。它向我们逼近,鬼魅般的飞翼在黑暗中静谧无声。唯一的声响是它的尾脊在沙床上拖动时发出的。

特里贡，我弟弟这样称呼它。它是同类中威力最强的，本身就是个神。据说世界的造物主、天父乌拉诺斯为保险起见将它安置在了那里，因为那东西尾巴上的毒液是全宇宙最强烈的，轻轻一碰就会使凡人即刻毙命，让身居高位的神灵永世陷入痛苦之中。那么对次等神灵来说呢？它会对我们怎样？

我们盯着它那张诡异又陌生的脸，和它那张扁扁的、裂缝般的嘴。我们看着它光滑的白肚皮从头顶上游过。埃厄忒斯眼睛睁得大大的，直放光。"想想看用它作武器会有多厉害吧。"

我马上就要违抗流放的命令了，我知道。这就是为什么我等着夜幕降临，等着浮云遮住我姨母的双眼。如果我成功了，天亮时我就会回来，不会有人注意到我失踪了。如果我没成功，哎。大概也就不用惩罚我了。

我迈入波涛之中。它们没过我的腿，我的肚子。它们没过我的脸。我无需像凡人一样用石头为自己增重，与浮力作斗争。我稳步沿大陆架向海底走去。头顶之上，潮汐依旧在不停涌动着，但我所处的水位太深，已经感觉不到它们了。我的目光照亮了前路。沙子在我周围飞旋，一条比目鱼从我脚底下窜了出来。没有其他生灵靠近我。它们闻出了我的水仙女血统，也可能闻出了长年施咒在我手上残留的毒药味。我犹豫是否该试着与海仙女们沟通，寻求她们的帮助。但我觉得她们不会喜欢我此行的目的。

我越走越深，陷入黑暗的深渊之中。我并不适应这样的水域，它对此也心知肚明。寒冷钻入我的骨髓，盐霜摩擦着我的脸颊，大海的重量像群山一样叠加在我的肩头。但毅力一直是我的长项，我继续向前。我能瞥见庞大的鲸鱼悬浮在远处的海水中,还有巨型乌贼。我握紧了刀,那是最锋利的青铜刀,但它们也对我避而远之。

最后,我终于到达了最深的海底。海沙是如此冰冷,灼得我脚痛。这里的一切都静悄悄的,海水纹丝不动。唯一的光源是悬浮在水中的冷光束。这个神,他很明智——让来客长途跋涉到如此险恶的地方,这地方除了他以外,不再有其他生灵。

我高喊着:"伟大的深海领主,我从世间而来,向你发起挑战。"

我没有听到任何声响。在我周围,茫茫盐滩延伸开去。随后黑暗散开,他来到我的眼前。他体型庞大,白里透灰,像烈日的残影一样烫印在深渊之中。他无声的飞翼泛着波纹,细细的水流从翼尖流淌而出。他的瞳孔像猫的一样细细的,呈线形,他的嘴是一条毫无血色的裂缝。我目瞪口呆。当我踏入海洋中时,我对自己说这不过是另一个我需要对付的米诺陶洛斯,另一个我能够以智取胜的奥林匹斯神。可如今,当这样一个令人毛骨悚然的庞然大物出现在我面前时,我胆怯了。这条生命比世间的所有大地都要古老,像第一滴盐粒一样古老。就连我父亲在他面前都会显得像个孩子一样。你无法与这样的事物抗衡,就像你无法将大海堵死。冷冰冰的恐惧从我身上奔流而过。我一生都在担惊受怕,怕某个恐怖至极的东西会找上门来。我再也不用等了。它来了。

你缘何向我发起挑战?

所有至高神灵都有用意念说话的能力,但在脑海中听到这神物的声音,还是让我无比忐忑。

"我是来赢取你的毒尾的。"

你为何渴求如此威力?

"宙斯之女雅典娜要索我儿子的命。我的力量无法护他平安,但你的可以。"

他的眼睛一眨不眨，直视着我的双眼。我知道你是谁，你是太阳神之女。海水触及的一切最终都会汇集到我这里，汇集到深渊之中。我尝过你的味道。我尝过你全家的味道。你弟弟也曾为了我的威力而来。他像所有人一样空手而归。我不是你等斗得过的。

绝望涌遍我的全身，我知道他说的是事实。深海中的所有魔怪都因与他们的兄弟海怪搏斗而伤痕累累。可他却没有。他全身光滑得很，没人敢招惹他的上古神威。就连埃厄忒斯都认识到了自己的极限。

"即使如此，"我说，"为了我儿子，我也必须试试看。"

这是不可能的。

关于他的一切都是那么毅然决然，这几个字也不例外。每时每刻，我都能感觉到自己的意志力在流失，被残酷无情的冰冷海浪和他目不转睛的凝视抽干了。我强迫自己开了口。

"这我无法接受，"我说，"我儿子必须活下去。"

凡人的生命没有必须一说，除了必须死。

"如果我无法挑战你，也许我可以用什么东西与你交换。给你某件礼物。完成某个任务。"

他张开了裂缝般的嘴，无声地大笑起来。你能有什么我想要的东西呢？

什么都没有，我知道。他用黯淡无光的猫眼打量着我。

我的规矩一如既往。如果你想取走我的毒尾，那么首先你必须中它的毒。这就是代价。用永世的痛苦，为你儿子换取寥寥几年的凡尘光景。这值得吗？

我想起了分娩时的痛苦，那痛苦差点要了我的命。我设想它永世延续，无药可医，无可缓解。

"你对我弟弟提了同样的要求吗？"

我对所有人提的要求都是一样的。他拒绝了。他们总会拒绝的。

知道这件事给了我某种勇气。"还有什么条件？"

当你不再需要借它之力时，将它扔进海浪中，这样它就会回到我身边了。

"就这些吗？你发誓？"

你是想约束我吗，孩子？

"我想知道你会信守承诺。"

我会信守承诺。

水流在我们周围涌动。如果我做了这件事，那么忒勒戈诺斯就会活下去。这是唯一要紧的。"我准备好了，"我说，"进攻吧。"

不。你必须自己伸手去触碰毒液。

海水啃噬着我。黑暗使我的勇气都枯竭了。沙床并不平整，上面杂乱地堆着骨头碎片。所有葬身大海的事物最终都会到这里安息。我的皮肤肿胀了起来，刺得生疼，好像它要把自己活剥下来离我而去似的。诸神是没有慈悲之心的，我一生都深谙此道。我强迫自己迈步向前。有什么东西绊住了我的脚。是一块肋骨。我将脚从里面抽了出来。如果我停下，我就再也无法前进了。

我来到了他的毒尾与灰色外皮的衔接处。接缝之上的皮肤看上去柔软得很病态，像是什么东西烂掉了一样。尾脊在海底蹭出了轻微的刮擦声。走近之后，我看到了尾脊边缘的锯齿，还嗅到了它的威力的味道，那味道很浓郁，甜腻得令人窒息。毒液进入我的身体后，我还能走出深渊吗？还是说我只能紧握着毒尾躺在那里，任由我儿子丧命于陆上世界？

别拖了，我对自己说。但我无法再上前一厘。我的身体在自我毁灭面前畏缩不前，它的判断力很纯粹，也很精准。我腿上的肌肉紧绷起来，想要逃跑，想要连滚带爬回到陆上世界的安全怀抱中。就像在我之前来到这里的埃厄忒斯一样，就像所有前来索取特里贡威力的人一样。

在我周围是漆黑晦暗的水流。我将忒勒戈诺斯灿烂的面孔映在眼前。我伸出了手。

我的手穿过空空如也的海水，什么都没有摸到。那神物又漂浮在了我面前，用了无生气的眼眸凝视着我。

可以了。

我的思绪就像那片海水一样漆黑。好像时间跳跃了一样。"我不明白。"

你原本是要碰那毒液的。这就够了。

我感觉自己像疯了一样。"怎么会是这样？"

我和这个世界一样古老，定的标准只要讨自己开心就好。你是第一个达到标准的。

他从沙床上腾空而起，扇动着飞翼掠过我的发丝。当他停下的时候，毒尾与身体的接缝又出现在了我面前。

割吧。从上面开始，不然毒液会漏出来的。

他的语气很镇定，好像是在叫我切水果一样。我头晕目眩，还没有缓过神来。我看着那块皮肤，它像内手腕一样柔嫩，不着疤痕。我无法想象将它割开的样子，就像我无法想象割开小婴儿的喉咙。

"你不会允许别人这样做的，"我说，"这里面肯定有诈。有了这样的威力，我可以摧毁世界。我可以威胁宙斯。"

你说的那个世界对我而言毫无意义。你赢了，现在拿走奖赏吧。割吧。

他的声音既不严厉也不温和，可我却感觉自己像挨了鞭子一样。海水紧紧地压在我身上，宽广的深渊延伸入无垠的黑暗。他柔软的皮肤候在我面前，光洁无瑕，泛着灰色。可我依然一动不动。

你准备跟我一决高下取走这毒尾，可如果我自愿的话不行？

我的胃扭作一团。"求你了。别逼我这么做。"

逼你？孩子，是你自己找上门来的。

我已经感觉不到手中握着的刀柄了。我什么都感觉不到。我儿子就像天空一样遥远。我举起刀刃，用刀尖抵住那神物的外皮。它像花瓣一样轻而易举地撕裂开来，边缘参差不齐。金黄色的灵液涌了上来，流得我满手都是。我现在还记得当时的想法：我肯定会因此遭报应的。我可以炮制我想要的所有咒语，可以锻造所有充满魔力的长矛。可这神物鲜血横流的样子，我一辈子都忘不掉。

最后一块皮也割开了。毒尾脱下，来到了我的手中。它几乎没有重量，近距离看，它几乎是五彩斑斓的。"谢谢。"我说，但我的声音化为了空气。

我觉出水流在移动。沙粒窃窃私语。他的飞翼正徐徐抬起。我们周围的黑暗因他的团团金色灵血而闪闪发光。我脚下躺着一千年来的尸骨。我想：这个世界，我一刻都无法再忍了。

那么，孩子，就再创造一个世界吧。

他滑向黑暗之中，身后托着一条金色的缎带。

我手执那死亡杀器，重回地面的路变得很漫长。我什么生灵都没有看到，甚至遥望远方也没看到。曾经它们厌恶我，如今它们对我避之不及。当我浮上岸边时已经接近黎明，没有时间休息了。我来到山洞里，找到了一直被忒勒戈诺斯当作长矛来用的那根旧木棍。我用还在微微颤抖的手，解开了将尖刀绑在木棍顶端的绳子。我在原地站了片刻，端详着它七扭八歪的手柄，心想我该不该找根新的来。但这是他练习时用的长矛，我觉得按他熟悉的样子维持原样会更安全一些，歪就歪吧。

我轻轻地托着尾脊的根部。它被透明的液体罩上了一层薄膜。我用麻绳和魔法将它捆绑在木棍顶端，然后又在上面罩了一层魔莉加持过的皮革护套，以防毒液溢出。

他还在熟睡，脸庞光滑，脸颊微微泛着红晕。我站在一旁端详着他，直到他醒来。他吓了一跳，然后眯起了眼睛。"怎么了？"

"护具。除了手柄之外哪里都别碰。轻划一刀就能让凡人毙命，让神备受折磨。要一直套着护套。这东西只能用来对付雅典娜，或在极端的险境中使用。事后必须把它还给我。"

他无所畏惧，他向来如此。他毫不犹豫地伸出手来，用手掌掂量着手柄。"比青铜要轻。这是什么东西？"

"特里贡的毒尾。"

魔怪的故事一直是他的最爱。他瞪着我。"特里贡？"他的语气里充满了惊奇，"你从他身上取走了毒尾？"

"没有，"我说，"是他给我的，付出了一些代价。"我想起了浸染深海的那滩金色灵液，"拿上它，好好活下去。"

他跪倒在我面前，眼睛盯着地面。"母亲，"他开口说，"女神——"

我按住他的嘴。"住嘴，"我拉着他站起身来，他已经和我一样高了，"现在别说这个。你说这话不合适，我也受不了。"

他对我露出了笑容。我们一起坐在桌旁，吃起了我做的早餐。然后我们备好船，装好食粮和赠礼，将它拖到了海边。他的脸每分钟都变得更加灿烂，脚在地面上滑行着。他让我最后拥抱了他一下。

"我会代你向奥德修斯问好的，"他说，"我会带很多故事回来给你，母亲，多到你不敢相信它们竟全都是真的。我会带很多礼物回来给你，多到你看不到甲板。"

我点了点头。我摸了摸他的脸，随后他扬帆起航。他的确一直挥着手，直到消失在我的视野中。

第二十一章

弑父

那一年，冰雪暴来得比较早。雨滴刺得人生疼，但它们似乎并没有打湿地面。冬风接踵而至，一天的工夫就将叶子从树干上掠劫一空。

我不在这个岛上独居已经……我数不清多久了。一个世纪？两个世纪？我曾对自己说，他走之后，我要把这十六年来搁置的事情全部重拾起来。我会起早贪黑苦练咒语，废寝忘食地挖掘根须，收割柔韧的茎秆用来编篓筐，直到它们堆到房顶为止。那会很安宁，日子倏忽而过。一段休憩的时光。

相反，我在海岸上踱着步，眺望远方，好像我的目光能一直延伸到伊萨卡似的。我数着时辰度日，每时每刻都盘算着他的旅程到了哪个阶段。这会儿他应该停止了赶路，正在补给淡水。这会儿他应该已经能看见岛了。他应该已经进入宫殿行了跪礼。奥德修斯应该——应该做什么呢？他离开前，我没有告诉他我怀孕了。我告诉他的少之又少。对于我们的孩子，他会作何感想？

会没事的，我安慰自己。他是一个让人骄傲的孩子。奥德修斯会明白无误地看到他的优点,就像他一眼认出了代达罗斯的织布机一样。奥德修斯会将他视为心腹,将凡人的所有技艺都传授于他——剑法,箭术,狩猎,献策。忒勒戈诺斯会出席宴会,在伊萨卡人面前施展个人魅力,而他的父亲则会骄傲地看着眼前的一切。就连佩涅洛佩都会被征服,还有忒勒玛科斯。也许他会在宫廷中找到一席之地,在我们两地之间来回奔波,过上精彩的人生。

还有呢,喀耳刻?他们会把狮身鹰首兽当坐骑,共同成神吗?

空气中弥漫着冰霜的味道,一两片雪花从天空缓缓飘落。埃阿亚的山坡我已经翻越了无数次。黑杨与白杨光秃秃的枝干纵横交错,茱萸和苹果树的果子掉了一地,还在地上继续皱缩着。茴香高及腰线,海岩因干掉的盐霜而泛起白色。举头之处,翱翔的鸬鹚正对着海浪鸣叫。凡人喜欢用永恒不变来形容这样的自然奇观,但这座岛永远在变,片刻不停地淌过千秋万代,这是事实。据我第一次踏足此地已经过去了三百多年。在我头顶上吱吱作响的这棵橡树,在它还是小树苗时我就见识过它了。海岸潮涨潮落,沙滩的曲线每年冬季都会有所变化。就连悬崖都变了模样,它们经历了风雨的雕琢,被无数到处乱爬的蜥蜴用爪子抓磨,卡在悬崖裂缝中的种子也生了根、发了芽。一切都在大自然均匀的呼吸中合为一体。除了我之外。

十六年来,我一直将这念头放在一旁。忒勒戈诺斯让这件事变得容易:他狂野的婴儿期充斥着雅典娜的威胁,随后便是他的暴脾气,他活力四射的少年时光,和每天拖在他身后的乱糟糟的生活细节:必须洗干净的衣服,必须做好的饭菜,必须更换的床单。如今在他离开后,我能感觉出真相正逐渐显露。就算忒勒戈诺斯逃过了雅典娜的魔掌,就算他一路远行到伊萨卡再返回家乡,我还是会失去他的。我会因为海难或疾病、因烧杀抢夺或战争而失去他。我能期待的最好的结果,就是眼睁睁地看着他一点一点变得体力不支：看着他弯腰驼背，双腿颤抖，小腹凹陷。最终，我将不得不站在他白发苍苍的尸体旁，看着它被火焰吞噬。我面前的山峦与树丛，蠕虫与狮群，岩石与柔嫩花苞，还有代达罗斯的织布机全都摇曳了起来，仿若一场正分崩离析的梦。梦境之下才是我真正栖身的地方，那冰冷、永恒的无尽悲伤。

某条狼号叫了起来。"安静。"我说。但它继续号叫着，声音不断撞到墙壁上再反射回来，非常刺耳。我在火堆前睡着了，头枕在炉底石上。我睡眼惺忪地坐起身来，皮肤被毛毯的织线压出了印子。冬日的阳光从窗户涌入，苍白又刺眼。它窜入我的眼帘，在地面上留下了及膝深的阴影。我想接着睡。但它不停地哼哼、哀号，最终我还是强迫自己站起身来。我走到门前，猛地把门拉开。去吧！

那条狼把我撞到一旁，狂奔着穿过了林中空地。我看着它远去。我们管它叫大角星。大多数动物都没有名字，但它是忒勒戈诺斯的最爱。它一路向上，朝俯瞰海岸的悬崖奔去。我让门开着，紧随其后，连斗篷都没披。我爬上山巅，来到大角星站立的地方，愈渐猛烈的风暴敲打着我。海水正处于冬日最险恶的阶段，狂拉乱拽，凶残野蛮，海面上覆满了白色泡沫。若非绝对必要，水手是不会出海的。我瞪着眼睛，确信是我看错了。但那东西就在那里：一艘船。忒勒戈诺斯的船。

我原路折返，沿树丛和光秃秃的荆棘丛向山下跑去。恐惧和喜悦同时冲撞着我的喉咙。他回来了。他回来得太快了。肯定发生了什么灾难。他死了。他被变形了。

他在月桂丛中与我撞了个满怀。我抓住他，将他搂入怀中，把脸埋在他的肩膀上。他身上有一股盐味，比以前更壮了。我紧紧地抱着他，因为松了口气而浑身瘫软。

"你这么快就回来了。"

他没有回话。我抬起头,端详着他的脸。他的脸很憔悴,上面淤青遍布,而且已经很久没有合过眼了。那脸上写满了痛苦。我浑身都警觉了起来。"怎么了?发生了什么?"

"母亲。我必须告诉你。"

听上去他似乎喘不过气来了。大角星紧贴着他的膝盖,但他没有摸它。他全身都冷冰冰、硬邦邦的。我也僵在了原地。

"告诉我。"我说。

但他却不知从何说起。他一生中讲了那么多故事,这个却卡住了,就像矿砂卡在了矿石上一样。我拉起他的手。"不论发生了什么,我都会帮忙的。"

"不!"他猛地从我身边抽离开,"别这么说!你必须让我把话说完。"

他面如死灰,好像吞了毒药似的。狂风依旧大作,扭扯着我们的衣服。除了我们之间近在咫尺的距离外,我什么都感受不到。

"我到达的时候他没在。我父亲没在,"他哽咽了一下,"我去了宫殿,他们说他打猎去了。我没有留在那里。我按照你说的,留在了船上。"

我点了点头。我担心如果我开口的话,他会崩溃的。

"晚上的时候,我会在海边稍微散散步。我总会带着那根长矛。我不想把它留在船上。我不想——"

他的脸抽搐了一下。

"那艘船驶向岸边的时候正值日落。那船很小,像我的船一样,但上面堆满了宝物。船在海浪中摇摇晃晃,宝物闪闪发光。是盔甲吧,我想,还有一些武器和盆钵。船长将锚抛下,从船头跳了下来。"

他迎上我的目光。

"即使隔了那么远,我也认出了他。他比我想象得要矮。他的肩膀像熊的肩膀一样宽,满头灰发。他可以是随便哪个水手。我说不出我是怎么认出他来的。好像……好像这么长时间以来,我的目光就是在等待这个身影似的。"

我知道那种感觉。当我第一次低头看到臂弯中的他时,我也是这种感受。

"我呼喊着他,但他已经朝我走过来了。我跪在了地上。我以为——"

他用拳头紧紧抵住自己的胸膛,好像能把拳头按进身体里一样。他控制住了自己。

"我以为他也认出了我。但他却在大喊大叫。他说我不能偷他的东西,不能在他的土地上烧杀掠夺。他要给我点颜色看看。"

我能想象出忒勒戈诺斯的震惊。他这一生还从未受到过任何指责。

"他朝我跑来。我说他误会了。我有他儿子,也就是王子的许可。这反而让他更生气了。我才是这里的王,他说。"

寒风剐蹭着我们,他身上起了一层鸡皮疙瘩,皮肤很粗糙。我试着张开双臂拥抱他,但我还不如去拥抱一棵橡树。

"他耸立在我面前。他脸上皱纹密布,沾满了盐霜,胳膊上扎着绷带,血已经把绷带浸透了。他还在腰带上别了一把刀。"

他的眼神很迷离,好像他又跪在了那片海滩上一样。我记得奥德修斯疤痕密布的双臂,那是上百道这样的小伤留下的痕迹。他喜欢近身搏斗。他说,手臂负伤总比腹部受伤要好。漆黑的房间中,他露出了笑容。那些英雄啊。当我径直朝他们冲过去时,你真该看看他们脸上的表情。

"他叫我放下长矛。我告诉他我不能,但他只是继续叫嚷着我必须把它放下,把它放下。然后他伸出手来抓我。"

那场景在我脑海中绽开:虎背熊腰、双腿矫健的奥德修斯扑向了我连胡子都还没长出来的儿子。所有我对他隐瞒的故事全都跃入了我的脑海。奥德修斯将叛变的忒耳西忒斯[1]打到失去知觉。违抗命令的欧律洛科斯多次鼻青脸肿。奥德修斯对阿伽门农的反复无常有着无限的耐心,但对于那些地位在他之下的人,他可能会像冬日的风暴一样严酷。这世界上的种种无知把他搞得精疲力尽。有那么多固执的灵魂要被一遍又一遍地套牢,好为他的目标服务;每天有那么多愚人之心要被牵引着离开他们的梦想,向他的梦想靠近。没有哪张嘴能劝动所有这些人。捷径肯定是有的,他也找到了。铲除某个怨声载道的小人物甚至可能会给人快感,谁叫他们胆敢阻挠希腊第一勇士呢。

而当希腊第一勇士看着我儿子时,他看到了什么?一个好脾气的人,心中无所畏惧。一个一生从未屈从于他人意志的年轻人。

我感觉自己像一条被抻得过直的绳子,紧绷到让人无法忍受。"发生了什么?"

"我拔腿就跑。往宫殿的方向跑。他们可以告诉他我没有恶意。但他的速度太快了,母亲。"

奥德修斯的短腿很有欺骗性。他的速度仅次于阿基里斯。在特洛伊,他赢下了所有赛跑。在一次摔跤比赛中,他还绊倒了埃阿斯。

"他抓住长矛,将我一把推开。皮革护套脱落了。我不敢松手。我怕……"

忒勒戈诺斯活生生地站在我面前,但我却感觉到了一阵后知后觉的恐惧。多险啊。如果长矛在他手中转了向,蹭到了他……

---

[1] 忒耳西忒斯是特洛伊战争时期希腊一方的将士,他因对阿伽门农出言不逊而遭到了奥德修斯的毒打。

我明白了。那时我明白了。他的脸像被烧成灰烬的原野一样。他的声音因悲伤而哽咽着。

"我大喊着提醒他一定要小心。我告诉他了，母亲。我说，不要让那东西碰到你。但他还是把长矛从我手上夺了过去。长矛只是轻轻地擦了他一下，矛尖碰到了他的脸颊。"

特里贡的毒尾。我递到他手上的死亡杀器。

"他的脸就……静止了。他倒在了地上。我想把毒液擦掉，但他脸上连伤口都没有。我要带你去见我母亲，我说，她会有办法的。他的嘴唇惨白惨白的。我抱着他。我是你的儿子，忒勒戈诺斯，由女神喀耳刻所生。他听到了。我觉得他听到了。他看着我，然后……他就走了。"

我无话可说。一切真相大白。雅典娜全副武装，铤而走险。她面色凝重，说如果忒勒戈诺斯活下去，我们会后悔的。她怕他会伤害自己所爱之人。雅典娜最爱的人是谁呢？

我用手捂住嘴。"奥德修斯。"

听到这个词后他直往后退，像是在躲避诅咒一样。"我尽力警告他了。我尽力了——"他戛然而止。

那个与我共度了那么多良宵的人死在了我递出的武器上，死在了我儿子的怀中。命运三女神正嘲笑着我，嘲笑着雅典娜，嘲笑着我们所有人。那是她们最爱的黑色幽默：反抗预言的人，反而被预言更紧地扼住了喉咙。亮晶晶的罗网收了口，我那个从未伤害过任何人的可怜儿子被抓了个正着。他茫然无措地航行了这么久回到家来，愧疚重重地压在他的心头。

我的手麻了，但我还是强忍着让它们动了起来。我抓住他的肩膀。"听着，"我说，"听我说。你不要责怪自己。这是很久以前就注定要发生的事，注定会以上百种不同的方式发生。奥德修斯曾对我说，他注定会因海毙命。我以为那意味着他会遭遇海难,根本没有想过其他可能。我没有看到这层意思。"

"当初你就应该让雅典娜杀了我。"他耷拉着肩膀,声音也有气无力的。

"不!"我摇晃着他,好像我能把这邪恶的念头从他身上甩掉似的,"我永远都不会这样做。永远都不会。就算那时候我知道也不会。你在听我说话吗?"绝望使得我喊破了嗓子,"你知道那些故事。俄狄浦斯,帕里斯。他们的父母本想杀掉他们,可他们还是活了下来,肩负起了自己的命运。这一直是你的路。你要放宽心才是。"

"放宽心?"他抬起头来,"他死了,母亲。我父亲死了。"

我经常犯这样的错误,不假思索就急急忙忙冲过去帮他。"哎,儿子,"我说,"这很痛苦。我感觉得到。"

他痛哭起来,我的肩膀被他的脸庞浸湿了。光秃秃的树枝下,我们一起默哀着,为我熟识的那个男人,也为他不曾了解的那个男人。奥德修斯有着农夫般的宽大手掌。他用冰冷的语气,精确地描述着神与人的愚蠢。他将一切尽收眼底,但透露的却少之又少。一切都消散了。我们相处起来并不容易,但我们却善待了彼此。在没有他人陪伴的日子里,他信任了我,我也信任了他。我儿子的身体里淌着一半他的鲜血。

过了一小会儿之后,他抽开了身。他的眼泪流得缓了一些,虽然我知道它们还会再次涌来的。

"我本还希望……"他的声音越来越小,但余下的话是明白无误的。小孩子总是希望如何呢?希望让他们的父母骄傲。我知道这希望的消亡有多么痛苦。

我用手抚摸着他的脸颊。"冥界的亡灵会得知生者的作为。他不会心存怨恨的。他会听说你的事迹。他会感到自豪的。"

树丛在我们周围摇曳着,风变换了方向。我叔叔玻瑞阿斯正将寒意吹向全世界。

"冥界,"他说,"我没有想到这一点。他去了那里。等我死后,我就能见到他了,那时我就可以求他原谅了。我们会有花不完的时间,是不是?"

他的语气里跃动着希望。我从他的眼中看到了那幅画面:伟大的船长穿越水仙花丛向他走来。他青烟幻化的双膝将跪倒在地,而奥德修斯则会示意他起身。他们将在亡灵之殿中相伴而居。在我永远无法踏足的地方,他们彼此相依。

悲伤沿着我的喉咙往上爬,快要将我吞没了。但为了他,我连致残的毒液都愿意触碰,我就不能说出那几个简简单单的字,给他些许安慰吗?

"是的。"我说。

他的胸膛剧烈起伏着,但他逐渐平静了下来。他抹掉了脸上的污渍。"你明白为什么我必须带他们回来吧。在做了那样的事之后,我不能把他们留在那里。尤其是在他们要求同行之后。他们疲惫不堪,而且还在服丧。"

我也疲惫不堪,筋疲力尽。真是一波未平一波又起。"谁?"

"王后啊,"他说,"还有忒勒玛科斯。他们在船上等我。"

树枝在我周围东倒西歪。"你把他们带到这里来了?"

我尖锐的语气令他眨了眨眼。"当然了。是他们要求的。伊萨卡已经没什么可让他们留恋的了。"

"没什么可留恋的?现在忒勒玛科斯是国王了,佩涅洛佩是王太后。他们为什么要离开?"

他皱起了眉头。"他们就是这么说的。他们说他们需要帮助。我怎么能质疑他们呢？"

"你怎么就不能质疑呢？"脉搏冲击着我的喉咙。我听到了奥德修斯的声音，好像他就站在我身边似的。我儿子会将那些让我长眠的人一网打尽。他会说："你们竟敢杀害奥德修斯，如今我要你们血债血偿。"

"忒勒玛科斯发过誓，他会杀了你的！"

他盯着我。他听了那么多为父报仇的故事，可这依然会让他感到惊讶。"不会的，"他缓缓地说，"如果他想杀我，他可以在路上动手。"

"这什么都证明不了，"我上气不接下气，"他父亲诡计无数，其中第一条就是假装与人为善。也许他想伤害我们两个。也许他想让我看着你倒下。"

片刻之前我们还拥抱着彼此。如今他却后退了几步。

"你说的可是我的兄弟。"他说。

那个单词，兄弟，从他嘴里冒了出来。我想起阿里阿德涅向米诺陶洛斯伸出手去，还想起了她脖子上的伤疤。

"我也有兄弟，"我说，"你知道如果我栽在了他们手上，他们会做什么吗？"

他父亲尸骨未寒，可我们却在为同样的事情争吵。神与恐惧，神与恐惧。

"他是我父亲留在这世界上的唯一一条血脉。我是不会把他赶走的，"他的喘息声在空气中有些刺耳，"我无法收回自己的所作所为，但至少我可以做这件事。如果你不愿意收留我们的话，那么我就走。我会带他们到别的地方去。"

他是会这么做的，我毫不怀疑。把他们带到很远的地方去。我感觉心中燃起了古老的怒火，那股发誓即使将世界付之一炬也会不让任何危险靠近他的怒火。凭着这股怒火，我曾直面雅典娜，扛起了这片天。我曾步入不见天色的深渊。那股在我全身奔流的盛怒，它能给人某种快感。我的脑海中跃动着末世的景象：大地飞旋着坠入黑暗，岛屿被大海吞噬，我的敌人变了模样，在我脚边爬行。可如今，当我寻求这些幻象时，我儿子的脸却不允许它们在我心里生根。如果我将这世界付之一炬，他也会葬身火海。

我吸了一口气，让咸咸的空气灌注全身。我不需要这样的威力，暂时还不需要。也许佩涅洛佩和忒勒玛科斯很聪明，但他们不是雅典娜，而我已经挡了她十六年。如果他们想在这里伤害他，那他们太自不量力了。岛上护他平安的咒语依旧有效。他的狼从不离他左右。我的狮群在山岩中严加死守。而我，他的女巫母亲，也挺立在这里。

"那就来吧，"我说，"让他们见识一下埃阿亚吧。"

他们在甲板上等候。在他们身后，浅浅圆日在阴冷天空的映衬下闪闪发光，将他们的脸笼罩在阴影之中。我好奇这是不是他们刻意而为。奥德修斯曾对我说，决斗的一半要义在于与阳光斡旋，设法让光线刺入敌人的眼帘。但我是赫利俄斯的血脉，没有哪道光线能晃到我。我将他们看得清清楚楚。佩涅洛佩和忒勒玛科斯。我在迷茫中心生好奇，他们会做些什么？下跪吗？面对为你丈夫诞下子嗣的女神，怎么打招呼比较合适？如果那孩子还导致了他的死亡呢？

佩涅洛佩点头示意。"我们备感荣幸，女神。谢谢你为我们提供庇护。"她的语气像奶油一样平滑，表情如止水一样平静。很好，我心想。我们就这样行事。这腔调我会。

"你是我的贵客，"我说，"在这里无需客气。"

忒勒玛科斯腰间别了一把刀，是男人们清理动物内脏时用的那种刀。我感觉自己心跳加快。他很聪明。剑与长矛，这些是战争用具。但一把上了年头的狩猎刀，刀柄的地方还没有缠线，这不会引起怀疑。

"你也是，忒勒玛科斯。"

听到自己的名字之后，他的头微微颤了一下。我本以为他会跟我儿子很像，洋溢着青春与耀眼的优雅。但他却很干瘪，表情也很严肃。他应该有三十岁了。他看着很显老。

他说："你儿子是否已经转达了我父亲的死讯？"

我父亲。这几个字悬在空中，像是在挑衅一样。他的大胆让我吃了一惊。我没想到如此面相之人竟会这么大胆。

"他转达了，"我说，"我为此默哀。你父亲这等人物，颂歌会为其而作。"

忒勒玛科斯的脸逐渐变得僵硬。是愤怒吧，我想，怒我竟敢哀悼他的父亲。很好。我正要激怒他。这样他就会犯错了。

"来吧。"我说。

狼群跟在我们周围，默不作声、闷闷不乐。我大步向前。在他们霸占我的房子和壁炉前，我想要一个喘息的空间，用一点时间想想对策。忒勒戈诺斯拿着行囊，他坚持这样做。他们带的东西不多，王公贵族不该只有这么点衣服的。可话说回来，伊萨卡毕竟不是克诺索斯。我能听到忒勒戈诺斯在我身后指点着隐患重重的地方，比如打滑的根茎和岩石。他的愧疚感弥漫在空气中，像冬日的迷雾一样浓厚。至少他们的到来似乎分了他的心，将他从绝望中拉了出来。在海滩上时，他碰了碰我的胳膊，小声说：她很虚弱，我感觉她一直没有吃东西。你看到她多瘦了吗？你应该把动物拦下。再准备点易消化的食物。你会做肉汤吗？

我感觉自己有些失重。奥德修斯走了,佩涅洛佩来了,我还得给她做肉汤。我念了她的名字那么多次,她终于被召唤来了。她是来复仇的,我心想。肯定是这样。不然他们还能为什么目的而来呢?

他们来到了我家门前。我们说话还是客客气气的,请进,谢谢,要不要吃点东西,承蒙关照。我上好饭菜,其中的确有肉汤,还有几盘面包与芝士,以及酒水。忒勒戈诺斯把他们的盘子堆得满满当当,时刻关注着他们的酒杯。他的脸依然因为内疚而紧绷着。我儿子曾那么娴熟地指挥着一整船的水手,如今他却踌躇不前,像狗一样看着眼前的人,渴望哪怕一丁点的宽恕。那时天色已晚,蜡烛亮了起来。烛光随着我们的呼吸颤抖着。"佩涅洛佩女王,"他说,"你看到我跟你说过的那台织布机了吗?很抱歉你不得不把自己那台留在原地,但你随时都可以用这台。如果我母亲允许的话。"

换作其他情况,我会笑出声的。有句老话说:用别的女人的织布机织布,就像在与她的丈夫偷情。我盯着佩涅洛佩,想看看她会不会打退堂鼓。

"很高兴能亲眼一睹这样的宝物。奥德修斯经常跟我提起它。"

奥德修斯。这名字赤裸裸地出现在了这间屋子中。如果她不认怂的话,我也不会。

"那么也许,"我说,"奥德修斯也跟你说过,这是代达罗斯亲手做的。我的织功向来配不上这样的馈赠,但你技艺高超,名声在外。我希望你试一试。"

"非常感谢,"她说,"恐怕不论你听到了什么,它们都被严重夸大了。"

我们就这样你来我往。没有人流泪,没有人相互指责,忒勒玛科斯也没有从桌子那头扑过来。我盯着他的刀,但他佩戴那把刀的样子,好像他并不知道它在那里似的。他一言不发,他母亲也极少开口。我儿子还在继续努力,将沉默填得满满当当,但每一刻,我都看到他的悲伤在上涌。他的眼神变得呆滞,一阵微弱的痉挛从他全身掠过。

"你们太累了,"我说,"我带你们去睡觉吧。"

这不是在询问他们的意见。他们站起身来,忒勒戈诺斯还有点摇晃。我将佩涅洛佩和忒勒玛科斯领到他们各自的房间,为他们拿来洗漱用的水,看着他们关上了房门。我跟在我儿子身后,同他一起坐在了床上。

"我可以给你喝点安眠的药水。"我说。

他摇了摇头。"我能睡着。"

绝望与疲惫让他变得顺从起来。他由着我握住他的手,将他的头靠在我的肩膀上。我不禁在这过程中感受到了一丝欣慰,因为他很少允许我与他这么亲近。我轻抚着他的头发,他的发色比他父亲的浅。我感觉他全身又颤抖了起来。"睡吧。"我轻声说,但他已经睡着了。我轻轻地将他放倒在枕头上,为他盖上毯子,还施了条咒语罩住房间,以降低噪声、遮住亮光。大角星在床脚喘着粗气。

"你的其他伙伴在哪里?"我对她说,"我要它们也到这里来。"

她用浅浅的双眸看着我。有我就够了。

我将门在身后关严,穿过屋内的暗夜阴影。到头来,我还是没有把狮群打发走。观察外人对它们的反应总会给我启发。佩涅洛佩和忒勒玛科斯没有畏缩不前。也许我儿子提醒过他们,或者奥德修斯跟他们提过?这念头令一阵恐怖的寒意在我全身流窜。我侧耳倾听,好像能从他们的房间里听到答案似的。整栋房子都很寂静。他们睡着了,或默默地在脑海里盘算着什么。

当我迈进餐厅时,忒勒玛科斯正在那里。他站在房间中央,像一把上了弦的箭。刀在他腰间闪闪发亮。

好吧，我想，好戏来了。不过，这事得听我的。我从他身旁走过，来到壁炉边。我倒了杯酒，坐在了我的椅子上。他的眼睛全程都紧盯着我。很好。我感觉浑身都充满了力量，像暴风雨前的天空一样。

"我知道你想杀我儿子。"

除了壁炉中的火光外，其他一切都纹丝未动。他说："你是怎么知道的？"

"因为你是个王子，还是奥德修斯的儿子。因为你遵守神界与凡间的戒律。因为你父亲死了，而我儿子是元凶。也许你也打算试着对我下手。还是说你只想让我看着？"

我的眼睛闪耀着辉光，投下了它们的阴影。

他说："女士，我对你和你儿子均无恶意。"

"真仁慈啊，"我说，"我彻底放心了。"

他的肌肉不像斗士的那样紧实坚硬，我在他身上也看不到伤疤或老茧。但他是迈锡尼的王子，身体强健、柔韧性强，从婴儿时期起就接受了上场杀敌的训练。佩涅洛佩在抚养他长大时一定没有丝毫懈怠。

"我要怎么向你自证清白呢？"他的语气很严肃。我觉得他是在嘲笑我。

"你证明不了。我知道做儿子的有义务为父报仇。"

"这我不否认，"他目不转睛地盯着我，"但只有在他遭遇他杀时才算数。"

我扬起了眉毛。"你是说他并非他杀？可你还是把刀带进了我家。"

他低下头，似乎很惊讶看到它出现在那里似的。"这是切肉用的。"他说。

"是啊，"我说，"我也是这么想的。"

他把刀从腰间取下，顺着桌子滑了过来。刀发出了生涩的颤声。

"父亲死的时候，我就在海滩上，"他说，"我听到了叫喊声，怕会发生冲突。奥德修斯这几年……并不受人待见。我来得太晚了，但我看到了事情的结局。他将长矛夺了过去。他不是被忒勒戈诺斯杀死的。"

"大多数人都不会找借口对父亲的死既往不咎。"

"我无法为人说项，"他说，"但一口咬定你儿子有错是不公的。"

听他说出这个字眼很奇怪。这是他父亲最爱的字眼之一。一抹苦笑，双手摊开。我能说什么呢？这世界就是如此不公。我端详着面前的这个人。我怒火中烧，但他身上还是有让人无法抗拒的东西。他没有表现出温文尔雅的高贵。他的举止简简单单，甚至有点笨拙。他目标坚定得像一艘乘风破浪的船一样。

"你要明白，"我说，"任何伤害我儿子的企图都会落空。"

他瞥了眼成群结队的狮子。"我觉得我能明白。"

我没想到他有这样不露声色的幽默感，但我没有笑。"你跟我儿子说，伊萨卡已经没什么可让你留恋的了。我们两个都知道有个王位正等在那里。为什么你没坐在上面？"

"现在伊萨卡不欢迎我。"

"为什么？"

他没有迟疑。"因为当我父亲倒下的时候，我袖手旁观。因为我没有把你儿子就地正法。以及事后，柴堆燃烧时，我没有哭。"

这些话很平静，但它们却像刚刚燃烧起来的煤炭一样炙热。我想起当我说到奥德修斯将被颂扬时，从他脸上掠过的表情。

"你不为你父亲默哀吗？"

"默哀。我为自己从未遇到别人口中所说的那个父亲而默哀。"

我眯起了眼睛。"解释一下。"

"我不会讲故事。"

"我没有让你讲故事。你来到了我的岛上。你欠我一个真相。"

片刻之后,他点了点头。"我给你真相。"

我坐在了木椅子上,他坐到了银制的那把上。那是他父亲曾落座的地方。奥德修斯把它当床,懒懒散散地躺在上面,这是他最早引起我注意的地方之一。忒勒玛科斯坐得直直的,像个被点名背诵课文的学生一样。我问他喝不喝酒。他拒绝了。

战后,奥德修斯没有返乡,他说,于是开始有追求者闻讯前来,向佩涅洛佩求婚。伊萨卡最富有的家族的公子哥,以及周边岛国野心勃勃的子嗣都来讨妻子,有可能的话,再讨个王位。"她拒绝了他们,但他们年复一年赖在宫殿里不走,吃光了我们的存粮,要求我母亲从他们当中选一个。她一次又一次地要求他们离开,但他们就是不肯,"曾经的怒火依旧在他的语气中燃烧,"他们看得出我们拿他们没办法,一个小伙子和一个独居的女人能怎样呢。当我谴责他们的时候,他们反而嘲笑我。"

我见识过这样的人。我把他们赶到猪圈里去了。

可后来,奥德修斯回来了。距他从特洛伊启航已经过去了十年,距他离开埃阿亚已经过去了七年。

"他扮成乞丐,只对我们中的少数人透露了身份。我们想到了一个计策:考验一下追求者的秉性。拉动奥德修斯强弓的人就可以迎娶我母亲。追求者们一个接一个尝试,又一个接一个失败了。最后我父亲站了出来,他轻轻一拉就上好了弦,一箭射穿了最恶劣的那位追求者的喉咙。我怕这些人怕了好久,但他们就像青草遇到了镰刀一样,倒在了他面前。他把他们都杀光了。"

历经二十年战乱磨难的战争天才,阿基里斯之后的希腊第一勇士再度举起了长弓。他们当然不堪一击了。他们是未经世事的孩子，养尊处优，娇生惯养。这故事讲起来很带劲：懒散又残忍的追求者围困了忠贞的人妻，威胁着王位继承人。他们触犯了神界与凡间的一切戒律，罪有应得。而奥德修斯如死神化身一样降临世间，结束了这一切，被错怪的英雄让世界重回正轨。就连忒勒戈诺斯都会认可这样的寓意。可不知怎的，在我看来这是一副令人不安的景象：奥德修斯魂牵梦绕了如此之久的大殿里血流成河，血水漫过了心口。

"第二天，追求者的父亲们来了。他们都是这座岛上的人。尼卡诺拥有最庞大的山羊群。阿伽颂拄着精雕细琢的松木手杖。欧珀忒斯过去常常让我在他家的果园里摘梨子。开口的正是他。他说：吾儿是贵舍之客，可你却杀死了他们。我们要求赔偿。

'你们的儿子是窃贼，是恶棍。'我父亲说。他做了个手势，我祖父抛出了长矛。欧珀忒斯的脸炸裂开来，脑浆喷溅一地。我父亲命令我们将其他人通通杀光，可这时雅典娜从天而降。"

所以说，雅典娜最终还是回到了他身边。

"她宣告宿怨到此结束。追求者已经付出了惨痛的代价，杀戮到此为止。可第二天，他手下士兵的父亲们也陆续赶来。'吾儿在哪里？'他们想知道，'我们已经等了二十年，想欢迎他们从特洛伊凯旋。'"

我知道奥德修斯不得不对他们说些什么。你儿子被独眼巨人吃掉了。你儿子被斯库拉吃掉了。你儿子被食人族大卸八块。你儿子喝醉后从屋顶掉下去了。他的船被巨人击沉了，而我却死里逃生。

"你父亲从我岛上启航的时候，手下还有船员。他们一个都没生还吗？"

他迟疑了一下。"你不知道吗？"

"知道什么？"就在我说出这句话时，我变得口干舌燥，像埃阿亚的黄沙一样。在忒勒戈诺斯狂野的孩童时期，我没有时间去操心手头之外的事。但如今我清清楚楚地记起了忒瑞西阿斯的预言，好像奥德修斯话音刚落一样。"牛，"我说，"他们吃了神牛。"

他点了点头。"是的。"

那些心急鲁莽的水手与我共同生活了一年。我给他们饭吃，为他们治病疗伤，满心欢喜地看着他们恢复健康。可如今，他们从这个世界上消失了，好像从未活过一样。

"告诉我这是怎么回事。"

"他们的船在途经特里那喀亚岛时遭遇了风暴，风暴迫使他们靠岸。我父亲值守了多日，但风暴毫不停歇，将他们困在了原地，最后我父亲不得不合眼休息。"

一成不变的老套情节。

"趁他睡着的时候，他的手下宰了几头牛。看守那座岛屿的两位宁芙目睹了他们的所作所为，于是就去找……"他又迟疑了起来，我看得出他在掂量那几个字：你父亲，"赫利俄斯殿下。当我父亲再次启航的时候，船被炸成了碎片。所有人都淹死了。"

我能想象出我那两个同父异母的姐姐双膝跪地的样子，她们留着长长的金发，画着眼妆，膝盖也很漂亮。啊，父王，不是我们的错。惩罚他们吧。好像他什么时候需要过别人鞭策了一样。赫利俄斯的怒火是无穷无尽的。

我感觉到忒勒玛科斯正盯着我。我强迫自己举杯喝起了酒。"继续。他们的父亲来了。"

"他们的父亲来了，当他们得知自己的儿子已经丧命之后，他们索要儿子在特洛伊打胜仗后应得的奖赏。奥德修斯说宝藏全都沉入海底了，但那些人没有罢休。他们一次又一次找上门来，每一次我父亲都会变得更加愤怒。他用棍棒暴打尼卡诺的肩膀，将克雷托斯撞翻在地。'你想知道你儿子的真实面目？他就是个爱吹牛的蠢货。他既贪婪又愚蠢，还违抗了众神。'"

听到奥德修斯如此直言不讳，我很震惊。部分的我想要反对，想说这听上去不像他说的话。但我曾多少次听他对这样的手段赞不绝口呢？唯一的区别在于忒勒玛科斯如此直白地将这件事说了出来。我想象得出奥德修斯唉声叹气、摊开双手的样子。这就是指挥官的命运。这就是人性的愚昧。有些人非得像驴一样被暴揍一顿才能讲道理，这难道不是人性的悲剧吗？

"从那以后，他们躲得远远的，但我父亲还是闷闷不乐。他确信他们在秘密谋反。他想在宫殿周围布满哨兵，日夜值守。他说他要训练猎狗，还要挖壕沟擒拿夜间出没的恶人。他设计了一道巨大的尖刺围栏，好像我们是战地里的军营一样。那时候我本该说点什么的。但是我……依然期望着这些都会过去。"

"你母亲呢，她是怎么想的？"

"我不敢宣称了解我母亲的想法。"他的声音僵硬起来。我想起他们一整晚都没有跟对方说话。

"她亲手把你带大，你肯定会有些想法的。"

"在事情办成之前，没人猜得出我母亲在做什么。"现在他的语气不仅僵硬，还愤愤不平。我等待着。我意识到沉默比发问更能鼓励他继续说下去。

"有一段时间，我们无话不谈，"他说，"我们一起谋划每晚要如何将追求者拒之门外——她要不要下楼，要语出傲慢还是息事宁人，我要不要拿出好酒，我们要不要在他们面前假装起冲突。在我还是小孩子的时候，我们每天都在一起。她会带我去游泳，之后我们会坐在树荫下，看着伊萨卡的人民忙活着他们自己的事。她知道每个过路的男男女女的往事，还会把那些事讲给我听，她说如果你要领导人民的话，就必须了解他们才行。"

忒勒玛科斯出了神。火光映衬出他鼻子上的一段畸形，我之前并没有发现它。他的鼻子断过。

"每当我为父亲的安全担忧时，她都会摇摇头。'永远都不用为他担心。他那么聪明，是不会被杀的，因为他知道人心的所有阴谋诡计，也知道如何让它们为自己所用。他会熬过战争，也会回家来的。'我感到了安慰，因为我母亲说的话总能应验。"

一把真材实料的好弓，奥德修斯曾这样称赞她。一颗恒星。一位了解自己的女性。

"有一次我问她是如何做到的，如何能对世界如此了如指掌。她对我说秘诀在于不动声色，不流露任何情感，留出空间让别人暴露。她想拿我练手，但我却把她逗笑了。'你像躲在海滩上的牛一样，一看就透！'她说。"

忒勒玛科斯确实没什么遮遮掩掩的。痛苦清晰无误地显现在他脸上。我同情他，但如果要我说实话，我也嫉妒他。我和忒勒戈诺斯之间从来没有如此让人患得患失的亲密感。

"然后我父亲回来了，所有这一切都一扫而光。他像一场夏日风暴，耀眼的雷光划过暗淡的天际。当他在场的时候，其他一切都会黯然失色。"

我知道奥德修斯的这个诡计。我曾连续一年，每天见识这技法。

"他暴打尼卡诺的那天，我去找了母亲。'恐怕他过火了。'我说。她甚至都不肯把眼睛从织布机上挪开。她给的唯一一句回话，就是我们必须给他时间。"

"时间起效了吗？"

"没有。祖父去世后，我父亲觉得这是尼卡诺的错，天知道为什么。他用强弓射死了他，然后把尸体扔到沙滩上喂鸟。那时挂在他嘴边的只有阴谋，岛上的人正如何召集人手对付他，仆人们正如何串通谋反。晚上，他会在壁炉前踱步，从他嘴里吐出来的每个词都是士兵间谍，阴谋诡计。"

"这些谋反确有其事吗？"

"在伊萨卡造反？"他摇了摇头，"我们没时间干那个。造反是富岛才会干的事，还有那些受了太大压迫、别无选择的地方才会干的事。那时我很生气。我对他说没有阴谋，向来没有。与其计划如何杀死我们的臣民，不如对他们说三个好听的字。他对我笑了笑。'你知道吗？'他说，'阿基里斯十七岁就参战了，而且他还不是特洛伊战场上最年轻的人。十三四岁的男孩子全都在战场上为自己争了光。我发现勇气与年龄无关，而与真正经过试炼的意志力有关。'"

他没有模仿他父亲的语气，一点都没有。可他讲话的韵律却带着奥德修斯秘而不宣、勾人魂魄的温和。

"当然，他的意思是我丢脸了。我是个懦夫。我就该单挑那些追求者，将他们打败。他们第一次找上门来的时候，我不是已经十五岁了吗？我应该射得动他的强弓了，而不只是能上个弦而已。在特洛伊，我一天都撑不过去。"

我能看到那场景：冒烟的火堆，散发着刺鼻气味的旧铜器，压榨橄榄油。还有奥德修斯，他娴熟地将自己的儿子包裹在耻辱之中。

"我告诉他现在我们在伊萨卡。战争已经结束了，除了他之外所有人都明白这件事。这激怒了他。他收起笑容，说：'你是个叛徒。你想让我死，这样你就能坐上我的王位了。也许你甚至还想推我一把？'"

忒勒玛科斯的语气很平静，几乎不带任何感情色彩，但他搭在扶手上的手却攥得关节发白。

"我对他说，他才是那个让家族蒙羞的人。他可以随心所欲吹嘘那场战争，但他带回家的只有死亡。他的手再也干净不了了，我的也是，因为我追随他蹚入了血泊之中，为此我会后悔一辈子的。从那以后，一切都结束了。我被逐出了议会。我被拦在了大殿之外。我听到他冲我母亲大喊大叫，说她养了一条毒蛇。"

房间里寂静无声。我能感觉出炉火的暖意在哪个地方渐弱，被冬日的冷气吞没。

"事实上，我觉得他巴不得我是个叛徒。如此一来，至少他搞得懂我这个儿子在想什么了。"

他说话的时候，我一直观察着他，看他是否继承了他父亲的言谈举止。那些伎俩已经与奥德修斯融为了一体，像海浪与大海一样不可分割。停顿与微笑，冷冰冰的语气与不以为然的姿态——这些全都会被作用到听者身上，说服他们，挑逗他们，最重要的是，安抚他们。我什么都没有看到。在挫折面前，忒勒玛科斯会迎难而上。

"在这之后，我去找我母亲，但父亲已经设了卫兵将我挡在门外。当我越过卫兵对她喊话时，她说我得耐心一点，不要激怒他。唯一一个愿意跟我说话的人是我的老奶妈，欧律克勒亚，她也曾是我父亲的奶妈。我们坐在壁炉边，把鱼肉嚼得烂烂的。她不停地对我说他以前不是这个样子的，好像这能改变什么似的。这个怒发冲冠的人就是我的父亲。在这之后不久她就去世了，但我父亲没有留下来看她火化。他说他厌倦了在灰烬中生活。他驾驶一艘小船出了海，一个月后带着金腰带、酒杯和一块崭新的胸铠回来了，衣服上溅染的血迹也已经干了。那是有史以来我见他最开心的一次。但这情况并没有持续下去。第二天早上他就因为大殿里的烟气和笨手笨脚的仆人而破口大骂了。"

我见过他这么闹情绪的样子。世界上每个不起眼的小瑕疵都会让他火冒三丈：世人所有的挥霍、愚笨与迟钝，还有自然界所有惹人心烦的事物——咬人的蚊蝇、弯曲的树木，还有刮破他斗篷的野蔷薇。在他与我一起生活的时候，我把这些东西全都赶跑了，用魔力和神性包围着他。也许这就是为什么他过得那么开心。田园牧歌，我曾这样形容我们共度的时光。幻觉这个词也许更贴切。

"从那以后，他每个月都会去某个地方洗劫。流言蜚语传了回来，让人难以置信。他又娶了位妻子，是某个内陆王国的王后。他幸福地在那里做起了君王，与牛群和麦田为伴。他头戴金圆箍，夜夜笙歌，吃整只整只的野猪，纵情大笑。他又生了一个儿子。"

他的眼睛和奥德修斯的一样，形状、颜色，就连眼眸中的热忱都一样。可他们的眼神：奥德修斯的目光总是投向身外，充满诱惑。忒勒玛科斯的目光却很内敛。

"那些传言是真的吗？"

他耸了耸肩，又让它们垂下。"谁说得准呢？也许是他自己编造传言，好伤害我们。我给母亲捎了口信，说羊群需要多加照料，然后就到山坡上一间闲置的小棚屋里生活去了。我父亲尽可机关算尽、大发雷霆，但我不必去看。我母亲可以一整天只吃一片芝士，让自己在织布机前变得老眼昏花，但我同样不必去看。"

火堆中的木柴已经燃尽了。残留的部分泛着白光，上面覆盖着层层灰烬。

"你儿子正是踏入了这样的悲剧之中。他像日出一样耀眼，像熟透的水果一样可人。他拿着那把看上去很滑稽的长矛，还给我们所有人送了礼物——银盆钵、长斗篷，还有金银财宝。他长相英俊，心中的希望像火堆一样发出噼啪巨响。我想把他摇醒。我想：父亲回来后，这个男孩就会领教到人生不是游吟诗人的歌谣。事实的确如此。"

月亮已经从窗外移开，房间笼罩在阴影之中。忒勒玛科斯把手搭在膝盖上。

"你想帮他，"我说，"这就是为什么你下山来到了海滩上。"

他的眼睛紧盯着火堆的灰烬。"事实证明，他并不需要我。"

我过去常常想象忒勒玛科斯的样子，一个盼着奥德修斯归乡的安静男孩，一个跨越山河湖海、为父报仇的热血少年。可如今他已经成年，他的语气索然无味、精疲力竭。他像那些长途奔波为国王报信的使者一样。他们气喘吁吁地说出自己要说的话，之后便倒地不起。

我不假思索地将手伸了过去，搭在他的胳膊上。"血统代表不了你的为人。别被他左右了。"

他低头看了我的手一会儿，然后抬起头来看着我的脸。"你可怜我。不要这样。我父亲在很多事情上撒过谎，但他说我是懦夫却没错。我年复一年任由他为所欲为，任由他宣泄怒火、暴打仆人，任由他对我母亲大喊大叫，将我们的家夷为平地。他要我帮他杀光追求者，我照做了。然后他要我杀光所有帮助过他们的人，我也照做了。然后他命令我把所有曾跟他们上过床的婢女都召集起来，让她们去清理被鲜血浸透的地板。等她们做完之后，我也要把她们都杀光。"

这话震惊到了我。"婢女们别无选择，奥德修斯是知道的。"

"奥德修斯要我把她们当动物一样大卸八块，"他紧盯着我的双眼，"你会怀疑这话的真假吗？"

我想到了不只一个故事，而是很多个。他一直很喜欢自己的复仇方式。他向来痛恨那些在他看来背叛了自己的人。

"你照他说的做了吗？"

"没有，"他说，"我绞死了她们。我找了十二条绳子，打了十二个结，"每个字都像他捅进自己身体里的一把刀，"我从没见别人做过这件事，但我记得在小时候听到的所有故事里，女人动不动就上吊。我以为这样会更得体。我该用剑的。我从不知道还有这么难看、这么漫长的死法。她们抽搐的脚，我一辈子都忘不掉。晚安，喀耳刻小姐。"

他从桌子上拿起刀，转身离开了。

风暴停息，夜空再次晴朗起来。我散起了步，想感受洗刷一新的微风在我身上吹拂，想体验大地在我脚下轻轻碎裂，想忘掉躯体抽搐的丑陋画面。头顶之上，我姨母正在夜空航行，但我再也不会因为她而担惊受怕了。她喜欢窥视情侣，而我已经很久不是谁的情人了。也许我从来都不是。

我想象得出当奥德修斯把追求者逐个杀掉时，他脸上的表情。我见过他劈柴的样子——一气呵成，干净利落。他们会死在他的脚边，血会一直染到他的膝盖。他会神情冷漠、心不在焉地看着这场景，像是棋子落定了一样：好了。

冲动会随之而来。他站在纹丝不动的杀戮场上，感觉自己的怒火依旧熊熊燃烧、尚未耗尽。所以他会迁怒于更多的人，就像往火堆中添加木柴，让它继续燃烧一样。帮助过追求者的人，跟他们上过床的婢女，胆敢顶撞他的人父。如果雅典娜没有出面干预的话，他会继续杀下去的。

而我呢？如果奥德修斯没有出现，我会继续往猪圈里塞多少猪？我想起有一晚，他问起了关于猪的事。"告诉我，"那时他说，"你怎么决定哪个人该罚，哪个人不该罚呢？你怎么能百分百确定这个人的心肠烂透了，而那个人的心肠是好的呢？万一你错了呢？"

那晚，美酒和火堆让我觉得暖洋洋的，我被他突如其来的关心冲昏了头脑。"试想，"我说，"现在来了一船水手。他们中的某些人无疑比另一些人更坏。有些人对奸淫强盗之事激情满满，可其他人却刚刚入行，胡子都还没有长出来。有些人永远都不会想到打劫别人，只是他们的家人在忍饥挨饿。有些人事后会感到耻辱，还有些人只是因为船长下了命令，以及自己能隐匿于在场的人群之中，于是就照做了。"

"所以，"他说，"你会变掉哪些人，放走哪些人呢？"

"所有人都会被我变掉，"我说："他们已经到我家里来了。我为什么要在意他们心里在想什么呢？"

他露出了笑容，举杯向我致敬。"小姐，英雄所见略同。"

一只猫头鹰挥着翅膀从我头顶掠过。我听到了窸窸窣窣贴地而行的声音，和鹰喙的咔嚓声。某只老鼠因为粗心大意而断送了性命。我很庆幸忒勒玛科斯不会知道我和他父亲之间的那段对话。那时我在吹牛，在炫耀我的冷酷无情。我曾觉得自己天下无敌，觉得自己满是獠牙、充满力量。我几乎记不得那是什么样的了。

奥德修斯最爱的伪装是假装自己与其他人一样，可没有人和他一样。如今他死了，一个像他这样的人都没有了。英雄都是蠢货，他常常说。他指的是除他以外的英雄。所以当他犯错的时候，谁纠正得了他呢？他曾站在海滩上看着忒勒戈诺斯，坚信他是个海盗。他曾站在大殿内，谴责忒勒玛科斯密谋造反。他有过两个儿子，但哪个他都没有看清。但也许没有哪个家长能真正看懂自己的孩子。当我们望过去的时候，我们看到的只是自身缺陷的映照。

我正身处松柏丛中，它们的枝丫在黑暗中显得黑黑的。在我经过时，针叶擦着我的脸，我还感觉到了微微发粘的树汁。以前他很喜欢这个地方。我记得他曾用手摩挲着某根树干。这是他身上我最喜欢的地方之一，他像欣赏珠宝一样欣赏着这个世界，转动着它，让它的切面在阳光下闪耀。一艘制作精良的船，一棵长势良好的树，一个惊心动魄的故事，这些对于他来说都是乐事。

没有人像他一样，可有一个人曾与他匹敌，如今她就睡在我家中。忒勒玛科斯不是威胁，但她呢？她这会儿是不是还在密谋割断我儿子的喉咙，完成她的复仇计划？不论她想做什么，我的咒语都抵挡得住。就连奥德修斯都无法凭伶牙俐齿骗过法术。他倒是凭伶牙俐齿骗过了施法的女巫。

露水在草叶上聚集。在它的触碰下，我的脚凉凉的，银光闪闪。忒勒玛科斯一定正躺在床上，凝望着同一片黑暗，看着东方的边缘微微炸裂。我想起了他提到自己绞死婢女时的表情，这段记忆如同燃烧的烙印一样，被他打在自己的皮肤上。我本该多对他说些什么的，我想。我可以告诉他，他不是第一个为了奥德修斯大开杀戒的人。曾有一整个军队的人为达此目的而挥矛向敌。我对忒勒玛科斯几乎一无所知，但不知怎的，我并不觉得这会是个安慰。我能够看到他脸上的酸楚。抱歉，我并不会因为自己是一长串恶棍中的一员而欢欣鼓舞。

在世界上的所有子嗣中，我猜不到他竟会是奥德修斯的儿子。他像信使一样刻板，心直口快到粗鲁的地步。他毫不避讳展示自己的伤口。当我伸手去触碰他的时候，他的脸上浮现出了我无法完全说清的表情。惊讶中微微带着一点像是厌恶的东西。不过，他不用害怕。我再也不会那么做了。

我带着这样的想法回到了家中。

我在织布机旁看着旭日东升。我将面包、芝士和水果摆好，当我听到儿子发出了响动后，我走到了他的门前。看到他的脸不那么死气沉沉了，我很欣慰，但他脸上依旧写着悲伤，还有那条沉重的消息：我父亲死了。

我知道在很长一段时间内，他都会带着这个念头醒来。

"我和忒勒玛科斯聊过了，"我说，"你对他的看法是对的。"

他扬起了眉毛。他是不是觉得我看不见明摆在眼前的东西？还是说他本来觉得我不会承认它们？

"很高兴你能这么想。"他说。

"来吧。我已经把早餐准备好了，而且我觉得忒勒玛科斯已经醒了。你要让他一个人跟狮群待着吗？"

"你不一起来吗？"

"我有咒语要施。"

其实并没有。我回到房间里，听他们谈论着船，食物和最近的风暴。谈论着让人振奋的日常事物。忒勒戈诺斯建议他们出门把船拖回山洞里。忒勒玛科斯同意了。两双脚踩在石板地上，随后门便关上了。昨天，我还会觉得让他们独自相处是我疯了。今天，这看上去像是给我儿子的馈赠。我感到一阵尴尬：忒勒玛科斯和忒勒戈诺斯。我知道给儿子取这样的名字会让别人作何感想，就像进不去家门的狗在外面挠门一样。我想辩解说我从没想过他们会相识，想辩解说他的名字只是为我一个人取的。生在遥远的地方，这是那名字的含义。离他的父亲很遥远，没错，但离我的父亲也很遥远。离我的母亲和俄刻阿诺斯，离米诺陶洛斯、帕西法厄和埃厄忒斯都很遥远。他降生在我的岛屿埃阿亚，他是为我而生的。

我不会为这件事找借口。

昨天我就将长矛拿了回来，现在它靠在我这间屋子的墙壁上。我掀开皮革护套。那条毒尾在陆地上看起来更加奇怪,像幽灵一样,凹凸不平。我将它翻转过来,让阳光照耀着密密麻麻的毒液,毒液之下是尖利的牙齿。我必须把它还回去,我想。但时候未到。

客厅那头传来另一阵骚动。我想起了这些年所有倾吐过心事的男男女女,他们的心事都被佩涅洛佩小心翼翼地搜集了起来。我将皮革护套套回长矛上,打开了百叶窗。窗外良辰美景,风早早地吹来了暗示,万物正日渐丰满,春天马上就要来了。

如我所料,敲门声响了起来。

"进。"我说。

她站在门口。她在灰色的裙子外面套了一件浅色的斗篷,像被蜘蛛网缠住了一样。

"我是来表达我的惭愧之情的。我昨天本该感谢一下你,可我没有。我指的不只是你此时此刻的款待。我指的也是你给予我丈夫的款待。"

从她温柔的语气中,我无法辨别这句话是不是带着刺。即使带着刺,我想她也有权如此。

她说:"他告诉我,你在路上帮了他很大的忙。如果没有你的建议,他是活不下来的。"

"你太看得起我了。是他聪明。"

"偶尔吧,"她说,她的眼睛是花楸木色的,"你知道他离开你后又遇到了另一个宁芙吗?卡吕普索。卡吕普索爱上了他,想让他永生,与她结为夫妻。七年,卡吕普索将他困在自己的岛上七年,给他神的衣服穿,给他珍馐吃。"

"他并没有因此心存感激。"

"没有。他拒绝了卡吕普索,祈祷诸神放他自由。最后,神强迫卡吕普索放走了他。"

我觉得她语气中的那一抹得意并不是我的幻觉。

"你儿子找上门来的时候，我以为他或许是卡吕普索的孩子。可随后我看到了他身上那件斗篷的织功。我想起了代达罗斯的织布机。"

很奇怪，她竟然知道这么多关于我的事。可话说回来，我对她也有所了解。

"卡吕普索对他百依百顺，你把他的手下变成了猪。可他更喜欢的却是你。你觉得这奇怪吗？"

"不奇怪。"我说。

她差点露出了笑容。"正是如此。"

"他不知道关于孩子的事。"

"我知道，"她说，"这种事他是永远都不可能瞒着我的。"这话的确带着刺。

"昨晚我跟你儿子聊过了。"我说。

"是吗？"我觉得我在她的语气中听到了转瞬即逝的什么。

"他向我解释了一下你们为什么要离开伊萨卡。听到他说的话我很抱歉。"

"你儿子好心带我们离开了那里，"她的目光落在了特里贡的毒尾上，"它是不是像蜜蜂的毒液一样，只能蛰一次？还是说它像蛇一样？"

"它可以无数次让人中毒，没有极限。它本是为了用来对付某个神的。"

"忒勒戈诺斯说你跟刺尾鱼神本尊正面交锋过。"

"是的。"

她点了点头，这动作是她下意识的，好像是在确认我说的话。"他跟我们说你还采取了其他防范措施。说你为这座岛蒙了一层魔咒，没有哪个神能穿透它，就连奥林匹斯神都不行。"

"冥界之神可以进来，"我说，"其他的不行。"

"你很幸运,"她说,"能召唤这等防护。"海滩上隐约传来了叫嚷声,两位儿子正在挪动船只。

"有件事我不好意思开口,但离家时我没有带黑衣。你有没有我能穿下的?我想为他服丧。"

我看着她。她站在我门前,如秋日夜空中的皓月般耀眼。她盯着我,灰色的眼眸坚定不移。人们常说女人柔弱,像鲜花、鸡蛋,像任何稍不留心就会粉身碎骨的东西。就算这话我曾信以为真,今后我也不会再信了。

"没有,"我说,"但我有纱线,还有一台织布机。来吧。"

第二十二章
特勒玛科斯

∽∽∽

她的手指从经纱上轻轻滑过。她轻抚纬纱的样子，就像马术大师在与赛马打招呼一样。她没有发问，似乎只消一碰，她就能掌握织布机的使用要义。从窗户射进来的光线在她的手上闪闪发光，似乎想要照亮她的作品一样。她小心翼翼地取下我织了一半的挂毯，将黑色纱线缠绕上去。她的动作很精准，没有一丝累赘。奥德修斯曾对我说她很会游泳，长长的四肢毫不费力就能劈开水面，向终点游去。

屋外，天色已变。云朵垂得低低的，似乎蹭到了窗户一样，我听到硕大的雨滴坠落了下来。忒勒玛科斯和忒勒戈诺斯冲进门，拖船拖得浑身湿透了。忒勒戈诺斯看到佩涅洛佩在织布机边，于是赶紧上前，赞叹起了她的好手艺。我关注的反而是忒勒玛科斯。他绷起脸，猛地转身朝窗边走去。

我摆好午饭，我们默不作声地吃了起来。雨渐渐停息。想到要在屋里闷一下午我就受不了，于是我把儿子叫到屋外，到海滩上散了个步。沙滩又湿又硬，我们的脚印看上去像是用刀刻出来的一样。我挽起他的手臂，很吃惊他居然没有反对。昨天的颤抖已经消失了，但我知道它还会回来的。

那时刚过正午，但空气中的某些东西却让人感觉既昏暗又模糊，好像我眼前蒙了层东西似的。与佩涅洛佩的交谈困扰着我。那时，我觉得自己机智敏捷，可现在，当我在脑海里重新回味那场景时，我意识到她说得少之又少。我本来是想质问她的，可我发现自己反而向她展示起了织布机。

她倒是凭伶牙俐齿骗过了施法的女巫。

"来这里是谁的主意？"我问。

他因为突如其来的问题皱起了眉头。"这重要吗？"

"我很好奇。"

"我记不得了。"但他没有看我的眼睛。

"不是你的。"

他迟疑了一下。"不是。我建议去斯巴达。"

这是自然而然的。佩涅洛佩的父亲在斯巴达。她的堂亲是那里的王后。寡妇会受欢迎的。

"所以你压根没提埃阿亚。"

"没有。我觉得提的话会……"他的声音越来越小。会不合适，当然。

"所以是谁先提的呢？"

"也许是王后吧。我记得她说她宁可不去斯巴达。说她想给自己一点时间。"

他的措辞非常谨慎。我感觉皮囊之下响起了嗡嗡声。

"给自己一点时间做什么？"

"她没说。"

擅长编结的佩涅洛佩，她可以引着你颠来倒去，进入她精心布下的局中。我们正穿越树丛，在漆黑、潮湿的枝丫下往山上走去。

"好奇怪。她是觉得她的家人会不欢迎她吗？她和海伦不合吗？她有没有提到任何敌人？"

"我不知道。没有，她没提敌人的事。"

"忒勒玛科斯是怎么说的？"

"他不在场。"

"但当他得知你们要来这里的时候，他惊讶吗？"

"母亲。"

"把她的话告诉我就好。把你记住的一五一十地告诉我。"

他停在了半路。"我以为你不怀疑他们了呢。"

"我不怀疑他们要复仇了。但还有其他的疑点。"

他深吸了一口气。"我记不得了。记不得她的话，什么都记不得了。那就像雾一样灰蒙蒙的。现在还是灰蒙蒙的。"

痛苦浮现在他的脸上。我没有再说什么，但边走，我的脑子边掰扯着那个想法，像手指掰扯着绳结。那层蛛丝下藏着秘密。她不想去斯巴达，反而来到了他丈夫的情人的岛屿。她想给自己一点时间。做什么呢？

这时我们已经走到了房前。房间内，她正在织布机前劳作。忒勒玛科斯站在窗边，手紧紧地在体侧攥着拳头。气氛很僵。他们吵架了吗？我看了看她的脸，但那张脸专心致志地盯着纱线，什么都没有流露。没有人大喊大叫，没有人哭哭啼啼。与这静谧的紧张感比起来，我更希望有人那样。

忒勒戈诺斯清了清喉咙。"我渴了。还有谁想喝一杯？"

我看着他在酒桶上钻了个眼，把酒倒了出来。我儿子有一颗勇敢的心，即使在悲恸之中，他也会想方设法让我们打起精神来，带我们熬过一刻又一刻。但毕竟他能力有限。一整个下午都在静默中缓缓流逝。晚饭也是一样。食物刚刚吃完,佩涅洛佩就站起身来。"我累了。"她说。忒勒戈诺斯多待了一小会儿,但月亮刚刚升起,他就对着手掌打起了哈欠。我让大角星陪他离开了。我以为忒勒玛科斯会跟上去,但当我转过身来时,他还在原地。

"我觉得你知道关于我父亲的事,"他说,"我想听听。"

他的大胆依然会让我措手不及。一整天他都犹豫不前,回避着我的目光,十分胆怯,几乎是个透明人。可突然间他将自己杵到我面前,好像他是一株在那儿长了五十年的植物似的。这手段就连奥德修斯都会赞叹不已。

"我能说的,你应该已经都知道了。"我说。

"不,"这个字在房间里回响了一阵,"他把他的经历告诉了我母亲,但每当我问起的时候,他都说我应该去问问游吟诗人。"

真是个残忍的回答。我很奇怪奥德修斯是怎么想的。仅仅是为了泄愤吗?就算他有其他苦衷,我们也无从知晓了。他生前所做的一切都定了型。

我将高脚杯拿到壁炉边。屋外,风暴再度袭来。它坚定不移地刮着,狂风骤雨将房子裹得严严实实。佩涅洛佩和忒勒戈诺斯不过是在客厅的另一头,但阴影在我们周围聚集起来,让人感觉他们仿佛在另一个世界。这次我坐到了银座椅上。冰凉的镶嵌花纹抵着我的手腕,牛皮坐垫在我身下稍稍打滑。"你想听什么?"

"一切,"他说,"你知道的我都想听。"

我压根就没考虑把我对忒勒戈诺斯说的那些版本讲给他听,那些结局圆满、伤不致命的故事。他不是我的孩子。他根本就不是个孩子,而是个长大成人的男子汉,他想要回自己的遗产。

我把他的遗产交还给了他。被谋杀的帕拉墨得斯和被抛弃的菲罗克忒忒斯。奥德修斯施计骗阿基里斯出山，将他带上战场。奥德修斯在月黑之时潜入特洛伊盟友之一——瑞索斯国王——的军营中，趁将士们熟睡时抹了他们的脖子。他如何想到用木马计攻下特洛伊，如何眼睁睁地看着阿斯提阿那克斯粉身碎骨。然后便是他残暴的归家之旅，他在旅途中遇到了食人族、海盗和种种魔怪。这些故事比我记忆中的还要血腥，有几次我迟疑了起来。但忒勒玛科斯迎难而上。他默不作声地坐着，目光从未游离。

我将独眼巨人留到了最后，我也说不出为什么。也许是因为我清楚地记得奥德修斯讲述这件事时的样子。当我开口时，他的声音似乎就在我的声音下低语。精疲力尽的他们在某个海岛上靠了岸，看到岛上有个巨大的山洞，里面堆着大量食物。奥德修斯觉得那地方很适合打劫，或者他们可以求住在洞里的人款待他们一番。山洞里的食物他们大快朵颐了起来。拥有这些食物的巨人，也就是独眼牧羊人波吕斐摩斯带着羊群回来后把他们抓了个正着。他将一块巨大的岩石滚到洞口，把他们困在了里面，然后抓起其中一个人，把他咬成了两半。他狼吞虎咽地吃掉了一个又一个人，撑到打嗝时直吐胳膊。场面如此恐怖，但奥德修斯依然给那怪物劝酒，对他好言好语伺候。他说自己名叫乌提斯——没有人。当那怪物终于喝得酩酊大醉之后，他将一根大铁棍磨得尖尖的，放在火上烤热，然后把它戳进了那怪物的眼睛里。独眼巨人仰天长啸，猛烈地扭动着，但他看不到、也抓不着奥德修斯和他的船员。当独眼巨人放羊群出去吃草时，他们每个人都紧贴着一只毛茸茸的牲畜的肚皮，从而得以逃脱。气急败坏的怪物向其他独眼巨人求助，但他们没有来，因为他大喊着："没有人戳瞎我的眼睛！没有人逃跑！"奥德修斯和他的手下回到了船上。当他们驶出足够远，已经到达安全地带后，奥德修斯转过身，越过海浪大喊道："如果你想知道是谁骗了你，那么这个人是奥德修斯，拉厄耳忒斯之子，伊萨卡的王子。"

这些话似乎在静谧的空气中回荡。忒勒玛科斯默不作声，似乎是在等声音逐渐消失一样。最终他说："真是糟糕的一生。"

"还有很多人过着更不幸的日子。"

"不，"他的愤懑惊到了我，"我不是说他的一生很糟糕。我是说他让其他人的生活痛苦不堪。他的手下最开始为什么要进那个山洞呢？因为他想要更多宝物。每个人都因为波塞冬降怒于他而同情他。但这是他咎由自取，因为他受不了不为自己的阴谋诡计邀功就离独眼巨人而去。"

他的话像决堤的洪水一样滔滔不绝。

"他受苦、漂泊了那么多年。为什么？因为一瞬间的自负。他宁可被诸神诅咒，也不要做无名之辈。如果战争结束后他就回家，那么追求者就永远不会找上门来，我母亲的人生就不会荒废。我的人生就不会荒废。他总说他很想念我们，很想家。但这都是谎言。回到伊萨卡后他一刻都不满足，总是望着海平线。我们刚回到他身边，他就渴望起了别的什么。这不是糟糕的一生是什么？把别人吸引到自己身边，然后离他们而去？"

我张开嘴，想说不是这样的。但多少次我躺在他身边，心隐隐作痛，因为我知道他想念的是佩涅洛佩？但那是我自己的选择，而忒勒玛科斯没有这样的幸运。

"我要再跟你说一件事，"我说，"在你父亲回到你们身边之前，诸神命令他到冥界去，与先知忒瑞西阿斯交谈。他在那里见到了许多生前曾与他相识的亡灵，埃阿斯，阿伽门农。跟他们一起出现的还有阿基里斯，他曾是希腊第一勇士，选择用早逝来换取永世的荣耀。你父亲亲切地与那个英雄交谈，对他备加赞扬，向他保证他在人世名声大噪。但阿基里斯却谴责了他。他说他后悔在自负中度过了一生，希望自己能活得更安静、更快活一些。"

"所以我得指望这个是吗？指望我在冥界见到我父亲的那一天，他心里会有悔意？"

总比我们这些人的遭遇强。但我没有说话。他有权发火，而我无权剥夺他的这项权利。屋外，狮群在枝叶间悄然穿梭，花园随之发出轻微的沙沙声。天空已经放晴。群星在云层间隐藏了这么久，现在看上去亮亮的，像灯一样悬挂在暗夜之中。如果我们仔细听，还能听到灯链在微风中轻轻碰撞的声音。

"我父亲说的那句话，你觉得是真的吗？好人向来不喜欢他？"

"我觉得这是你父亲喜欢说的那类话，与真假无关。毕竟你母亲还是喜欢他的。"

他迎上我的目光。"你也是。"

"我不认为自己是好人。"

"但你还是喜欢他。尽管发生了那一切。"

他的声音中带着挑衅。我发现自己说话时小心翼翼地。"我没有见识过他最坏的一面。即便当他展现出最好的一面时，他也不是个好相处的人。但当我需要朋友的时候，他当了我的朋友。"

"神也需要朋友，这很奇怪。"

"所有不疯不傻的生灵都需要朋友。"

"我觉得他占了便宜。"

"但我确实把他的手下变成了猪。"

他没有笑。他像一支离弦的箭，沿着弧线向末端划去。"所有帮助过他的神，所有那些凡人。人们说他诡计多端。但他真正的才华在于他极其擅长从别人那里索取。"

"很多人巴不得有这样的天赋呢。"我说。

"我不是其中之一,"他放下了杯子,"我不会再叨扰你了,喀耳刻小姐。谢谢你对我讲了这些真话。肯在我身上花这么多时间的人少之又少。"

我没有回答。有什么东西让我感到惴惴不安,我脖子上的汗毛都竖了起来。

"你们为什么要来这里?"我问道。

他眨了眨眼睛。"我告诉过你,我们必须离开伊萨卡。"

"没错,"我说,"但为什么要来这里呢?"

他吐字很慢,像一个刚刚从睡梦中醒来的人似的。"我觉得这是我母亲的主意。"

"为什么?"

他的脸变得通红。"我说过,她不会向我透露心事。"

在事情办成之前,没人猜得出我母亲在做什么。

他转身没入客厅的黑暗之中。片刻之后,我听到他轻轻地关上了房门。

寒风呼啸着穿透了墙上的缝隙,将我按在了座位上。我就是个傻瓜。第一天时我就该把她吊在悬崖边,逼着她说出真相。如今,我想起她多么小心翼翼地问起关于我的咒语的事,那个神也无法穿透的咒语。就连奥林匹斯神都不行。

我没有走到她的房间前,将门从铰链上扯下来。我在窗边怒火中烧。窗沿在我的指力下嘎吱作响。距离黎明还有几个小时,但几个小时对我来说不过弹指一挥间。我看着屋外的群星逐渐变暗,岛屿一片接一片地浮现在日光中。氛围又变了,天空被层层遮住。又一场暴风雨要来了。松柏的枝干在空气中嘶嘶作响。

我听到了他们起床的声音。先是我儿子,然后是佩涅洛佩,最后是很晚才入睡的忒勒玛科斯。他们接连进入客厅,我感觉他们看到我站在窗边时愣了一下,就像野兔提防着猎鹰的影子一样。桌子上空空如也,没有摆早餐。我儿子匆匆忙忙走进厨房,把盘子弄得叮当作响。我喜欢他们默默看着我的背影的感觉。我儿子敦促他们赶紧吃饭,语气中夹杂着浓浓的歉意。我想象得出说这话时,他给他们使了什么样的眼色:我替我母亲向你们道歉。有时她就是这个样子。

"忒勒戈诺斯,"我说,"猪圈需要修理,暴风雨马上就要来了。你去处理一下。"

他清了清喉咙。"我会处理好的,母亲。"

"你哥哥可以帮你。"

又是一阵沉默,沉默中他们交换着眼神。

"我不介意帮忙。"忒勒玛科斯温和地说。

盘子和长椅又发出一些声响。最后,门终于在他们身后关闭了。

我转过身。"你以为我是傻子,竟然牵着我的鼻子走。那么热情地问我关于咒语的事。告诉我哪位神明在追杀你。你把谁的怒火引到了我的头上?"

她坐在我的织布机边,膝盖上堆满了未经加工的黑色羊毛。她身旁的地面上放着一个纺锤和一个象牙纺纱杆,纺纱杆的顶端镀着银。

"我儿子并不知情,"她说,"不要怪罪他。"

"显而易见。我能在蜘蛛网上辨别出哪个是蜘蛛。"

她点了点头。"我承认,我做了你所说的事。我是明知故犯。我可以说因为你是个神、是个女巫,所以我以为这不会给你招惹太大麻烦。但这是在说谎。我对神的了解比这要多。"

她的平静激怒了我。"这就完了?我知道自己干了什么,但会厚着脸皮继续做下去？昨晚你儿子说他父亲强取豪夺，只会给别人带去痛苦。我很好奇他会怎么评价你。"

这话伤到了她。我看到了她借以掩饰伤口的茫然无措。

"你以为我是个温顺贤淑的女巫，但你没有好好听你丈夫对我的描述。你已经在我的岛上待了两天。你吃了多少顿饭了，佩涅洛佩？你喝了多少杯酒了？"

她的脸变得惨白。她的发际线微微泛着灰色，像悄然而至的黎明。

"说，不然我就动用魔法了。"

"我相信你已经动用过它了，"这几个字像石头一样，硬邦邦、冷冰冰的，"我把危险带到了你的岛上。但是你先把危险带到我那里去的。"

"我儿子是自愿去的。"

"你心里很清楚，我说的不是你儿子。我说的是你送去的那根长矛，它的毒液杀死了我丈夫。"

这件事终于在我们两人之间挑明了。

"我为他的死感到悲伤。"

"你已经说过了。"

"如果你在等我道歉，你是不会如愿的。就算我有能逆转时光的能力，我也不会用它。如果奥德修斯没有死在海滩上，那么我想我儿子就会死。为了保他活命，我什么都愿意交换。"

她的脸上浮现出某种表情。如果那表情不是那么收敛的话，我也许会说那是愤怒。"好吧。你做了交换，这就是你换来的东西：你儿子活命了，我们来到了这里。"

"看来你觉得这是在报复我。把神引到我的头上。"

"我觉得这是以牙还牙。"

她会是个好弓箭手的，我想。她有冷眼旁观的精准。

"你没有谈条件的资格,佩涅洛佩夫人。这里是埃阿亚。"

"那就不要让我谈条件。你希望我怎样,求你吗?当然了,你是个神。"

她跪在织布机边,举起双手,目光低垂望向地面。"赫利俄斯之女,目光如炬的喀耳刻,万兽之主,埃阿亚的女巫,请允许我在你令人生畏的岛屿上避难,因为我没有丈夫、没有家园,而世间别处都无法护我和我儿子平安。如果你愿意聆听我的祈求,我将每年向你献祭鲜血。"

"起来。"

她没有动弹。这姿势在她身上显得很突兀。"我丈夫谈论你时很热情。我承认,热情得让我生厌。他说在他遇到的所有神灵和魔怪中,他只希望与你重逢。"

"我说了,起来。"

她站起身来。

"你把一切一五一十地告诉我,然后我再作决定。"

我们在被阴影笼罩的房间两头对视。空气中有电光的味道。她说:"你一直在跟我儿子交谈。他会说他父亲在战争中迷失了。说他回到家时变了个人,说他深陷死亡与悲伤之中,无法像正常人一样生活。说他中了将士的诅咒。是不是?"

"差不多吧。"

"我儿子比我强,也比他父亲强。可他并没有看到全貌。"

"你看到了?"

"我来自斯巴达,我们那里的人知道老兵什么样。他们双手颤抖,会从睡梦中惊醒。有人每当号角吹响时都会把酒洒得到处都是。我丈夫的双手像铁匠的一样稳健,号角吹响的时候,他是第一个跑到港口眺望海平线的人。战争并没有击垮他。战争让他本色毕露。在特洛伊,他终于找到了大显身手的机会。总有新的阴谋、新的诡计、新的灾难要去化解。"

"他本想做逃兵的。"

"啊，又是那个老套的故事。装疯卖傻，扶犁耕地。那也是一个诡计。他对神起过誓——他知道自己脱不了身。他想被捉住。这样，希腊人就会嘲笑他的失败，觉得他的所有计谋都能让人轻易看穿。"

我皱起了眉头。"跟我说这件事的时候，他没有透露这层意思。"

"他肯定没有。我丈夫说出的每一个字都是谎言，包括他对你说的话，还有他对自己说的话。他所做的一切，目的向来都不单纯。"

"他也曾这样评价过你。"

我本想伤害她，但她只是点了点头。"我们觉得自己是这世界上的两个聪明人。刚结婚的时候，我们一起制订了上千个计划，想让我们触碰的一切都为我们所用。然后战争就打响了。他说阿伽门农是他见识过的最差的指挥官，但他觉得可以利用阿伽门农为自己扬名。他做到了。他的计谋攻陷了特洛伊，让半个世界重新洗牌。我也会施计。让哪两群山羊交配，如何提高产量，渔民在哪里撒网最好。这是我们在伊萨卡面临的迫在眉睫的问题。你真该看看回到家后他的表情。他杀光了追求者，可这样一来还剩下什么呢？鱼群和山羊。他的妻子日渐迟暮，并非神灵，自己的儿子他理解不了。"

空气中充斥着她的声音，像被压垮的松柏一样尖锐。

"没有战略磋商会，没有可供他征服或号令的军队。岛内曾有的男丁都死光了，因为一半人是他的手下，另一半是我的追求者。每天都有新消息传来，通报着远方的荣耀。墨涅拉俄斯建了一座崭新的黄金宫殿。狄俄墨得斯征服了意大利的某个国度。就连埃涅阿斯那个特洛伊难民都建了一座新的城市。我丈夫致信阿伽门农之子俄瑞斯忒斯，毛遂自荐担任他的顾问。俄瑞斯忒斯回信说他的顾问已经足够多了，而且不论如何，他永远都不想打扰这样一位英雄，让他无法好好休息。

在这之后，他给更多人的子嗣去了信，涅斯托耳的儿子、伊多墨纽斯[1]的儿子，还有其他人的儿子，但他们全都说了同样的话。他们不想要他。你知道我是怎么告诉自己的吗？我告诉自己他只是需要时间而已。告诉自己他随时都会回忆起寻常家庭生活的快乐。记起有我陪伴的快乐。我们会重新一起密谋些什么，"她自嘲地撇了撇嘴，"但他不想过那样的日子。他会到海边踱步。我从窗边看着他，想起了之前他给我讲过的一个故事，是关于北方人信奉的一条大蛇的，这条蛇想把全世界都生吞下去。"

我也记得那个故事。最后，那条蛇把自己也吞掉了。

"踱步的时候，他会跟空气说话。空气在他周身聚集，在他身上闪着最耀眼的银光。"

银光。"雅典娜。"

"还能是谁呢？"她露出了苦涩又冷淡的微笑，"每当他平静下来以后，她就会再次现身，从云端俯冲直下，在他耳边低语，让他满心幻想着所有他错过的冒险。"

雅典娜，那个不安分的女神没完没了地密谋着。她奋力将自己的英雄带回家乡，想看他在臣民中受到拥戴，给自己添彩，也给他添彩。她想听他讲述胜利的故事，讲述他们联手在特洛伊结果的性命。但我记得她提起他时眼中的贪婪，像猫头鹰用利爪紧紧地抓着猎物。她永远都不会允许自己的最爱变成庸常的居家男人。他必须生活在战斗中心，光彩照人、优雅自信；他要一直努力拼搏、寻找新的挑战；要一直用某个机

---

[1] 克里特岛之王，米诺斯之孙。

敏的新招数和信手拈来的才华讨她欢心。

屋外，树林在黑暗的天空下挣扎。在那股诡异光线的照耀下，佩涅洛佩的面庞像代达罗斯的雕像一样精致。我之前还好奇为什么她没有更嫉妒我。现在我明白了。夺走她丈夫的女神不是我。

"诸神假装自己为人父母，"我说，"但其实他们是孩子，拍着手、叫嚷着索要更多。"

"如今她的奥德修斯死了，"她说，"她要去哪里再找一个呢？"

最后的碎片归位，画面终于完整了。神是永远都不会放弃某个宝物的。她会来索取仅次于奥德修斯的尤物。她会来索取他的血脉。

"忒勒玛科斯。"

"是的。"

我的喉咙绷得紧紧的，让我感到很意外。"他知道吗？"

"我不认为他知道。很难说。"

她手里还攥着羊毛，乱糟糟的，泛着臭味。我很气愤，我能感觉出它灼烧着我的五脏六腑。她让我儿子陷入了危险之中。雅典娜很可能已经在密谋报复忒勒戈诺斯了。这是火上浇油。但如果让我说实话，我的怒火并没有以前那么旺盛。在所有可能会被她招引来的神灵中，这个我应付得最好。雅典娜还能多恨我们呢？

"你当真觉得你能把忒勒玛科斯藏起来，不被她发现吗？"

"我知道我做不到。"

"那你到底想要什么？"

她将斗篷裹在身上，像鸟将自己裹在羽翼之中。"年轻的时候，我无意间听到御医说了一段话。他说他卖的药不过是装装样子而已。他说大多数伤口都能自己愈合，只要你给它们足够的时间。我很喜欢发掘这类秘密，因为它会让我觉得自己愤世嫉俗又不失睿智。我把它当作人生哲学。你也发现了，我向来擅长等待。我熬过了战争，熬过了那些追求者。我熬过了奥德修斯的漫游。我对自己说，只要我足够有耐心，我就能熬过他的躁动，还有雅典娜。我以为她肯定还爱着这世界上的其他凡人，但看来没有其他人了。当我袖手旁观的时候，忒勒玛科斯年复一年地忍受着他父亲的暴怒。他备受折磨，我却视而不见。"

我想起奥德修斯对她的评价。他说她从未迷途，从没犯过一次错。那时我满心嫉妒。如今我却觉得：这是多大的负担啊，她得肩负多恼人的重担啊。

"但这世界上的确有真材实料的良药，你就是证明。你为你儿子深入海底。你反抗众神。我想到了自己因为那个渺小之人的自负而浪费的全部年华。我为此付出了代价，这再公平不过，但我也让忒勒玛科斯付出了代价。他是个好儿子，一直都是。我想在失去他之前，在我们再度被迫启航之前，争取一点时间。你是否愿意开恩，埃阿亚的喀耳刻？"

她没有用那双灰色的眼睛看我。如果她这么做了，我会拒绝她的。她只是等待着。这的确很适合她。她似乎嵌入了空气中，就像珠宝嵌入了王冠之中。

"现在正是严冬，"我说，"没有船会在这个时候出海。埃阿亚可以再收留你们一阵。"

第二十三章

口信

儿子们干完活后回到了家里。他们被风吹了一通，但身上并没有湿。雷霆和骤雨停留在了海面。其他人吃饭的时候，我爬上了最高的山巅，感受着头顶上空的咒语。它从一个海湾延伸到另一个海湾，从黄色沙滩延伸到参差不齐的山石。我也在血液中感受到了它的存在，那股我背负了如此之久的钢铁般的重量。雅典娜无疑试探过它。她在边缘徘徊，想找到一个缺口。但这咒语会挺住的。

当我回到家的时候，佩涅洛佩又坐在了织布机前。她越过肩头看了看。"天气似乎变好了。海面现在应该已经足够平静了。忒勒戈诺斯，你想学游泳吗？"

在我们交谈过后，我本以为会发生很多事情，但这并不是其中之一。可我来不及动反对的念头。忒勒戈诺斯激动得差点把杯子打翻。当他们穿过花园离开的时候，我听到他在讲解我种的植物。他是什么时候知道角树和毒芹是什么东西的？但他却指着这两种植物，说出了它们的特性。

忒勒玛科斯默不作声地走到我身边。"他们看上去像一对母子。"他说。

这跟我的想法一模一样，但听到他把这话说出来，我还是感觉一阵恼火。我走到屋外，来到了花园里，没有回他的话。我跪在花床上，把杂草连根拔起。

他居然跟了上来，这让我吃了一惊。"我不介意给你儿子帮忙，但实话实说，你让我们修的那个猪圈已经弃置很多年了。你能让我做点真正有用的事吗？"

我坐在脚跟上，端详着他。"王公贵族通常是不会求着干杂活的。"

"我的臣民似乎给我放了个假。你的岛很美，但如果我只能日复一日在这岛上无所事事的话，我会疯掉的。"

"那你能做什么？"

"一般的都行。钓鱼打猎。照顾你并不拥有的山羊。凿凿建建。我可以把你儿子的船修好。"

"那船有什么问题吗？"

"船舵很慢，也不牢固。船帆太短了，船桅又太长。一起风浪它就会像奶牛似的在里面打滚。"

"在我看来没那么差。"

"我不是说它不好，尤其对于第一次尝试来说。只是说我很震惊我们在来这里的路上没沉。"

"船被施了咒，是沉不了的，"我说，"你对造船怎么这么在行？"

"我是从伊萨卡来的。"他简简单单地回答。

"所以呢，还有什么是我该知道的吗？"

他的表情很严肃，像是在下诊断书一样。"羊毛打结太厉害了，春天剪下来也用不了。客厅里有三张桌子不稳，花园里的石板路也摇摇晃晃的。你的屋檐下至少有两个鸟窝。"

我既觉得好笑，又觉得自己被冒犯了。"就这些吗？"

"我还没看全。"

"早上你可以和忒勒戈诺斯一起修船。至于现在，你就先从绵羊入手吧。"

他说得对，它们的毛的确乱糟糟的。湿冷的冬天过后，泥巴已经没过了它们的肩膀。我拿出梳子，还有一个盛满了药水的大碗。

他端详着药水。"这是做什么的？"

"它能清理掉泥巴，但不会刮掉羊毛。"

他很专业，麻利地干了起来。我的羊很温顺，但他也有哄劝它们的技巧。他将手搭在羊背上，毫不费力地把它们引到这里或那里。

我说："你以前干过这个。"

"当然了。这药水太好用了，是用什么做的？"

"蓟，蒿，芹菜，硫黄。魔法。"

"啊。"

那时我已经拿出了修剪刀，剪起了带芒刺的果子。他问起了这些动物的血统，还有我的繁育方法。他想知道它们这么温顺是因为咒语还是因为我。当他手上有事可忙时，他那令人尴尬的僵硬感就不见了。很快，他就给我讲起了他在放牧时做的傻事，引得我哈哈大笑。我没有注意到太阳已经沉入了大海。当佩涅洛佩和忒勒戈诺斯出现在我们身旁时，我吓了一跳。我们站起身，抹掉了手上的泥巴。我感觉到佩涅洛佩正盯着我们看。

"来吧，"我说，"你们肯定饿了。"

那晚，佩涅洛佩又提前离开了饭桌。我好奇她是不是故意做给我看的，但她看上去真的很累。她还在服丧，我提醒自己。我们都是。但游泳在我儿子身上起到了好效果，又或者是佩涅洛佩对他的关注起到了好效果。他的脸被风吹得红扑扑的，而且他想要聊天。不是聊他的父亲，那伤口依然太深，而是他曾经的初恋——英雄故事。显然，伊萨卡有一个擅长讲此类故事的游吟诗人，他想听忒勒玛科斯讲讲那个人的版本。忒勒玛科斯开始了：柏勒洛丰与珀耳修斯，坦塔罗斯，阿塔兰忒。他又坐在了木椅上，而我则坐在了银椅子上。忒勒戈诺斯坐在地上，靠着一条狼。我在他们两个之间看来看去，感觉到了一种几近恍惚的奇怪的不真实感。他们真的只来了两天而已吗？我感觉比这久得多。我并不习惯有这么多人陪伴，有这么多话可聊。我儿子求他再讲一个，然后再讲一个，忒勒玛科斯都应允了。他的头发因为在外劳作而被风吹得乱蓬蓬的，火光覆盖在他的脸颊上。他身上有很多地方都显老，但他脸上有一道可爱的弧线，几乎可以用孩子气来形容。他说他不善于讲故事，但不知怎的，看他神情严肃地讲述飞马和金苹果的故事，反而让人觉得更有趣了。房间里暖洋洋的，酒也很可口。我的皮肤变得像蜡一样柔软。我往前倾了倾身子。

"告诉我，那个游吟诗人有没有提起过克里特岛的王后，帕西法厄？"

"米诺陶洛斯之母，"忒勒玛科斯说，"当然提起过了。她总会出现在忒修斯的故事中。"

"有没有人说过米诺陶洛斯死后她怎么样了？她有不死之身，她还统治着那里吗？"

忒勒玛科斯皱起了眉头。他的神情并非不悦，而是与端详我的羊毛药水时一样。我看到他追寻着盘根错节的族谱。据说帕西法厄是太阳神之女。他明白了过来。

"不，"他说，"她和米诺斯的血脉不再统治那里了。一个叫琉科斯的人从帕西法厄之孙伊多墨纽斯手里夺取了王位，在那里称了王。在我听到的故事里，米诺斯死后她回到了诸神之殿，在那里备受尊崇。"

"谁的神殿？"

"游吟诗人没有说。"

一阵让人头晕目眩的鲁莽冲昏了我的头脑。"最有可能的是俄刻阿诺斯的神殿。他是我们的外祖父。她会像以往一样恐吓那里的宁芙。米诺陶洛斯出生的时候我在场。我帮忙把它关进了笼子里。"

忒勒戈诺斯目瞪口呆。"你跟帕西法厄女王有血缘关系？你见过米诺陶洛斯？为什么你之前不提呢？"

"你又没问。"

"母亲！你必须把一切都告诉我。你见到米诺斯了吗？还有代达罗斯？"

"不然你觉得我是怎么弄到他的织布机的？"

"不知道啊！我以为那是，你知道的……"他的手在半空中挥舞着。

忒勒玛科斯看着我。

"不只见过，"我说，"我认识那个人。"

"你还对我隐瞒了什么？"忒勒戈诺斯质问道，"米诺陶洛斯和特里贡，还有多少？喀迈拉？涅墨亚猛狮？地狱犬和斯库拉？"

我就顾着笑呵呵地看着他瞪大眼睛发脾气，没有预见这当头一棒。我儿子是从哪里听到她的名字的？赫耳墨斯？伊萨卡？无所谓了。冷冰冰的刀尖在我的五脏六腑中扭绞着。我在想什么？我的过往不是什么游戏，不是什么冒险故事。它是被风暴吹到海岸上的海草，等着腐烂。它像奥德修斯的过往一样糟糕。

"愿意说的我都说了。不要再问我了。"我站起身来，从他们吃惊的面孔旁走开了。回到房间后，我躺在了床上。四下里没有狼群和狮群，它们都留在了我儿子身边。在我们头顶之上的某个地方，雅典娜正目光炯炯地看着我们。她手执长矛,等待着向我的弱点发起进攻。我对着黑暗说:"继续等吧。"

虽然我确定自己无法入睡,可我还是睡着了。

醒来时,我头脑清醒,心意已决。昨晚我太累了,喝的酒也超过了自己的酒量,但现在我再次坚定起来。我将早餐摆好。当忒勒戈诺斯出现的时候,我发现他在盯着我,等着另一场爆发。但我却很和善。我觉得他不必这么吃惊,我可以很和善。

忒勒玛科斯把话憋在了心里,吃完饭后,他带着弟弟出门修船去了。

"我可以再用用你的织布机吗?"

佩涅洛佩换了条裙子。这条裙子更精致,被漂成了淡淡的奶油色。它将她的暗色皮肤衬托得很好。

"可以。"我想了想是否要到厨房里去,但我通常都是在壁炉边的长桌上切草药,我觉得没有必要委屈自己。我将刀、碗和其他东西都拿了出来。保护忒勒戈诺斯的咒语半个月之后才需要重施,所以我只是在讨自己开心,烘干研磨,提取酊剂以备后需。

我本以为我们不会聊天。如果奥德修斯处在我们的位置上,他可能会继续遮遮掩掩,只是为了好玩。但在独处了这么久之后,我想我们两个都已经领会到了开诚布公的宝贵。

阳光从窗户斜射进来,在我们赤裸的脚背上化成一片。我问了她关于海伦的事,她给我讲了她们小时候一起长大的故事:她们在斯巴达的河流中游泳,在她叔叔廷达瑞俄斯[1]的宫殿中玩耍。我们聊到了纺织,还

---

[1] 斯巴达国王,其妻勒达被化身天鹅的宙斯诱骗,诞下了两个孩子,其中之一便是海伦。

有极品绵羊。我感谢她主动提出教忒勒戈诺斯游泳，她说她很乐意这么做。他让她想起了自己的堂亲卡斯托耳，想起了他的热心与幽默，还有他如何让身边的人感到轻松自在。"奥德修斯将世界吸引到自己面前，"她说，"忒勒戈诺斯追着世界跑，边跑边开拓，像水流雕刻着河道一样。"

听到她赞扬忒勒戈诺斯，我不知该如何形容自己的愉悦。"你真该见识一下他小婴儿时的样子，从没有人比他更狂野。虽说平心而论，我才是我们两个中更狂野的那个。有孩子之前，当母亲这件事在我看来很简单。"

"海伦的孩子就是这样，"她说，"赫耳弥俄涅。她哭喊了五年，但长大以后却可爱到不行。过去我担心忒勒玛科斯哭喊得不够，担心他太早就变得文质彬彬。我一直好奇再生一个孩子会有什么不同。但奥德修斯归家的时候，这对我来说似乎已经无望了。"她就事论事。忠诚，后世的歌谣如此描述她。忠贞，真实，慎重。用如此苍白、冷漠的词语形容她的为人。奥德修斯离家的日子里，她本可以再嫁，可以再生一个孩子，她的生活会因此而轻松一些。但她爱他爱得炙热，不愿接受任何人。

我拿下了一直悬挂在房梁上的一捧蓍草。

"这是干什么用的？"

"做疗伤的药膏用。蓍草可以止血。"

"我可以看吗？我从没见识过巫术。"

这像听到她赞扬忒勒戈诺斯一样让我心花怒放。我在桌子上腾出了一块地方。她是个很讨喜的观众，在我念出每味原料的名字、解释它们的用途的时候，她都仔细地问着问题。她想看看我把人变成猪时用的草药。我将烘干的草叶放到她手上。

"我是不会把自己变成母猪的吧，对不对？"

"你得吃掉它,还得念出有魔力的咒语才行。只有从神灵滴落的鲜血中生发出来的植物才不需要咒语的召唤。而且,你还得是个女巫。"

"得是个女神。"

"不,"我说,"我侄女是个凡人,但她施的咒语跟我施的咒语一样强劲。"

"你侄女,"她说,"你不会是指美狄亚吧?"

过了这么久之后,听到有人说出她的名字,我感觉很奇怪。"你知道她?"

"我知道游吟诗人唱诵了什么,以及人们在宫殿中为国王表演了什么。"

"我想听听看。"我说。

她讲话时,屋外的树在风中咔嗒作响。美狄亚的确逃离了埃厄忒斯的魔掌。她同伊阿宋一起回到了爱奥尔卡斯,还为他生了两个儿子。但她的巫术令伊阿宋心生恐惧,伊阿宋的臣民也对她备感厌恶。不久后,伊阿宋就与家乡一位甜美可人、备受爱戴的公主另结连理。美狄亚称赞了他的聪明才智,还给新娘送去了自己亲手做的皇冠和斗篷作为礼物。当那姑娘把它们穿戴在身上后,她就被活活烧死了。随后,美狄亚将自己的孩子拖到了祭坛上,发誓伊阿宋永远别想得到他们,然后便抹了他们的喉咙。人们最后一次见到她时,她呼唤了一辆由魔龙拉动的战车,战车将她送回了科尔喀斯。

游吟诗人无疑为这个故事添油加醋了,但我依然能看到美狄亚光彩夺目、咄咄逼人的脸。我相信她宁可让全世界葬身火海,也不愿认输。

"我曾警告过她,她的婚姻会徒生悲伤。听到自己一语成谶并没有什么乐趣可言。"

"很少有乐趣可言。"佩涅洛佩的语气很轻柔。也许她是在想那些惨遭屠杀的孩子。我也在想他们,还有那辆魔龙战车,那战车当然是我弟弟的。他们之间发生了那么多事,她竟然还回到了他身边,这似乎很不可思议。可在我看来这也是情理之中。埃厄忒斯想要个继承人,没有人比美狄亚跟他更像。她在长大成人的过程中对他的残忍耳濡目染,到头来,她似乎并没有学会如何换个模样生活。

我将蜂蜜倒在蓍草上,又加了一些蜂蜡以凝固药膏。空气中有麝香的味道,还有刺鼻的草药味。

佩涅洛佩说:"那要如何才能成为女巫呢?如果这并非神性使然的话?"

"我不确定,"我说,"我曾以为这是血脉相承的,但忒勒戈诺斯却不会念咒语。我逐渐开始相信这主要是靠意志。"

她点了点头。我无需解释。我们都明白意志是什么。

* * *

那天下午,佩涅洛佩和忒勒戈诺斯又去海湾了。我本以为经历了昨晚的唐突,忒勒玛科斯会躲得远远的。但他却在我摆弄草药的时候找到了我。"我想修一下桌子。"

我一边研磨鹿食草叶,一边端详着他。他拿着一根测距用的线绳,和一个做了标记的杯子。他将水注到了标记线的位置。

"你在做什么?"

"测一下地面平不平。其实你的问题出在桌子腿上——它们的大小稍微有些不同。这调整起来很容易。"

我看他摆弄着锉刀,用线绳一遍又一遍测算着桌子腿的长度。我问起他的鼻梁是怎么弄断的。"闭着眼睛游泳弄的,"他说,"那次我长记性了。"完事之后他走到屋外,修补起石板路来。我跟着他,除起了草,虽然花园里几乎无草可除。我们谈论起蜜蜂,谈论起一直以来我多么希望岛上的蜜蜂能多一些。他问我是否能像驯服其他动物一样驯服它们。"不能,"我说,"我和其他人一样,要用烟熏。"

"我看到了一个爆满的蜂窝,"他说,"如果你愿意的话,春天时我可以为它分蜂。"

我说我愿意,然后看着他刮掉不平整的泥土。"屋顶会把水排到这里,"我说,"一场雨之后这些石板就又会不稳了。"

"事情就是这样。你把它们修补好,它们会出岔子,然后你再把它们修补好。"

"你很有耐心。"

"我父亲管这叫愚钝。剪羊毛,清理壁炉,为橄榄去核。出于好奇,他想知道这些事是怎么做的,但他并不想真的去做这些事。"

此话不假。奥德修斯最爱的差事都是一次性的:洗劫城镇,打败魔怪,想办法进入无法攻破的城市。

"也许这性格是从你母亲那里继承来的。"

他没有抬头,但我觉得我看到他紧张了起来。"她怎么样?我知道你跟她聊过了。"

"她很想你。"

"她知道我在哪儿。"

怒气明白无误地显现在他脸上。我觉得他身上带着某种纯粹。我说的跟诗人们说的不是一回事,不是在故事结尾会被打破的某种美德,也无需不惜最惨痛的代价去维系。我也不是指他愚蠢或老实。我的意思是他只忠于他自己,不像我们其他人一样被糟心事妨碍了手脚。他思考、感受、行动,所有这一切都一以贯之。怪不得他父亲对他感到如此为难。他会一直寻找隐藏的深意，寻找黑暗中的尖刀。但忒勒玛科斯却把刀拿在了光天化日之下。

　　那是一段奇怪的日子。雅典娜像斧头一样悬在我们头顶上方，可她已经这样悬了十六年，我不会再因为这件事而怯懦。每天早上，忒勒戈诺斯都会带他哥哥出门，到岛上去。在我修剪草药的时候，佩涅洛佩要么在纺纱，要么在织布。那时，我已经将我知道的一些事偷偷告诉了我儿子：奥德修斯在伊萨卡上脾气日益暴躁，多疑又易怒。日复一日，我看到这些信息在他身上起了作用。他依然很悲伤，但他的愧疚感开始消解了，勃勃生气重新回到了他的脸上。佩涅洛佩和忒勒玛科斯的在场帮了更大的忙。他沐浴在他们的关怀中，就像我的狮群沐浴在一小片阳光下。我一阵心痛，意识到这些年他多么渴望能有一个家。

　　佩涅洛佩依然没有和忒勒玛科斯说话。他们之间的气氛动辄就会破裂，每时每刻、一日三餐都是如此。这在我看来很荒唐，他们认个错、承认自己很悲伤不就完了。但他们就像两颗蛋，害怕撞裂对方。

　　到了下午，忒勒玛科斯似乎总能找到一些能接近我的差事做。我们会一直交谈，直到太阳沉到海平面之下。当我进屋摆放餐盘、准备晚餐的时候，他会跟过来。如果活够两个人干的，他就帮忙；如果不够，他就坐在壁炉边，雕刻起小木块：一头公牛，一只飞鸟，一条乘风破浪的鲸鱼。他的双手很干练，既精准又谨慎，我很喜欢。他不是巫师，但他是当巫师的料。我告诉他地面会自动清理干净的，但他事后总会将木屑和弯弯曲曲的木条打扫干净。

　　时刻有人陪伴的感觉很奇怪。大多数情况下，我和忒勒戈诺斯都互不干扰，而我的宁芙们更像是从我眼角掠过的阴影。通常来说，就连那点人影都会消磨我的意志，不断干扰我的注意力，直到我不得不离开，独自一人在岛上散步。但忒勒玛科斯有种内敛的特质。他安安静静，让人宽心，是个很好的伴侣，又不会让人感觉受到了侵扰。我意识到，跟他最像的生灵是我的魔狮。他们有同样正直的尊贵感，和同样深藏幽默感的沉着目光。他们甚至拥有同样脚踏实地的优雅，在我追寻自己目标的同时，他们也在追寻他们的。

"有什么好笑的吗？"他问我。

我摇了摇头。

那也许是他们来的第六天。他正在雕刻一棵橄榄树，为弯弯曲曲的树干塑着形，用刀尖挖掉每块节疤和空洞。

"你想念伊萨卡吗？"我问他。

他想了想。"我想念我认识的那些人，也很遗憾不能看着我的羊群繁衍生息，"他停顿了一下，"我觉得我不会是个昏君的。"

"明君忒勒玛科斯。"我说。

他露出了笑容。"如果你太无趣，他们找不到更确切的说法，就会这么称呼你。"

"我也觉得你会是个好君王的，"我说，"也许你还有机会。凡人的记忆很短暂。你是众人翘首以盼的王位继承人，你可以荣归故里，用正统王室血脉为他们带去繁荣昌盛。"

"听上去是个不错的故事，"他说，"但在我父亲和追求者们曾占据的那些房间里，我要做些什么呢？每一步都是我希望自己不曾拥有的回忆。"

"待在忒勒戈诺斯身边对你来说一定很难。"

他的眉毛拧作一团。"为什么呢？"

"他跟你父亲长得太像了。"

他笑了出来。"你说什么呢？忒勒戈诺斯身上打着你的印记。我指的不只是你的长相,还有你的姿态,你的步调。还有你说话的方式,甚至你的语气。"

"你让这听上去像是诅咒一样。"我说。

"这不是诅咒。"他说。

我们隔空对望。我正在剥晚餐要吃的石榴。我有条不紊地划开石榴皮,露出白色膜瓣。膜瓣之下,多汁的红色籽粒透过蜡一般的房室闪闪发光。我的嘴因为干渴而微微有些刺痛。我一直观察着自己与他在一起时的样子。注意到表情如何浮现在我脸上,言语如何在我舌头上滚动,这对我来说很新奇。我的大部分人生都会突然深陷某种状况之中,东拆西补,零零散散,任性而为。这股新的感受在我全身蔓延,像某种朦胧的睡意,几乎可以说像是某种慵懒。这不是他第一次用表情暗示我。可这又有什么用呢?我儿子是他的弟弟。他父亲曾上过我的床。他是属于雅典娜的。对此我心知肚明,就算他还蒙在鼓里。

* * *

屋外,季节已经完成了交替。天空张开双手,大地膨胀着迎面而上。浓郁的阳光倾泻而下,为我们披上一层金色。大海只落后了一点点。吃早餐时,忒勒戈诺斯拍了拍他哥哥的后背。"再过几天,我们就能把船拖进海湾里了。"

我感觉到了佩涅洛佩投来的目光。咒语能延伸多远?

我不知道。拍岸碎浪外的某个地方,但我说不出具体是哪道海浪。我说:"别忘了,忒勒戈诺斯,总有最后一场大风暴等在后面。等过了那时再说吧。"

一阵敲门声传来，似乎是在回应我说的话。

在随之而来的静默中，忒勒戈诺斯悄声说道："狼群没有叫。"

"是的。"我没有望向佩涅洛佩以示警告——如果她没猜到来者何人的话，那她就是个傻瓜。我让自己神性上身，那神性既冰冷又令人振奋，然后开门去。

还是那双乌黑的眼睛，还是那张完美英俊的面孔。我听到我儿子倒吸了一口凉气，感受到了凝固在身后的静谧。

"赫利俄斯之女。我可以进来吗？"

"不可以。"

他扬起了一根眉毛。"我有一道口信，事关你的某位客人。"

一阵恐惧擦着我的肋骨而过，但我还是让自己的声音保持平稳。"你站在这儿说他们也听得见。"

"好吧。"他的皮肤闪着微光。他拖长腔、嬉皮笑脸的样子不见了。眼前这位是神的特派信使，威风凛凛，势不可当。

"忒勒玛科斯，伊萨卡的王子，我代表伟大的女神雅典娜而来，她想与你谈谈。她要求女巫喀耳刻撤销咒语，不再阻拦她上岛。"

"要求，"我说，"对于一个想杀我儿子的人来说，这个词挺好笑的。谁说得准她有没有盘算着再次下手呢？"

"她对你儿子丝毫不感兴趣，"他放下架子，语气再度随意起来，"如果你非要在这件事上犯蠢的话——当然，这是她的原话——她发誓不伤害他。她只想要忒勒玛科斯。他是时候继承自己的遗产了，"他越过我朝桌子望去，"你听见了吗，王子？"

忒勒玛科斯的目光低垂着。"我听见了。信使和口信都让我备感荣幸。但我是这座岛上的客人，我必须听从女主人的安排。"

赫耳墨斯微微歪了歪头，目光十分专注。"怎么样，女主人？"

我感觉佩涅洛佩就在我身后，像秋日皓月一样逐渐起身。她曾请求给她一点时间，以修复和忒勒玛科斯之间的关系，可这件事她还没有完成。我想象得出她心里有多苦。

"我会的，"我说，"但撤销咒语需要花一点工夫。她可以三天以后再来。"

"你想让我告诉宙斯的女儿她必须等上三天？"

"他们已经来了半个月了。如果她着急，就该早点派你来。你可以告诉她这是我的原话。"

他的眼神饶有兴致。我曾靠这样的眼神过活，那时我饥渴难耐，觉得连这样的施舍都算盛宴。"放心吧，我会的。"

我们对着他留下的空白长出了一口气。佩涅洛佩迎上了我的目光。"谢谢，"语毕她转身面向忒勒玛科斯，"儿子，"这是我第一次听到她直接对他讲话，"我让你等了太久。你愿意陪我散散步吗？"

第二十四章

我选择
这样的命运

我们目送他们沿小径向岸边走去。忒勒玛科斯看上去半梦半醒，但这再正常不过了。他刚得知自己是被雅典娜选中的人，与此同时还要与自己的母亲和解。在他离开前，我本想跟他说些什么的，但我说不出任何话来。

忒勒戈诺斯碰了碰我的胳膊肘。"赫耳墨斯说'忒勒玛科斯的遗产'是什么意思？"

我摇了摇头。就在那天早上，我看到了春日的第一波绿色萌芽。雅典娜的时机把握得很好。忒勒玛科斯刚刚能够启程，她就来了。

"我很惊讶咒语要用三天的时间才能撤销。你就不能用那个——那叫什么来着，魔莉？"

我转身面对着他。"你知道，我的咒语由我的意志支配。如果我放手，它们瞬间就会瓦解。所以说，不是的，用不了三天。"

他皱起了眉头。"你对赫耳墨斯撒谎了？雅典娜发现之后难道不会生气吗？"

他的天真依旧会让我不寒而栗。"我没打算告诉她。忒勒戈诺斯,他们是神。你必须把自己的把戏藏得密不透风,不然会失去一切的。"

"你之所以这么做,是为了让他们有时间交谈,"他说,"佩涅洛佩和忒勒玛科斯。"

他虽然年轻,但并不傻。"差不多吧。"

他用手指敲打着百叶窗。狮群没有动弹。它们已经习惯了他躁动不安时发出的声响。"我们还会再见到他们吗,如果他们离开的话?"

"我觉得你会再见到他们的。"我说。就算他听出了我做的改动,他也一言未发。我能感觉到自己的胸膛有一些起伏。我已经很久没有跟赫耳墨斯说话了,已经忘了在与那个狡诈又全知的目光对峙时,要使出多大力气。

他说:"你觉得雅典娜会对我下手吗?"

"来之前她必须先发毒誓,她会受那个誓言的约束。但我也会备好长矛,以防万一。"

我强迫自己的双手完成了日常琐事,收拾碗盘、洗涮、除草。天色渐黑的时候,我装好了一篮食物,让忒勒戈诺斯去找佩涅洛佩和忒勒玛科斯。

"不要逗留,"我说,"他们应该独处一会儿。"

他的脸红了。"我不是个傻孩子。"

我深吸了一口气。"我知道。"

他走之后,我踱起步来。我感觉到一股灼人的紧张感,这感觉我解释不清。我知道他会离开。我一直都知道。

月亮升起后,佩涅洛佩回来了。"我很感激你,"她说,"生活不像织布机那么简单。织好的东西,不会突然一拽就散架了。但我觉得我已经开了头。眼见你让赫耳墨斯吃了闭门羹,我可享受了,这样坦白是不是不好?"

"我也有要坦白的事。我不后悔让雅典娜辗转反侧三天。"

她露出了笑容。"还是要谢谢你。"

忒勒戈诺斯坐在壁炉边,正在往箭杆上粘羽毛,但他没粘好几个。他和我一样躁动不安,在石板地上搓着脚,望向窗外空荡荡的花园小径,好像赫耳墨斯还会再次出现似的。我将不需要清理的桌子清理干净。我一会儿将草药罐放在这,一会儿又把它摆在那。佩涅洛佩的黑色丧服从织布机上垂下来,已经快要完成了。我可以坐下来织一会儿,但倒手的痕迹是会体现在布料上的。"我出去了。"我对忒勒戈诺斯说。他还没来得及说话,我就离开了。

双脚拖着我来到了橡树林和橄榄丛中,我知道那里有一个小山谷。树枝搭出了浓郁的树荫,草地也软软的,能听到夜禽在头顶上发出的声响。

他坐在一棵倾倒的大树上,暗夜勾勒了出他的轮廓。

"我打扰到你了吗?"

"没有。"他说。

我坐在他身边。我脚下的草地凉凉的,微微有些潮湿。猫头鹰在远处号叫,它们依然因为冬日的匮乏而饿着肚子。

"你为我们做的事,我母亲都告诉我了。当下的和之前的。谢谢你。"

"很高兴能帮上忙。"

他微微点了点头。"一如既往,她想在了前面。"

树枝在我们头顶上轻轻颤动着,将月亮割成了一条一条的。

"你准备好面对那位灰眸女神了吗?"

"有人准备好过吗?"

"至少以前你见过她。在她阻止你父亲向追求者的亲属宣战的时候。"

"我见过她很多次,"他说,"小时候她经常来找我。但她从来没有现过真身。我会注意到周围某些人身上有某种特质。你知道的。某个陌生人给了你过于细致的建议。某个家族旧友的眼睛在黑暗中闪闪发光。空气闻起来会有股钢铁和裹了黄油的橄榄的味道。说出她的名字后,天空会像抛光后的银器一样亮起微光。生活中的无聊事物、大拇指上的倒刺、追求者的奚落都会消失。她让我觉得自己像从诗歌里走出来的英雄,已经准备好了去驯服喷火的魔牛、播种魔龙的獠牙[1]。"

一只猫头鹰在空中盘旋,羽翼未发出丝毫声响。静谧之中,他语气中的渴望宛若响铃。

"我父亲归家后,我就再也没有见过她了。我等了很久。我宰杀母羊向她献祭。我仔细端详着从自己身边经过的每一个人。那个牧羊人徘徊的样子是不是很奇怪?那个水手对我的想法是不是过于感兴趣了?"

他在黑暗中发出了声响,是一阵冷笑。"你想象得到,大家并不喜欢我这样,总是盯着他们看,然后又失望地转身离开。"

"你知道她对你有什么期许吗?"

"神的想法,谁说得准呢?"

我感觉这句话像是指责一样。那道古老的鸿沟横在人与神中间,无法逾越。

"你当然会拥有权利,还有财富。你有机会成为明君忒勒玛科斯了。"

他的目光停留在树林投下的阴影中。自从我来到这里之后,他几乎没有看过我。不论我们之间曾有过什么,它都像烟雾一样消散在了风中。他心里想的是雅典娜,是自己的未来。我知道事情会是这样,但看

---

[1] 在希腊神话中,卡德摩斯杀死了战神阿瑞斯的魔龙,并在雅典娜的指示下种下了魔龙的獠牙。这些獠牙变成了斗士,他们自相残杀,最后剩下的五个人与卡德摩斯共同建立了底比斯城。

到它发生得这么快,我很惊讶自己竟如此心痛。

我轻快地说:"你应该开那条船走,这是当然。它被施了咒,不会遭遇海难,这你已经知道了。有了她的帮助,你应该用不上这个,但只要你准备好了,它就能让你立刻动身。忒勒戈诺斯是不会介意的。"

他沉默了好一阵,久到我以为他没有听到我说的话。但最后他却说:"这是个很慷慨的提议,谢谢。这样你的岛就能物归原主了。"

我听到灌木丛中传来了噼啪声。我听到远处的海岸传来了水声,听到我们的呼吸消散在了它永无休止的拍岸声中。

"是的,"我说,"会物归原主的。"

* * *

接下来的几天里,从他身边路过时,我就当他是客厅里的一张桌子。佩涅洛佩打量着我,但我也没有跟她说话。如今,他们两个人经常凑在一起,修复着曾经破裂的关系。此情此景,我懒得去看。我带忒勒戈诺斯来到海边,让他给我展示他的泳姿。他的肩膀肌肉紧实,双臂精确无误地劈开了海面。他看上去比十六岁的人老成,像一个成熟的男人。神的后代总能比凡人更快地强壮起来。他们离开后,他会想念他们的,我知道。但我会给他找点别的事情做。我会帮助他遗忘。我会说,有些人就像星宿一样,与地球只有一面之缘。

我为他们摆好晚餐,然后就拿上斗篷,走入了黑暗中。我搜寻着最高的山峰,以及凡人无法跟随我进入的树丛。我边这样做,边笑话自己。你觉得他们中的哪个会追上来呢?我在脑海中思索着所有那些我对奥德修斯隐瞒的故事：埃厄忒斯，斯库拉和其余的一切。我不希望我的过往仅仅变成一种消遣，填喂他永无休止的聪明才智。可还有谁能忍受我的过往，忍受它全部的丑陋与罪过呢？我错失了开口的良机，现在已经太迟了。

我进入了梦乡。我梦着那根顶着特里贡毒尾的长矛，直到黎明。

第三天早上，佩涅洛佩拽了拽我的衣袖。她已经织完了黑斗篷。斗篷让她的脸显得更小了，她的皮肤也变得黯淡无光。她说："我知道我的要求很过分，但我们跟她交谈的时候，你会在场吗？"

"会的。还有忒勒戈诺斯。我想让这件事明白无误地做个了结。我受够了阴谋诡计。"

我说每一个字时都咬牙切齿地。我大步流星走上山巅。十六年的药水已经把那里的岩石浸黑了。我伸手下去，用指尖摩挲着坑坑洼洼的污点。我已经来过这里那么多次了，已经在这里花了那么多时间。我闭上眼睛，感受着头顶上空如水晶般脆弱的咒语。我任由它轰塌下来。

微弱至极的砰声传了出来，像绷得太紧的弦断掉了一样。我等着那由来已久的重担卸下我的肩头，可一股沉闷的疲惫感反而在我周身翻涌起来。我伸出手想维持平衡，可摸到的却只有空气。我踉跄了几步，膝盖发软。但我没空软弱。我们暴露了。雅典娜正在赶来的路上，她像俯冲的猎鹰一样，直奔我的岛屿。我强迫自己动身朝山下走去。每一处根须都会缠住我的脚，山岩崴了我的脚踝。我的呼吸变得微弱又急促。我打开门。三张惊讶的面孔抬起头来望着我。忒勒戈诺斯站起身来。"母亲？"

我推搡着从他身边走过。我的天空已经敞开了，每一刻都是威胁。

长矛，那就是我需要的东西。我从存放它的角落抓起它弯弯曲曲的长柄，呼吸着甜甜的毒液香气。我的思绪清晰了一些。就算雅典娜也不敢冒这个险。

我将它拿进客厅，然后坐在了壁炉边。他们迟疑地跟了上来。没有时间提醒他们了。她雷霆般的臂膀划破了房间，空气变成了银色。她的盔甲闪着微光，好像还处在半熔化的状态一样。她头盔上的羽毛装饰耸立在我们头顶上方。

她的眼睛紧盯着我，声音像矿石一样阴暗。"我告诉过你，如果他活命了，你会后悔的。"

"你错了。"我说。

"你素来傲慢，泰坦佬。"她的目光猛地转向忒勒玛科斯，似乎是想用她的精准伤害我一样。他跪在地上，佩涅洛佩跪在他身边。"奥德修斯之子，"说这话时她的语气变了，像镀了一层金似的，"宙斯预言新的王朝将在西方崛起。埃涅阿斯已经带领余下的特洛伊人逃到了那里，我要让希腊人去平衡势力，将他们抵御在外。那片土地富饶肥沃，满是田间与林地走兽，各种各样的水果挂满枝头。你将在那里建立一座繁荣昌盛的城市，你将筑起坚实的城墙，设立律法以抵挡蛮荒之流。你将繁衍一个伟大的民族，他们将世代为王。我已从全国各地召集了贤人勇士，并已令他们启航。他们今日就会到达，带你走向未来。"

房间因她的神示而燃起金灿灿的火花。忒勒玛科斯也燃烧了起来。他的肩膀似乎更宽了，四肢也变得强壮有力。就连他的声音都变得更深沉了。"女神，"他说，"灰眸的智慧之神。身为凡人，我备感荣幸。没有人配得上如此恩典。"

她笑起来的样子，就像圣殿里的蛇盘踞在献祭给它的奶油碗上一样。"船会在黄昏时接你启程。做好准备吧。"

这是在示意他起身，好炫耀她赐予他的荣光，让这荣光如闪闪发亮的旗帜般冉冉升起。但他却还跪在地上，一动不动。"恐怕我配不上您的馈赠。"

我皱起了眉头。他为什么要这么低声下气？这可不明智。他应该感谢她，以免让她觉得受到了冒犯。

她的语气中透着一丝不耐烦。"我了解你的弱点，"她说，"有我在场坐镇指挥，它们不会碍事。我曾引导你打败了追求者。我会再次引导你的。"

"您曾守护了我，"他说，"为此我对您表示感激。可我不能接受。"

房间里的空气完全静止了。

"你是什么意思？"这几个字嘶嘶作响。

"我考虑过了，"他说，"一连三天我都在考虑。我发现自己对抵御特洛伊人或建立王朝都不感兴趣。我另有打算。"

我的喉咙变得干干的。这傻瓜在做什么？上一个拒绝了雅典娜的人是特洛伊的王子帕里斯。他选择了女神阿芙洛狄忒，如今他已经死了，他的城市也变成了灰烬。

她的目光穿透了空气，像螺丝钻一样。"不感兴趣，这是什么意思？是哪个神给你开了更好的条件吗？"

"没有。"

"那是怎么回事？"

他并没有因为她的凝视而畏畏缩缩。"我不想过这样的日子。"

"佩涅洛佩，"这几个字像鞭子一样，"说说你儿子。"

佩涅洛佩的脸低垂着看向地面。"我说过他了，女神。他心意已决。你知道他父亲这一脉世代固执。"

"因为成就斐然而固执，"雅典娜厉声说着每一个字，每个字都像扭断的天鹅颈一样,"因为诡计多端而固执。如此堕落是怎么回事?"她猛地回过身看着忒勒玛科斯,"同样的条件我不会再开第二次。如果你坚持犯蠢,如果你拒绝了我,那么我的全部荣光都会离你而去。就算你求我,我也不会来。"

"我明白。"他说。

他的平静似乎激怒了她。"不会有诗歌为你而作。不会有故事为你而写。你明白吗?你会默默无闻地度过一生。你不会青史留名。你会是个无名之辈。"

每个字都像铁匠铺中砸下的锤头一样。他会屈服的,我想。他当然会了。她所描述的荣耀,是人就会渴望拥有。这是他们得以永生的唯一希望。

"我选择这样的命运。"他说。

难以置信的表情赤裸裸地浮现在她冰冷又美丽的脸庞上。在她的永恒一生中,她被回绝过几次?她无法理解这一切。她看上去像一只猎鹰,上一秒还在向着野兔俯冲,下一秒却发现自己栽进了泥巴里。

"你是个傻子,"她怒斥道,"我没有将你就地正法是你走运。出于对你父亲的爱,我饶你不死,但我再也不会保护你了。"

披在他身上的荣光消失了。没了荣光之后,他看上去皱巴巴的,像橄榄树的树干一样灰突突的,满身疙瘩。我和雅典娜一样震惊。他做了什么?我沉浸在这些思绪里,没能看清我们走上了哪条路,直到为时已晚。

"忒勒戈诺斯。"雅典娜说,她的银色目光飞速投到他身上,她的语气变了,刚刚的强硬化为了金丝,"你听到我给你哥哥开的条件了。现在我将它赋予你。你是否愿意启航,成为我在意大利的堡垒?"

我感觉仿佛失足跌下了悬崖。我在半空中,不停地下坠,没有任何东西能接住我。

"儿子，"我大喊道，"不要说话。"

她像离弦的箭一样迅速向我冲来。"你竟然还敢妨碍我？你还想让我怎样，巫婆？我已经发过毒誓不会伤害他了。我给了他凡人愿意用灵魂交换的馈赠。你要一辈子束缚住他的手脚，把他当瘸腿的马对待吗？"

"你不会想要他的，"我说，"他杀了奥德修斯。"

"奥德修斯杀了他自己，"这几个字像镰刀一样，嘶嘶地划过房间，"他迷失了方向。"

"是你导致他迷失了方向。"

怒气从她眼中冒了出来。我从她眼中看到了她在想什么。她在想，如果她用长矛将我的喉咙挑得鲜血横流，会是什么样子。

"我本想封他为神，"她说，"与我平起平坐。但到头来他还是太懦弱了。"

神的歉意，至多如此。我咬牙切齿，让长矛的毒尖划破半空。"你别想得到我儿子。就算要与你斗争到底，我也不会让你夺走他。"

"母亲，"一个温柔的声音出现在我身边，"我可以说几句吗？"

我的心碎了。我知道当我望向他的时候，我会看到什么：他苦苦哀求的迫切希望。他想离开。他一直都想离开，从他在我臂弯中降生的那一刻开始。我同意佩涅洛佩待在我的岛上，这样她就不会失去她的儿子。可我将会失去我的。

"我曾经梦到过这些场景，"他说，"绵延不绝、无边无垠的金色田野。果园，亮闪闪的河流，肥硕壮实的飞禽走兽。我以为我看到的是伊萨卡。"

他努力让自己的语气平和，克制着像洪水般在他心中涌起的激动之情。我想起了伊卡洛斯，他在得到自由后断送了性命。如果忒勒戈诺斯得不到自由，他也会死的。并不是年老后肉体的死亡，但他身上所有美好的特质都会凋零、消散。

他拉起我的手，姿态像个游吟诗人。难道我们不正是生活在某首歌谣中吗？这就是我们反复练习了那么多次的副歌。

"这有风险，我知道，但你已经教会了我要小心行事。这事我能做成，母亲。我想要做。"

我变成了一具灰色的空壳。我能说什么呢？我们中必须有一个人心碎。我不想让他当这个人。

"儿子，"我说，"这是你的决定。"

喜悦像海浪一样从他脸上迸发而出。我别过身去，这样我就不用看着这一切了。雅典娜心满意足了，我想。她的仇终于报了。

"准备好上船吧，"她说，"船下午就到。我不会再派第二艘。"

光线渐褪，只剩下朴素的太阳光。佩涅洛佩和忒勒玛科斯悄悄走开了。忒勒戈诺斯拥抱了我。从他还是小孩子起，他就没有这样拥抱过我。也许他从来都没有过。记住这一切，我对自己说。记住他宽宽的肩膀，他后背上的骨骼曲线，还有他喘息的温度。但我的脑海仿佛被烧焦了，被风吹得凌乱。

"母亲，你就不能为我高兴吗？"

不能，我想对他大喊。不，我不能。为什么我必须高兴？放你走还不够吗？但我不希望这是他最后一次看到我的样子，看到他的母亲大喊大叫、痛哭哀号，好像他死了一样，虽然他眼前还有那么多令人振奋的岁月。

"我的确为你高兴。"我强迫自己说。我将他领到他的房间内。我帮着他收拾行囊，将各种各样的草药装满了好几大箱，有疗伤的和治头疼的，有对付天花和治疗失眠的，甚至还有分娩时用的，这让他红了脸。

"你即将建立王朝，"我说，"通常来说，继承人是很有必要的。"

我把自己拥有的最保暖的衣服都给了他，虽然时下正是春天，夏天也很快就会到来。我提出他应该带大角星一起走，大角星从还是小狼崽时起就很爱护他。我把护身符塞在他身上，为他施了层层咒语。我将宝物堆得满满的，有金银财宝，也有世界上最好的刺绣品。如果新上任的国王有奇珍异宝可供赏赐，那么他便胜券在握。

这时他清醒了。"万一我失败了呢？"

我回想着雅典娜描述的那片土地。绵延不绝的山峦上挤满了沉甸甸的果实和庄稼地，还有他将会建立的辉煌堡垒。在阳光最明媚的大厅里，他会坐在高抬的座椅上发号施令。男男女女会从世界各地赶来，向他行跪礼。我觉得他会是个好君王。他一视同仁，热情友善。他不会像他父亲那样被权力冲昏了头脑。他向来不贪求荣誉，只渴望好好生活。

"你不会失败的。"我说。

"你不觉得她是想伤害我吗？"

现在他倒担心起来了，但为时已晚。他才十六岁，还涉世未深。

"不，"我说，"我不这么觉得。她因为你的血统而对你备加珍惜，总有一天，她也会因为你本身而珍惜你的。她比赫耳墨斯可靠，虽然并没有哪个神能用始终如一来形容。你一定要记住，要把握住自己的人生。"

"我会的，"他迎上我的目光，"你不生气？"

"不生气。"我说。我从来没有真的生气，只是害怕、悲伤而已。他是诸神可以用来要挟我的筹码。

一阵敲门声传来。是忒勒玛科斯，他拿着一个长长的羊毛包裹。"抱歉打扰了，"他回避着我的目光，将那个包裹递给了我儿子，"这是给你的。"

忒勒戈诺斯将那块布拆开。里面有一根圆润的木条,木条两端逐渐变细,还压了凹槽。弓弦整整齐齐地缠绕在上面。忒勒戈诺斯摸了摸皮革把手。"真漂亮。"

"这是父亲的。"忒勒玛科斯说。

忒勒戈诺斯抬起头来,表情很是痛苦。我看到曾经那股悲伤的影子从他脸上一闪而过。"哥哥,我不能接受。我已经夺走了你的城市。"

"那座城市自始至终就不是我的,"他说,"这把弓也不是。我觉得,把这两样东西交给你会更好。"

我感觉自己仿佛站在很遥远的地方。在此之前,我从未如此清晰地看到他们之间的年龄差异。我那个心思敏锐的儿子,和这个选择做无名之辈的男人。

我们将忒勒戈诺斯的行囊拿到海边。忒勒玛科斯和佩涅洛佩向他道了别,然后便退到了后面。我和儿子并肩等待着,但他对此几乎毫不知情。他的目光已经锁定了海平线,锁定了海浪与天空的交界。

船驶进了港湾。那艘船很大,两侧新涂了松脂与涂料,全新的船帆闪闪发光。船员们干起活来干净利索,效率很高。他们的胡子修剪得很整齐,身体也锻炼得力量十足。跳板放下来后,他们急切地围拢在围栏边。

忒勒戈诺斯迈步向前,迎接他们。他站在阳光下,身形魁梧,朝气蓬勃。大角星紧随其后,在他身边哈着热气。他父亲的弓箭已经上好了弦,垂在他的肩头。

"我是埃阿亚的忒勒戈诺斯,"他大声说道,"一个伟大的英雄,和一个更加伟大的女神之子。欢迎你们,因为你们是由灰眸的雅典娜亲自引领至此的。"

水手们纷纷跪下。我会受不了的，我想。我会紧紧抓住他不放手。但我只是最后拥抱了他一下，紧紧地抱着，像是要把他刻进身体里一样。然后我看着他融入人群中，站在船头。天空映衬出他的轮廓，海浪投射出道道银光。我举起手来为他祈福，然后将我的儿子献给了这个世界。

在接下来的几天里，佩涅洛佩和忒勒玛科斯拿我当埃及水晶小心看待。他们说话的声音小小的，经过我的椅子时脚步也轻轻的。佩涅洛佩将织布机让给了我。忒勒玛科斯不停地给我斟酒。火堆里总有新添的木柴。所有这一切都没有走进我心里。他们人很好，但对我而言他们什么都不是。食品储藏室里的糖浆陪伴我的日子都比他们长。我去摆弄草药，但它们似乎在我的触碰下枯萎了。没了我的咒语之后，空气让人感觉赤裸裸的。如今，诸神可以想来就来，想走就走。他们可以肆意妄为。我没有力量阻止他们了。

日子越来越暖和。天空变得柔和，像熟透的果肉一样在我们头顶上空展开。长矛还靠在我卧室的墙上。我走到它面前，摘下护套，闻了闻毒液遍布的浅色尾脊，但我说不出自己想从它那里得到什么。我揉搓着胸口，像是在揉面团一样。忒勒玛科斯说："你还好吗？"

"我当然好了。我能有什么问题呢！神是不会生病的。"

我来到海边。我小心翼翼地走着，好像我的臂弯里有一个小婴儿似的。阳光炙烤着海平线。它炙烤着各处，烤着我的后背、臂膀和脸庞。我没有穿披肩。我是不会晒伤的。我向来不会晒伤。

我的岛屿在我周围铺陈开来，还有我的草药，我的房子，我的飞禽走兽。它会循环往复，我想，永远都是一个样子。佩涅洛佩和忒勒玛科斯人好不好不重要。就连他们会不会一辈子待在这里、她是不是我渴望的朋友、他是不是别的什么都不重要，不过一眨眼的工夫就过去了。他们会衰弱凋零，我会将他们的尸体火化，眼见自己关于他们的记忆逐渐泛黄淡去，就像一切都会在岁月无尽的冲刷中淡去，就连代达罗斯，就连米诺陶洛斯飞溅的鲜血，就连斯库拉的胃口都会淡去。就连忒勒戈诺斯也会。六十年，七十年，凡人也许能活这么久。然后他就会前往冥界，可那个地方我永远都去不了。神是死亡的反面。我努力想象着那些昏暗的山丘和灰突突的草地，还有在其间缓慢移动的苍白亡灵。有些亡灵与自己生前深爱的人手挽手前行，还有一些亡灵等待着，确信自己心爱的人总有一天会到来。对于那些生前从未爱过任何人的亡灵，那些生命中充斥着痛苦与恐惧的亡灵，黑色的遗忘之河就摆在它们面前，喝下河水就可以忘却一切。算是一些安慰。

　　至于我，我什么都没有。我会继续度过无数个千年，我遇见的所有人都会从我的指间溜走，我身边只会剩下和我一样的人。奥林匹斯神和泰坦神。我的弟弟妹妹们。我父亲。

　　这时我感觉到了什么，像从前我初试咒语的那段日子。那时前路会骤然打开，清晰地呈现在我脚下。这些年我一直在斗争抵抗，可正如我妹妹所言，部分的我一直止步不前。我似乎听到那暗淡魔兽的声音从黑暗的深渊中传来。

　　那么，孩子，就再创造一个世界吧。

　　我没有作任何准备。如果现在我还没准备好，那么什么时候才会准备好呢？我甚至都没有走到山顶上。他可以来这里，来我的黄色沙滩上，在我站立的地方与我当面对峙。

　　"父王，"我对着空气说，"我想跟你谈谈。"

第二十五章

我要自由

赫利俄斯不是个招之即来的神，但毕竟我这个任性的女儿赢下了特里贡的毒尾。神喜欢新奇的事物，就像我曾说过的那样。他们像猫一样好奇。

他从空中迈下，头戴王冠，王冠的光芒把我的沙滩都染成了金黄色。他身上的紫色衣袍像深深的血泊一样浓郁。几百年过去了，衣线一丝未变。他还是老样子。自我出生时起，这形象就被烫印在了我的脑海中。

"我来了。"他说。他的声音像篝火的热浪一样滚滚袭来。

"我要结束流放。"我说。

"没有结束一说。你要永世受罚。"

"我要你到宙斯那里去，代我求情。让他放了我，告诉他就当你欠他一个人情。"

与其说他的脸上满是怒火，不如说他满脸不可思议。"我为什么要这么做？"

我可以给他很多答案。因为自始至终我一直是你讨价还价的筹码。因为你预见到了那些人会来，知道他们是什么货色，可你任由他们上了我的岛。因为事情发生后，当我支离破碎的时候，你没有来。

"因为我是你女儿，我要自由。"

他一刻都没有停顿。"一如既往地叛逆，胆大包天。把我召唤到这里来，说些无聊的蠢话。"

我看着他的脸，那张脸因为理所当然拥有的权威而光芒万丈。伟大的苍穹守护神，拯救者，别人如此称呼他。全知之神，光之使者，凡间恩典。我已经给了他机会。这比自始至终他给我的都多。

"你记不记得，"我说，"普罗米修斯在你的大殿里受过鞭刑？"

他眯起了眼睛。"当然记得。"

"在你们所有人都离开后，我留了下来。我给他拿了水，让他舒服一些，还和他聊了天。"

他的目光灼入我的眼眶。"你不敢。"

"如果你不相信，你可以去问普罗米修斯。或者埃厄忒斯。虽说即使你能从他那里得到哪怕一丁点儿真相，都算是奇迹了。"

我的皮肤因他的怒气灼痛起来。我的眼睛也变得泪眼汪汪。

"如果你做了这样的事，那就是极端的大逆不道。你的流放完全是咎由自取。你还应该受到更严厉的惩罚，我能给你的所有惩罚。你一时糊涂，把我们暴露在了宙斯的盛怒之下。"

"没错，"我说，"如果你不结束我的流放，我会再次暴露你。我会把自己的所作所为告诉宙斯。"

他的脸抽搐起来。这辈子，我第一次真正震慑到了他。"你不会的。宙斯会毁了你的。"

"也许吧，"我说，"但我觉得他会先听我把话说完。你才是他真正会降罪的那个人，你本该把你的女儿管得更牢一些。当然了，我也会给他讲点其他事情。我听到你和叔叔们暗地里悄声谈论了那么多次叛节。我觉得宙斯会很乐意知道泰坦神叛变到了什么程度，是不是？"

"你竟敢威胁我？"

这些神啊，他们总是说一样的话。

"是的。"

我父亲的皮肤燃起烈焰，发出刺眼的光芒。他的声音灼烧着我的骨髓。"你会挑起战争的。"

"但愿如此。我宁愿眼见你被扳倒，父王，也不想再被你利用，囚禁于此。"

他的怒火无比炙热，空气都在他周围弯曲、摇晃了起来。"我一个念想就可以结果了你。"

白茫茫的湮灭，这是我最古老的恐惧。我感觉到它正颤抖着流遍我全身。但我受够了。我终于受够了。

"你的确可以，"我说，"但你一向谨慎，父王。你知道我抵抗了雅典娜。我曾走入黑暗至极的深渊。你猜不到我施了什么咒、汇集了什么样的毒药以保护自己不受你的伤害，你猜不到你的神力会如何反弹到你自己身上。谁知道我身体里藏着什么？你想一探究竟吗？"

这些话悬在半空中。他的眼睛变成了燃烧的黄金圆片，但我没有挪开视线。

"如果我照做了，"他说，"那么这将是我为你做的最后一件事。不要再来求我了。"

"父王，"我说，"我永远都不会的。明天我就要离开这个地方了。"

他不会问我要去哪里，他甚至都不会好奇。孩童时期，我曾花了那么多年细细品味他的华丽思绪，想了解他的真实想法，想从它们中间一瞥哪个写着我的名字。但他是只有一根琴弦的竖琴,这竖琴弹奏的音符唯有他自己。

"你一直是我最差劲的孩子,"他说,"务必不要给我蒙羞。"

"我有个更好的主意。我想做什么就做什么,你盘算自己有几个孩子的时候,别把我算进去。"

因为愤怒,他的身体变得僵直。他看上去像吞了一颗石头似的,而且还被呛到了。

"代我向母后问好。"我说。

他咬牙切齿地消失了。

* * *

黄色沙滩褪变回原来的颜色。阴影回来了。有那么一会儿,我站在原地喘着粗气,一动不动,心在胸口狂跳。可随后这感觉就消失了。我的思绪脱了缰,掠过大地,飞上山巅到达了我的房间。裹着暗淡毒液的长矛正候在那里。很久之前我就应该把它还给特里贡了,可出于自保和别的一些我说不上来的原因,我一直留着它。我终于知道那原因是什么了。

我上山走进房子里,看到佩涅洛佩正坐在我的织布机边。

"是时候作个决定了。有些事情我必须处理一下。我明天就离开,说不好要去多久。如果你想去斯巴达,我就先带你过去。"

她从正在编织的挂毯上抬起头来。挂毯上有一片汹涌的大海,一个游泳的人正劈开波浪向黑暗游去。"如果我不想去呢?"

"那你可以留在这里。"

她轻轻地托着梭子,仿佛那是一只骨架中空的小鸟。她说:"难道这样不会……侵犯到你吗?我知道我让你付出了多大的代价。"

她指的是忒勒戈诺斯。我很悲伤,也会一直悲伤下去。但那层灰蒙蒙的雾已经消失了。我感觉自己站在遥远的地方,视野极其清晰,像在苍穹之巅翱翔的魔鹰。我说:"他在这里是永远都不会幸福的。"

"可因为我们,他跟雅典娜一起走了。"

这件事曾让我觉得很心痛,但那只是自尊心作祟。"她远非他们中最差劲的那个。"

他们,我听到自己如是说。

"我给了你选择,佩涅洛佩。你要怎么做?"

一头狼伸了个懒腰,打哈欠时它的嘴略微有点吱吱作响。"我并不着急去斯巴达。"佩涅洛佩说。

"那就过来吧,有些事情你必须了解一下,"我领着她进了厨房,里面满是一排排的瓶瓶罐罐,"岛上罩了一层咒语,这咒语会让这座岛看上去不适合船只停靠。我不在的这段日子,这个咒语会持续起效。但有时水手是不计后果的,最不计后果的那些人通常也是最走投无路的人。这些是不需要巫术就能起效的药。它们中有毒药,也有疗伤用的药膏。这瓶药水能催眠,"我将一个瓶子递给了她,"它不会立刻起效,所以你不能等到最后一刻再用它。你得把它放进他们的酒里。十滴就够了。你做得到吗?"

她倾斜了一下瓶子,感受着里面的东西的重量。一抹淡淡的笑容浮上她的嘴角。"你可能还记得,在对付不请自来的客人这方面,我有一些经验。"

不管忒勒玛科斯在哪儿,他都没有回来吃晚餐。无所谓了,我对自己说。我的心像蜡一样融化的时刻已经过去了。前路已经铺陈开来。我收拾好行囊，里面有一些换洗衣物和一件斗篷，其余的都是草药和瓶瓶罐罐。我拿起长矛，将它带到屋外暖暖的夜色中。有些咒语要施，但我想先去看看那艘船。自从忒勒玛科斯着手修理它开始，我还没有看到过它，我必须确保它已经做好了出海的准备。几道闪电划过海面上空，微风吹来了远方火堆的味道。这就是我让忒勒戈诺斯熬过的最后一场风暴，但我无所畏惧。到了早上，它自然就会过去。

我走进山洞，目瞪口呆。很难相信我看到的竟是同一条船。如今它变长了，船舯翻修过，变窄了一些。船桅上的帆缆和索具比以前的要好，船舵也更加精致。我绕着它走了一圈。船头多了一个小小的舯饰像，一头母狮张开大嘴蹲坐在那里。它的毛发是东洋风格的，每一绺都分隔开来，像蜗牛的壳一样卷曲着。我伸出手去触摸其中的一绺。

"蜡还没有干透，"他从黑暗中走了出来，"我一直觉得每条船都需要一个船舯精灵坐镇。"

"真漂亮。"我说。

"赫利俄斯来的时候我正在海湾里钓鱼。所有影子都消失了。我听到你在跟他说话。"

我感到一阵火辣辣的尴尬。我们看起来一定很凶恶、很古怪、很残忍。我将视线放在船上，这样我就不用看着他了。"看来你知道我的流放结束了，明天我就启程。我问过了你母亲是想去斯巴达还是想留下。她说她想留下。我也给你同样的选择。"

山洞之外，海水发出了类似梭子织布的声音。群星像梨子一样黄澄澄的，颗颗饱满，低挂在枝头。

"我一直在生你的气。"他说。

这让我感到很意外。血涌了上来，刺痛着我的面颊。"生我的气？"

"是的,"他说,"我跟你说了那么多,你竟然还以为我会跟雅典娜走。我不是你儿子,我也不是我父亲。你应该知道,雅典娜拥有的一切我都不感兴趣。"

他的语气很平静,但我却感觉到了他尖锐的责备。"对不起,"我说,"我无法相信这世界上竟然有人会拒绝她的神威。"

"这话从你嘴里说出来很可笑。"

"我不是个前途无量的年轻王子,没人对我寄予厚望。"

"这身份被高估了。"

我用手抚摸着狮子的利爪,感受着黏糊糊的蜡像发出的光泽。

"你总是给惹你生气的人做好看的东西吗?"

"不会,"他说,"只给你做过。"

山洞之外,闪电忽隐忽现。"我也很生气,"我说,"我以为你等不及要离开。"

"我不明白你怎么会这么想。你知道我藏不住自己的心事。"

我能闻到蜂蜡的味道,甜甜的,很厚重。

"你描述雅典娜去找你时的样子。我以为你渴望她这样。某种你深藏不露的东西,像秘密的心事一样。"

"我深藏不露是因为我觉得耻辱。我不想让你听到一直以来她对我父亲多情有独钟。"

她就是个傻子。但我没有说出来。

"我不想去斯巴达,"他说,"我也不想留在这里。我觉得你知道我想去哪。"

"你不能跟着来,"我说,"那对凡人来说不安全。"

"我怀疑那对谁来说都不安全。你真应该看看你的脸。你也藏不住心事。"

我的脸什么样？我想问他。可我却说："你愿意离开你母亲？"

"我觉得她在这里会过得很好，也会心满意足。"

木屑随风飘过，空气散发出清香。这与他雕刻木头时皮肤散发出的香味一样。我突然觉得无所顾忌，对自己所有的不安和笃定，对自己谨小慎微的计划感到厌恶。有些人天生擅长此事，但我不行。

"如果你想加入，我不会拦着你，"我说，"我们天亮动身。"

我做着我的准备，他做着他的。我们一直忙活着，直到天空开始泛白。我们把船能载动的所有食粮都装了上去：芝士和烘烤大麦，鲜果和果干。忒勒玛科斯添了渔网和船桨，备用绳索和尖刀。这些东西他全都小心翼翼地用绳子捆好，放在了恰当的位置上。我们用滚轴将船推进了海里，船体毫不费力就滑入了拍岸的浪花中。佩涅洛佩站在岸边，挥手向我们道别。忒勒玛科斯独自一人跟她说了自己要离开的事。不论她作何感想，她都没有表现在脸上。

忒勒玛科斯扬起船帆。风暴已经停歇。海风很清新，风力也很舒适。风推着我们从海湾中滑过。我回头看着埃阿亚。一生中，我两次看着她在我身后渐渐缩小。我们之间的水面越来越宽，它的悬崖越来越小。我尝到了飞溅到嘴边的盐水。四周都是银晃晃的滚滚海浪。没有雷霆劈来。我自由了。

不，我心想。还没有。

"我们去哪儿？"忒勒玛科斯的手候在船舵上。

我上一次说出她的名字，还是说给他父亲听的。"去海峡，"我说，"去找斯库拉。"

我看着他消化了这几个字的含义。他用精干的双手调转船头。

"你不害怕吗?"

"你提醒过我这件事不安全,"他说,"我觉得害怕没用。"

海面从我们身旁掠过。我们路过了去克里特岛那次我和代达罗斯曾停留过的岛屿。海滩还在那里,我还瞥见了一片杏树林。被风暴连根拔起的白杨树如今早就消失不见了,已经尘归大地。

一个浅浅的斑点出现在海平线上。每小时它都在变大,像烟雾一样膨胀起来。我知道那是什么。"收帆,"我说,"我们要先在这里做一些准备。"

我们倚着栏杆抓了十二条鱼,十二条我们能找到的最大的鱼。它们猛烈地抽动着,冰冷的海水溅得满甲板都是。我捏起草药,塞入了它们正大喘粗气的鱼嘴中,然后念出了咒语。熟悉的噼啪声,肉体的撕裂声,然后它们不再是鱼了,而是十二头羊,肥肥大大,冒着傻气。它们你推我搡,转动着眼珠,相互紧挨着挤在那个小小的空间里。这是它们的福气——不然它们是站不起来的。它们不习惯长脚。

忒勒玛科斯不得不从它们身上爬过去才能够到船桨。"划船可能会有点困难。"

"它们不会久待的。"

他冲一头羊皱了皱眉头。"它们有羊肉味吗?"

"我不知道。"我从放草药的包里拿出了一个小小的陶罐,昨晚我已经把魔药装进去了。陶罐用蜡封了口,还有一个圆形的把手。我用一条皮革绳将它系在了块头最大的那头羊的脖子上。

我们起帆前行。我早前提醒过忒勒玛科斯会有雾气和水汽,于是他给一对船桨临时上了桨锁。它们很别扭,因为这艘船本是要靠船帆前行的。但如果风完全停止了,它们就能帮助我们驶过海峡。"我们必须保持行进,"我对他说,"不论发生了什么。"

他点了点头，好像这件事很容易做到似的。我不会掉以轻心。我手执长矛，长矛的尖端绑着剧毒的尾脊，但我见识过她的速度。我曾对奥德修斯说世上没有对抗她的办法。然而我又来了。

轻轻地，我碰了碰忒勒玛科斯的肩膀，低声念了一句咒语。我感觉到迷幻咒在他周身聚集：他消失了，只剩下光秃秃的甲板和空气。这效果经不起细看，但能让他躲过她匆匆的一瞥。他看着，没有问什么。他相信我。我猛地转过身，面向船头。

雾气飘来，在我们周身弥散开。我的头发被打湿了。海浪的另一头传来了漩涡吞噬一切的声音。凡人管这道漩涡叫卡律布狄斯。它已经索了不少水手的命，都是些想躲避斯库拉血盆大口的人。羊群紧紧地贴着我，摇摇晃晃的。它们没有像真羊那样发出声响。它们不知道如何使用自己的喉咙。我很可怜它们，它们的样子太吓人了，而且颤抖不止。

海峡耸立在我们面前，我们悄然驶进了入口。我瞄了忒勒玛科斯一眼。他拿起了桨，目光警觉。我脖子上汗毛直立。我干了什么？我压根就不该带他来。

那股味道向我袭来，在过了这么久之后还是让人觉得很熟悉：腐烂与仇恨。随后她出现了，像蛇一样从灰色迷雾中爬了出来。她那些愚笨的脑袋顺着悬崖悄然前行，移动中发出刺耳的声响。她充血的目光锁定了羊群，肥硕的它们散发着恐惧的气息。

"来吧！"我大喊道。

她发起了进攻。六头羊瞬间被六张血盆大口夺去。她带着它们逃回了迷雾中。我听到了嘎吱嘎吱的骨头声，还有她吞下食物时喉咙发出的咕嘟声。鲜血顺着崖壁滴了下来。

我趁这个空当瞥了忒勒玛科斯一眼。风差不多停了，现在他全神贯注地划着桨。他的臂膀渗出了汗水。

斯库拉回来了。她的头晃来晃去，充满了恶意。几绺羊毛从她的牙缝里露了出来。

"还剩下六头。"我说。

她夺走了剩下的六头羊，速度之快，我来不及去数话音落下几秒后它们就消失了。戴着陶罐的那头羊就在它们之中。我努力听着陶罐在她的獠牙间破碎的声响，但除了骨头碎裂和血肉撕扯的声音之外，我什么都听不出来。

昨晚，在冰冷的月光下，我将长矛的毒液提炼了出来。清澈的毒液汇成细流，缓缓滴入了我那擦得锃亮的铜碗中。我向碗里加了很久以前从克里特岛上摘的岩爱草、松柏的根须、悬崖的碎片和花园里的土壤。最后，我还加了自己的鲜血。液体冒起了泡，变成了黄色。我将全部液体都倒入了陶罐中，然后用蜡封死。这会儿，药水应该正在滑下她的喉咙，在她的内脏里积聚。

我本以为十二头羊应该能削弱她的饥饿感了，可当她再次出现时，她的目光仍然凶恶贪婪，好像她填补的并不是肚子，而是永恒的怒火一样。

"斯库拉！"我举起长矛，"是我，喀耳刻，赫利俄斯之女，埃阿亚的女巫。"

她尖叫了起来。她依旧发出了低吠般的刺耳声响，撕扯着我的耳膜，但她并没有认出我是谁。

"很久以前，我将你由宁芙之身变成了这副模样。如今我携特里贡的神力而来，给我挑起的这一切做个了结。"

我对着被雾气浸透的空气，念出了带有魔力的咒语。

她发出了嘶嘶声。她的眼神中没有一丝好奇。她继续晃动着脑袋，仔细搜寻着甲板，好像上面还会有她漏掉的羊似的。我能听到忒勒玛科斯正在我身后奋力划桨。船帆牢拉着。我们全靠他才得以不停向前。

她看穿了我的幻觉,发现了他。我捕捉到了那个瞬间。她呻吟了起来,声音低沉又急切。

"不行!"我挥舞着长矛,"这个凡人受我的庇护。如果你夺走他,你会永世遭受折磨。你知道,我有特里贡的毒尾。"

她再次尖叫了起来。她的气息冲刷着我,恶臭中夹杂着灼人的热气。因为兴奋,她的头摇晃得更快了。它们咔嚓咔嚓地啃咬着空气,长长的口水挂在嘴上摇来晃去。她怕这根长矛,但这抵挡不了她多久。她已经喜欢上了凡人肉体的味道。她如饥似渴地渴望着它。残酷、阴暗的恐惧在我全身翻涌。我发誓我感觉到咒语起效了。难道是我错了?恐惧浸透了我的肩膀。我不得不同时对抗六颗凶恶的脑袋。我不是训练有素的斗士,某颗脑袋会越过我,然后忒勒玛科斯——我不能让自己往这个方向想。各种想法从我的脑海中迸发,但它们都毫无用处:伤不到她的咒语,没有带在身上的毒药,不会对我施以援手的神。我可以叫忒勒玛科斯跳海游走,但他无处可逃。唯一一条她够不到的水路会将他引入卡律布狄斯吞噬一切的漩涡中。

我横在她和忒勒玛科斯中间,长矛向外,鼓起勇气。在她越过我之前,我必须刺伤她,我对自己说。起码我必须把特里贡的毒液注进她的血液里。我做好了准备,迎接她的进攻。

进攻没有发生。她某张嘴的动作很奇怪,下巴时开时合。一阵噎气声从她胸膛深处传来。她干呕起来,黄色的泡沫漫过了她的獠牙。

"那是什么?"我听到忒勒玛科斯说,"发生了什么?"

没有时间回答他了。她的躯体从迷雾中坠了下来。我以前从没见过她的躯体,黏糊糊的,巨大无比。在我们的注视下,它擦着我们头顶上方的崖壁往下滑。她的脑袋尖叫着、反抗着,似乎想把自己重新拉上去。可它却下坠得更厉害了,像是身上压了石块一样势不可当。如今我看到了她的大腿根,十二条骇人的触角从她的躯体延伸开来,伸入迷雾之中。她总是藏着它们,赫耳墨斯曾对我说,盘曲在山洞里,在尸骨和腐臭的碎肉中,紧紧抓着山洞里的岩石,这样她躯体的其余部分就可以俯冲下去捕食,然后再返回山洞中了。

斯库拉的脑袋猛烈地啃咬、哀号着,它们仰起头来咬着自己的脖子。她灰突突的皮肤上布满了道道黄色泡沫和她自己的猩红鲜血。一阵噪声传来,像巨石被拉扯着划过大地。突然间,一道模糊的灰影从我们身旁跌落,砸进了船周围的海浪中。船身严重倾斜,我差点失去了平衡。当我再次站稳时,我发现自己正盯着她的某条巨腿看。它脱离了她的躯体,了无生气地耷拉着。那腿有埃阿亚上最古老的橡树那么粗,大腿根消失在了海浪中。

它脱节了。

"我们必须离开,"我说,"马上离开。会有更多条腿砸下来。"话音未落,拖拽的声音又响了起来。

忒勒玛科斯大喊着小心。腿砸下来的地方离我们的船尾太近,把半边围栏都吸到了海浪之下。我被撞得跪在了甲板上,忒勒玛科斯从座位上飞了出去。他紧紧地抓着船桨,费了好大的劲才让它们回归原位。我们周围的海面波涛汹涌,船剧烈地颠簸着。在我们头顶之上,斯库拉号叫着、扭动着。落腿的重量拖着她继续沿悬崖下坠。她的头已经能碰到我们了,但她并没有理会我们。她正啃咬着了无生气的腿,凶残地撕咬着上面的肉。我犹豫了片刻,然后将长矛的柄插进了储备物资中,这样它就不会在混乱中翻滚起来了。我抓起忒勒玛科斯的一根船桨。"快走。"

我们全力以赴划起了桨。拖拽的声音再度传来,另一条腿坠了下来。巨大的波浪浸透了甲板,猛地将船头扳到卡律布狄斯的方向。我瞥了一眼那能将船只整个吞没的漩涡深渊。忒勒玛科斯握紧船舵，努力调转着船头。"给我根绳子。"他大喊道。

我从储备物资中胡乱摸出了一条绳子。他把绳子绕在船舵上，使劲拽着它，奋力把我们拉回原来的方向，向海峡的出口驶去。斯库拉的躯体在距我们的头顶两个船桅的地方摇摆着。她的腿还在下坠，每次落水都会把那具摇摇欲坠的躯体再往下拽一点。

十条，我数着。十一条。"我们必须赶快离开！"

忒勒玛科斯已经扳正了船头。他把绳子在船舵上打了个结，我们急忙继续划桨。悬崖之下，船像落叶一样，在被切断的海面上来回摇晃。四周的海浪被染成了黄色。她仅剩的一条腿沿着崖壁向上伸去。那是唯一支撑着她的东西，绷得异常紧。

她松开了。她巨大的身躯砸向了水面。海浪扯掉了我们手中的船桨，我的头被冰冷的盐霜抽打着。我眼见我们的储备物资被冲进了海里，特里贡的长矛也随它们消失在了白茫茫的浪花之中。失去它的感觉就像胸口被猛击了一下似的，但我没有时间去想这件事。我抓住忒勒玛科斯的胳膊，以为甲板随时都会在我们身下断裂。但结实的木板挺住了，还有船舵上的绳索。最后一个巨浪的冲击力推着我们向前，将我们推出了海峡。

卡律布狄斯的水声消失了，四周的海面开阔起来。我站起身来，回头望去。悬崖之下出现了一片巨大的浅滩，那是斯库拉刚刚坠落的地方。浅滩之上，六条蛇颈的轮廓依旧可见，但它们没有动弹。它们再也不会动弹了。她变成了石头。

我们航行了很远才找到陆地。我的胳膊和后背很疼，像被鞭子抽打过一样，忒勒玛科斯的情况一定更糟糕。可我们的船帆竟奇迹般地完好无损，载着我们继续前行。太阳像坠落的盘子一样跌落到海面之下，夜色从水面升起。透过被星光刺穿的暗夜，我看到了一片陆地，于是我们将船拉上了海岸。我们储备的所有淡水都没了，忒勒玛科斯目光呆滞，几乎说不出话来。我找到了一条小河，带回来满满一碗水，碗是我用岩石变的。他一饮而尽，然后一动不动地躺了很久，久到我害怕了起来。可最终他清了清喉咙，问我有什么吃的。那时我已经采了一些果子，还抓了条鱼放在火上烤。"很抱歉置你于这样危险的境地，"我说，"如果你不在场的话，我们会粉身碎骨的。"

他边嚼边疲惫地点了点头。他的脸依然很憔悴，很苍白。"我承认，我很高兴我们不用再来一次。"他躺回沙滩上，眼皮渐沉，逐渐合拢。

他是安全的，因为我们驻扎的地方背靠着悬崖的一角，于是我将他留在原地，在海岸上散起步来。我觉得我们在某座岛上，但我不能肯定。没有炊烟从树林之上袅袅升起，当我侧耳聆听的时候，除了夜禽的鸣叫和海浪冲岸时的嘶嘶声外，我什么都听不到。内陆繁花茂盛，树林郁郁葱葱，但我没有去看。我眼前又出现了那个曾是斯库拉的巨石堆。她消失了，真正消失了。几个世纪以来，我第一次不再被痛苦和悲伤的洪流裹挟。迈入冥界的亡灵，不会再有谁将血债记在我的名下。

我面朝大海。两手空空的感觉很奇怪，不用握着长矛的感觉很奇怪。我能感觉到空气划过我的掌心，盐霜混合着春天的青涩味道。我想象着那条灰色毒尾沉入黑暗之中，寻找着它的主人。特里贡，我说，你的毒尾回家了。我保管了它太久，但它终于派上了大用场。

轻柔的海浪冲刷着沙滩。

暗夜轻抚着我的皮肤，给人的感觉很清澈。我在凉爽的夜色中穿行，好像我正沐浴在池水之中似的。除了他别在腰间的工具袋，和我系在身上的魔药包之外，我们什么都没了。我们只好重新造船桨了，我想，还要重新囤积食物。但明天再头疼这些事吧。

我路过了一棵梨树，树上白花盛开，缀满枝头。一条鱼跃出了月光照耀的水面。每一步都让我感觉更加轻盈。我的喉咙中翻涌着某种情愫。我过了一会儿才认清那是什么。我老态龙钟、古板苛刻了太久，像巨石柱一样经受着悔恨与岁月的雕琢。但我只是被灌注进了一个模子里。我不必非得保持这个样子。

忒勒玛科斯还在睡着。他像小孩子一样双手合十，顶着下巴。它们被船桨磨得鲜血淋漓，我已经为它们敷了药膏，它们暖暖的重量压在我的膝头。他手指上的老茧比我想象得要多，但他的掌心却很光滑。在埃阿亚，我曾多次好奇，触碰他会是什么样的感受。

他睁开了眼睛，好像我把这些话说出来了似的。他的眼睛一如既往的清澈。

我说："斯库拉并非天生就是魔怪。是我把她变成这个样子的。"

他的脸没在火堆投下的阴影中。"这是怎么发生的？"

部分的我大喊着小心：如果你说了，他的心情会变差，会恨你的。但我推开了这个念头。如果他的心情会变差，那就变差吧。我不会再白天织布，晚上拆线，一事无成了。我将整件事一五一十地告诉了他，每一次嫉妒，每一场胡闹，以及所有因为我而断送的性命。

"她的名字，"他说，"斯库拉。这名字的含义是毁灭者。也许成为魔怪始终就是她的命运，你只是实现这个命运的工具罢了。"

"你也用同样的借口为自己绞死那些婢女开脱吗？"

他像被我打了一样。"我不会为那件事开脱。我一生都会背负着那份耻辱。我无法改变它，但我会用尽一生，希望我能够改变它。"

"正因如此，你才知道自己与你父亲不同。"我说。

"是的。"他的声音很尖锐。

"我也一样,"我说,"不要设法夺走我的悔意。"

他安静了好一阵。"你很明智。"他说。

"如果我真的明智,"我说,"那只是因为我已经愚蠢了上百辈子。"

"可至少对于你心爱的事物,你会为之奋斗。"

"这不总是好事。我必须告诉你,我的过往全都像今天一样,满是没人愿意听的妖魔鬼怪和恐怖场景。"

他注视着我。很奇怪,他身上的某种特质让我想起了特里贡。一种超然又宁静的耐性。

"我愿意听。"他说。

我出于许多原因跟他保持着距离:他母亲和我儿子,他父亲和雅典娜。因为我是个神,而他是个凡人。可那时我突然明白了,这些原因的根源都是某种恐惧。而我向来不是个懦夫。

我们之间隔着一道喘息。我越过那道喘息,找到了他。

第 二 十 六 章

心的裂缝

一连三天，我们都待在那片海滩上。我们没有造桨，也没有修补船帆。我们捕鱼、采摘水果，除了触手可及的东西之外什么都不去寻觅。我将手掌搭在他的肚子上，感受它随着呼吸起伏。他的肩膀虽窄，但满是肌肉，他的后脖颈被太阳晒得粗糙。

我的确把往事都告诉了他。在火堆旁，或在晨光中，当我们的欢愉暂且被抛在脑后时。有些事情讲起来比我想象得要容易。为他描绘普罗米修斯的模样，让阿里阿德涅和代达罗斯起死回生，这些都是有乐趣的。但其他部分却没那么简单。有时，说着说着，一股怒火就会将我吞噬，话到嘴边竟说不出来。我做着伤天害理的事，他凭什么这么有耐心？我是个成熟女性。我是个神，比他多活了上千个世代。我不需要他的同情，他的关注，不需要他的任何东西。

"所以呢？"我会质问，"你为什么不说话？"

"我在听呢。"他会回答说。

"看到了吗？"讲完一段故事后我会说，"神是很丑陋的。"

"血统代表不了我们的为人,"他回答道,"这是一个女巫告诉我的。"

* * *

第三天,他削了新的船桨,而我则变出了一些水袋,把它们装满后就去摘果子了。我看着他轻而易举就装好了帆,检查着船身是否有漏水的地方。我说:"我不知道我在想什么。我不会开船。如果你没有一起来的话,我要怎么办?"

他笑了出来。"你总会到的,只是要从你的永生里花费一点时间罢了。接下来我们去哪?"

"去一片海滩,在克里特岛的东面。那里有一个小小的海湾,半沙半岩,目之所及的地方有一片矮树丛,还有山峦。每年的这个时候,似乎抬头就能看到天龙座正指着那个方向。"

他扬起了眉毛。

"如果你把我带到离它足够近的地方,我觉得我就能找到它,"我端详着他,"你是想问那里有什么吗?"

"我觉得你不会想让我问的。"

我们相处了还不到一个月,可他似乎比曾行走世间的任何人都更了解我。

那趟旅途一帆风顺,海风清新凉爽,阳光中尚没有酷热难耐的夏日暑气。夜晚,我们能找到哪片海滩,就在哪片海滩上扎营。他习惯了游牧生活,而我发现自己并不想念家里的金盆银碗和织锦挂毯。我们用木棍烤鱼,我用裙子兜住水果。如果岛上有住家,我们会为他们卖卖苦力，以换取面包、酒水和芝士。他为小孩子做木雕玩具，给小帆船打补丁。我带着药膏，如果我把头遮起来的话，他们就会以为我是个来为他们驱痛止热的药师。他们的感激简单又直白，我们也是一样。没有人下跪。

当船在湛蓝的圆弧形天空下行进时，我们会一起坐在甲板上，聊聊我们见过的人，沿途的海岸，还有半个上午都在追赶我们的海豚。它们咧着嘴笑，往我们的围栏上拍着水。

"你知道吗，"他说，"来埃阿亚之前，我只离开过伊萨卡一次。"

我点了点头。"我见过克里特岛，和沿途的一些岛屿，仅此而已。我一直都想去埃及。"

"没错，"他说，"还有特洛伊，还有苏美尔的伟大城邦。"

"亚述古城，"我说，"我还想看看埃塞俄比亚。还有北极，那个冰川纵横的地方。还有忒勒戈诺斯在西方建立的新国家。"

我们眺望着海浪，一阵沉默悬在我们中间。下一句话应该是：我们一起去吧。但这话我不能说，现在不行，也许永远都不行。他也会保持沉默，因为他的确很了解我。

"你母亲，"我说，"你觉得她会生我们的气吗？"

他哼了一下。"不会的，"他说，"可能她比我们知道得还早。"

"如果我们回去的时候发现她变成了女巫，我是不会惊讶的。"

我总是很爱吓他，爱看他的镇定自若被一举攻破。"什么？"

"哦，是的，"我说，"她一早就打量起了我的草药。如果有时间的话，我本想教教她的。我愿意跟你打赌。"

"如果你这么确定的话，那么我是不会跟你对赌的。"

夜晚，我们肌肤相亲。等他入睡后，我会躺在他身边，感受着我们四肢相触的温暖，看着他喉咙上轻柔的脉搏。他的眼周有皱纹，脖子上的皱纹更多。当人们看到我们时,他们觉得我更年轻一些。尽管我的长相和声音都与凡人无异,但我其实是一条流干了血的鱼。我可以从水中望着他和他身后的天空,但我却无法越过水面。

* * *

在天龙星和忒勒玛科斯的指引下,我们终于找到了曾经的那片海滩。到达狭窄的海湾时正值清晨,我父亲的战车还在半路,尚未到达苍穹之巅。忒勒玛科斯举着石锚。"抛锚,还是把船拉到沙滩上?"

"抛锚。"我说。

几百年的潮汐与风暴改变了海岸线的形状,但我的脚依然记得那片细密的沙滩,还有长着刺球的粗犷草地。远处隐约飘浮着灰色的烟雾,还传来了山羊铃的响声。我走过我和埃厄忒斯曾坐过的岩石凸起。我走过父亲灼伤我后我曾躺卧疗伤的树林,如今它不过是一片稀疏的松树丛罢了。我曾拖着格劳科斯爬上的山峦如今挤满了春色:蜡菊、风信子、百合、紫罗兰,还有甜美的岩蔷薇。在它们的正中央有一小簇黄色鲜花,那些花是从克罗诺斯的鲜血中生发出来的。

熟悉的哼鸣声升腾而起,似乎是在跟我打招呼。"别碰它们。"我对忒勒玛科斯说。可就在这句话说出口的同时,我意识到了自己有多么愚蠢。这些花不会对他造成任何影响。他已经是本真的模样了。他会毫发无损的。

我用刀将每一棵植株连根拔起,用布条将它们连泥带土一起包裹起来,放入了漆黑的草药包中。没有理由再拖延下去了。我们起锚,调转船头向家驶去。海浪和岛屿从我们身边掠过,但我几乎没有看到它们。我全身紧绷,像一个紧盯着天空的弓箭手一样,等待着飞鸟冲出的那一刻。最后一晚,当埃阿亚近在咫尺,近到我觉得自己已经能从海风中闻到它的花香味时,我将一直隐瞒的那段往事告诉了他——第一拨造访我的岛屿的人,以及我如何以牙还牙。

群星异常耀眼,晚星像火焰一样当空闪耀。"之前我没有告诉你,是因为我不想让这件事横在我们中间。"

"现在你不介意了吗?"

漆黑的草药包中,花儿们唱起了金黄色的歌谣。"现在我想让你知道真相,不论接下来会发生什么。"

咸咸的清风在海岸边的草地里搜寻着什么。他握住我的手,抵着他的胸膛。我能感受到他平稳的脉搏。

"我没有逼你开口,"他说,"将来也不会。我知道你回答不了我是有原因的。但如果——"他停了一下,"我想让你知道,如果你要去埃及,如果你要去任何地方,我都想和你一起去。"

一个心跳接一个心跳,他的生命从我的指尖淌过。"谢谢。"我说。

佩涅洛佩在埃阿亚的海滩上迎接了我们。太阳高悬,岛屿盛放,丰满的水果挂满枝头,绿色的新生命从每个角落与缝隙中迸发而出。一片繁茂中,她看上去悠然自得,向我们挥手问好。

就算她发现我们之间起了变化,她也没有说什么。她拥抱了我们两个。这段日子很安宁,她说,没有人造访,可其实一点都不平静。又有小狮崽出生了。大雾一连三天覆盖着东边的港湾,一场瓢泼大雨让河流决了堤。说这些时,她面露红晕。我们从亮泽的月桂丛和杜鹃花丛中蜿蜓穿过，接着穿过花园，进入巨大的橡木门中。我呼吸着这栋房子的气息，空气中弥漫着清新的草药味。我感受到了游吟诗人们常常歌颂的那种快乐：归家。

走进我的房间，那张大大的金床上铺的床单一如既往的干净整洁。我能听到忒勒玛科斯在给他母亲讲斯库拉的故事。我离开房间，光着脚在岛上散步。脚下的土地暖洋洋的。繁花扬起了鲜艳的头。一头狮子紧跟着我。我是在道别吗？我抬头望着天空宽广的穹顶。今晚，我想。今晚，在月光之下，我一个人完成。

太阳落山时，我回到了房间里。忒勒玛科斯去捕晚餐要吃的鱼了，我和佩涅洛佩坐在桌边。她的指尖被染绿了，我能闻到空气中咒语的味道。

"有一件事我好奇了很久，"我说，"当我们因为雅典娜的事起争执的时候，你怎么知道要向我下跪？你怎么知道那会让我觉得羞耻？"

"啊。是我猜的。奥德修斯曾说过关于你的一件事。"

"什么事？"

"他从没见过哪个神比你更讨厌当神。"

我露出了笑容。即便去世之后，他也能给我惊喜。"我猜此话不假。你说他是开疆拓土之人，但他也改变了人们的思维方式。在他之前，所有英雄都是赫拉克勒斯和伊阿宋的样子。现在，孩子们会假装航海，凭借智慧和伶牙俐齿征服敌人的疆土。"

"他会喜欢的。"她说。

我也觉得他会。片刻之后，我看了看她搭在我面前桌子上的手，那手污渍斑斑。

"还有呢？你要跟我说说吗？你的巫术怎么样了？"

她露出了内敛的微笑。"你说得对。这大部分是靠意志。意志和勤奋。"

"我跟这里了结了，"我说，"无论如何都了结了。你愿意接替我，成为埃阿亚的女巫吗？"

"我愿意。我真心愿意。不过我的发色不对。它跟你的一点儿都不像。"

"你可以染头发。"

她做了个鬼脸。"不如说是因为我这个老巫婆施妖法，把头发弄得灰白了。"

我们笑了起来。她织完了那幅挂毯，它就挂在她身后的墙上。那个游泳的人，劈开波浪朝着暴风骤雨的深渊游去。

"如果你觉得自己少个伴，"我说，"那就告诉诸神你愿意收留他们不服管教的女儿。我觉得你会对她们的路数。"

"我就当这是在夸我了，"她揉搓着桌子上的一个污点，"那我儿子呢，他会跟你一起去吗？"

我意识到我几乎紧张了起来。"如果他想的话。"

"那你是怎么想的？"

"我想让他来，"我说，"如果可能的话。但我眼前还有一件事要做。我不知道这件事的结果会如何。"

她平静的灰色眼眸注视着我。她的眉毛弯弯的，我觉得像神殿一样，优雅又坚韧。"忒勒玛科斯一直是个好儿子，这好儿子他当了太久。现在他必须独立了，"她摸了摸我的手，"没有什么是确定的，这我们知道。但如果一定要我相信某件事情能成的话，我会把这件事托付给你。"

我端走碗盘，仔细地清洗着它们，直到它们闪闪发亮为止。刀我也磨好了，每把刀都归了位。我擦了桌子，扫了地。当我回到壁炉边时，只有忒勒玛科斯在那里。我们溜达到了我们都很喜欢的那片小小的林中空地。我们在这里谈论雅典娜已经是上辈子的事了。

"我要施的那个咒，"我说，"我不知道施完后会发生什么。可能根本不会起效。也许克罗诺斯的神力离不开它生长的土壤。"

他说："那我们就回去。我们不停地回去，直到你满意为止。"

一切都是那么的简单。如果你喜欢，那我就去做。如果这会让你开心，那我就跟你一起去。有没有哪个瞬间，心会出现一道裂缝？但撬开一颗心还不够，对此我已经吃一堑长一智了。我亲吻了他，把他留在了原地。

第二十七章

我们在这

青蛙在泥塘里打起了滚；蝾螈在泥棕色的洞穴里进入了梦乡。池水映照出月亮的半边脸和点点星光，四周随风摇晃的树木也弯向水面。

　　我跪在青草茂盛的岸边，面前放着从最开始起便被我用来施法的古老青铜碗。魔花就在我身边，根部还裹着浅浅的布条。我一株接一株地切开它们，将流动的汁液一滴一滴挤出来。碗底变黑了，同样映照出了月亮。最后一株花我并没有挤干，而是把它栽在了岸边，每天清晨阳光都会洒向这个地方。也许它会长大呢。

　　我能感觉到自己的恐惧，它像水面一样闪着光。这些花曾将斯库拉变成了魔怪，虽然她不过是冷嘲热讽了几句而已。格劳科斯也变成了某种意义上的魔怪，他所有善良的品质都被神性驱逐了。我想起了生忒勒戈诺斯时我曾感到过的恐惧：什么东西潜藏在我的身体里？我的想象力唤起了各种恐怖场景。我会长出黏糊糊的脑袋和泛黄的牙齿。我会偷偷潜入山谷，把忒勒玛科斯撕成碎片。

　　但我对自己说，也许事情不会这样。也许我所期望的都能成真，我和忒勒玛科斯真的会去埃及,还有所有我们说起的地方。我们会在海上往返,靠我的巫术和他的木工过活。当我们第二次造访某座城镇的时候,那里的人会迈出家门,向我们问好。他会修补人们的船只,而我则会施法赶走咬人的蚊虫和热病。我们修补着这个世界,并会因为这些单纯的小事而乐在其中。

神示绽开,像我身下的草地一样鲜活,像我头顶的黑色天空一样清晰。我们会去参观迈锡尼的狮子门,阿伽门农的后代正统治着那里;我们会去参观特洛伊的城墙,城墙的砖石被白雪皑皑的伊达山风吹得冰凉。我们会骑大象,会在夜色下的沙漠中行走。我们头顶之上的神灵从未听说过泰坦神和奥林匹斯神,在他们眼中,我们就像脚边缓缓爬行的沙漠甲虫一样不起眼。他会跟我说他想要孩子,我会说:"你不知道你在要求我什么。"而他则会说:"这次你不是只身一人。"

我们生了一个女儿,然后又生了另一个。佩涅洛佩为我接生。分娩很疼,但它会过去。孩子小的时候我们住在岛上,后来又经常回来探望。她织布、施法,宁芙们则围着她打转。不论她变得多么沧桑,她似乎从来都不知疲倦。但有时我会发现她将目光投到了海平线上,亡灵之殿和大殿内的幽魂正在那里等候。

神示中的女儿与忒勒玛科斯不同,彼此之间也不相同。一个绕着圈地追着狮子跑,另一个坐在角落里,观察、记录着一切。我们对她们爱得发狂,俯身看着她们熟睡的面庞,悄声谈论着今天她们说了什么、做了什么。我们带她们去见了忒勒戈诺斯,他君临天下,坐拥金灿灿的果园。他从王位上一跃而起,将我们所有人拥入怀中,还介绍我们认识了他的侍卫队长,一个从不离他左右的高个黑发青年。他还没有结婚,他说也许他永远都不会结婚。我露出了笑容,想象着雅典娜有多懊恼。他是那么彬彬有礼,但又像他建造的城墙一样坚定不移。我不会为他担心。

我变老了。当我望向锃亮的铜镜时，我发现了脸上的皱纹。我也变胖了，皮肤开始松弛。摆弄草药时我割伤了自己，伤疤留了下来。有时我喜欢这样，有时我又会爱慕虚荣，对此感到不满。但我并不希望变回原来的样子。我的身体当然会伸向大地了，那里才是它的归属。终有一天，赫耳墨斯会领着我走下亡灵之殿。我们几乎认不出彼此，因为那时我已是白发苍苍，而他作为亡灵的领路人，周身弥漫着神秘气息。那是他唯一严肃的时刻。我觉得我会享受那场景的。

我知道我有多幸运，被幸运冲昏了头脑，接二连三撞大运，跌跌撞撞迷醉其中。有时我会在黑暗中醒来，对我这条命的不确定性和它的气若游丝感到恐惧。在我身边，我丈夫的脉搏在喉咙上跳动；孩子们躺在床上，皮肤显露出每一处轻微至极的刮痕。一阵微风就能将她们吹散，而这世界上不只有微风：有疾病与灾难，有魔怪与成千上万种痛苦。我既没有忘记我父亲，也没有忘记他的同类正悬在我们头顶，像剑一样耀眼、锋利，准备着撕裂我们的肉体。如果他们没有出于恶意降灾于我们，那么他们也会因为意外或一时兴起而让我们大难临头。我挣扎着喘息。我怎么能在如此厄运的重压下继续生活呢？

我会起身摆弄草药。我会创造点什么，给什么东西变个形。我的巫术一如既往得强劲，甚至更强。这也是好运。有多少人像我一样，拥有这样的威力、空闲和防御能力呢？忒勒玛科斯下床找到了我。他握着我的手，陪我一起坐在散发着青涩气息的黑暗中。如今我们两人的脸上都布满了皱纹，打上了岁月的标记。

喀耳刻，他说，会好起来的。

这不是神谕或先知的预言。这是你对小孩子说的话。我曾听到他对我们的女儿说过这话：当她们从噩梦中惊醒，他摇晃着她们再度进入梦乡时；当他为她们包扎小伤口，缓解不论被什么东西叮咬后的疼痛时。他的皮肤摸上去像我自己的一样让人熟悉。我听着他的呼吸声。夜色中，他的气息暖洋洋的。不知怎的，我感到了安慰。他的意思并不是那不疼。他的意思并不是我们不害怕。他只是在说：我们在这。这就是劈风斩浪的意义，这就是行走于大地、感受它触碰着你的脚心的意义。这就是活着的意义。

　　头顶之上，群星流转沉浮。神性在我体内闪耀着，像即将没入海面的最后几缕阳光。我曾以为神是死亡的反面，但如今我明白了，他们比任何事物都更死气沉沉，因为他们不会改变，无法将任何事物捧在手中。

　　我一生都在前行，如今我来到了这里。我拥有凡人的嗓音，就让我拥有凡人的一切吧。我将满满当当的碗举到嘴边，一饮而尽。

附 录

角色表

※ 泰坦神 ※

埃厄忒斯：喀耳刻的弟弟，巫师国王，统治着坐落在黑海东岸的国度科尔喀斯。埃厄忒斯也是凡人女巫美狄亚之父，以及金羊毛的守护者，后伊阿宋和阿尔戈英雄在美狄亚的帮助下偷走了金羊毛。

阿特拉斯：希腊神话里的擎天神，属于泰坦神族，被宙斯降罪来用双肩支撑苍天。他的父亲是泰坦神伊阿珀托斯，母亲是俄刻阿尼得斯之一的亚细亚或克吕墨涅。他的儿女包括赫斯珀里得斯，普勒阿得斯，许阿得斯，还有被困在奥吉吉亚岛上的卡吕普索。

玻瑞阿斯：北风的化身。在一些神话故事中，他对美少年许阿铿托斯的死负有责任。他的兄弟有：仄费罗斯（西风之神），诺托斯（南风之神），和欧罗斯（东风之神）。

卡吕普索：泰坦神阿特拉斯的女儿，身居奥杰吉厄岛。在《奥德赛》中，她收留了遭遇海难的奥德修斯并爱上了他。她将奥德修斯在岛上困了七年，直到诸神勒令她放人。

喀耳刻：居住在埃阿亚岛上的女巫，赫利俄斯与宁芙帕尔塞之女。她的名字可能源自老鹰或猎鹰。在《奥德赛》中，她将奥德修斯的手下变成了猪。但在奥德修斯与她对峙后，她将他视作情人，允许他和手下同她一起生活，并在他们再次启航时给予了他们帮助。喀耳刻有着悠长的文学生命，启发了诸如奥维德、詹姆斯·乔伊斯、尤多拉·韦尔蒂和玛格丽特·阿特伍德等作家。

赫利俄斯：泰坦神中的太阳神。他后代众多，其中包括喀耳刻、埃厄忒斯、帕西法厄和珀耳塞斯，还有他们同父异母的姐姐——宁芙法厄图萨与兰珀提亚。人们常常描述他驾驶着金色战马拉动的战车，每日横穿天际。

谟涅摩叙涅：希腊神话中司记忆的泰坦女神。谟涅摩叙涅最初只是对记忆的拟人化，后来发展为记忆女神。根据赫西俄德的记载，她是天空之神乌拉诺斯和大地女神盖亚的女儿。谟涅摩叙涅也是宙斯的众多情人之一，并为宙斯生下了九个缪斯。

俄刻阿诺斯：在荷马史诗中，俄刻阿诺斯是掌管淡水河流大洋河的伟大泰坦神。在古人的想象中，这条河环绕着世界。后来，他与大海和咸水产生了关联。他是喀耳刻的外祖父，也是数不清的宁芙和神灵的父亲。

帕西法厄：喀耳刻的妹妹，一位威力强大的女巫。她嫁给了宙斯的凡人子嗣米诺斯，成了克里特岛的王后。她与米诺斯一起生了几个孩子，其中包括阿里阿德涅与淮德拉。她还使计怀上了一只白色神牛的后代，诞下了米诺陶洛斯。

珀耳塞：三千大洋神女之一，俄刻阿诺斯的宁芙女儿。喀耳刻之母，赫利俄斯之妻。

珀耳塞斯：喀耳刻的弟弟，在某些神话故事中与古波斯有关。

普罗米修斯：泰坦神，他违抗宙斯，帮助凡人，将火种带至凡间。在某些神话故事中，他还将文明的技艺传授给了他们。为表惩罚，宙斯将他囚于高加索山的某个悬崖上。飞鹰每天都会撕扯他的肝脏生吞下去，而一夜过后，他肝脏又会恢复如初。

塞勒涅：月亮女神，喀耳刻的姨母，赫利俄斯的妹妹。她驾驶着银色战马拉动的战车横跨夜空。她的丈夫是英俊的牧羊人恩底弥翁，一个中了魔法、永世沉睡的凡人。

忒堤斯：俄刻阿诺斯的泰坦妻子，喀耳刻的外祖母。忒堤斯同她丈夫一样，最开始只与淡水有关，后来被描绘成了海洋之神。

兰珀提亚、法厄图萨：兰珀提亚，字面意思为"闪耀"；法厄图萨，字面意思为"光芒"。她们是赫利俄斯和特里那喀亚岛女神涅埃拉的两个女儿。两姊妹负责在特里那喀亚岛上看守父亲赫利俄斯的牧群。

克罗诺斯：第一代泰坦十二神的领袖，而且是其中最年轻的。人们通常把他和古希腊的时间之神柯罗诺斯混淆。他是天空之神乌拉诺斯和大地之神盖亚的儿子。他推翻了他父亲乌拉诺斯的残暴统治并且领导了希腊神话中的黄金时代，直到他被自己的儿子宙斯推翻。

涅柔斯：希腊神话中的上古海神，蓬托斯和盖亚的儿子，后被奥林匹斯神波塞冬抢去了风头。他孕育了众多神灵后代，包括海宁芙忒提斯（阿基里斯之母）。

普罗透斯：希腊神话中的早期海神，荷马所称的"海洋老人"之一。波塞冬海豹群的守护者。他有预知未来的能力，但他经常变化外形使人无法捉到他；他只向逮到他的人预言未来。

乌拉诺斯：从大地母亲盖亚的指端诞生、象征希望与未来，并代表了天空。乌拉诺斯和盖亚生下了十二位泰坦，六个儿子和六个女儿，以及三位独眼巨人和三位百臂巨人。但是乌拉诺斯认为独眼巨人和百臂巨人们长相怪异，出生没多久就把他们打落地底。受难的孩子呻吟不已，盖亚深感痛苦，所以请求其他的儿子起来反抗他们的父亲，搭救自己的兄弟。但他们都不敢，只有最小的克罗诺斯敢于起来反抗父亲。盖亚给他一把镰刀，让他埋伏起来，当乌拉诺斯和盖亚同床时，克罗诺斯用镰刀把他的生殖器砍下来，扔入大海，形成浪花从中生出阿芙洛狄忒。

※ 奥林匹斯神 ※

阿波罗：是希腊神话中的光明之神、文艺之神，同时也是罗马神话中的太阳神，其希腊名与罗马名相同。他是最高神宙斯和黑暗女神勒托的儿子，狩猎与月亮女神阿耳忒弥斯的孪生弟弟，由姐姐接生而出。也是特洛伊战争中特洛伊一方的捍卫者。

阿耳忒弥斯：希腊神话中的月亮女神与狩猎的象征，奥林匹斯山上十二主神之一。她是宙斯和泰坦女神勒托的女儿，也是太阳神阿波罗的孪生姐姐。阿耳忒弥斯是希腊神话中少有的处女神，与雅典娜和赫斯提亚并称为希腊三大处女神。在《奥德赛》中，她被描绘为杀害阿里阿德涅公主的凶手。

阿瑞斯：古希腊神话中的战神，希腊奥林匹斯十二主神之一，宙斯与赫拉的儿子，另一说它是朱诺（赫拉的罗马名）吞下一条暴眼大蛇之后生下来的。他是力量与权力的象征，嗜杀、血腥，人类祸灾的化身。

阿芙洛狄忒：希腊神话中代表爱情、美丽与性爱的女神，奥林匹斯十二主神之一。阿芙洛狄忒有着古希腊最完美的身段和样貌，象征爱情与女性的美丽，被认为是女性体格美的最高象征。

阿莱克托：古罗马神话神祇之一。为复仇三女神之一，主要负责瘟疫、战争和复仇。

波塞冬：希腊神话中的海神，宙斯的弟弟。其象征物为波塞冬三叉戟。他的坐骑是白马驾驶的黄金战车。在神话中为人类带来马匹，所以也被视为马匹之神。当初宙斯三兄弟抽签均分势力范围，宙斯、哈迪斯分别统治天空、冥界，而波赛冬成为大海和湖泊的君主。

得墨忒耳：得墨忒耳是司掌大地和丰收的女神，奥林匹斯十二主神之一。她给予大地生机，教授人类耕种，同时她也是正义女神。无论是在宗教还是神话里，得墨忒耳的个人形象都与大地之母盖亚有着很大区别。盖亚是大地的化身，即宇宙中的本源之一，而得墨忒耳却是司谷物成熟和农业方面的神祇。

狄俄尼索斯：宙斯之子，美酒与狂欢之神。他勒令忒修斯遗弃阿里阿德涅公主，想要自己娶她为妻。

厄勒堤亚：生育之神。她帮助母亲分娩，也有能力阻止某个孩子的降生。

赫耳墨斯：宙斯与宁芙迈亚所生之子，奥林匹斯十二主神之一。他是诸神的信使，也是旅者与诡计之神，商业与边界之神。同时，他也负责为亡灵引路，带领它们进入冥界。

赫淮斯托斯：古希腊神话中的火神和匠神，与罗马神话的武尔坎努斯对应。他是阿芙洛狄忒的丈夫，西方语言中的"火山"一词来源于他的罗马名字。他是奥林匹斯十二主神之一。是宙斯和赫拉的儿子，或是赫拉自己的孩子。

伊里斯：希腊神话中彩虹的化身和诸神的使者。由于是彩虹的化身，古代人认为她能够连结天和地。因此，奥林匹斯神系形成之后，伊里斯被认为是神和人之间的联系人，向人传达众神的旨意、命令和意志。与神使赫耳墨斯不同的是，她只执行宙斯和赫拉的命令，不参与个人意见。

雅典娜：主司智慧、纺织及兵法的强大女神。在特洛伊战争中，她强烈地支持希腊一方，格外庇护足智多谋的奥德修斯。她在《伊利亚特》和《奥德赛》中均经常现身。她从宙斯的头颅中诞生，诞生时全副武装，已完全成人。据说她是宙斯最喜爱的孩子。

宙斯：众神与凡人之王，从奥林匹斯山的王座上统治着全世界。他对泰坦神发动了战争，以报复他的父亲克罗诺斯，并最终颠覆了他的统治。他孕育了众多神灵与凡人，包括雅典娜、阿波罗、狄俄尼索斯、赫拉克勒斯、海伦和米诺斯。

※ 凡人 ※

阿基里斯：阿基里斯是海宁芙忒提斯与弗西亚国王珀琉斯所生之子，是同代人中最优秀的斗士，也是动作最迅捷、最英俊之人。青年时期，神给了阿基里斯一个选择：长寿与无名，或短命与声誉。他选择了声誉，并与其他希腊人一起向特洛伊启航。然而，当战争进入第九个年头时，他与阿伽门农起了争执，拒绝继续作战，在他的挚爱帕特洛克罗斯被赫克托耳杀死后才重回战场。盛怒之中，他杀死了那位伟大的特洛伊斗士。最终，赫克托耳的弟弟帕里斯在阿波罗的帮助下将阿基里斯杀害。

阿伽门农：希腊最大城邦迈锡尼的统治者。他作为联军统率，率领希腊军队出征特洛伊，夺回自己的弟弟墨涅拉俄斯的妻子海伦。十年战争中，他好口角、自命不凡，回到迈锡尼后被自己的妻子克吕泰涅斯特拉谋害。在《奥德赛》中，奥德修斯与他的亡灵在冥界有过对话。

阿里阿德涅：克里特岛的公主，女神帕西法厄与半神米诺斯之女。

当英雄忒修斯前来手刃米诺陶洛斯时，她为他提供了帮助，给了他一把剑和一个边走边绕散的线团。这样在怪物死后，他就能走出迷宫了。事后，她与忒修斯私奔。两人本打算结婚，后被酒神狄俄尼索斯插足。

代达罗斯：希腊神话中的著名工匠，来自雅典。古时数项著名发明与艺术品都是他的杰作，包括阿里阿德涅的舞池和囚禁了米诺陶洛斯的巨型迷宫。代达罗斯与儿子伊卡洛斯被监禁在克里特岛上，他想出了一个计谋解放自己，用蜡和羽毛打造了两对飞翼。他和伊卡洛斯成功逃脱了，但伊卡洛斯飞得离太阳太近，固定羽毛的蜡融化了。这个男孩最终坠海溺亡。

格劳科斯：在古罗马诗人奥维德的《变形记》中，格劳科斯原本是一个年轻的凡人渔夫，他在捕鱼时发现岸边一种神秘的药草能使已经死去的鱼起死回生。好奇之下，他吞食了这种药草，醒来后就变得鱼尾人身，大洋之神俄刻阿诺斯和海后忒堤斯就把他迎入海神之列。

赫克托耳：普里阿摩斯的长子、特洛伊的王储、特洛伊第一勇士，因力大无穷、品德高贵、关爱家人而知名。阿基里斯为报自己的情人帕特洛克罗斯被杀之仇而杀死了赫克托耳。

海伦：传说中古时最漂亮的女人。海伦是斯巴达的王后，是勒达女王与假扮成天鹅的宙斯所生之女。许多男士向她求婚，每个人都发誓（是奥德修斯出的主意）不论哪个男人胜出，他们都将维护她与这个人的婚姻。她被交到了墨涅拉俄斯手上，但后来却与特洛伊王子帕里斯私奔，从而挑起了特洛伊战争。战后，她与墨涅拉俄斯回到了斯巴达。

埃尔佩诺尔：奥德修斯的船员之一。在《奥德赛》中，他从喀耳刻的屋顶掉下来，摔死了。

埃俄罗斯：他在埃俄利亚一座漂浮的小岛上生活，直到有一天，奥德修斯和他的船员来拜访他。他提供他们一个月的食宿，并给予他们西风，方便他们回家。不幸的是，他同时给了他们一个风袋作为礼物，里面装有四种风，而当奥德修斯的船即将到家的时候，他的船员将风袋打开，将他们重新吹回到了埃俄利亚，而埃俄罗斯拒绝继续提供帮助了。

美狄亚：科尔喀斯国王埃厄忒斯之女，喀耳刻的侄女。同她父亲和姑姑一样，她也是个女巫。当伊阿宋前来索取金羊毛时，她用自己的威力帮助他夺到了金羊毛，条件是他娶她为妻，并带她回到家乡。两人私奔了，但埃厄忒斯穷追不舍，只有动用血腥手腕，美狄亚才能将父亲抵挡在外。她的故事在一众古代与现代作品中都得到了讲述，包括欧里庇得斯的著名悲剧《美狄亚》。

米诺斯：宙斯和欧罗巴的儿子，强大的克里特岛之王。古希腊的米诺斯文明就是以他的名字命名。他的妻子帕西法厄是位女神，也是米诺陶洛斯之母。米诺斯死后，他在冥界被给予了显赫地位，成了其他亡灵的判官。

墨涅拉俄斯：希腊神话中斯巴达的国王。阿特柔斯之子，阿伽门农之弟，海伦之夫。海伦与帕里斯私奔后，墨涅拉俄斯与阿伽门农召集希腊境内几乎所有的国王对特洛伊开战。经历十年苦战，特洛伊沦陷，海伦被墨涅拉俄斯夺回。

奥德修斯：足智多谋的伊萨卡王子，雅典娜女神的最爱，佩涅洛佩之夫，忒勒玛科斯之父。特洛伊战争期间，他是阿伽门农的首席顾问之一；也是他想出了木马屠城计，为希腊人赢得了战争。他的归家之旅持续了十年，是荷马史诗《奥德赛》的主题，其中包括他与独眼巨人波吕斐摩斯、与女巫喀耳刻、与魔怪斯库拉和卡律布狄斯，以及与塞壬女妖的著名相遇。

欧律克勒亚：奥德修斯和忒勒玛科斯的老奶妈。在《奥德赛》中，当奥德修斯乔装打扮返乡时，她为奥德修斯洗了脚，并凭借他腿上的伤疤认出了他。那伤疤是奥德修斯年轻时猎野猪所留下的。

欧律洛科斯：奥德修斯的船员之一，也是奥德修斯的远亲。在《奥德赛》中，他和奥德修斯经常意见不一，正是他说服其他船员宰杀并吃掉了赫利俄斯的神牛。

赫拉克勒斯：宙斯之子，黄金时代最著名的英雄。赫拉克勒斯因力大无穷而知名。赫拉因其是宙斯婚外情的产物而憎恶他，于是他被迫完成了十二项苦差以向赫拉女神谢罪。

伊卡洛斯：工匠大师代达罗斯之子。他和他的父亲靠两对用羽毛和蜡做成的飞翼逃离了克里特岛。伊卡洛斯无视了父亲的警告，离太阳太近，导致蜡融化了。他的飞翼四分五裂，坠入了大海之中。

伊阿宋：爱奥尔卡斯的王子。其王位被叔叔珀利阿斯篡夺，故他踏上了自证价值的冒险，将科尔喀斯的巫师国王埃厄忒斯手下的金羊毛带回了家乡。在他的守护神赫拉的帮助下，伊阿宋得到了一条船，即著名的阿尔戈船，以及由英勇的战士组成的船员队伍，这群人名唤阿尔戈英雄。到达科尔喀斯后，国王埃厄忒斯让他完成他一系列不可能完成的挑战，包括为两头喷火的魔牛套轭。埃厄忒斯的女儿、女巫美狄亚爱上了伊阿宋，帮助他完成了任务，之后两人携金羊毛私奔。

俄瑞斯忒斯：希腊神话中阿伽门农之子。阿伽门农被妻子克吕泰涅斯特拉谋杀后，他为父报仇，杀死亲母，因此受到复仇女神惩罚。后为女神雅典娜所赦免，归国继承父位。

拉厄耳忒斯：奥德修斯之父，伊萨卡之王。虽然《奥德赛》中他依然在世，但他已经从皇宫退居至私人庄园中。他同奥德修斯并肩对抗了追求者的家人。

帕特洛克罗斯：英雄阿基里斯最爱的同伴，在很多新编故事中也是阿基里斯的恋人。在《伊利亚特》中，他决定披上阿基里斯的盔甲以拯救希腊军队，这一宿命般的决定开启了故事的终篇。帕特洛克罗斯丧命赫克托耳之手后，阿基里斯伤心欲绝，对特洛伊人进行了惨绝人寰的报复，这也招致了他自己的死亡。《奥德赛》中，当奥德修斯造访冥界时，他看到帕特洛克罗斯就在阿基里斯身旁。

帕拉墨得斯：特洛伊战争开始，奥德修斯不想出战，于是假装发疯。帕拉墨得斯将奥德修斯的儿子抢过来，拔出剑来要杀奥德修斯的儿子，奥德修斯担心孩子，在帕拉墨得斯的威胁下，停止了伪装，同意出战。对于这件事，奥德修斯从来都没有原谅过帕拉墨得斯。据《库普利亚》残篇记载，为了报复帕拉墨得斯，奥德修斯伪造了其通敌的证据，导致其死亡。

佩涅洛佩：斯巴达王后海伦的堂亲，奥德修斯之妻，忒勒玛科斯之母，因机敏和忠贞而备受赞誉。战后，当奥德修斯未能返乡时，她被追求者层层包围。这些人占据了她的王宫，想迫使她改嫁他们中的一个。她做出了那个著名的承诺，那就是当她正在编织的寿衣完成之时，她就会在他们当中做出选择。夜晚，她将自己白天织好的部分全部拆掉，用这个方法拖延了追求者很多年。

皮洛斯：阿基里斯之子，在洗劫特洛伊时大开杀戒。他杀死了特洛伊之王普里阿摩斯，在一些新编故事中他还杀死了赫克托耳仍是小婴儿的儿子阿斯提阿那克斯，以阻止他长大成人，实施报复。

忒勒戈诺斯：奥德修斯与喀耳刻所生之子，被视为图斯库卢姆与帕莱斯特里纳两座意大利城镇的虚构创建者。

忒勒玛科斯：奥德修斯与佩涅洛佩的独生子，伊萨卡的王子。在《奥德赛》中，荷马描绘他帮助父亲密谋并实施复仇计划，报复那些围困了他们的家园的追求者。

忒修斯：雅典的王子。雅典承诺献祭十四位少男少女，以满足米诺陶洛斯凶残的口腹之欲,忒修斯作为其中的一员被遣至克里特岛。然而,忒修斯在阿里阿德涅公主的帮助下杀死了米诺陶洛斯。

忒瑞西阿斯:古希腊神话中的人物,最初为男性,因触怒赫拉,被变为女性,七年后恢复为男性。为一位生活于底比斯的盲人先知。其事迹反映于荷马史诗《奥德赛》中,凭借多种获得信息的能力并对世界进行解释而闻名于世。

埃涅阿斯:特洛伊英雄,宙斯7世孙,安基塞斯王子与爱神阿芙洛狄忒的儿子。埃涅阿斯的父亲与特洛伊末代国王普里阿摩斯有着疏堂兄弟的关系。维吉尔的《埃涅阿斯纪》描述了埃涅阿斯从特洛伊逃出,然后建立罗马城的故事。

※ 魔怪 ※

阿尔戈斯:希腊神话中的百眼巨人。阿尔戈斯有一百只眼睛,即使睡觉时也总有一些睁着。

卡律布狄斯:位居狭窄海峡一侧的强劲漩涡,正对着魔怪斯库拉。试图躲开斯库拉獠牙的船只会被整个吞没。

米诺陶洛斯:米诺陶洛斯以克里特岛之王米诺斯的名字命名,但实际上它是帕西法厄王后与一头神圣白牛诞下的孩子。代达罗斯打造了迷宫以困住这头食人魔兽,米诺斯还要求雅典献祭十四位少男少女以满足它的口腹之欲。雅典王子忒修斯是这些人之一,他杀死了这头魔怪。

波吕斐摩斯:独眼巨人,波塞冬之子。在《奥德赛》中,奥德修斯和手下在波吕斐摩斯的海岛上靠岸,进入了他的山洞,吃起了他存储的食物。波吕斐摩斯将他们抓了个正着,把他们困在了山洞里,还生吞了奥德修斯的几名船员。奥德修斯好言好语哄骗了那个怪物,说自己的名字是乌提斯，没有人。为了脱身，奥德修斯弄瞎了怪物。当他扬帆而去时，他透露了自己的真实姓名。波吕斐摩斯请求自己的父亲波塞冬惩罚奥德修斯。

斯库拉：据荷马所述，斯库拉是头凶猛的魔怪，拥有六颗脑袋和十二条垂晃的腿。斯库拉藏在狭窄海峡某一面的山洞中，对面是卡律布狄斯的漩涡。当有船经过时，她会俯冲而下，每张嘴叼起一名水手，将他们吞下。

塞壬女妖：塞壬女妖常被描绘成具有女人的头颅和鸟类的躯体，它们栖息在嶙峋的山崖上唱着歌。它们的歌声是那么甜美，人类听到后会忘了自己的初衷。在《奥德赛》中，喀耳刻建议奥德修斯用蜂蜡堵住手下人的耳朵以平安通行，后又建议他将自己绑在船桅上，不要往耳朵里塞任何东西，这样他就会是第一个在听到它们勾魂的歌声后成功生还的人了。

致谢

太多人支持这本书走完了旅程,我是无法将他们列全的。我只得衷心道一声感谢:谢谢我的朋友、家人、学生和读者,谢谢所有饱含激情投身于这些古代故事中的人,谢谢他们拨冗向我讲述了自己对这些故事的热爱。

谢谢丹·博福特(Dan Burfoot)付出的精力,谢谢他对某版初稿的敏锐文学见地。十分感谢乔纳·拉穆·科恩(Jonah Ramu Cohen)总是对我的工作抱有热情,愿意读上好几版手稿,与我谈论叙事、神话和女权。

我对古典文学导师们的感激和我从他们那里得到的启发是源源不断的,尤其是大卫·里奇(David Rich)、约瑟夫·璞琪(Joseph Pucci)和迈克尔·C. J. 帕特南(Michael C. J. Putnam)。我也十分感激慷慨仁慈的大卫·埃尔默(David Elmer)。在一些关键问题上,他不吝分享他的见解。我对原著所做的改动均与他们无关。

感谢玛戈·拉布(Margo Rabb),亚当·罗森布拉特(Adam

Rosenblatt）和阿曼达·莱文森（Amanda Levinson）在写作过程中给予我的鼓励，同样也要感谢莎拉·亚德利（Sarah Yardney）和米歇尔·沃夫西·罗（Michelle Wofsey Rowe）。向始终支持我的兄弟塔尔（Tull）和他的妻子贝弗利（Beverly）致以深深的爱意。

我要向盖特伍德·韦斯特（Gatewood West）表达最深的感激之情。在这趟旅程中，他的见地和巨大的热忱始终伴我左右，他的智慧至关重要。

我会永远感激我优秀的编辑李·布德罗（Lee Boudreaux），谢谢她聪颖、耐心的反馈，谢谢她对我的作品的信任，也谢谢她总是如此让人赞叹。我也要感谢我优秀的编辑团队：利特尔＆布朗出版社（Little, Brown）的帕梅拉·布朗（Pamela Brown），卡丽娜·吉特曼（Carina Guiterman），格雷格·库利克（Gregg Kulick），凯伦·兰德里（Karen Landry），凯瑞·尼尔（Carrie Neill），克雷格·杨（Craig Young）和其他所有人。特别感谢令人赞不绝口的朱迪·克莱恩（Judy Clain）和里根·亚瑟（Reagan Arthur），谢谢他们的热忱与支持。

我也无比感激神一样的亚历珊德亚·普林格尔（Alexandra Pringle），以及布鲁姆斯伯里出版社英国办公室（Bloomsbury UK）的全体成员：洛斯·艾利斯（Ros Ellis），玛德琳·菲尼（Madeleine Feeny），大卫·曼恩（David Mann），安杰利克·特朗·范·桑（Angelique Tran Van Sang），阿曼达·希普（Amanda Shipp），蕾切尔·威尔基（Rachel Wilkie）以及许许多多人。

同以往一样，我要万分感谢朱丽·巴勒尔（Julie Barer），她一直是全球第一经纪人，有爱、聪颖，强烈支持着我的作品，总愿意再读一版手稿，同时也是个非常棒的朋友。十分感谢做书联盟经纪公司（The Book Group）团队的全体成员，尤其是妮可·坎宁安（Nicole

Cunningham）和珍妮·迈耶（Jenny Meyer）。当然，还要感谢优秀的凯斯宾·丹尼斯（Caspian Dennis），以及桑迪·维奥莱特（Sandy Violette）。

世界上的所有辞藻都不足以形容我对乔纳森和凯西·德雷克（Jonathan and Cathy Drake）的崇拜与感激，感谢他们的爱与支持，还有身为祖父母他们超高的带娃技巧。谢谢你们！也要感谢蒂娜，B.J.和茱莉亚。

向我亲爱的继父戈登（Gordon）致以爱意与深深的感激，还有我的母亲玛德琳（Madeline），是她让我接触到了古典文学。在我小的时候，她每天都会念故事给我听，以各种方式支持我完成了这本书的创作，尤其是为我树立了榜样，第一次让我看到女性引领事业向前。

向光芒万丈、威力无边的 V. 和 F. 致以深深的爱意，他们的魔力改变了我的人生，即使我一连消失好几个小时也不会生我的气。最后，向纳撒尼尔（Nathaniel）致以无边的爱与感激，他是一切的基石，是他支撑我写下了每一页。

马德琳·米勒